風 문화의 지도

진도비진 III

나선의 계단에서 발견한 것,

피와 모방

진도비전Ⅲ 風 문화의 지도

초판 1쇄 인쇄_ 2017년 7월 17일 | **초판 1쇄 발행_** 2017년 7월 24일

지은이_명랑한 진도 | **엮은이_**강은수 | **펴낸이_**오광수 외 1인 | **펴낸곳_**꿈과희망

디자인 · 편집_김창숙, 박희진 | **마케팅_**김진용

주소_서울시 용산구 백범로 90길 74, 대우이안 오피스텔 103동 1005호

전화_02)2681-2832 | **팩스_**02)943-0935 | **출판등록_**제2016-000036호

e-mail_ jinsungok@empal.com

ISBN_979-11-6186-008-4 43810

※ 책 값은 뒤표지에 있습니다.

※ 새론북스는 도서출판 꿈과희망의 계열사입니다.

ⓒPrinted in Korea. | ※ 잘못된 책은 바꾸어 드립니다.

珍島祕典

진도비진 Ⅲ

風 문화의 지도

명량한 진도 지음 _ 강은수 엮음

진도의 것, 진도의 문화는 고절하고 우아하기보다 소담하고 강인하다. 죽음마저 유희로 풀어낸 다시래기의 혼(魂)만큼이나 바람 앞에, 고난 앞에 소멸 앞에, 담대하다. 피의 것인가 모방의 것인가 하는 우문을 던지며 독자들의 현답을 기다릴 뿐.

꿈과희망

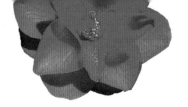

진도비전, 세 번째 이야기

펴내는 글

낯선 시간들이다. 시작할 때만해도 3년 뒤의 시간은 멀고 멀어 보였다. 우리는 그저 시작했을 뿐이고, 아직 만족에 이른 그 무엇도 없이 그동안 세 권의 책이 나왔다. 진도비전으로 인해 세상을 만난 다른 프로젝트까지를 고려한다면 그 수는 열 권을 넘는다.

낯설다. 프로젝트의 끝이 보인다. 한편으로는 쓸쓸한 마음이 들고, 다른 한편으로는 잡히지 않는 실낱 같은 보람도 있다. 결국, 쓸쓸함이 앞선다. 시간은 우리를 기다려주지 않는다. 모두에게 공평한 시간의 가차없음을 바라보는 것이 여전히 생경하다.

세 번째 책 역시, 진도고등학교 책쓰기 동아리 '명량한 진도' 학생 저자들의 손으로 만든 작품집이다. 진도의 역사, 생태를 다룬 1권과 2권의 여세를 몰아 어쩌면 본론이랄 수도 있는 진도의 문화 이야기를 다루었다. 모두가 1권은 문화의 지도가 되어야 한다고 말했다. 하지만 네 권 시리즈 중 세 번째 책이라니 묘하게 가을의 숙성된 이미지로 다가왔다. 우리 뇌가 느끼는 안정감의 프레임으로 인한 것이리라. 뇌에 미리 입력된 이미지 덕분에 문화 이야기가 3권으로 미뤄진 셈이다. 순서가 어찌 되었건 진도에 관해 가장 중요하게 다루어야 할 이야기는 '문화'임에 틀림없다.

제 1권, 史, 역사의 지도
제 2권, 土, 생태의 지도
제 3권, 風, 문화의 지도
제 4권, 流, 미래의 지도

이 프로젝트의 주인공은 학생들이다. 신입생 때만해도 그토록 글쓰기를 힘들어하던 아이들이 어느 순간 성장해 작품을 조망하는 눈을 갖게 되는 것을 여러 차례 경험했다. 교실에서 이런 기적을 체험하는 것은 교사의 행운이다.

피와 모방
Blood and Imitations

　진도에서는 '십일시' 장에만 나가 앉아 있어도 목이 트인 명창을 만난다 했다. 가릴 것도 없이 거리에서 만나는 할머니, 할아버지들의 가락이 예사롭지 않다. 남녘 고래의 토속적인 번뜩임을 발견했다 싶으면, 어느 순간 유배된 서울 양반들의 책상물림이 어우러져 이질적인 화학반응을 일으킨다. 그 이질감마저 강건하고 직설적이다.

　Gene이냐 Meme이냐. 누군가 물었을 때 이 소재를 한번은 책으로 써야겠다고 생각했다. 우리의 살아가는 모습이 유전형질의 결과물인가 사회적 컨텍스트의 모방에 의한 것인가에 대한 궁리는 교육학의 영원한 고민, 'Nature or Nurture'와도 맞닿아 있다.

　진도. 피와 모방의 변증법을 관찰할 만한 공간으로 이보다 적절한 곳이 있을까. 주말이면 읍내 향토문화회관에 나가 인간문화재가 공연하는 '진도만가'를 체험하고, 공연자가 옆집 할아버지임을 확인하게 되는 곳. 예악부터 놀이까지 가짓수를 꼽기 힘든 가악(歌樂)의 흔적을 장터에서 만나게 되는 곳. 남종화풍의 깊이에 감탄하며 운림산방의 운치가 그냥 나온 것이 아님을 피부로 느끼게 되는 곳.

　혈연의 변주인가 사회적 모방의 결과인가. 그 문화적 감수성과 강건한 에너지의 원천이 무엇인지 고민하며 저자들은 진도 문화의 맥락 안에서 저마다의 소재를 탐색해 나갔다. 애초 질문에 답하자는 것이 목적이 아니고, 질문의 길을 따라가다 그 문화의 정수에 담긴 정신을 이해하는 것에 뜻을 두었던 여정인 만큼 독자들 역시 그런 마음으로 함께 하기를 기대한다.

　진도의 것. 진도의 문화는 고절하고 우아하기보다 소담하고 강인하다. 죽음마저 골계미로 승화해내는 '다시래기'의 혼만큼이나 바람 앞에, 고난 앞에, 소멸 앞에 담대하다. 피의 것인가 모방의 것인가 하는 우문을 던지며 독자들의 현답을 기다릴 뿐이다.

序文 강은수

차례

GENE*MEME 코드를 넘어

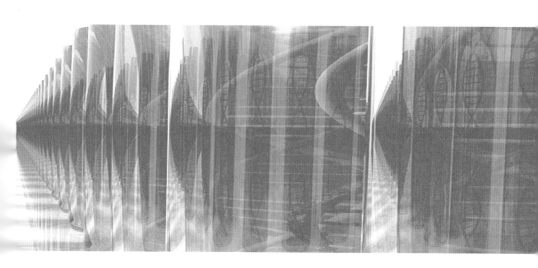

피와 인연의 劫을 마주하다

GENE

피의 코드

생물학적 유전정보의 단위
염색체를 구성하는 DNA의 배열 방식

GENE
피의 코드

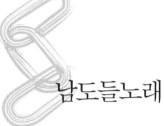

남도들노래

채정선

진도의 노동요 '남도들노래'.
노랫가락을 메기던 평범한 어머니가 세상 밖으로 나서는 과정을 소담하게 그린 이야기

닭이 운다. 눈을 게슴츠레 뜨고 문을 쳐다보았다. 해가 떠오르려는지 푸르스름한 빛이 보였다. 부엌에 갔다. 도마 위에 썰어져 있는 두부. 옆에 있는 내 도시락통. 뒤에서 들려온 엄마의 음성.

"동매야, 잘 잤냐? 얼른 느이 할머니 오시기 전에 저 장독 가서 된장 좀 퍼와라."

오늘 아침은 된장국인 것 같았다. 된장을 퍼서 부엌으로 가는 길에 방에서 걸어 나오시는 할머니와 마주쳤다. 위에서부터 아래로 훑어내는 할머니의 눈동자. 바로 얼굴에 티 나는 못마땅한 표정.

"할머니, 안녕히 주무셨어요?"

"해 뜬 지가 언젠데 인제 밥 차리냐? 언제 다 하고 학교 갈라고, 어이구."

내 안부인사에 돌아온 건 할머니의 핀잔. 고개를 숙이고 부엌에 들어가 가마솥에 된장을 풀었다.

"엄마, 할머니 곧 들어오셔."

엄마의 대답을 듣기도 전에 할머니는 들어오셨다. 할머니의 여전한 표정.

"인제야 아침 차리면 쓰것냐. 좀 빨리빨리 일어나제. 언제 다 할라고."

"죄송해요, 어머님. 얼른 상 차릴게요. 동매야, 가서 상 닦고 수저 좀 놔."

할아버지, 할머니, 엄마, 내 수저를 놓았다. 집에 있는지 없는지 모를 아빠의 수저와 함께. 아침식사가 시작되었다. 따뜻한 보리밥과 구수한 된장찌개 외에 김치랑 나물 몇 종류. 적막한 상 위에는 각자의 달그락달그락 소리만 들려올 뿐이다.

"학교 다녀오겠습니다."

산을 넘고 넘어 학교에 도착했다. 언제나처럼 북적북적 대는 복도. 반에 들어 가니 여기저기서 친구들의 왁자지껄한 소리가 들렸다. 그러기도 몇 분, 또각또 각 소리를 내는 구두 소리에 일제히 자기 자리에 앉았다.

"박동매, 박옥실. 교무실로 따라오고 나머진 1교시 준비해."

선생님 자리로 가니 선생님은 반 아이들의 고입고사 원서를 작성하고 계셨다.

"선생님……"

"어, 앉아라."

겨울이 다가오고 있음을 알려주듯이 교무실의 열어놓은 창문으로 들어온 바 람은 건조하고 매서웠다.

"너네, 고등학교 어떡할 거니? 고등학교를 갈 거면 시험도 봐야 하고 고입고 사 원서도 써야 하는데 계속 말 안 해주니까 우리 반 전체가 미뤄지고 있잖아. 너네 내일까지 안 알려주면 고등학교 안 가는 걸로 생각할 거야. 잊지 말고 내 일 알려줘야 해."

"선생님, 저 고등학교 갈래요."

옥실이가 말했다.

"부모님이랑은 상의하고 한 말이야?"

"아뇨, 근데 엄마가 보내줄 것 같아요."

"혹시 모르니까 오늘 다시 가서 물어보고 내일 아침에 교무실로 와."

문을 닫고 나왔다. 고등학교. 엄마한테 물어보나마나 안 될 일이었다. 중학교 입학 때에도 겨우겨우 할아버지가 보내준 거였으니까. 이것만으로도 감지덕지 해야 했다. 반면, 옥실인 별 걱정이 없어 보였다.

"옥실아, 넌 고등학교 가?"

"아마 갈 것 같아. 우리 엄마가 아무리 못 살아도 학교는 다녀야 한댔어. 넌?"

"아…… 그래? 난 잘 모르겠어."

"고등학교 가서도 같은 반 됐으면 좋겠다. 그치?"

"응……."

'옥실인 참 부럽다. 옥실이랑 같이 고등학교에 갈 수 있으면 정말 좋을 텐데…….'

하루 종일 이 생각 뿐이었다. 수업이 어떻게 지나갔는지도 모르고 정신차려 보니 점심시간이었다. 의자를 끌고 옥실이 책상에 가니 이미 다른 친구들도 의자를 끌고 와 도시락을 까고 있었다. 먹으면서 이것저것 얘기하다 고등학교 얘기가 나왔다. 광주 이모집에서 살면서 다닐 것이라는 윤숙이. 우리들 사이에서 꽤나 부잣집 딸로 알려진 윤숙이가 광주로 고등학교를 가는 것은 어쩌면 당연한 걸지도 몰랐다. 이어진 옥정이의 질문.

"아, 맞다! 너네 오늘 아침에 왜 교무실 갔냐?"

대답을 기다리는 아이들의 표정. 머뭇거리고 있을 때 옆에서 옥실이의 목소리가 들렸다.

"아, 그거? 고등학교. 나랑 동매가 아직 고등학교 어디 간다고 말 안해서 내 일까지 알려 달라고 부르셨어."

"어차피 너네 둘 다 읍에 있는 여고 갈 거 아니야?"

"응, 맞아!"

갈 수 있기는 할까. 아마 친구들은 다 고등학교에 가겠지? 광주로 가는 윤숙이부터 그래도 읍에 있는 여고에 갈 예정인 친구들까지. 고등학교 진학을 당연한 것처럼 여기는 친구들 사이에서 나는 부정도 긍정의 대답도 하지 못한 채, 묵묵히 밥만 떠먹을 수밖에 없었다.

학교를 마치고 집에 왔다. 가방에서 도시락통을 꺼내 부엌으로 가져 가려다 저 아래서 종종걸음으로 걸어오는 엄마의 모습이 보였다. 흰 수건으로 싸맨 머리 위에다 술참[1] 설거지들을 이고 오는 엄마. 내려가 엄마가 이고 있던 바구니를 건네 받았다.

---

1) 간식(間食)의 진도 방언.

"도시락은 잘 먹었냐?"

"응. 맛있었어. 엄마, 나 내일까지 선생님이 고등학교 갈 거면 알려 달라고 하셨어."

"…… 오늘 아빠 오셨다."

"…….."

아무 말도 없었다는 듯 집에 와서 각자 해야 할 일들을 했다. 엄마가 저녁을 준비하는 동안 나는 술참거리들을 설거지하고 상을 닦은 후 수저를 내려놓았다. 할어버지, 할머니, 아빠, 엄마, 그리고 나. 역시나 고요한 정적 속에 저녁식사가 이뤄졌다. 그 고요한 정적을 깬 것은 다름 아닌 나였다.

"저, 고등학교 가고 싶어요."

열 글자의 위력은 참으로 대단했다. 순간적으로 모두가 일제히 나를 쳐다보았다. 몇 초가 지났을까. 다시 숟가락을 드시는 할아버지, 관심 없다는 듯 먹기에 열중하는 아빠. 왜 그걸 지금 말하냐는 눈빛으로 쳐다보는 엄마. 할머니는 한마디 하셨다.

"중학교도 하납씨[2]가 큰 맘 먹고 보내준 건디 고등학교까지 바라면 쓰것냐? 우리는 돈 없응께 네 부모한테 해달라 혀. 우리는 몰라. 느그 알아서 해."

"크흠……."

할아버지의 기침소리로 다시 적막한 식사가 이어졌다. 역시 안 될 일이었다. 그나마 할아버지께 괜한 기대를 바란 것부터 잘못이었다. 엄마, 아빠한텐 물어보나마나였다. 가정에는 전혀 관심 없는 아빠. 이런 아빠를 대신해 집안일이며 농사까지 집안의 거의 모든 일을 떠맡고 있는 엄마. 그렇다 해서 엄마가 집안에서 목소리를 낼 수 있는 것도 아니었다. 그래, 바란 내가 잘못이지. 고등학교 가고 싶었는데…….

끼익,

열린 문 사이로 들어온 달빛에 언뜻 깨어났다. 누군가 내 옆에 누웠다. 그 사람은 내 얼굴을 몇 번이고 어루만졌다. 느껴지는 감촉에 엄마인 걸 알았다.

"엄마가, 엄마가 미안혀, 딸. 돈만 있었으면 고등학교도 보내주고, 맛있는 반찬도 싸주고 할턴디…… 미안하다, 딸."

눈물이 차올라 괜히 뒤척거렸다. 엄마는 몇 번이고 내 얼굴을 쓰다듬다 나가셨다. 동이 틀 때까지 나도 다시 잠이 들지 못했다.

다음 날 아침, 어제 아침과 별반 다를 것이 없었다. 아, 달라진 거라면 그저 형식상 놓여 있던 아빠의 수저가 며칠 만에 제대로 구실을 한달까.

학교에 도착했다. 가방을 내려놓고 교무실에 갔다. 교무실에 가니 선생님이랑 얘기하고 있는 옥실이가 보였다. 옥실이가 방긋 웃는 걸 보니 아무래도 고

---

2) '할아버지'의 진도 방언.

등학교에 가기로 결정된 것 같았다. 부러웠다, 옥실이가. 뒤에서 들린 내 인기척에 선생님과 옥실인 뒤를 돌아봤다.

"어, 동매 왔구나? 그래, 옥실이는 이만 가보고 내일까지 접수비 꼭 가져오렴."

"네!"

옥실이와 눈이 마주쳤다. 옥실이가 또 방긋 웃었다. 나는 그저 멋쩍게 웃을 뿐이었다. 선생님 옆자리에 앉았다. 선생님은 몇 초간 나를 쳐다보셨다.

"…… 그래, 동매는 어떡할꺼니?"

"저, 고등학교 안 가요."

"아, 그래? 부모님이 반대하시니?"

"……."

"…… 그래, 알겠다. 부모님 마음도 편치 않을 거야. 너 말고도 안 가는 친구들 많으니까 너무 슬퍼하거나 서운해하진 말고. 이만 교실 가 봐."

교무실에서 나왔다. 옥실이가 교무실 밖에서 기다리고 있었다. 눈이 마주치자 옥실인 또 다시 방긋 웃었다. 아마 내 답을 기다리고 있겠지.

"나, 고등학교 안 가."

이번엔 내가 웃었다. 최대한 입꼬리를 올려 보았다.

"아……."

옥실인 나에게 무슨 말을 건네야 할지 눈치만 보고 있었다. 내가 먼저 말을 건넸다.

"나 괜찮아. 정말로. 너 고등학교 간다 해서 나 안 볼 거 아니잖아~ 나 안 보면 정말로 미워할 거다?"

"당연한 소릴 하고 있네~"

내가 건넨 말에 그나마 옥실이가 좀 덜 눈치 보는 것 같았다. 마음 같아선 옥실이 네가 너무 부럽다고 말하고 싶었지만 차마 입 밖으로 나오진 않았다.

마침내 겨울은 우리를 찾아왔고, 우리의 중학교 생활도 끝나가고 있었다. 자연의 순리에 따라 봄은 곧 찾아올 것이고, 우리의 삶도 조금은 달라질 것이다. 누군가는 광주에서 더 나은 환경에서 교육받을 것이며, 또 누군가는 중학교 친구들과 삼삼오오 모여 읍에 있는 고등학교에 다닐 것이다. 그리고 또 다른 누군가는 고등학교 진학을 포기하고 집안일을 돕게 될 것이다. 우리들 앞에 놓여진 이 결정이 훗날 어떠한 결과로 나타날지는 아무도 모른다. 그저 현재에 주어진 삶을 받아들이며 살아갈 뿐이다. 그렇게 우린 중학교 3년의 추억을 간직한 채 졸업했다.

집에서의 하루하루는 무료하기 짝이 없었다. 같은 일상의 반복이었다. 닭이 우는 소리를 듣고 일어나면, 오늘이 어제가 되었고 내일이 되었다.

3월 28일. 논갈이

오늘 할아버지와 엄마는 논갈이를 하러 나갔다. 할아버지가 소를 이끌고 나가자 엄마는 익숙한 듯 수건을 머리에 질끈 동여매고 뒤를 따랐다. 할머니와 나만 남겨진 집엔 적막감만 흘렀다. 고요한 집안에 흐르는 어색함에 냉이를 캐러 가려고 호미를 챙겼다.

"할머니, 저 저기 뒷산으로 냉이 좀 캐러 다녀올게요."

"너 가믄 점심은? 엄매 다시 나가야 허니까 네가 설거지 해야제. 다 늙은 내가 하믄 쓰것냐?"

"네, 알겠어요."

냉이 캐러 가는 걸 오후로 미루고 점심을 준비하고 있었다. 된장국이 다 끓여

갈 때 즈음, 엄마가 종종걸음으로 올라오고 있었다. 엄마의 흰 저고리에는 여기저기 흙이 묻어져 있었다.

"아직 논 다 안 갈았지?"

"그라제. 할아버지 곧 오실꺼. 밥 다 지었냐?"

"응, 국도 다 됐어."

"아따, 맛있네. 잘 끓였구만?"

"동매 어매 왔냐? 영감은?"

곧이어, 할아버지도 점심 드시러 오셨다. 엄마의 흰 저고리와 마찬가지로 할아버지의 하얀 삼베에도 흙이 군데군데 묻어 있었다.

"엄마, 아직도 많이 남아 있어? 내가 가서 좀 도와줄까?"

"아서라, 아서! 그냥 집에나 있어. 뭘 너까지 나서려고 허냐. 정 할 것 없으면 저 뒷산 가서 냉이나 캐 오던가."

"응, 안 그래도 점심 먹고 가려고 했어."

"아, 영감, 그 소식 들었소? 저기 영옥이네 있소. 거기 둘째 며느리가 뭐라더라. 어디 서울서 왔다든디 들었소?"

"아니, 남의 집 소식이나 알아서 뭐 헐라고. 그리도 궁금하디? 그럴 시간에 창수 그놈 집이나 들어오라 혀."

"아따, 사내놈이 그럴 수도 있제. 어떻게 집에만 있겠소. 곧 오겠지라."

할머니의 대답을 끝으로 서로 아무 말이 없었다. 점심을 다 드신 할아버지와 엄마는 남은 논을 마저 갈러 가셨다. 설거지 후, 아까 오전에 미뤘던 냉이를 캐러 갈 채비를 챙겼다.

"할머니, 저 냉이 캐러 다녀올게요."

"설거지는 다 했냐?"

"네. 얼른 올게요."

"그려. 얼른 와. 또 저녁 차려야 한께."

뒷산에 올라 한창 냉이를 캤다. 냉이가 담긴 광주리가 어느 정도 채워지자 캐던 것을 멈추고 잠시 쉬었다. 산에 앉아 앞을 바라보니, 저 멀리 할아버지와 엄마가 논 갈고 있는 모습이 보였다. 그 옆의 논엔 남정네 둘이서 논을 갈고 있었다. 대개 이런 일은 남자들이 한다지만, 우리 집은 엄마가 그 역할을 해내고 있었다. 항상 그랬다. 내 기억 속 어린 시절부터. 엄마는 엄마이자 아빠였다. 아니, 아빠였어야 했다. 그게 엄마랑 내가 지금까지 그래도 그럭저럭 살 수 있었던 이유였다.

4월 28일. 못자리

논을 간 지 한 달이 지났다. 오늘은 못자리에 씨나락[3]을 뿌리는 날이었다. 며칠 전부터 물에 담가 놨던 씨나락이 싹을 틔운 것이었다. 이것들이 자라나 모가 될 것이고 모는 벼로 자라게 된다. 오늘은 나도 할아버지와 엄마를 따라 나섰다. 엄마는 내가 따라오는 것을 못마땅하게 생각하셨다. 한창 바쁠 때라면 어쩔 수 없지만, 괜히 이런 날에도 논에 불러와 일을 시키는 게 미안하신 것 같았다. 그래도 집에 할머니랑 어색하게 둘이 있는 것보단 일손도 돕고 바깥에 있는 게 그래도 더 낫다고 판단하신 건지 마지못해 허락하셨다. 우리 논에 도착하니 이웃집 명국아저씨를 비롯해 마을 아줌마, 아저씨들이 이미 와 계셨다.

"오메, 동매 이 가시나 여태 씨나락 한번 안 뿌려 봤구만. 이것이 뭐시여! 이렇게 하믄 모 안 자라야."

"아, 왜 애헌티 그려. 내가 안 델꼬 다녔응께 한번도 안 해봤제. 동매야, 못자리 밟으면 안 된께 안 밟게 조심혀."

나도 엄마가 하는 모양새를 따라 하며 뿌려봤지만 엉성하기 그지없었다. 학교에 다닐 때는 농번기 일손 돕기를 하던 날이 항상 모내기나 김매기를 할 때여서 씨나락을 뿌리는 것은 처음이었다. 하지만 엄마는 익숙한 듯 씨를 뿌리며 저만치 가고 있었다. 엄마의 옆에서 곁눈질하며 따라서 뿌리려고 엄마 옆에 다가섰을 때였다. 가까이 다가서자, 엄마의 입에서 나온 구성진 가락이 들렸다. 무슨 노래인지 정확히 알 순 없지만, 왠지 정겨운 가락이었다.

"엄마, 무슨 노래 불러?"

"응? 엄마가 뭔 노래를 불러야. 엄마 암 말 안 했어."

---

3) 벼의 종자를 뜻하는 전라도 사투리. '볍씨'

"응? 나 방금 엄마가 흥얼거리는 거 들었는데?"

"아, 그래야? 나도 모르게 나왔나 보다야. 원래 노래 부르면서 일하믄, 지쳐도 힘이 나는 거시여."

엄마는 예전부터 자주 노래를 흥얼대곤 했다. 밥을 차릴 때나, 논일을 나갈 때나. 정작 엄마는 자신이 노래를 부르고 있다는 걸 잘 느끼지 못하는 것 같았다. 엄마에게 있어 노래는 언제나 자연스러운 행위였다. 물론, 마을 사람들도 모두들 한 소리씩 즐겨 부른다지만, 확실히 엄마의 입에서 나온 가락들은 다른 사람들이 불렀을 때와 무언가 달랐다. 흥겹고 재밌는 노랫말 속에 파고든 구성지고 애달픈 가락이 귀를 사로잡았다.

5월 24일. 모찌기

오늘은 우리집 모를 찌는 날이다. 내일은 모내기를 할 것이다. 할아버지, 할머니, 엄마, 나 모두 꼭두새벽부터 서둘렀다. 한 사람을 제외하고. 다른 때보다 이른 아침을 먹고 할아버지는 지게를 이고 나가셨다. 엄마와 할머니도 나에게 집안일을 맡긴 후 논에 나가셨다. 오전 10시쯤, 고요한 집안의 적막을 깬 것은 바로 아빠의 기지개였다.

"뭐시여. 집에 아무도 없어? 엄마는 어디 갔다냐?"

"오늘 우리 집 모찐다고 할아버지랑 할머니, 엄마 다 논에 나갔어요. 아빠, 식사하실 꺼에요? 상 차릴까요?"

"응. 좀 배고프구만."

"아침에 해 놓은 밥이라 좀 식었을 텐데 괜찮아요?"

아빠는 내 물음에 별다른 대답을 하지 않았다. 몇 초간 아빠를 쳐다보다 부엌으로 발길을 돌렸다. 밥을 푸고, 국을 데우고, 몇 가지 찬을 상 위에 차렸다.

"식사하세요, 아빠."

아빠는 식은 밥에 개의치 않고 맛있게 드셨다. 상을 가운데 두고서 아빠와 나는 아무 말이 없었다. 그 어색함을 깬 것은 아빠의 말이었다.

"할아버지, 할머니, 엄마 다 나갔응게, 집안 잘 보고 있어. 아빠는 어디 좀 나갔다 와야 하니께. 아님 좀 이따 술참 좀 챙겨서 논에 한번 나가 봐."

"네. 한 3시쯤에 술참거리들 챙겨서 갈라구요."

이 말을 끝으로 다시 어색함이 상 위를 덮었다. 아빠가 수저를 놓았다.

"다 드셨어요?"

"…… 아, 배부르다."

상 위의 그릇을 하나 둘 치웠다. 부엌으로 가 설거지를 했다. 아빠가 드셨던 상을 치우고 나니 논에 나갔던 가족들의 점심을 차릴 시간이 좀 부족했다. 서둘러 고슬고슬한 밥을 짓고, 국이 끓기를 기다릴 때쯤, 부엌 밖에서 할머니 목소리가 들렸다.

"오메, 이제야 국 끓이고 앉았냐. 오늘 바쁜께 빨리 또 나가야 한단 말이여. 여태 뭐하고 있었어? 응?"

"아, 중간에 아빠 식사 좀 차려도……"

"아따, 저 국 흘러 넘치겠다. 어여 국 좀 퍼 와."

"엄마가 국 담을게. 국그릇 이리 줘."

엄마는 엉덩이를 붙일 틈도 없이 부엌으로 들어와 점심을 차렸다.

"엄마, 많이 바빴어?"

"당연히 바빴제. 동매야, 엄마가 노래 좀 부르냐? 오늘 저 논 일 하는디, 엄마한테 노래를 시켜야."

"그래~ 내가 저번에 말했잖아. 엄마 노래 잘 불러. 나도 듣고 싶다. 이따 3시에나 술참 가지고 갈게."

"뭘 니가 들어야. 그냥 술참만 가져다 주고 가."

"아니, 그때 가서 나도 좀 돕고 그러지 뭐."

"됐당께. 그냥 집에나 있어. 너 없어도 충분한께."

"동매 어매야, 뭐하냐. 밥 안 퍼오고! 얼른 나가야 한당께!"

"네, 어머님. 가지고 나가요."

할머니의 재촉에 엄마와의 대화는 끊겼다. 밥상이 바닥에 내려지기 무섭게 할아버지와 할머니는 숟가락을 드셨다. 이른 시간에 아침을 먹고 나가서 일을 하느라 꽤나 허기지셨던 모양이다. 할아버지와 할머니의 식사가 끝나갈 때쯤, 엄마와 나는 아직도 먹고 있는 중이었다.

"새벽에 창수 놈 안 들어 왔냐?"

"아빠 아침 드시고 볼 일이 있다고 나가셨어요."

"에휴, 또 쳐 놀러 나갔구먼. 사내 새끼가 지 앞가림도 못하고."

"아 어떤 놈은 집에도 안 들어온다는디, 그래도 우리 창수는 들어오긴 하잖혀!"

"그것이 들어오는 것이여? 밥만 축내고 잠만 처 자제. 여기가 무슨 여관이여 뭐여?"

"됐어. 그만혀. 밥 다 드셨으면 얼른 나가소."

할아버지는 아빠에 대한 화가 안 풀렸는지 나가면서까지 혀를 끌끌 차셨다. 이제 할아버지가 나갔으니, 할머니 차례다.

"아니 긍께 니가 좀 잘했으믄, 창수가 밖으로 나돌겄냐. 아휴, 불쌍한 내 시키. 대도 못 잇고, 어짜믄 좋겄냐. 어짜믄 좋아."

할머니의 의문형으로 끝나는 말에 우리는 침묵을 지켰다. 이 말이 나올 때마다 엄마랑 나는 대역죄인이 되었다. 아들 하나 못 낳은 엄마는 할머니에게 우리 집안 대를 막은 세상에서 가장 못된 년이었고, 나는 그년의 딸이었다. 할머니도 한숨을 푹 쉬시더니, 밖으로 나가셨다. 그제야 엄마가 숙이고 있던 고개를 들었다. 나는 엄말 도와 상을 정리했다. 집에는 시계 초침소리만 돌아가고 있었다.

엄마도 다시 논으로 나가고, 나머지 집안일을 한 후, 눈 돌릴 새 없이 술참을 준비했다.

막걸리가 담긴 항아리를 이고 집을 나섰다. 논에 점점 가까워지자 마을 사람들의 노랫소리가 들렸다.

…… 여허어라 머난뒤요 (받는 소리)

소리없이 열리길래 임 오는가 내다보니 (메기는 소리)

허기야 허허 여허어라 머난뒤요 (받는 소리)

온다는 님은 아니 오고 동남풍이 날 속이네 (메기는 소리)

허기야 허허 여허어라 머난뒤요 (받는 소리)

엄마가 한 소절을 부르면 나머지 사람들이 후렴을 같이 불렀다. 그냥, 엄마의

가사는 귀에 콕 박혔다. 임이 오길 기다린다…… 어쩌면 엄마가 불렀어야만 했을지도 모른다는 생각이 문득 들었다. 엄마가 부르는 노래가사를 듣고 있을 무렵, 지게로 모를 져 날랐던 할아버지가 이쪽으로 오고 계시는 걸 보았다.

"할아버지, 막걸리랑 이것저것 술참들 좀 가져왔어요. 쉬다 하세요."

"오메 니가 여기까지 이걸 이고 왔냐. 그래, 여보쇼! 좀 쉬었다 하소. 여기 와서 막걸리 한 잔씩들 해!"

논에 있던 마을 사람들이 논두렁으로 나와 앉았다.

"동매가 따라줄라고야. 아따 빛깔 보소. 참말로 맛나게 생겼구만."

"캬아, 참말로 기가 맥히다. 좋다."

"많이 했네, 엄마? 나 여기 더 있다 가도 돼? 엄마 노래 부르는 거 더 듣고 싶어."

"그거 들으면 뭐 한다고. 참말로. 니 가서 밥 차려야제."

"아따, 노래도 잘 부르던만. 듣고 싶다는디 좀 있다 가게 하소."

"다들 한 잔씩 했으믄, 그만 일어나제?"

할아버지 한마디에 사람들이 하나 둘 다시 자신의 자리로 돌아갔다. 머지않아 엄마의 메기는 소리가 들려왔다.

혜혜야 허기여라 머난데가 사난지라 (메기는 소리)

혜혜야 허기여라 머난데가 사난지라 (받는 소리)

앞에 산은 가까오고 뒤에 산은 멀어진다 (메기는 소리)

혜혜야 허기여라 머난데가 사난지라 (받는 소리)

다되였네 다되였어 이 모판이 다 되었네 (메기는 소리)

혜혜야 허기여라 머난데가 사난지라 (받는 소리)

먼데사람 듣기 좋고 절에사람 보기좋게 (메기는 소리)

혜혜야 허기여라 머난데가 사난지라 (받는 소리)

아까 들었던 장단이랑 사뭇 달랐다. 좀더 빠른 장단인데다 이전 가사와도 내용이 달랐다. 장단이 이전보다 빨라져서인지 아줌마들의 모찌는 속도도 좀 빨라진 것 같았다. 엄마가 소리를 다 메기자 그 다음은 아랫집 영자 아줌마가 소리를 메겼다. 몇 명이 돌아가며 메기고 받고를 하다 보니, 어느새 모찌기가 거의 끝나가고 있었다. 거의 다 마무리 돼가서인지 후렴구를 부르는 아줌마들의 어깨에는 흥이 가득했다. 할아버지가 마지막 모춤을 쪄 날랐다. 그쪽에 있던 명국아저씨가 모춤을 적당한 위치에 던졌다. 모찌기가 끝났다.

"아이고고. 이제야 허리 피구만."

"오메. 수고 했소. 참말로 감사하당께."

"내일까지 모심으믄, 여기는 다 끝나는 것이제? 그 다음은 어디여?"

"명국이네지라."

"아직 몇 집이나 남았소?"

"몇 집 안 남았어. 이번 말까지는 다 허겠제."

"오메, 피곤하구만. 나 먼저 갈라요. 내일 봅시다."

"그려. 먼저 들어 가소."

마을 사람들이 하나 둘 집으로 돌아갔다. 할머니와 할아버지도 어느새 저만치 걸어가고 있었다. 엄마랑 나도 발걸음을 떼었다.

"엄마, 엄마 노래 잘 부르더라."

"뭐라는 거여. 다 잘 부르제."

"아니야. 엄마가 제일 잘 불렀어."

"아이고, 그랬어야? 아따, 기분 좋네. 딸이 칭찬해 준께."

"오늘 아빠도 도와줬으면 좋았을 텐데, 할아버지 연세도 있는데, 이럴 때 도와주지. 내일은 도와줄까?"

"엄만 아빠 몫까지 거뜬히 할 수 있어야. 뭐단디 또 불러서 고생시켜."

"엄마도 힘들잖아."

"괜찮혀. 엄만 아무렇지 않아."

"내일은 좀 도와줬으면 좋겠다. 그치?"

"…… 얼른 들어가자."

명백한 대답거부였다. 그랬다, 아빠는. 내가 기억하는 우리집 농사일에서 아빠는 항상 빠져 있었다. 엄마는 그것에 대해 일말의 반항조차 없어 보였다. 아빠도 전혀 집안일에 관심 없어 보였다. 서로가 서로를, 서로의 역할을 당연한 것처럼 받아들였다. 심지어 할머니의 구박에도 엄마는 참으로 꿋꿋했다. 말대꾸 하나 없이 "네." "죄송해요."만 할 뿐이었다.

언제 돌아온 건지 간만에 밥상에 있던 수저들이 각자 열심히 움직였다.

"창수, 니도 내일은 일 좀 도와라."

"…… 내일 바빠요."

"니가 바쁘긴 뭘 바빠! 언제까지 밖으로만 싸돌아 다닐래, 응? 동매 어매한테 미안하지도 않냐!"

"……됐어요. 그만해요. 밥 좀 먹읍시다!"

"뭘 잘했다고 이놈의 새끼가. 밥만 축내고 일도 안하고 언제까지 놀기만 할 거여?"

"아, 그냥 내버려 두세요. 알아서 할게요, 쫌!"

"아따, 여보, 그만 하소. 창수 니도 그냥 조용히 밥 먹어라."

"어휴, 진짜!"

아빠의 수저는 움직임을 멈췄다. 상 위에는 할머니의 한숨으로 뒤덮인 무거운 공기만이 남아 있었다. 아빠는 이날 밤, 돌아오지 않았다.

5월 25일. 모내기

"아야, 느그들 얼른얼른 온나. 여그 오늘 언능 심기고 집에 갈라믄. 뜨건게."

"요런 거 뜯어서 머리에 두르고."

앞에 가던 아줌마들이 바삐 걸어가던 걸음을 멈춰 섰다. 옆에 있던 넝쿨을 뜯더니 둘둘 감아 흰 수건이 싸여진 머리 위에 둘렀다.

"엄마, 이게 뭐야?"

"이것이 뭣이냐믄, 댄담이라고 하는 것이여. 이거 요렇게 둘둘 말아. 이거 하믄 벌레도 막고 시원해야."

"성님, 어짜요?"

"좋네."

"좋습니다."

"얼른얼른 모하고 우리가 부지런히 서둘러야 먹고 살제."

"그라제."

"갑시다."

동네 사람들과 함께 우리 논으로 갔다. 아줌마들 사이에 껴서 나도 엄마를 따라갔다. 엄마처럼 머리에 흰 수건을 메고 댄담 넝쿨띠도 둘렀다. 흰 저고리에 검정색 천 치마. 여느 아줌마들이랑 똑같았지만 마냥 어색하기만 했다. 학교에서 농촌 일손 돕기로 주변 논으로 나가 모내기를 해보긴 했지만, 우리집 모내기에 나선 적은 처음이었다. 하긴, 학교 다니기에 바빴으니까. 일손 돕기도 일은 일이지만 친구가 있어 마냥 즐거웠다. 잘 못 심는다고 혼나고 욕을 먹어도 서로 누가 더 잘 심었는지를 뽐내며 별거 아닌 것에도 웃기다고 죽어라 웃기도 했다. 지금쯤 친구들은 학교에 잘 다니고 있겠지. 보고 싶다.

"동매야! 저 가서 스랑께! 뭔 생각 한다냐. 몇 번을 말해도 안 듣구만."

"네? 아, 아……"

"아따, 뭐 허냐. 저기 스랑께!"

"동매야, 이리 와."

"일도 힘들고 몸도 뻗치고 그랑께 우리가 그냥 이케 일을 할 것이 아니라, 노래 한번 함시로 해보까라?"

"그라제!"

"내가 먼저 선창을 할 것인게 우리 식구들은 후렴 좀 받아 주쇼. 자, 빨리 합시다."

허기야 허허허 여허어라 상사로세 (메기는 소리)

허기야 허허허 여허어라 상사로세 (받는 소리)

새야 새야 파랑새야 녹두밭에 앉지마라 (메기는 소리)

허기야 허허허 여허어라 상사로세 (받는 소리)

여그도 놓고 저그도 놓도 두레방[4] 없이만 심어주게 (메기는 소리)

허기야 허허 여허어라 상사로세 (받는 소리)

상사소리는 어디를 갔다 때를 찾어서 다시오네 (메기는 소리)

허기야 허허 여허어라 상사로세 (받는 소리)

어뜬 사람은 팔자가 좋아 부귀영화로 잘사나는데 (메기는 소리)

허기야 허허 여허어라 상사로세 (받는 소리)

우리같은 인생들은 무슨 팔자로 일하는가 (메기는 소리)

허기야 허허 여허어라 상사로세 (받는 소리)

---

4) 빈 자리

할아버지가 잡고 있는 줄에 우리들이 일렬로 서자, 뒤에서는 꽹과리, 북, 징, 장구 등을 메고 서 있었다. 명국아저씨는 오늘 북을 잡았다. 그래서인지 아저씨는 옷 모양새가 다른 사람과는 사뭇 달랐다. 머리에는 긴다란 수건을 감고 그 위에 삿갓을 썼다. 아저씨는 삿갓이 물에 잠겨도 여의치 않다는 듯, 삿갓에 담긴 물을 좌우로 뿌리면서 흥겹게 북을 치셨다. 아저씨가 '둥딱 둥딱궁' 하며 흥겹게 중모리 장단을 치자, 아랫집 영자 아줌마의 선창으로 모내기가 시작되었다. 나는 엄마를 따라 같이 받는 소리를 불렀다. 영자 아줌마의 상사소리[5]가 끝나고 그 다음으로는 엄마가 이어 받았다.

"어뜬 사람은 팔자가 좋아 부귀영화로 잘 사나는데"
"우리 같은 인생들은 무슨 팔자로 일하는가"
엄마를 올려다봤다. 엄마의 입에서 나온 이 가사들을 듣는 순간 그냥, 왠지 엄마의 살아가는 모습이 떠올랐다. 엄마의 구성진 가락에는 무언가가 담겨져 있는 것 같았다. 아까 영자 아줌마의 노랫소리와는 다르게 느껴졌다. 같은 가사와 가락이었음에도 불구하고. 엄마의 입술은 호선을 그리고 있었다. 눈꼬리도 휘었다. 엄마와 눈이 마주쳤다. 휘어져 있는 눈꼬리로, 볼을 타고 흘러내리는 한줄기를 보았다. 엄마는 고개를 돌렸다. 숙였다. 끝내, 수건으로 얼굴을 가렸다. 엄마의 상사소리도 끝나고 내 차례가 되었다.
"이번은 누구여?"
"우리 딸이여!"
"오메, 동매가 노래 부른다고야? 동매도 노래 잘하제? 어매 닮았응게 잘할 것이여."
"아따, 그라지라."
평소에 엄마가 옆에서 흥얼거리는 걸 많이 듣긴 했지만, 남들 앞에서 불렀던 적은 거의 처음이었다. 더군다나 어른들 앞에서는.
"여그도 놓고 저그도 놓도 두레방 없이만 심어주게"
"허기야 허허 여허어라 상사로세"

5) 모심기 소리의 진도 방언. '상사소리' 또는 '못소리'라고 함.

"다들 식사하쇼!"

부르던 와중에 논두렁 위로 마을 아줌마들이 걸어오고 있었다. 모내기를 하지 않은 사람들이었다. 뒤로는 애기를 둘러메고 한 손으로는 머리에 인 대야를 잡고 오고 계셨다.

"아따, 방금 누가 부른겨? 잘 부르던만."

"우리 딸이 불렀제. 어때, 잘 좀 부르던가?"

"동매 이것이 어매 닮아서 잘 부르구만."

"동매 너도 인자 논일 하는 것이여? 학교는?"

"…… 학교 안 다녀요."

"뭘 그런 걸 물어싸! 밥이나 먹어!"

할머니의 한마디에 마을 사람들은 눈치를 보다 급히 화제를 돌렸다. 할아버지는 아무일 없다는 듯 계속 밥을 드셨다. 할머니는 '긍께, 뭐헌다고 이런데 나와서는…… 에휴' 하시며 못마땅한 듯 혀를 차셨다. 엄마는 죄인마냥 고개를 숙였다.

"엄마, 나 괜찮아. 정말로."

"엄마가 미안혀, 딸. 그래두 요즘은 남들도 다 고등학교 다닌다는디……."

"에이, 그깟 고등학교가 뭐 대순가? 이렇게 엄마랑 논일 하는 것도 나름 재밌고 좋은데 뭘~"

"……."

내 말을 끝으로 엄마와 나 사이엔 침묵만이 오갔다. 엄마는 내가 고등학교 진학을 포기한 이후 이따금씩 방에 들어와 내 얼굴을 어루만지면서 미안하다고 하셨다. 특히, 읍에 다녀오신 날에는 더더욱 그러셨다. 그런 날에는 나도 잠을 이루지 못했다. 엄마가 어루만지실 때는 괜히 뒤척거리며 눈물을 훔쳤다. 물론 고등학교를 못 가게 된 것은 아쉽지만, 엄마가 계속 죄인마냥 미안해 하는 것도 보기 싫었다. 이렇게 된 것을 어쩌겠는가. 커오면서 눈치로 집안 사정을 어느 정도 알고 있는 이상, 이것은 비단 엄마 탓만은 아니었다. 무능력한 아빠, 구박하는 할머니, 무관심한 할아버지. 엄마는 어쩌면 엄마 나름대로 이 속에서 살아남는 것조차 급급한 일일지 몰랐다. 나까지 데리고.

"오메, 할 일이 태산인디 아직까지 밥 먹고 있냐!"

"아따, 왜 그려. 천천히 먹어도 쓰겄구만. 아, 체하겄네. 동매야, 천천히 먹어라."

"아뇨, 저도 거의 다 먹었어요."

"다 먹었어? 그럼 얼른 가서 일 해야제!"

할머니의 재촉에 급히 점심식사를 끝내고 다시 모내기가 시작되었다. 상사소리를 반복해서 부르길 몇 번, 아침부터 서둘러 했던 모내기는 거의 끝이 보였다. 영자아줌마의 상사소리를 끝으로 노래 가락과 가사가 바뀌었다.

"어! 엄마, 노래가 바뀌네?"

"응, 이제 거의 끝났응께 바뀌는 것이여. 얼른얼른 하고 피곤한께 집들어가자고 그러는 것이여."

"이번엔 누구 차례당가? 뭐시여. 아무도 안 부를 거여?"

"아, 그럼 동매 어매 시켜. 동매 어매가 노래 하난 참말로 맛깔나게 부릉께."

"어뗘, 할꺼여?"

"예, 하지라."

어라뒤야 저라뒤야 상사로세 (메기는 소리)

어라뒤야 저라뒤야 상사로세 (받는 소리)

이 농사를 어서 지어 나라 봉양을 하고 보세 (메기는 소리)

어라뒤야 저라뒤야 상사로세 (받는 소리)

앞산은 점점 멀어지고 뒷산은 점점 가까온다 (메기는 소리)

어라뒤야 저라뒤야 상사로세 (받는 소리)

이 배미 저 배미 다 심었네 장구배미로 넘어가세 (메기는 소리)

어라뒤야 저라뒤야 상사로세 (받는 소리)

다 되었네 다 되었어 상사소리가 다되었네 (메기는 소리)

어라뒤야 저라뒤야 상사로세 (받는 소리)

끝이 다가올수록, 흥은 더해졌다. 처음엔 어색하기만 했던 나도 어느새 적응하고 옆 아줌마들과 함께 덩실덩실거렸다. 논두렁 위에서 풍악을 치는 아저씨들의 연주도 한껏 흥이 붙으니 더 신명나고 흥겨웠다.

"어라뒤야 저라뒤야 상사로세"

오늘 할 일이 끝났다. 너나 나나 할 것 없이 덩실거리며 논두렁 위로 올라왔다. 일을 끝내고 다들 집에 가지 않고 계속되는 풍악에 춤을 추며 놀았다. 한바탕 놀고 나서 저녁을 차릴 때가 되자 각자 집에 갈 채비를 했다.

"내일은 어디여?"

"내일은 명국이네제!"

"그럼 내일은 명국이네 논 앞에서 모이는 거여! 나 먼저 갈랑께 잘들 들어가쇼!"

"그려. 먼저 들어가!"

"아버님, 어머님. 저 동매 데리고 먼저 들어가서 밥 지을게요. 좀 더 계시다 오세요."

"알아서 들어갈랑게 밥 차리구 있어!"

엄마랑 이런 저런 얘기들을 나누며 집에 가고 있었다. 저 멀리서 한 남자가 걸어오고 있었다. 아빠였다. 그렇다. 아빠는 어제 할아버지와의 다툼 후 이제야 집에 오신 거다.

"다녀오셨어요."

"엄마는?"

"먼저 들어가서 밥 짓고 계세요."

"…… 니도 오늘 논에 나갔냐?"

"네. 오늘 모내기도 하고 해서……."

아빠의 시선이 흙 묻은 내 옷에 잠깐 멈췄다. 그곳을 손으로 툭툭 털며 멋쩍게 웃어보았다. 오늘 논에 나가 나도 마을 사람들과 함께 노래도 불렀다고 아빠에게 말하고 싶었다. 한 문장이 채 끝나기도 전에 뒤에서 익숙한 목소리가 들려왔다.

"오메, 내 새끼 왔냐? 배는 안 고프냐? 안 들어가구 뭐하고 있어. 얼른 들어가제."

"엄매, 오늘 동매까지 데리고 논 나갔소?"

"집에 혼자 있어 뭐 허겄냐? 일손도 부족하고 그랑께 그냥 데리고 갔제."

"크흠."

"오셨어요."

존재를 나타내려던 할아버지의 기침 한 번, 아빠의 입에서 나온 네 글자. 끝 났다. 서로의 대화도, 이 상황도. 할아버지의 시선이 아빠를 훑고 지나갔다. 할 아버지가 들어가고 그 다음으로 아빠가, 할머니가, 내가 마지막으로 들어갔다.

집은 조용했다. 할머니의 아빠에 대한 애정이 듬뿍 담긴 말을 빼면. 저녁 밥 상에서도, 서로가 방에서 잠들기 전까지 할머니의 여러 물음들과 아빠의 건성 건성한 대답들. 가끔가다 할아버지의 기침소리가 전부였다. 설거지를 끝낸 엄 마가 방에 들어왔다.

"설거지 다 했어?"

"응. 오늘 피곤했제? 안 뻗치냐? 오늘 잠 잘 올 것이여."

"엄마도…… 엄마."

"응."

"엄마."

"왜?"

"엄마."

"어째 왜 계속 불러."

"아니, 그냥. 그냥, 엄마 좋아한다고."

"아따, 애가 오늘 왜 이런다냐. 남사시럽게.[6]"

엄마가 누워 있는 쪽으로 몸을 돌렸다. 엄만 부끄러워하면서도 기분은 좋았 는지 입꼬리가 올라가 있었다.

"엄마, 잘 자."

얼마나 지났을까. 엄마는 아무래도 피곤했는지 잠든 것 같았다. 아까 낮에 봤 던 엄마의 눈물이 계속 생각났다. 어쩌면 엄마도 나와 같은 생각을 했을까. 엄

---

6) '창피하게'의 전라도 사투리

마, 엄마. 엄마는 아빠에게 항상 순종적이었다. 아빠 뿐만 아니라 할머니, 할아버지께도. 내가 기억하는 엄마는 부정의 대답을 하지 않았다. 그 대신 엄마는 속으로 삭혔다. 자던 나를 끌어안고 참 많이도 울었었다. 어릴 땐, 엄마가 왜 밤마다 우나 싶었다. 유난히 엄마가 서럽게 울던 날엔 영문도 모른 채 같이 울기도 했었다. 커가면서, 그냥 눈치껏, 왜 엄마가 날 끌어안고 밤마다 울었는지 알 것 같았다. 엄마에겐 이 집에 들어온다는 것 자체가 숨이 막혔을 것이다. 뛰쳐나가고 싶은 순간에도 엄마는 나 하나를 바라보면서 참았을지 모른다. 그래도, 엄마라는 이유로.

6월 20일. 김매기

"뭣하냐, 창수야. 얼른 나오랑께는!"

"아, 가요!"

아빠를 부르는 할아버지의 재촉하는 목소리가 조용했던 집 안에 울렸다. 아빠가 한껏 인상을 쓴 채 마당으로 나오자 우리 가족은 마을 이장아저씨 댁으로 걸음을 옮겼다. 모를 심은 지 거의 한 달이 다 되어갔다. 그동안 자라난 모들 사이사이에 잡초들이 빼꼼빼꼼 자리잡고 있었다. 오늘은 이 잡초들을 매는 날이다. 아빠도 함께했다. 아빠는 입고 있는 그 옷이 익숙지 않은지 엉거주춤하며 낫을 챙겼다. 원래 같으면 아빠가 논에 나온다는 것은 상상도 못 해본 일이지만, 요즘 웬일인지 아빠는 집에 잘 계셨다. 갈 곳이 없어 붙어 있는 건지, 돈이 없어서 나갈 곳이 없는 건지 몰라도 아빠가 집에 있으니까 할아버지께서는 말은 안 해도 은근 반기시는 눈치였다. 어제 저녁 밥상에서 할아버지가 간만에 아빠께 말을 건넸다.

"창수, 니도 내일은 낫 챙겨 가꼬 논으로 와라."

"예? 저요?"

"아, 그럼 너제. 너 말고 또 누가 있어?"

"내일 뭐 한다요?"

"하이고. 집엘 안 들어온께 집안이 어떻게 돌아가는지도 모르고…… 에휴."

"아니, 요즘은 집에 잘 있잖혀! 또 뭐단디 그려?"

"내일부터 김매기 한데요, 아빠."

"오메, 그렇네. 벌써 그렇구만. 근디 저도 꼭 내일 가야 한다요?"

"아, 그럼 하루 종일 집에 처박혀서 뭐 헐 것이여! 논에 나가서 일도 좀 돕고 하면 좋제. 어째, 가기 싫으냐?"

"아니요. 예, 알것소."

사실 이때부터 아빠의 표정은 별로 좋지 않았다. 할머니는 아빠와 할아버지 사이에서 눈치만 보고 있다가 아빠가 논에 나간다고 하자 대번에 얼굴에 웃음 꽃을 피우셨다. 그리고 엄마는 아무 말이 없었다. 간간히 보이는 미묘한 표정의 변화를 빼고서.

"워따메. 이것이 누구당가? 창수 아녀?"

"예. 안녕하세요."

"오메, 창수 니 오늘은 어째 읍 안 나갔냐? 느그 어매가 요즘 니 집에 있다드만, 참말이였구만."

"아따, 우리 창수 요즘엔 집에도 잘 있고 그런당께!"

아빠가 기다리고 있던 마을 사람들과 똑같은 차림으로 등장하자 마을 사람들은 놀란 눈치였다. 할머니는 의기양양하게 답했다.

"그럼 다 모였능가? 가도 되겠어?"

"안 온 사람 기다리다가는 하루 죙일 여기 있게 생겼소! 그만 갑시다."

"얼렁얼렁 스시오."

"출발하소!"

마을 한 아저씨의 말에 앞에 서 있던 사람들이 한발씩 걸음을 떼었다. 앞 사람들은 울긋불긋한 깃발을 들어올렸고, 그 뒷사람들은 꽹과리, 징, 장구, 북을 치며 나아갔다. 논에 도착하자, 논두렁에 농기들을 꽂고 논으로 들어갔다.

"오늘은 창수도 일한께 노래 한번 부를랑가?"

"뭔 노래를 불러요. 일이나 하제."

"아따, 노래도 부르면서 해야 흥이 나제. 안 그라요?"

"그라제."

"그럼 누가 먼저 부를껴?"

"명국이네가 먼저 부를랑가?"

"예, 그라지라."

이이야 아하 아하에헤에 하절로 로야 (메기는 소리)

이이야 아하 아하에헤에 하절로 로야 (받는 소리)

비가졌네 비가졌네 남서 너메 비가졌네 (메기는 소리)

이이야 아하 아하에헤에 하절로 로야 (받는 소리)

어떤 사람 팔자가 좋아 부귀영화로 잘살더니 (메기는 소리)

이이야 아하 아하에헤에 하절로 로야 (받는 소리)

우리같은 인간들은 무슨 팔자로 일하는가 (메기는 소리)

이이야 아하 아하에헤에 하절로 로야 (받는 소리)

평소 논일 할 때에는 주로 마을 아줌마들이 돌아가며 들노래를 불렀었는데, 오늘은 주로 아저씨들이 불렀다. 마을 사람들이 돌아가며 노래를 부를 때에도 아빠의 입은 한숨만 내쉴 뿐이었다. 한 사람의 차례가 끝나고 아빠에게 간간히 부를 것을 권할 때에도 한사코 거절했다.

"아따, 그래도 창수 니도 한번 불러야제. 신나고 얼메나 좋아."

"됐어요. 안 그래도 뻗친디……."

"아이고고 허리야. 오메 힘든그. 아주 뻗쳐 죽겄구만."

"얼메나 남았소?"

"한 절반 좀 못했구만. 언제 다 할란고."

"그래도 이만 하믄 꽤 많이 했구만. 좀 빨리 불러도 되겄어."

"올해는 유난히 덥구만. 이러다 비도 안 오면 우짜나 싶어."

"오메, 그런 끔찍한 소리 꺼내지도 마쇼. 비가 잘 와야 풍년이제. 비가 안 오면 쓰겄소?"

"다 쉬었소? 다시 시작할까나? 얼렁 해야 끝나겄는디?"

이이야 아하하 아아하하 아하하 하절로 로로야 (메기는 소리)

이이야 아하하 아아하하 아하하 하절로 로로야 (받는 소리)

간다 간다 나는 간다 임을 따라 내가 돌아를 간다 (메기는 소리)

이이야 아하하 아아하하 아하하 하절로 로로야 (받는 소리)

날따라라 날따라라 멀리 멀리 날 따라오게 (메기는 소리)

이이야 아하하 아아하하 아하하 하절로 로로야 (받는 소리)

진양조 장단이었던 긴절로소리에서 좀더 빠른 중절로소리로 넘어왔다. 마을 사람들이 돌아가며 부르길 몇 번, 엄마가 부를 차례가 되었다. 엄마가 입을 뗐다. 나머지 사람들이 엄마의 소리를 받아 불렀다.

"임을 따라 내가 돌아를 간다"

"이이야 아하하 아아하하 아하하 하절로 로로야"

"저기요, 말씀 좀 묻겠습니다."

구성진 노랫가락 사이로 이질적인 한마디가 들렸다. 마을 사람들은 그 소리가 난 곳으로 일제히 고개를 돌렸다. 고개를 돌린 그곳엔 한 남자가 서 있었다. 흰 삼베 옷을 입고 있던 우리와는 다르게 그 남자는 양장차림에 한 손엔 네모난 가방을 들고 있었다. 노래가 끊기고, 그 사람과 논에 있던 사람들 사이엔 정적이 흘렀다. 그 남자는 어색한 웃음소리와 함께 다시 한번 말을 건넸다.

"저는 광주에서 온 지춘상이라고 합니다. 전라도를 돌면서 우리들의 멋을 찾고 있습니다."

"근디요? 뭐단다고?"

"아, 그러다 이 노래를 듣게 되었어요. 노랫소리가 예사롭지 않던데 좀 더 들을 수 있나요?"

"이것은 그냥 우리가 일하면서 부르는 것인디? 이것은 뭐, 당신이 생각하는 그런 특별한 것이 아니여!"

"우리들의 멋이 뭐 특별할까요? 어르신들처럼 일하면서 신나자고 부르는 노래가 하나의 멋이죠."

"옴마, 뭐라는 거여!"

"어르신, 제가 전국 방방곳곳을 돌아다녀도 이런 가락은 들어본 적이 없어요. 잊혀져 가는 우리 멋을, 우리의 전통을 찾아야지요."

"그것이 뭔 말이여. 저 육지 사람들은 이런 거 안 한다요?"

"부르긴 해도 어르신들이 부른 노래와는 달라요. 이 노랜 진도만의 노래라고요."

"오메, 이것을 참말로 모른다고라? 어째 이걸 모른다? 그럼 그 사람들은 논일하면서 무슨 재미로 한다요?"

자신을 '지춘상'이라 소개한 그 남자의 말은 우리 논에 모인 마을 사람들을 놀라게 하는데 충분했다. 할아버지 할머니를 비롯한 마을 사람들은 낯선 이의 한마디 한마디에 여러 말을 덧붙이며 웅성웅성했다. 엄마는 자신의 차례에서 끊긴 노래를 이어서 부르며 혼자서 김을 매고 있었다. 엄마의 주변에는 주인을 잃은 낫 하나가 놓여 있었다.

"아빠는?"

"…… 아마 집에 가셨을 거야."

"…… 간다 간다 나는 간다 임을 따라 내가 돌아를 간다"

"이이야 아하하 아아하하 아하하 하절로 로로야"

엄마는 물음에 대한 간단한 답을 히고선, 부르던 노래를 이어 불렀다. 엄마의 메기는 소리에 소리를 받아 후렴구를 같이 불렀다.

"엄마는 저기 안가?"

"저 가서 뭐 한다냐. 얼른 일이나 끝내고 집 가야제. 뜨건데 한정 없이 있을라고야?"

"저기서 얼마나 있는다고. 곧 저 마을 사람들도 오겠지."

엄마 한 번, 나 한 번. 서로 메기고 받으며 김을 맨 지 30분쯤 지났을까. 허리가 쑤셔왔다. 몸을 일으켜 논두렁 쪽으로 시선을 옮겼다. 마을 사람들은 하나둘 다시 논으로 들어오고 있었다. 끝으로 그 남자도 들어왔다. 양장 차림의 바지는 무릎 위로 끌어올리고, 네모난 가방에서 나온 이상한 물건 하나를 손에 들고, 신발과 양말을 논두렁 위에 올려둔 채로.

"오메, 교수님도 들어오실라고요?"

"그냥 노래만 부르는 거랑 부르면서 일할 때 들리는 소리에는 차이가 있어요. 여러분들이 부르는 이 가락을, 이 소리를 더 생생히 느끼고 싶어서요."

"큼큼, 이제 불러볼까나?"

"오메, 동매 어매 아까 안 나왔었냐? 몇 분 떠들었다고 딸이랑 이만큼이나 했어야. 워따메, 남편은? 창수는 어디 갔다냐?"

"그냥, 동매랑 천천히 한다고 했는데……."

엄마는 말끝을 흐리며 아빠의 행방을 물어본 질문에는 끝내 답하지 않았다.

"누가 먼저 부를랑가? 이만하면 자진절로[7]로 불러도 되겠어!"

"아까 교수님 동매 어매 노래 안 들어 보셨지라? 동매 어매가 노래 하나는 기가 맥히게 잘하는디! 어째, 동매 어매 한번 불러 볼랑가?"

"예? 저 그리 잘 부르는 것도 아닌데……."

"한번 불러주실 수 있으십니까?"

---

7) 김매기가 끝나갈 무렵에 부르는 김매기 노래. 자진모리장단에 맞추어 부른다. 후렴구의 끝이 모두 '하 절로야'로 끝맺고 있기 때문에 '절로소리'라고 한다.

"예, 그라지라."
"자진절로로 부르쇼!"

아하 아하 아하아 아하아 에헤 에헤야 절로 (메기는 소리)

아하 아하 아하아 아하아 에헤 에헤야 절로 (받는 소리)

간다 간다 나는 간다 임을 따라서 나는 가네 (메기는 소리)

아하 아하 아하아 아하아 에헤 에헤야 절로 (받는 소리)

팔랑에 팔랑에 수갑사 댕기 거적문 안에서 날 속이네 (메기는 소리)

아하 아하 아하아 아하아 에헤 에헤야 절로 (받는 소리)

신철철 끄스면[8] 오시마더니 모두굴로[9] 뛰어도 아니오네 (메기는 소리)

아하 아하 아하아 아하아 에헤 에헤야 절로 (받는 소리)

잘맞는다 잘맞는다 우리 제군들이 다 잘맞네 (메기는 소리)

아하 아하아 아하아 에헤 에헤야 절로 (받는 소리)

엄마가 선창을 하고 나를 비롯한 마을 사람들은 제창했다. 낯선 이에서 이제는 교수님이라는 호칭을 갖게 된 그 남자는 흥미로운 눈으로 우리의 모습을 지켜봤다. 엄마의 메기는 소리가 끝났다. 그 남자의 시선은 엄마를 향해 있었다.
"교수님, 동매 어매 노래 잘 부르지라?"
"……."
"교수님? 여보쇼!"
"…… 아, 네! 뭐라 하셨죠?"
"방금 소리 메긴 사람 잘 부르냐고요!"
"아, 정말. 정말, 대단하십니다."
그 남자는 물어본 사람 쪽은 쳐다보지도 않은 채, 오로지 엄마만을 바라보고 있었다. 다음 차례는 영자아줌마였다. 할머니 근처에 있던 그 남자는 어느새 엄마의 주변에 서 있었다. 엄마, 영자아줌마를 거쳐 몇 명의 마을 사람들이 더 부르고 나자 거의 끝이 보였다.

---

8) 끌면
9) 모듬발로

"오메, 죽겄네. 얼만큼 남았는가?"

"거의 끝났구만. 다들 허리 한번 피쇼!"

여기저기서 앓는 소리가 들려왔다. 나도 예외는 아니었다. 그 남자는 논두렁 위로 올라가 아까부터 손에 들었던 이상한 물건을 내려두고 아까 주인을 잃어버린 낫 하나를 잡았다.

"오메, 교수님 뭐 할라고요? 교수님도 풀 매실라?"

"아이, 뭐단디 괜한 옷을 망쳐. 교수님 그냥 계쇼. 거의 끝났는디."

"아뇨, 저도 직접 해보고 싶어서요. 옷 망치는 것쯤이야. 괜찮아요."

"아이, 그래도……."

"그럼 이제 누가 부를랑가? 동매 한번 불러볼텨?"

"아, 저요? 저……."

"불러봐, 한번. 저번에 들어보니께 동매도 잘 부르던만."

"자, 얼른얼른 해서 끝냅시다. 어여 가야제!"

"날따라라 날따라라 멀리 멀리 날 따라오게"

마지막 자진절로는 내가 메게 되었다. 한 소절, 한 소절 선창하면 그 남자를 비롯한 마을 사람들은 같은 후렴구를 제창했다. 그 남자는 몇 번 들어보지 않았을 텐데도 줄곧 잘 따라 불렀다.

"선생님, 동매 잘 부르지라?"

"네, 나이가 어려 보이는데 잘 부르네요. 여기 사람들 모두 실력이……."

"오메, 남사시럽게 왜 그런다요. 동매 저 가시나도 어매가 잘 부르니께 잘 부르지라."

"아 아까 부르신 분 딸이세요? 아……."

그 남자는 내가 엄마의 딸이란 사실이 신기했는지 내 쪽으로 시선을 던졌다.

김매기가 끝났다. 오늘 하루도 이렇게 지나갔다. 아침부터 서둘러 준비하고 하루 내 논에서 김을 매기까지. 아, 여느 때와 다른 점이 있다면 '지춘상'이라는 낯선 남자의 방문이랄까.

김매기가 끝나고 모내기 때와 같이 마을 사람들은 곧바로 집으로 돌아가지 않고, 논두렁 위에서 오늘의 여운을 즐겼다. 엄마는 그 무리에 끼지 않고 주변을 정리하고 나도 엄마 곁에 쭈뼛쭈뼛 서 있었다. 그 남자는 주위를 두리번거리더니 이내 내 옆으로 왔다.

"학생, 오늘은 학교 안 갔어요?"

내게 질문을 던져왔다. 엄마와 나는 그 남자 쪽을 쳐다봤다. 우리와 그 남자 사이에는 일순간 침묵이 흘렀다. 이내 엄마는 옅게 한숨을 쉬고 마저 할 일을 했다. 이젠 그 남자는 아차 싶었는지 동공을 이리저리 굴렸다. 딱히 할 말이 없었다. 처음 본 사람에게 구구절절한 가정사를 들어가며 학교를 안 다니는 이유를 설명해야 할지. 그저 이런저런 변명들로 얼버무려야 하는지.

"그냥……."

이런 상황에선 '그냥'이란 단어만큼 좋은 것이 없다. 사실을 말하는 것도 아니고, 그렇다고 어떠한 변명도 되지 않는. 그 남자의 물음에 나는 두 글자로 대신 답했다.

"아까 노래 잘 부르던데요? 그 엄마에 그 딸이라고. 정말, 두 분 다 잘 부르시더라고요."

"아……. 감사합니다."

다시 침묵이 흘렀다. 누군가가 뒤에서 그 남자를 불렀다.

"선생님, 오늘 집에 안 가쇼? 이미 배두 끊겼을 텐디 우짤라고."

"아……. 혹시 오늘 하루만 재워주실 수 있으신가요?"

"오늘 하루면 된다요? 아까 말 들어보니께는 뭔 연구 뭐시깽이 한다든만."

"실례가 안 된다면 며칠간 지내도 될까요?"

"그라믄 우리 집으로 가실랑가? 뭐 숟가락 하나 는다고……."

"아, 정말 감사합니다."

할아버지께서 그 남자에게 제안했다. 할머니도 꽤 반기시는 눈치였다. 남자는 며칠간 묵을 곳을 구해서 다행인지 안도의 숨을 내쉬었다.

"우리 먼저 갈라요! 다들 잘 들어가쇼!"

그렇게 5명이 우리 집으로 향했다. 한 사람의 자리만 다른 사람이 채웠다는 것 이외에는 아침과 별반 다르지 않았다.

"선생님, 집이 좀 누추해도 이해해 주쇼."

"아, 그럼요. 이 정도면 깨끗한데요, 뭘."

"동매 어매야, 오늘 귀한 손님 왔응께 계란 하나 올려라."

"아니, 꼭 그러지 않으셔도 되는데……."

"아따, 손님은 손님인디 우리랑 같은 밥 먹으면 쓰겄소?"

"아……. 감사합니다."

"그나저나 창수 이놈은 또 어딜 갔다냐. 요즘 집에 잘 붙어 있던만. 이놈 새끼, 오기만 해봐라. 아주 그냥……."

"동매 어매야, 창수 어디 간다고 말 안 하드나?"

"언제 창수가 말하고 가는 거 봤소?"

"아따, 그래도……."

이번에도 역시나 엄마가 말하기도 전에 누군가가 먼저 나섰다. 엄마는 입을 떼려다 말고 발길을 돌려 부엌으로 향했다.

"동매야, 저기서 달걀 좀 가져와."

"몇 개 가져오는데?"

"…… 3개만 가져와."

"…… 응."

그 남자 꺼 하나. 할아버지 꺼 하나. 할머니 꺼 하나. 아빠는 오늘 집에 돌아오지 않을 것이라 예상한 건지 엄마는 3개를 가져오라 했다. 오늘 같이 손님이 오지 않는 날이 아니고서야 밥상에 달걀 요리가 올라가는 일은 드물었다. 다차려진 밥상 가운데 3개의 밥그릇 위에만 계란 후라이가 올라가 있었다.

"잘 먹겠습니다."

"선생님, 차린 건 없어도 많이 드쇼."

두 문장을 끝으로 조용한 식사시간이 이어졌다. 그 남자는 어색한 분위기가 낯설었는지 말을 건넸다.

"아까 소리가 예사롭지 않던데, 누구한테 배웠나요?

그 남자의 시선은 엄마를 향해 있었다. 엄마는 당황스러운 얼굴로 쳐다보았다.

"…… 네? 뭐, 딱히 배운 것이라기엔. 그냥 어릴 적부터 아버지한테 듣고 자랐지요."

"아, 그러시구나. 딸도 잘 부르던데. 소리내림이라는 게 있는가 봐요."

"네? 무슨 그런……."

엄마는 자신에게 쏟아진 관심이 영 부담스러운지 대답을 대충 얼버무리고서 밥 먹기에만 열중했다. 더 이상의 질문은 바라지 않는 눈치였다.

7월 10일. 폭우

그 남자가 우리 집에서 머문다는 것 외에는 평범한 나날들의 연속이었다. 주중에는 광주에 올라가 일을 하고 주말엔 내려와 우리 집에서 자곤 했다. 우리 집에서 지낼 때면 그 남자는 엄마에게 들노래를 불러주길 부탁하거나 기계에서 나오는 녹음된 엄마의 목소리를 계속 들었다. 유난히 마을 사람들 중에서도 엄마의 소리를 마음에 들어 했다. 엄마가 김을 매러 나갈 때면 그 사람은 손에 검정색 녹음기를 들고 따라 나섰다. 그리고 그런 날이면, 어김없이 밥상에서 엄마의 소리에 대해 아낌없이 칭찬을 했고, 엄마는 여전히 부끄러워했다.

아빠는 그렇게 중간에 도망친 이후, 닷새 만에 돌아왔다. 집에서 지내는 손님에게 방을 내주느라 본의 아니게 아빠랑 한방에서 지내는 중이었다. 그렇다고 아빠가 돌아온 이후에 항상 집에 있던 것은 아니지만. 아빠와 그 남자가 집에 있는 날이면, 미묘한 신경전이 벌어지곤 했다. 서로가 서로를 불편해 하는 것이 보였지만 누구 하나 먼저 불편하단 말을 입 밖으로 내뱉진 않았다.

엊그제부터 비가 왔다. 장마가 끝난 줄 알았건만, 때 아닌 폭우에 할아버지는 논으로 나가셨다. 물꼬를 트기 위해서였다. 올해 유난히 비가 안 와 마을 사람들의 걱정이 컸지만 이번 비로 그나마 걱정을 덜었다. 엄마와 할머니는 김치전과 막걸리를 준비했다. 비 오는 날에 일하시고 온 할아버지께 드릴 참이었다.

두어 시간쯤 지났을까, 할아버지께서 돌아오셨다. 노란색 우비에 의존한 채, 삽 하나만 들고 흙을 퍼내신 것 같았다. 힘든 일이지만, 비가 와서 다행인 건지 할아버지의 얼굴엔 은은한 미소가 서려 있었다.

"다들 와서 전 드쇼!"

할머니의 외침에 가족 모두가 마루에 놓여진 상 앞으로 모였다. 폭우로 인해 이곳에 발이 묶인 그 남자도 함께.

"공례씨. 혹시 대회 나가볼 생각 없으세요?"

일제히 이 소리의 발원지를 쳐다봤다.

"곧 10월에 전국 민속예술경연대회가 열려요. 전국의 난다긴다는 사람들이 다 모여서 노래도 하고, 춤도 추고 하는 거죠."

엄마를, 우리 가족을 납득시키기엔 더 많은 문장이 필요했었다. 그러니까 지금 저 사람의 말은 난다긴다하는 사람들이 나온다는 곳에 엄마한테 나가라 한 소리인가. 그 사람은 말을 이어나갔다.

"공례씨의 소리는 전국의 그 누구와도 견줄만한 소리라고 자부할 수 있어요. 그만큼 대단한 소리라고요. 다른 사람들의 소리와는 또 다른 그 무언가가 있어요. 말로 다 표현하기는 어렵지만. 여기 마을 사람들이 논에 나가 부르는 노래는 정말로, 정말로 특별한 것이에요. 이분들은 너무나도 자연스러워서 못 느끼셨겠지만, 제가 전국 어디를 돌아다녀도 이런 노동요는 들어본 적이 없어요.

진도가 아무래도 지형상 육지랑 떨어져 있으니까 진도에만 있는 특별한 것이라고요. 다른 지역 사람들이 이것을 듣게 된다면 정말로 놀랄 것이에요. 제가 유난히 호들갑 떠는 게 아니라, 정말로.

만약 대회에 나간다면 공례씨 뿐 아니라, 여기 마을 사람들 모두가 그곳에서 여러분들이 평소 논에 나가 하는 것처럼 하면 돼요. 다만, 공례씨한테 물어본 건, 공례씨가 소리를 메겼음 해서."

그 남자는 이 정도면 충분한 설명이라고 생각했는지 말을 마쳤다. 이제는 모두가 엄마를 바라보고 있었다. 엄마가 무슨 말이라도 내뱉길 바랐다. 그러나 엄마는 어떠한 말도 입 밖으로 꺼내지 않았다. 얼굴이 빨개진 채 아래만 바라보고 있었다.

"동매 어매, 네 생각은 어떠냐."

"…… 싫어요. 제가 뭐단다고 거길 나가요. 저는 그냥 조용히 있고 싶어요."

엄마의 입에서 처음으로 부정의 대답이 나왔다. 한번도 부정의 대답을 한 적이 없는 엄마의 입에서.

"…… 공례씨."

아빠는 먹던 김치전을 마저 다 먹고 방으로 가면서 한마디 하셨다.

"근디, 거기 나가면 뭐한다요? 그런 사람들 앞에서 노래 부르는 것이 어쩐다고? 콩고물이나 떨어지믄 몰라."

아직 상을 떠나지 않은 사람들은 다시 그 사람에게로 시선이 향했다. 설명을 더 해달라는 무언의 요구였다.

"대통령상, 국무총리상, 문화공보부장관상이 있는데 상을 받게 되면 중요무형문화재로 선정돼요. 물론, 상금도 있을 테구요."

"중요무형문화재? 그것이 뭐다요?"

"쉽게 말하면, 국가에서 공례씨와 같은 소리나 무용 등을 잘하는 사람을 인정해 주는 거죠."

"상금은 얼만디?"

"아직 정확하겐 모르지만, 작년, 재작년 대회 수상자들이 받은 상금액을 보면 꽤 되더라구요. 유명세는 물론."

"동매 어매, 참말로 나갈 생각 없는 것이여?"

"……."

이번엔 할머니가 엄마한테 물어봤다. 할머니는 상금이란 말에 혹했는지 엄마가 긍정의 대답을 내뱉길 바라는 것 같았다. 그러나 엄마는 여전히 묵묵부답이었다.

"아니, 나간다믄 좋겠구만, 어째 안 나갈라 그려! 혹시 알어? 대통령이 손 한 번 잡아줄지?"

"……."

"오메, 답답한그. 입이 있음 말을 혀! 입은 뭐단데 쓸라고 놔두고 있능가 모르겠네."

할머니는 이제 완벽한 그 남자의 편이었다. 엄마의 소리가 당연히 상을 탈 수 있을 것이라던 그 남자의 확신에 할머니는 이미 상금까지 내다보고 계셨다.

"좀 더 생각할 시간을 주세요."

"꼭 동매 어매가 나가야 하는 것이여?"

"꼭 그런 것은 아니지만, 공례씨가 나가면 좋죠. 물론, 다른 사람들이 부를 수도 있지만, 선창하는 공례씨의 목소리는 다른 어르신들과는 확연히 다르거든요."

"아이고, 속 터져 죽어불겄소. 상금도 받고 좋다구민은 어째 안 나갈라 하는지 모르겄네."

"공례씨, 좀더 고민해 보시고 말씀해 주세요. 이번 기회에 우리나라 사람들에게 이런 문화도 있다는 것을 알려주고 싶었어요. 진도만의 특별한. 상을 받는다면 상금도 상금이지만, 국가에서 공례씨를 인정해주는 거잖아요. 잘 생각해 보세요."

상이 치워졌다. 얼마 안가 설거지하는 소리가 들렸다. 평소 같았으면, 엄마를 도우러 부엌에 갔겠지만, 왠지 오늘은 엄마가 혼자서 생각할 시간이 필요할 것 같아 밖으로 나왔다. 아까 할아버지가 논에 나갔을 때와는 달리 비는 약하게 내리고 있었다. 나왔지만 갈 곳이 없었다. 밖으로 나가길 포기하고 사랑채 앞 조그만 마루에 앉았다.

"동매야."

그 사람은 내 옆으로 와 앉았다. 내 이름을 부른 뒤, 한참이나 말이 없었다. 그 사람과 둘이 있는 이 자리가 너무나도 불편했지만, 할 말이 있는 것 같아 떠날 수 없었다.

"동매는, 엄마가 그 대회에 나갔음 좋겠니?"

"잘 모르겠어요. 엄마가 선택하는 거지. 뭐, 제가 이래라 저래라 할 수 있나요."

"그래도, 엄마가 그 대회 나가서 상금타면, 돈이 생기면 학교에 다시 다닐 수도 있단 생각 안 해봤니? 어쩌면 너에게도 좋은 기회일지 몰라."

"……."

그 남자와 눈이 마주쳤다. 너무나도 잘 알고 있었다. 정확하게.

"엄마의 소리는 정말로 귀한 소리란다. 엄마가 하나하나 내뱉은 소리에는 한(恨)이 담겨 있어. 너도 느끼지 않았니? 엄마가 부를 때 다른 사람과는 좀 다르다는 거? 상금이 중요한 게 아니야. 아, 중요할 수도 있지. 하지만, 나라에서 이

50

런 귀중한 소리를 관리하고 보존할 필요가 있어서 나가길 바라는 거야. 대회에 나간다면 아저씨는 이 노동요가 상을 받을 것이라 확신한단다. 상만 받는다면 국가에선 엄마를 인간문화재로 인정해 주거든. 아저씨 뜻을 잘 알겠지?"

"……."

그 남자는 다시 방으로 들어갔다. 학교. 엄마가 인정을 받는다. 정말로 엄마가 상을 받을 수 있을까? 갑자기 머릿속이 복잡해졌다. 무엇이 옳은 선택인지 몰랐다. 엄마가 선택하는 것이라고 답했으면서도 나 또한 엄마가 나가길 바라고 있는 걸까. 이런 저런 생각들로 머릿속이 채워져 갈 때쯤, 엄마가 부엌에서 나왔다.

"비오는디 여기서 뭐 하구 있어. 들어가지 않고."

"그냥……."

엄마는 나를 쳐다봤다. 엄마는 지금 무슨 생각을 하고 있을까.

"동매야, 자냐?"

"…… 아니. 왜?"

"…… 엄마가 거기 나갔으면 좋겠냐?"

"…… 엄마가 결정하는 거지, 뭐. 내가 나가라고 하면 나갈 거야?"

"동매는 엄마가 나갔으면 좋겠나부네."

"……."

"동매야, 학교 다니고 싶지? 엄마가 미안하다."

"또 왜 그래. 어서 자기나 하소."

"…… 에휴. 그래. 동매 너두 잘 자라."

엄마가 잠시 뒤척이더니 이내 고른 숨을 내뱉었다. 엄마는 아마 아까 그 남자와 나눈 대화를 들은 것 같았다. 엄마한테 사실대로 말하고 싶었다. 하지만 그럴 순 없었다. 그리고 상을 받을지도 모르는 일이지만, 만에 하나 상금을 받는다 해도 내가 학교를 다닐 수 있다는 보장은 없었다. 학교에 다니고 싶었다. 친구들도 보고싶었다. 그리웠다. 1년 전 그 모든 상황들이.

7월 23일. 만물 [10]

"엄마 오늘까지만 김 매면 끝나는 거야?"

"아니제. 근디 오늘까지 이 고비만 넘기면 수월해지겄제."

"근데 왜 계속 김 매줘야 하는 거야?"

"이 가시내가. 말이여 방구여. 계속 자라나니께 뽑는 거제. 김매기가 다 똑같은 김매기가 아니여! 첫 풀 맬 때는 김이 있던지 없던지 나락 똥구녁을 긁어줘야혀. 나락 퍼지라고. 초벌 맬 때는 긁고, 두벌 맬 때는 인자 나락이 하나썩 둘썩 나락 밑에 물지심이 돋는디, 물지심, 그 가래 같은 거 그런 것이 이자 돋으면 그런 것을 매기 위해서 두벌을 매고, 시벌 맬 때는 나락 속에 피가 하나썩 나락만치로 있다가 팰라고 배동할 때는 피 뽑고 그런 것 저런 것 해서 인자 못 쳐냉께는 그런 놈은, 시벌 맴시로는 크나큼께 오골서 딸딸 몰아 갖고 발로다 푹 묻는 것이여. 땅속에다 거름되라고. 인자 알겄어?"

"응. 조금은……."

"오메, 동매 어매 왔소? 오메, 교수님도 오셨구만."

"예. 어르신들 노래 솜씨 좀 들어 보려구요."

"아따, 많이 들었음서. 남사시럽게 왜 그러요."

"듣고 싶다는데, 들려줘야제! 자, 오늘만 넘기믄 그래두 수월해지니께, 열심히들 합시다. 알았지라?"

"예."

그 남자는 오늘도 따라 나왔다. 오늘도 역시나 손에는 검정색 녹음기를 들고. 마을 사람들이 하나 둘 논으로 들어갔다. 곧 머지않아 절로소리가 시작되었다. 마을 사람들은 그 구성진 가락에 맞춰 앞으로 이동해가며 김을 맸다. 몇 번이나 불렀을까. 저 멀리 애기 엄마들이 뒤에는 애기를 업고 머리에는 쟁반을 인 채, 논두렁 위를 걸어오고 있었다.

"다들 좀 쉬었다 하쇼!"

힘든 노동 끝에 찾아온 꿀 같은 휴식은 언제나 달디 달다. 마을 사람들 너 나

---

10) 김매기의 마지막 작업. 세벌매기가 마지막 작업이 된다. 이를 진도에서는 '만물' 혹은 '맘물'이라 함.

할 것 없이 서로 막걸리를 떠주며 휴식을 즐겼다.

"여러분. 제 말 좀 들어주시겠어요?"

전혀 사투리가 담기지 않은, 이곳 사람들이 쓰는 억양과는 사뭇 다른 음성이 울렸다.

"몇몇 분께는 이미 말씀드려 알고 계시겠지만, 오늘 모든 분들께 말씀 드리려구요."

그 남자는 이 말을 끝내고 모여 있는 마을 사람들을 둘러봤다.

"올해 10월에 전주에서 전국 민속예술경연대회가 열려요. 여기 있는 여러분들이 나갔으면 좋을 것 같아서 말씀드립니다."

"엥? 그것이 뭐다요?"

"전국에서 여러분들처럼 노래나 춤을 잘 하는 사람들이 모여서 대회가 열리는데요, 저는 여러분들의 이 소리를 많은 사람들에게 알리고 싶어요. 제가 처음 만났을 때도 말씀드렸다시피, 이 소리는 평범한 소리가 아니거든요. 이곳만의 특별한 소리라구요."

"그래서 우리가 나갔음 좋겠다구?"

"네."

"자네들 생각은 어뗘? 나는 괜찮은디, 간만에 육지 구경도 좀 하고. 혹시 알어? 우리가 상 탈지?"

"상도 있소?"

"네. 당연히 있죠. 저는 여러분들이 나가기만 한다면, 상은 당연히 탈 수 있다고 확신해요."

"아따, 그랑가? 괜찮은디? 자네는?"

"나도 좋제!"

그 남자의 한마디는 순식간에 마을 사람들을 동요시키는데 충분했다. 엄마와는 사뭇 다른 반응이었다. 의외로 대부분 좋다는 의견들이 터져 나오고 속전속결로 대회 출전이 확정된 것 같았다. 나는 엄마를 바라보았다. 엄마도 나를 바라보았다.

"그런데 소리 메기는 사람을 정해야 해요. 받는 사람들에 비해 더 잘 부르는 사람이어야 하구요. 아마 상을 타게 된다면, 여러분들은 물론, 그 사람은 국가에서 인정받게 되죠."

"오메, 국가서 인정해 준다고야? 워따메, 이게 뭔 일이랑가. 그라믄 허벌나게 잘 부르는 사람이어야 쓰겄네?"

"우리 중에 잘 부르는 사람이 누가 있어?"

"동매 어매 잘 부르잖어!"

마을 사람들이 일제히 엄마를 쳐다보았다. 엄마는 집에서처럼 당혹스러운 표정을 지었다.

"동매 어매 생각은 어뗘? 같이 나가자! 육지 구경도 하고 좋잖혀. 혹시 알어? 우리가 또 나가서 참말로 상 탈지?

"아, 저는……."

엄마는 대답하길 주저했다.

"같이 가! 안 나가고 싶어? 뭐 땜시 망설이는 거여!"

엄마는 나를 바라보는 것이 느껴졌다.

"갈 거여?"

"네. 저도 나갈게요."

그 남자의 얼굴에 미소가 서렸다. 엄마를 바라봤다. 눈이 마주쳤다. 엄마에게 웃어보았다. 엄마의 얼굴에도 이내 미소가 서렸다.

"이제 슬슬 시작할까나? 다들 배 채웠소?"

"어여 합시다. 뜨거 죽겄네. 아따메, 며칠 전만 해도 지붕 무너질 듯 비가 오더니만. 아주 사람 죽겄어."

"동매야, 가자. 얼른 서둘러야혀. 곧 있음 끝나께."

"네."

"동매만 가는 거제? 아따, 오늘 동매가 한 음식 맛볼 수 있는 거여?"

"동매 어매는 여기서 노래 불러야 하니께, 동매 니가 수고 좀 해라. 알았제?"

"그려. 동매 네가 이해 좀 혀. 엄매가 곧 전국대회 나간다는디. 지금부터 연습해야제."

"자, 어서 시작합시다!"

오후 작업이 시작되었다. 그러나 내 발길은 집을 향하고 있었다. 할머니와 함께. 멀어져 가는 논에서는 흥겨운 절로소리가 울려 퍼졌다. 술참을 먹고 시작해서 그런지, 자신들이 평소에 부른 노래가 그토록 가치 있고 특별한 것이었다는 생각 때문인지 소리에서 신명이 묻어 나왔다.

마당에 놓인 상 위에 음식을 나르고 있을 때였다. 저 멀리서 풍악소리가 들려왔다.

…… 얼시허 어헐씨구나 지화자자 / 아 얼씨구나 지화자자자 얼싸좋네 (메기는 소리)
내 돌아간다 내돌아간다 / 우리님 따라서 허허허 / 내가 돌아를 가는구나야 (받는 소리)
에헤야 에헤야 얼시허 어헐씨구나 지화자자 / 아 얼씨구나 지화자자자 얼싸좋네 (메기는 소리)
인제 가면 언제나 올까 / 아무리 해도 내가 못온단 말이구나야 (받는 소리)
에헤야 에헤야 얼시허 어헐씨구나 지화자자 / 아 얼씨구나 지화자자자 얼싸좋네 (메기는 소리)

"왔소? 얼른 앉으쇼! 여기 상 차려 놨으께 많이들 먹웃쇼!"
"선생님, 선생님도 한 잔 하실라?"
"선생님도 여기 앉으쇼! 얼른 오랑께라!"
"아따, 올해도 가뭄이믄 우짜나 싶었는디! 요 며칠 비가 딱 오는 것이 아주 그냥 기가 맥혔당께!"
"에이, 좀더 와야제. 올해는 제발 아니어야 할 턴디."
"그래두 인자 큰 고비는 넘겼응께 괜찮을 것이여."
"그래야제. 그럴 것이여! 그런 기념으로 다들 한 잔씩 드쇼!"
집 마당은 한마디로 왁자지껄했다. 너 나 할 것 없이 서로 술을 주고 받는 중에 엄마는 집에 와 설 겨를도 없이 부엌일을 도왔다. 엄마를 도와 음식을 나르다 상 제일 가운데에 앉아 있는 명국아저씨가 눈에 띄었다. 가운데 자리도 자리지만, 얼굴엔 솥검드렁[11]으로 얼굴이 새까맣게 묻어 있었고 눈에는 긴 풀잎으로 만든 안경도 씌어 있었다. 아저씨 얼굴을 보고 있자니 웃음이 새어 나왔

---

11) 아궁이에서 긁어낸 까만 재를 '검드렁'이라 함.

다. 그러다 아저씨와 눈이 마주쳤다. 웃은 것이 죄송해 황급히 시선을 돌렸지만 아저씨는 그 새까만 얼굴에 대비되는 누렁니를 보이면서 함박웃음을 지으셨다. 음식을 나르고 부엌으로 들어가려다 그 옆에 묶어진 황소가 보였다. 오늘이 날이긴 날인지 황소도 한껏 치장을 한 것 같았다. 양쪽뿔에는 흰 백목이 묶어져 있고 몸통엔 흰 백목은 물론 댄답넝쿨도 감겼다. 소 앞에는 풀이 한 가득 놓여 있었다. 오늘 마을은 축제 분위기였다. 소마저도.

남도들노래

"노래를 부르믄 그렇게 마음에 오만 것이 다 얼로 가불고 오로지 '이것을 잘 키워야 내가 먹고 산다.' 이 생각만 들지라. 그라고 이자 나락 밭에 들어 가믄 노래가 절로 나지라."

바다 내음이 가까운 섬이지만 진도는 예로부터 농사가 발달한 땅이었다. 풍요로운 들판과 따뜻한 날씨, 그 특별한 혜택 덕분에 진도는 농토의 면적이 작음에도 불구하고 풍성한 수확을 거둘 수 있었고, 이 과정에서 남도들노래가 태어났다. 그래서인지 진도 땅에서는 누구를 만나던지 구수한 소리 한 자락을 전해들을 수 있다.

예술의 고장이라 불리는 진도답게 곳곳에 유려한 노랫가락이 베어 있는 가운데 사람들의 땀과 호흡이 그대로 묻어나는 삶의 소리가 있으니, 바로 남도들노래다.

남도들노래는 진도지방에서 전해지는 농요로 1973년 무형문화재 제 51호로 지정된 노랫가락이다. 예로부터 논농사는 많은 사람들이 동원되어야 하는 일이었다.

일의 능률을 높이고 지루함과 고통을 덜기 위해 사람들은 노래를 불렀다. 남도들노래에 대한 인지리 주민들의 외길사랑은 1997년 타계한 천상의 소리꾼 조공례씨부터 시작된다. 그녀는 남도들노래 예능보유자로, 남도들노래의 역사이자 신화였다.

── 출처 : 남도들노래(한국민속문학사전(민요 편, 국립민속박물관)

노동의 곤함을 흥으로 녹인 노랫가락

함께 일하고 노래하던 즐거운 꿈을 돌아보며……

 남도들노래에는 모판에서 모를 찌면서 부르는 〈모 찌는 노래〉가 있다. 〈모 찌는 노래〉는 '상사소리' 또는 '못소리'라고도 하며 중중모리장단으로도 부른다. 모를 심으면서 부르는 〈모심기노래〉는 중모리가락으로 부르다가 일을 재촉할 재량이면 중중모리가락으로 빨라진다.

 논에서 김을 맬 때 부르는 〈절로소리〉는 늦은 가락인 진양조장단의 〈긴절로소리〉를 부르다가 중모리가락의 〈중절로소리〉에 이어 자진모리가락의 〈잦은절로소리〉로 마친다. 만물(마지막 논매기)이 끝나면 장원을 소에 태워 마을로 들어오면서 〈질꼬냉이〉를 부른다. 일하는 방식이나 일의 형태에 따라 노랫가락의 속도와 호흡이 달라지는 구성이다. 곤한 노동에 리듬을 주고 흥을 북돋아 곤함을 이기는 지혜가 담겨 있다.

칠하다

박채린

모든 것을 가졌다고 믿었던 친구와 나의 이야기.
그림과 색채, 꿈에 관한 이야기.

1. 벌써 몇번째니?

답하기 어려운 질문. 순위권에서 떨어지면 힘들다는 거, 네가 더 잘 알잖아. 한숨과 함께 들려온 엄마의 나지막한 한마디에 민우가 고개를 숙였다. 죄송해요, 하는 무의미한 사과와 다시 시작되는 잔소리들. 성의없이 네네 대답만 읊으며 애꿎은 돌만 차대는데 난데없이 엄마가 물어오신다.

"걔는 어떻게 나왔는데?"

울컥해서 멋대로 나오려는 대답을 간신히 꾸역꾸역 밀어 넣고 겨우 대답했다.

"아직 모르겠어요."

아직도 모른다는 게 말이 되냐며 무슨 말을 더 하시려다 그만 삼키신다. 이왕 성적이 이렇게 나온 거 앞으로 열심히 하자는, 어차피 한 귀로 듣고 한 귀로 흘릴 말들을 들으며 민우가 전화기를 귀에서 살짝 뗐다. 귀가 멍멍해진 민우가 휴대폰을 멍하게 쳐다보다 성적표를 흘긋 스쳐봤다. 짜증이 나는 듯 손으로 머리를 털고는 고개를 숙여버렸다.

문득 그 녀석이 생각났다.

2. 민우와 녀석과의 만남은 의외로 굉장히 호의적이었다.

그렇다고 지금 호의적이지 않다는 건 아니다. 그러니까…… 지금에 비해서. 초등학교 3학년 때였다. 민우로서는 첫 번째로 나가는 큰 대회였고 머리속으로 학원에서 배운 대로만 하자며 나올 만한 주제들을 생각하고 있었다.

한국화에서 주는 주제들은 비슷했다. 사군자나 과일, 장미나 특이하게 근처 나무를 그리라는 주제도 나온다고 했다. 학원에서 열심히 연습했던 매화가 나왔으면 좋겠다는 생각을 하고 있는데 옆에서 누가 톡톡 쳤다. 같이 참가한 친구겠거니 하며 쳐다보지 않는데도 계속 치는 게 짜증 나서 왜! 하고 화 내다시피 소리치며 고개를 돌렸다. 웬 처음 보는 남자애가 싱글벙글 웃으며 쳐다보고 있었다.

"이거 먹어."

화를 냈던 게 무색하게 손에 초코 쿠키를 쥐어 주는 그 애를 보며 이건 뭘까, 호기심에 차 물끄러미 쳐다보았다.

"아파 보여서. 단 거 먹으면 낫는데."

그렇게 호의를 베풀고 자기 자리로 종종 돌아가는 모습을 보고 있자니 어린 마음에도 '진짜 착한 친구다'라는 생각을 했었더랬다. 그리고 며칠 후 영재원에 들어갈 학생들을 뽑는 시험에서 만났다. 보자마자 반갑게 인사하는 그 녀석, 아니 윤재를 보며 '우리, 많이 친해지겠구나' 하는 예감이 들었다.

얼마 후 윤재가족이 민우와 같은 아파트에 이사 오면서 둘은 더욱 친해졌다. 영재원에 갈 때나 학교에 갈 때나 같이 갔다. 친구들 사이에서도 알아주는 단짝 친구였다. 그런데 그 단짝 친구 사이가 어느새 조금씩 변해갔다. 같은 중학교에 입학한 후 성적이 나오고 등수가 나오면서부터였다.

윤재는 그림도 잘 그리고 공부도 잘 했다. 공부에 관한 얘기가 친구들끼리 나오면 항상 이름이 빠지지 않았다. 그런 윤재를 보며 민우는 기가 죽었다. 친구들은 윤재 얘기가 나오면 못하는 게 없다며 칭찬을 하곤 했지만 왜인지 모르게 마음이 불편했다. 윤재 얘기를 하면서 은근히 자기를 깎아 내리는 건 아닌가 하는 괜한 의심도 들었고, 자꾸만 스스로가 작아지는 느낌이 들었다. 그렇다고 해서 민우가 공부를 못하냐 하면 그것도 아니었다. 오히려 윤재의 그런 모습에 자극을 받아 나름 열심히 했고, 친구들 사이에서도 '좀 하는 애'로 통했다.

그렇게 민우와 윤재는 같은 일반고에 진학했다. 예고에 가기에 아까운 성적이기도 했고, 내신과 실기로 오히려 예고에 다니는 친구들보다 더 경쟁력이 있을 거라는 자신감이 있었다. 어찌 됐든 민우 자신은 미술을 하고 싶었으므로 미대 진학을 희망했다. 결정을 내리는 과정에서 흔들리기도 했다. 사실 친구들 중에서도 유독 흔들렸던 게 민우였다. 중3 입시철. 하루가 멀다고 학교에 찾아오는 고등학교 설명회를 보면서 민우는 매일 흔들렸다. 그에 반해 윤재는 일관됐다. 가끔 고등학교에 관련된 얘기를 꺼내긴 했지만 처음부터 일반고등학교를 희망했고 옆에서 예고를 가냐 일반고를 가냐, 내신이 강한 학교를 가냐 수

능이 강한 학교를 가냐 말이 많아도 흔들리지 않았다. 민우가 윤재를 이렇게 생각하는 이유는 사실 둘이 고등학교에 대한 얘기를 별로 하지 않아서이기도 했다. 학교 시험에 고입까지 겹치니 서로 예민한 상태여서 그런 부분은 건드리지 않으려고 했다, 라고 하는 건 표면적인 이유다. 사실은 둘 다 공부나 성적에 관해서 잘 얘기하지 않는 편이었다. 민우는 그런 얘기에 민감해 하는 윤재를 배려해서라고 믿었지만, 어쩌면 진학이나 성적에 관한 얘기가 불편했던 것은 스스로가 아니었는지 생각해 본다. 윤재 얘기만 나오면 작아지는 자신을 보기 싫었던 건, 또 열등감의 대상 앞에서 대놓고 비교를 당하는 게 견디기 싫었던 건 아닌지.

예체능계가 워낙 좁다 보니 참가하는 학생들도 매번 비슷하고 상 받는 애들은 늘 정해져 있었다. 그리고 그 '애들'의 대표적인 예가 윤재였다. 매번 1등을 차지하는 윤재와 달리 항상 순위권에는 들었지만 1등은 한번도 못 해본 민우였다.

처음엔 그저 신기했다. 빼놓지 않고 1등을 하는 것도, 저와 같은 영재원을 다니는데 대회에서 훨씬 좋은 성적을 얻는 것도 신기했다. 딱히 남다르게 노력하는 것 같지도 않았고 왜 그렇게 잘하냐고 물어보면 그냥 실실 웃기만 하는 윤재, 도대체 뭐가 문제일까. 처음에는 그런 윤재를 따라잡기 위해 윤재가 하는 걸 다 해봤다. 오렌지를 초록색으로 칠하길래 그것도 따라해 보고 수업시간에 가끔 조는 것도 이유가 있겠지 하며 생활패턴을 따라해 보기도 했다. 그렇다고 해서 나아지는 건 하나도 없었다. 왜 애먼 오렌지를 초록색으로 칠하냐며 학원 선생님께 질타를 받았고 수업시간에 졸다 보니 밤에 잠이 안 와서 졸면 안 되는 수업까지 망치기도 했다. 그 과정을 거치며 민우가 낸 결론은 하나였다.

나는 안 되는구나.

윤재는 자신과는 비교하면 안 되는 대상이라는 것을 민우는 알아차렸다. 뭘 해도 잘하고 칭찬을 받는 윤재와 달리 자신은 잘하는 게 하나도 없다고 생각했다. 어느 순간부터는 가위바위보나 제비 뽑기 등 실력이 필요하지 않은 게임에서도 윤재가 이길 때마다 머리 속으로 그런 생각을 했다. 친구들끼리는 장난을 치는 듯 '역시 허윤재!'라며 우스갯소리를 했지만 정작 본인은 그 말을 하면서도 마음 한 구석이 콕콕 찔리는 듯 아팠다. 친구들조차 윤재를 독보적인 존재로 인식하는 것을 보며 아쉽기도 했다. 나는 평생 애들한테 저런 존재가 되지는 못하겠지? 민우가 쓴 웃음을 지었다.

3. 모의고사는 잘 들 봤냐?

뻔한 선생님의 질문에 아이들이 단체로 아니요- 하며 힘 빠지는 소리를 냈다. 물론 민우도 그중 한 명이었다. 윤재를 흘끗 보니 아이들의 그런 반응이 그저 재밌다는 듯 웃고 있었다. 하긴, 공감이 안가는 얘기겠지. 소문에는 이번에도 다 2등급 이상을 찍었다고 한다. 그에 비해 자신은 이번에 3등급이 나온 과목도 있었다. 예전엔 안 그랬는데, 요즘 자꾸만 비교에 빠진다.

선생님도 역시나 예상한 답변이라는 듯 그냥 허허 웃으시곤 화제를 돌리셨다.

"시험도 봤으니 이제 수행평가도 봐야지?"

아이들의 야유와 안 돼요- 하는 절규가 들려왔다. 시험 못 본 친구들은 이거라도 잘해야지! 선생님의 말씀에 민우가 아예 등을 돌려버린다.

선생님이 주신 수행평과 과제는 수묵채색화였다. 이번에는 그냥 묵으로만 칠하는 게 아니라 색이 있는 물감도 칠해 볼 거라며 친절하게 설명해 주신다. 처음 듣는 설명에 친구들이 집중하여 귀를 기울였다.

수묵화가 잘 그려지지 않아 열심히 연습하다 보니 민우에게는 색 있는 물감을 만져보기가 꽤 오랜만이었다. 시작하라는 선생님의 말씀이 끝나자마자 친구들이 분주하게 움직이기 시작했다. 미술실 안에 보관해 두었던 각자의 도구를 찾아갔다.

모의고사 성적이 개판이라 그릴 의지조차 생기지 않은 민우가 먹에 손도 대지 않은 채 다른 친구들의 그림을 보고 있었다. 그러던 중 윤재의 그림을 스치듯 보았다.

특이하게 윤재는 민우가 자신의 그림을 보는 걸 무척 싫어했다. 왜 그런지는 몰라도 특히 민우에게 예민했다. 뭘 그리냐고 물어볼라 치면 정색을 하며 알려주지 않는 게 일쑤였다. 윤재와 충돌을 일으키지 않으려면 윤재가 뭘 그리는지에 관심을 갖지 않아야, 아니 갖지 않는 척해야 했다. 그래서 궁금해도 지금처럼 멀리서 쓱 훑어볼 수밖에 없었다. 선생님이 그리라고 내주신 장미를 그리는 듯했다. 그런데 장미의 꽃잎과 줄기의 색이 바뀐 것 같았다. 내가 했으면 당장 욕을 먹었겠지, 민우가 다시 비교를 시작했다. 뭐든 걔가 하면 의도를 가지고 한 특이한 작품이 되고 자신이 하면 색을 잘못 써서 점수도 못 받는 작품이 되어버리곤 한다고, 민우는 속으로 생각했다. 그러던 중 누가 윤재에게 말을 걸려는 듯 다가왔다.

"이거 왜 이 색으로 한 거야? 특별한 의도가 있냐?"

옆에 있던 오지랖 넓은 친구였다. 평소에도 워낙 오지랖이 넓고 말도 누구한테나 잘 거는 애라 뭐 저런 걸 다 묻나, 라고 별 신경을 쓰지 않았다. 그런데 이어지는 윤재의 반응이 이상했다. 평소와 달리 극도로 예민한 느낌.

"어? 아니 그냥…… 넌 왜 그런걸 물어봐. 니 꺼나 잘해."

"니 꺼나 잘하라니, 난 그냥 우리 학교 전교 1등이 왜 이렇게 그렸는지 궁금해서 물어본 거지!"

"그게 왜 궁금한데. 내가 어떻게 하는지 알면 따라 하기라도 할 거야?"

"참고 정도는 할 수 있지 않냐?"

다른 친구들 같으면 머쓱해져 미안하다고 했을 상황. 그 친구는 지치지도 않는지 꼬박꼬박 대꾸했다. 물론 윤재도 많이 날카로웠다. 몇 번의 말씨름 끝에 험악해진 분위기를 달래려 민우가 슬금슬금 눈치를 보다가 일어났다.

"야, 윤재야…… 그만해라."

"뭘? 뭘 그만해? 앞에서 시비 터는 거 보고만 있냐 그럼?"

화가 많이 났는지 윤재가 민우에게 쏘아대며 말했다. 윤재를 달래려다 되려 무안해진 민우도 머쓱해져 입을 다물어 버렸다. 여전히 분을 삭이지 못하고 씩씩대자 윤재가 자리를 박차고 나가버렸다. 민우가 그 뒤를 급하게 따라 나가 다시 윤재를 말리기 시작했다.

"윤재야, 니가 참아."

"뭘 참는데? 넌 존나 맨날 다른 애 편만 들더라."

"어? 그게 아니고."

"뭐가 아니야, 씨…… 내가 뭐 말할 때도 다른 애가 우선이고. 그런 얘기를 너한테 한다는 건 내 편 좀 들어달라고 하는 말 아니겠냐?"

윤재의 말에 민우가 무안해진 표정으로 윤재를 쳐다보았다. 은연중에 마음이 드러났나 보다. 그러고 보니 항상 윤재가 고민을 얘기할 때 '니가 참아'라는 말을 꽤 자주 했던 것 같다. 성적이나 외모나 어느 것에서도 밀리지 않는 윤재를 보며 종종 쟤한테도 고민거리라는 게 있을까 라는 쓸데없는 생각을 했다. 그래서, 물론 어이없는 얘기지만 고민거리가 있다고 했을 때 속으로는 정체 모를 안도감이 들기도 했다. 쟤도 나랑 같은 사람이구나, 하는. 그런데 그걸 윤재가 느끼고 있을 줄은 몰랐다. 당황한 민우가 우두커니 서 있자 이번에도 윤재가 그 상황을 먼저 빠져나가 버렸다.

윤재는 분명히 좋은 친구다. 민우에게 초등학교 중학교 시절에 기억에 남는 친구가 있냐고 묻는다면 주저 없이 윤재를 말할 것이다. 둘은 무슨 일을 하던 함께였고 사소한 비밀까지 공유했다. 시간이 갈수록 그 깊이가 점점 얕아져 가는 것뿐이지만, 그래도 그런 친구를 놓칠 수는 없었다. 사소한 삐짐은 여러 번 있었지만 이렇게 크게 화를 내고 가버린 건 처음이었다. 어떡하지? 어떻게 풀어주지? 자신이 뭘 잘못했는지도 정확히 모른 채 사과할 생각부터 하는 민우였다.

4. 민우와 윤재는 기숙사에서도 같은 방을 썼다.

타지에서 온 둘을 배려해 주신 사감 선생님 덕분이었다. 덕분에 이런 어색한 순간에도 같이 있어야 되긴 했지만. 야자까지 학교의 모든 공식적인 일정을 마치고 편안하게 쉬어야 하는 기숙사, 민우는 안절부절 못 한 채 침대에 누웠다.

 - 뭐함?

중학교 때 꽤 친했던 친구다. 성격이 워낙 특이해 친구들 사이에서 '또라이 새끼'로 불렸다. 줄여서 '또새'. 우울했던 참에 문자가 오자 민우가 바로 답장을 했다.

 - 걍
 - 걍 뭐해?
 - 누워 있어-- 왜?
 - 재밌는 거 보내드림

기대를 엄청 하고 기다렸는데 사진이 왔다. 색맹테스트 사진이었다. 민우가 실망한 채로 다시 문자를 보냈다.

- 이게 재밌는 거?
- 오늘 학교에서 건강검진하는데 안 보고 2라고 했더니 애들이 다 불쌍하게 쳐다보
  는 거ㅋㅋㅋㅋㅋ 너무 웃겨서 색맹인 척함
- 뭔 말이야 ㅋㅋㅋㅋ
- 노란 분필 가져오라고 했는데 하얀 거 가져가고 그럼ㅋㅋㅋㅋㅋ 근데 빵 먹을 때
  들킴 아줌마 어피치 주세요 분홍색이요 했다가… 아 생각하니까 아쉽네
- 미친 놈ㅋㅋㅋㅋㅋ

민우가 피식 웃으며 보내준 사진을 다시 봤다. 이게 어떻게 2로 보이지, 민우
에 눈에는 아무리 봐도 5였다. 그때 윤재가 샤워를 마치고 나왔다. 어색한 분
위기를 깰 수 있는 기회라고 생각하며 민우가 조심스럽게 말을 걸었다.

"윤재야. 현성이 기억나? 왜…… '또새'."

"응."

아직도 화가 났는지 단답을 쓰는 윤재의 눈치를 슬쩍 보다가 민우가 휴대폰
을 내밀며 말했다.

"걔, 학교에서 색맹 테스트 할 때 그거 보고 2라고 했다가 애들이 색맹인 줄
알았대. 근데 진짜 색맹인 척 했대. 고등학교 가서 똘끼가 더 발전된 것 같지
않냐?"

저 나름 웃긴다고 한 말이었다. 윤재도 웃음이 터질 거라 생각했다. 그런데
점점 표정이 굳어지더니 정색을 하고서는 쳐다보는 것이었다.

"넌 이게 웃겨?"

"어? 아니……."

"색맹이라고 노란색 하얀색 구분 못하는 거 아니고 빵 못 먹는 거 아니야. 착
각하지 마."

민우를 세게 노려보던 윤재가 휴대폰을 던지듯이 주고 방을 나가버렸다. 무
언가가 윤재의 심기를 단단히 건드린 것 같았다. 아, 진짜… 민우가 머리를 마
구 헝클어트리며 울상을 지었다.

5. 수학여행까지 와서 미술관이 말이 되냐?

친구들이 차 뒤에서 투덜거리는 소리가 들렸다. 민우도 답답한지 휴대폰 홀드 화면만 껐다 켰다를 반복했다. 옆을 슬쩍 보니 윤재는 깊이 잠든 것 같았다. 심심하긴 했지만 깨어 있었다면 어색한 분위기 속에 둘이 휴대폰만 계속 하고 있을 게 뻔했으니 그거나 이거나 비슷했겠다는 생각이 들었다. 차라리 이렇게 혼자만의 시간을 갖는 게 더 낫다는 자기 합리화를 하며 민우가 한숨을 쉬었다.

선생님의 내릴 준비를 하라는 말이 채 끝나기도 전에 친구들이 자리에서 벌떡 일어났다. 곤히 잠들어 있는 윤재를 어떻게 깨울까 고민하던 찰나에 윤재가 벌떡 일어나더니 주섬주섬 주변을 정리했다. 어떻게 해야 어색하지 않고, 장난스럽고, 유머러스하고, 윤재를 만족시킬 만한 방법으로 깨울 수 있을까, 라고 진지하게 고민하고 있었는데 이렇게 벌떡 깨버리다니 혹시 그냥 자는 '척'을 한 건 아닌지 의심이 들어 서운할 정도였다. 하지만 빨리 내리라고 뒤에서 재촉하는 친구들 때문에 더 서운할 여력도 없이 버스에서 내렸다.

미술관에 들어서니 민우의 눈길을 한 눈에 끄는 곳이 있었다. 광복을 맞아 전시회 측에서 특별히 준비한 전시실이라고 했다. '한국, 고유의 미' 라는 주제로 웬만한 이름있는 작가들의 한국화들이 전시되어 있었다. 교과서에서 보던 작품도 전시가 돼 있어서 미술관에서 신경을 좀 썼다는 생각이 들었다.

그렇게 전시관을 한 바퀴 돌고 있던 중, 윤재가 갑자기 어느 한 그림 앞에서 멈춰 섰다. 민우가 앞을 보지 않고 따라가다가 윤재의 등에 머리를 콩 박았다. 고개를 들어 윤재를 쳐다보았지만 윤재는 그림에 푹 빠진 듯 움직이지 않았다. 윤재가 그렇게 집중하면서 보고 있는 그림을 보았다.

소치허련;묵 모란화

소치 허련? 어딘지 익숙했다. 한참을 갸우뚱대던 민우가 갑자기 아! 하는 탄성을 질렀다. 윤재의 따가운 눈총을 받으면서도 미안, 하며 크게 입만 움직여 사과했다.

왜 익숙했는지 기억이 났다. 영재원의 미술 선생님이 진도가 고향인 분이셔서 한국화, 특히 수묵화 수업을 하실 때는 소치 허련을 항상 예로 드셨다. 소치 선생님으로 말할 것 같으면, 남종화의 대가로, 추사 김정희 선생님께 호를 하사 받으시고… 얼마나 자주 말씀을 하셨으면 영재원에 다녔던 친구들이 그 대목을 외워버렸다. 선생님을 따라한다고 그것만 외고 다니는 친구들도 있었다. 민우가 생각하기에 수업 분위기는 그다지 진지하지 않았다. 한번은 친구들이 수업시간에 너무 집중을 안 하자 선생님이 허심탄회하게 말씀하신 적이 있다.

"수묵화는 묵으로만 그리는 그림이다. 그래서 먹을 조금이라도 잘못 쓰면 티가 나지. '먹'이 주체가 되는 그림이니까. 먹의 농담만으로 먹물의 변화를 표현해야 하고 선의 강약을 조절해서 여백의 미를 그려야 하지. 너희들이 생각하는 것만큼 간단한 그림이 아니란 말이야. 오히려 색으로 온도나 감정을 표현하는 채색화보다 더 어려운 그림일 수 있어. 너희들이 수묵화를 너무 쉽게 보는 것 같아서 하는 말이다."

이 말은 나름 수묵화를 잘한다고 생각하고 대회에서도 늘 순위권에 들어 수묵화를 쉽게 생각했던 민우의 정곡을 찌르는 말이었다. 훈계의 효과는 비록 얼마 가지 않았지만 민우가 고등학교에 와서 수묵화를 진지하게 그리고 공부하다 보니 그때 선생님이 무슨 말씀을 하신 건지 비로소 알 것 같았다.

민우가 시계를 보더니 놀라서 윤재의 팔을 툭툭 쳤다. 회상에서 빠져나오니 어느새 20분이 지나 있었다. 20분 동안 한 그림 앞에 서 있었다는 얘기다.

"20분 지났어. 여기 말고도 볼 데 많아."

"……"

이제는 대꾸도 없는 윤재를 보며 민우는 슬슬 짜증이 나려고 했다. 본인은 이만 하면 됐다고 생각했다. 둘이 있을 때 분위기를 더 어색하지 않게 만들기 위해 농담도 많이 했고 윤재의 관심사를 겨우 생각해내 얘깃거리를 꺼낸 적도 여러 번이었다. 그럴 때마다 단답으로 철벽을 친 건 윤재였다.

결국 민우가 등을 돌려 다른 관으로 나가버렸다.

6. 비가 왔다.

맞으면 아플 정도의 장대비가 주룩주룩 내렸다. 스티브잡스가 갤럭시를 쓸 확률로 날씨 예상을 하는 기상청 덕분에 우산을 가져 온 친구는 아무도 없었다. 결국 '수학여행'까지 와서 미술관이나 가고 밤에 자유시간도 못 가지게 된 아이들이 저마다 불만을 토로했다. 그러던 중 반장이 수학여행까지 와서 이러면 안 된다고 생각했는지 방 안 친구들을 모이게 했다.

"야, 여기까지 왔는데 비 온다고 못 놀면 안 되지. 게임하자!"

여기저기 널브러져 있는 친구들을 일으켜 세우며 반장이 흥을 돋우었다. 비가 와 우울해 하던 아이들이 하나 둘씩 모였다. 게임에서 지는 팀이 밖에 나가 맛있는 걸 사오는 무시무시한 벌칙을 걸자며 무슨 게임을 할지 정하고 있었다. 그때 한 친구가 가방에서 큐브를 꺼내 왔다. 한창 학교에서 큐브 붐이 일고 있었기에 다들 큐브를 한 번씩은 맞춰본 경험이 있었다. 민우 역시 심심할 때마다 했던 게 큐브 맞추기였기 때문에 자신 있는 종목이었다. 팀을 한참 나누고 있을 때, 민우가 윤재의 눈치를 살짝 봤다. 뭐가 문제인지 안절부절 못하는 모습에 조금은 걱정이 되었다. 물론 여전히 자신에게 철벽을 치는 윤재가 미웠지만 말이다.

그렇게 팀을 나누어 1대 1로 큐브를 맞추던 중 윤재가 별안간 게임을 안 하면 안 되냐고 물었다. 친구들은 그냥 하라면서 괜찮다고 해주었지만 윤재의 표정이 어딘가 불편해 보였다. 설마 자신과 대결하는 게 불편해서 그런 건가, 민우가 온갖 추측을 해대는 사이 윤재가 밖으로 나가버렸다. 다른 날이면 몰라도 수학여행까지 왔는데 계속 이러는 건 좀 아니라는 생각이 들었다. 화를 내든 욕을 먹든 여기서 이 분위기를 정리해야 한다는 느낌이 강하게 들었다. 멍하니 있다가 붙은 친구에게 지고 팀원들에게 뒤통수를 맞은 민우가 화장실 좀 다녀오겠다며 얼른 윤재를 따라 밖으로 나갔다.

7. 밖은 한산하고 조용했다.

처마 밑으로 뚝뚝 떨어지는 빗방울들, 촉촉이 젖은 땅에서 나는 흙냄새, 시원한 공기까지. 차라리 밖에 있는 게 낫겠다는 생각을 할 때 즈음 벤치에 앉아 있는 윤재를 발견했다. 옆에 놓인 자판기에서 음료수를 뽑아 마시며 이야기를 하려 했다. 친구에게 음료수를 사준다는 뿌듯한 생각에 스스로를 대견히 여기며 주머니를 뒤지는 데, 나온 건 겨우 800원이었다. 하나를 사서 나눠먹는 편이 어색한 분위기를 깨는 데 더 좋을 거라고 합리화를 하며 민우가 윤재의 옆으로 다가섰다.

누가 옆에 오는 듯한 느낌을 받았는지 윤재가 옆을 살짝 돌아보았다. 민우가 긴장 한 채 무슨 말을 먼저 해야 할지 머릿속으로 생각하는데 별안간 윤재가 먼저 일을 열었다.

"사실 나 큐브 못해."

"알어. 나도 못해서 나온 거잖아. 계속 져서 애들한테 얻어터지고."

민우의 한탄에 윤재가 픽 하고 웃었다. 웃다가도 할 말이 남은 듯 우물쭈물하는 윤재를 힐끔 쳐다보며 민우가 들고 있던 음료수 캔을 땄다. 마실래? 하며 음료수를 건넸다. 아니, 하는 윤재의 대답에 그럴 줄 알았다는 듯 민우가 다시 음료수를 입으로 가져갔다. 그때 윤재가 결심한 듯 갑자기 말을 하기 시작했다.

"그런 의미로 못한다는 게 아니고. 큐브를 할 수 없다고."

그게 그 거랑 똑같은 거 아니냐고 물어보려는 찰나, 윤재가 민우와 눈을 마주쳤다.

"색을 구분하지 못하거든."

8. 놀란 거 이해해. 이때까지 얘기 안 했으니까.

"왜 얘기 안 한 거야?"

민우가 놀란 눈으로 윤재와 눈을 마주쳤다. 아무리 자신이 경쟁상대로 보고 있다고 해도 윤재는 변함없는 자신의 친구였다. 친구의 고민 정도는 진정한 친구로서 들어줄 수 있었다. 설사 알았다고 하더라도 충분히 배려하며 잘 지낼 수 있었을 것이다. 그런데, 왜……?

"나는 네가 너무 부러웠어. 그래서…… 그래서 얘기하기 싫었어."

"네가? 나를 부러워했다고?"

민우가 처음 듣는 얘기에 놀라 윤재 쪽을 쳐다보며 눈을 크게 떴다. 내가 부러웠다고? 믿기지 않는 얘기였다. 민우는 윤재를 만난 그 순간부터 그를 부러워하고 있었다. 자신은 넘을 수 없는 존재라며 매번 비교하고 또 그 결과에 좌절하곤 했다.

"우리 부모님하곤 다르게 너희 부모님은…… 뭐랄까, 네가 상 타오면 엄청 좋아해 주시고 네가 이런 미술 하는 거에 대해 되게 좋아하셨잖아. 근데 우리 부모님은 아니셨어. 내가 색맹이라는 사실을 알고 난 후부터는 내가 미술 하는 걸 억지로 한다고 생각하셨나 봐. 굳이 미술, 안 해도 된다고 하시고 오히려 안 했으면 좋겠다고 하셨어.

근데 난 아니거든. 억지로 한 게 아니라 좋아서 한 건데. 상을 타와도 타왔나 보다…… 너무 무리하지 않아도 된다…… 그런 말씀만 하시고. 항상 기뻐해 주시기보다는 안쓰러운 시선이 먼저였어. 뭐…… 나를 배려해 주시는 건 알겠는데, 그 배려가 너무 과해서 나까지 지친 거지."

9. "예술가 집안이라 그런지 색 쓰는 거부터가 달라요."

"사람을 어떻게 초록색으로 칠할 생각을 하죠? 윤재 색감이 어렸을 때부터 대단한 것 같아요."

윤재의 담임 선생님 말에 선아가 놀란 듯 지루해 떨어트렸던 고개를 들어 선생님의 눈을 똑바로 쳐다봤다. 사람을…… 초록색이요? 예상했던 반응이 아닌지 선생님이 당황하여 이것저것 변명을 늘어놓았다.

"귤도 완전 초록색이구요. 지난번엔 무지개 그리기를 했는데 노란색하고 파란색 밖에 사용을 안 하더라구요. 그래서 색 진짜 독특하게 쓴다라고 생각해서 말씀드린 건데……"

"감사합니다."

고개를 푹 숙이고 허둥지둥 교문 밖을 나섰다. 교실 밖은 아직도 열성적인 엄마들이 자신의 상담 차례를 기다리고 있었다. 아는 얼굴들이 인사를 걸어왔지만 지금은 그런 걸 받아줄 여력이 안 됐다. 잊었던 오빠가 다시 떠오르고 있었기 때문이다.

3대째 대대로 미술을 전공한 집안의 선아는 어렸을 때부터 '그림을 그려야 한다'는 강박 관념 속에 살았다. 보수적이고 강압적인 아빠는 오빠와 자신에게 늘 예술의 길로 가길 강요했고 그래서 다른 진로는 생각해 본 적도, 그럴 이유도 없었다. 가끔은 미술의 길을 지나치게 강조하고 대회에서 상을 타오지 못하면 훈계와 질타를 받기도 했지만 그래도 그림을 그리는 게 즐거웠기에 상관없었다. 특히 선아의 가문은 수채화를 잘 그리는 걸로 유명했다. 색감이 좋은 게 집안 내력인가 봐, 하는 사람들의 칭찬 정도는 웃어넘길 수 있었다. 본인이 생각하기에도 자신의 색감은 꽤 좋은 편이었다.

하지만 오빠는 아니었다. 일단 그림을 그리는 것조차 무척 싫어했다. 그래도 무서운 아빠의 강압에 어쩔 수 없이 붓을 들었다. 그동안 봐온 것은 있는지 스케치는 잘하다가도 색칠할 때만 되면 너무 많은 시간을 쓰고 엉뚱한 색을 써 댔다. 심지어 선 구분 자체를 못할 때도 있었다. 당연히 같은 학원을 다니는 연년생 동생과 비교가 될 수밖에 없었다. 집안의 대를 이을 장남이라는 이유로 더 많은 부담과 비교를 견뎌야 했을 오빠의 마음을 선아는 그저 추측만 할 뿐이다.

오빠가 중학교 3학년 때였다. 학교에서 건강검진을 실시했다. 그저 몇 년마다 하는 건강검진일 뿐이었다. 그날 아침까지도 건강검진 하느라 학원에 좀 늦을 것 같다는 말을 선생님께 전해달라고 했던 것 같다. 그런데 갔다 온 오빠의 반응이 심상치 않았다. 유독 예민했고 유독 우울해 했다. 그리고 며칠 뒤 그 이유를 알게 되었다.

오빠는 색맹이었다. 그것도 전 세계 남자의 1퍼센트라는 전색맹이었다. 안 그래도 그림을 그리는데 슬럼프가 온 오빠는 그 사실을 더 힘들어했다. 선아도 오빠가 여기까지 오기 위해서 얼마나 노력을 기울였는지 알았다. 물감이 다 비슷하다며 꽃 하나를 칠할 때도 힘들어 했고 남들보다 특히 채색에 매우 오랜 시간이 걸리는 지라 스케치를 더 빠르고 정확하게 하기 위해 연습해왔다. 물론 본인이 좋아서 한 게 아닌 아빠의 강압적인 태도 때문이긴 했지만, 그래도 그런 오빠의 모습을 봐왔던 선아인 만큼 힘들어하는 오빠의 모습을 보는 것이 더 힘들었다.

부모님과 오빠의 싸움이 이어졌다. 장남이라는 말을 입에 달고 사셨던 아빠는 오빠의 전색맹이라는 결과에 충격을 받으셨는지 더 이상 미술을 하라는 말씀은 하지 않으셨다. 놀라운 것은 오빠의 결정이었다. 오빠는 특성화 고등학교를 가고 싶어 했다. 근처 공업고등학교에 가서 기술을 배우고 싶다고 했다. 당연히 부모님은 뒤집어지셨고 선생님들도 만류했다. 하지만 공부는 아예 하지 않고 그림만 그려온 오빠가 이제 공부를 시작해서 보통 학생들의 수업 진도를 따라가고 이해할 리 만무했다.

오빠가 지친 탓도 있었다. 아빠는 차라리 인문계에서 꼴등을 시켰지 공고는 안 된다고 못을 박으셨다. 오빠는 이때까지 아버지 하고 싶은 대로 하셨으니 고등학교 만큼은 자기가 선택하겠다며 떼를 썼다. 아니, 떼를 쓰는 수준을 벗어난 저항이었다. 매일 집에 늦게 들어오기 일쑤였고 공고에 보내주지 않는다면 그냥 학교 진학을 하지 않겠다며 학교에 가지 않기도 했다. 뒤늦게 사춘기가 시작된 탓이었을까. 이때까지 아빠의 지시에 고분고분 모두 따라왔던 것에 대한 반항인 듯 보였다.

오빠는 결국 인문계 일반고에 진학했다. 무조건 대학은 보내겠다는 아빠의 강력한 의지 때문이었다. 하지만 모두가 알고 있듯 자식의 공부는 결코 부모님의 의지만으로는 되지 않는다. 오빠는 가서도 바닥을 깔아주며 비행 청소년이라도 된 듯 부모님을 끊임없이 힘들게 했다.

오빠에 대한 기억에서 깨어나 보니 벌써 학부모회의가 끝난 후 2시간이 지났다. 화들짝 놀라 집에 도착했을 때, 윤재는 이미 학원을 마치고 돌아와 있었다. 확인을 해야 했지만 두려웠다. 혹시 윤재가 오빠와 같은 색맹일까, 그래서 오빠와 비슷한 삶을 살게 된다면…… 상상만 해도 싫었다. 선아에게 색맹은 이미 어떤 트라우마, 그 이상이 되어버린 것이다.

"윤재야, 잠깐 와 볼래?"

목소리가 평소보다 떨리는 것 같다는 생각을 하며 선아가 윤재를 불렀다. 차분해지려고, 아무렇지 않은 척하려고 했지만 긴장되는 건 사실이었다. 이윽고 장난감 자동차를 가지고 놀던 윤재가 고개를 들어 쳐다보았다. 오늘 따라 오빠의 얼굴과 아들의 얼굴이 겹쳐 보였다.

"이거 보고 한번만 읽어보자. 그냥 읽기만 하면 돼! 우리 윤재 똑똑하잖아. 그냥 게임이야, 게임……."

윤재를 안정시키기 위해서 그냥 게임이라고 여러 번 되뇌고 있었지만 사실은 본인의 긴장을 덜어주기 위해서라는 걸 알고 있었다. 윤재는 그런 선아가 걱정되는지 선아를 빤히 쳐다보았다. 멍하니 생각에 잠겨 있던 선아가 윤재와 눈을 마주치고 다시 정신을 차려 윤재에게 그림을 내밀었다.

"윤재야. 여기 뭐가 쓰여 있는 것 같아?"

제발 대답해 주길 바랐다. 누가 봐도 선명히 보이는 그 숫자. 일부러 숫자도 쉬운 5를 골랐다. 바로 읽을 수 있게끔, 그래서 어서 저의 걱정과 우려를 덜어내 주길 바랐다. 하지만 예상은 빗나가지 않았다.

"음…… 2!"

청천벽력 같은 소리였다. 2라니, 선아가 잠시 머리가 어지러움을 느꼈다. 혹시나 해서 다른 테스트지를 모두 사용해 검사해 봐도 결과는 똑같았다. 윤재는 적록색맹이었다.

아이를 재운 후, 선아가 복잡한 머리를 애써 정리하려 했다. 선아는 자신의 아들도 똑같이 미술을 전공하기를 바랐다. 남편도 미술인이기도 했고, 이런 환경에서라면 정말 멋진 미술인 2세가 나올 수 있을 거라 생각했다. 어린데도 윤재는 그림 실력에 두각을 나타내고 있었다.

하지만 이런 바람이 그릇된 거라면, 혹시 명예로운 화가로 성장한 윤재를 상상해서는 안 되는 거라면 선아는 당장이라도 멈출 수 있었다. 모든 걸 멈추고 윤재가 원하는 것만 하게 해줄 수 있었다. 윤재만큼은 절대로 오빠처럼 만들고 싶지 않았다. 그러려면 뭘 해야 하지? 어떻게 해야 하지? 곰곰이 생각하다 내린 결론은, '미술을 시키지 말자'였다. 생각해 보면 지나치게 극단적인 판단이었지만 그때는 윤재가 색맹이라는 것에 큰 충격을 받은 상태였다.

윤재가 미술을 하지 않기를 바랐다. 차라리 운동이나 공부를 했으면 좋겠다는 생각을 했다. 하지만 모든 것이 뜻대로 되지는 않았다. 거짓말처럼 윤재는 그림에 깊은 관심을 가졌고 큰 대회에서도 여러 번 입상하는 뛰어난 성과를 거

두었다. 선아는 윤재가 상을 타오는 게 달갑지 않았다. 하지만 애가 좋아하는 걸 시켜줄 거라고 다짐한 탓에 하지 말라는 말도 하지 못했다. 그저 하지 않았으면 좋겠다고 여러 번 얘기할 뿐이었다.

10. 몰랐던 윤재의 이야기를 듣고 나니 민우의 머릿속이 멍해졌다.

그런 민우를 윤재가 힐끔 보더니 민우의 손에 들려 있던 음료수를 빼앗아 마셨다. 탈탈 털어도 몇방울 밖에 나오지 않는 음료수를 보며 돼지야, 하고 윤재가 장난스레 말했다.

"어? 어."

"뭐가 어 야. 니가 돼지야? 큭큭."

제 딴에는 개그였나 보지만 재미없었다. 민우는 지금 방금 들은 윤재의 이야기에 그저 멍해 있었다. 그럼 이때까지 오렌지를 초록색으로 칠한 것도, 장난스레 색맹테스트를 보여줄 때 답을 말하는 걸 피한 것도, 색 쓰는 게 특이하다고 말할 때 화를 냈던 것도 모두 색맹이라서……?

"그럼 저번에 걔랑 싸웠던 것도……."

"아…… 응. 수행평가로 채색화를 한다고 하셔서 당황했는데 걔가 이것저것 물어보니까 순간적으로 짜증이 나더라고. 그래서 말이 날카롭게 나간 거지, 뭐."

멋쩍은 듯 머리를 긁던 윤재가

"그…… 그럼, 무슨 색을 볼 수 있는 거야?"

"색맹이라고 해서 안 보이는 건 아니야. 그냥 정상인하고 좀 다르게 보일 뿐이지."

흔들리는 녀석의 눈빛을 보며, 뭔가 잘못돼도 한참 잘못됐다는 생각이 들었다. 방금까지도 편견 따위는 갖지 않을 꺼라고 다짐했는데 바로 색안경을 낀 채 들이댔다. 마음놓고 편하게 얘기하라고 해놓고는. 그래도 남들과는 다른 반응을 기대했을 터인데 말이다. 민우는 미안하다며 윤재에게 사과했다. 이런 반응에 익숙한 듯 윤재가 사람좋게 웃으며 민우의 사과를 받아주었다.

"내가 놀랄 만한 거 하나 더 알려줄까?"

"여기서 더 놀랄 게 있을 것 같냐?"

민우의 농담에 윤재가 뭐가 그렇게 재미있는지 배를 잡고 웃어 댔다. 한참을 그렇게 웃어 대더니 갑자기 진지한 목소리로 민우와 눈을 마주쳤다.

"나, 사실…… 어렸을 때 서양화 전공했다? 그것도 정물화."

"어?"

더 놀랄 만한 사실이… 있구나. 말문이 막힌 민우가 눈만 끔뻑끔뻑 떠대며 윤재를 쳐다보았다. 그런 민우의 반응을 예상했다는 듯 윤재가 픽 웃으며 고개를 돌려 하늘을 바라봤다.

"색도 잘 구분 못하는 애가 어떻게 정물화를 전공했냐고? 그냥…… 완전 감이었지. 쌤한테 많이 혼나기도 하고 애들이 놀리기도 하고…… 근데, 내가 전공을 딱! 바꾼 계기가 있었어."

"…… 뭔데?"

더 놀랄 일이 뭐 있겠냐는 생각을 하며 민우가 고개를 돌렸다.

"오늘 미술관에서 내가 그림 하나만 계속 봤잖아. 누구 그림인지 기억 나?"

"소…… 소……."

"소치 허련."

윤재가 한심하다는 듯 한숨을 쉬더니 이야기를 이어 나갔다.

"어렸을 때부터 그런 게 있었거든."

11. 미술에서 색채는 아름다움을 표현하는 중요한 부분이에요.

"우리가 보는 '이미지'의 핵심적 요소이기도 하죠. 색의 시각적인 특성과 효과는 우리가 회화를 감상하거나 혹은 창작할 때도 매우 중요한 역할을 한……."

"하암……."

큐레이터의 설명을 듣던 윤재가 지루한 듯 하품을 했다. 토요일마다 부모님의 손에 이끌려 미술관에 오긴 하지만 미술관은 언제나 재미가 없었다. 차라리 학교나 학원에서 본인이 그리는 게 더 재미있었다. 게다가 미술관에 오면 항상 듣는 말이었다. '색은 미술에서 굉장히 큰 부분을 차지한다……' 사실 윤재는 그 말을 잘 이해할 수 없었다. '추상화'를 보러 간다고 하면 항상 '색의 따스함, 차가움'이라는 말이 나왔지만 윤재의 눈에는 그 색이 그 색으로 보였고 그림을 잘 구분하지도 못했다.

풍경화 전시장에 갔을 때도 그랬다. 미술관에서 야심차게 '빛에 따라 변화하는 풍경'이라는 제목을 걸고 준비한 전시였다. 마치 포스트 모네를 보는 것 같다는 둥, 색의 변화를 아주 잘 잡았다는 둥 같이 전시를 보러 간 어른들의 칭찬은 폭풍처럼 이어졌다. 그 사이에서 유일하게 갸우뚱한 표정을 지었던 것이 윤재였다. 뭐가 다르다는 건지, 윤재에게는 알 수 없는 말들뿐이었다. 그저 하나는 좀더 밝은 그림, 다른 건 좀더 어두운 그림일 뿐이었다. 어른들의 말을 다 알아듣기는 힘들겠지만 이렇게 공감을 하나도 하지 못하니 윤재에게 미술관에 가는 시간은 그저 곤욕일 뿐이었다.

그러던 어느 토요일이었다. 또 가기 싫은 미술관을 가야 한다니, 출발하기도 전부터 입이 퉁퉁 불어 있는 윤재를 보며 엄마가 웃으며 말했다.

"오늘은 만날 보는 그림이 아니라 좀 재밌을 걸? 조금만 참아."

만날 보는 게 아니라는 말에 윤재의 두 귀가 번쩍 뜨였다. 그럼 좀더 재밌으려나? 내심 기대를 하며 차가 멈춘 곳에서 윤재가 내렸다. 온 이정표에는 '진도'라고 적혀 있었다.

확실히 지금까지 부모님과 같이 왔던 곳과는 달랐다. 차에서 발을 딛자마자 상쾌한 냄새가 올라왔다. 곳곳에 나무가 서 있었고 저 멀리 호수도 있었다. 부모님은 차에서 내리자마자 반갑게 누군가를 맞았다.

"와, 우리 정스타님 얼굴 안 본 지 너무 오랜만이다. 아무리 작품 때문에 바빠도 그렇지, 놀러 오라고 몇 번을 얘기했는데! 준수도 진짜 오랜만이네~ 지금 그리고 있는 건 잘 돼가?"

"그리는 게 다 그렇지 뭐……"

"우리 아들 데리고 오느라고 늦은 거야. 잘 생겼지?"

"그럼 아들 만들 때까지 기다렸다가…… 크흠. 어머, 아빠랑 똑같이 생겼네. 이름이 뭐야?"

"허윤재요."

윤재가 수줍게 대답했다. 그런 윤재가 귀여웠는지 그분이 윤재의 머리를 형클어트렸다. 그러고는 윤재와 눈을 맞추며 상냥하게 물어 보셨다.

"윤재 혹시 물고기 좋아하니? 여기 물고기 밥도 줄 수 있는데."

"징말요?"

"그럼~ 특별히 윤재는 잘 생겼으니까 그냥 하게 해줄게."

모처럼 미술관에 와서 신나 하는 윤재를 보며 부모님의 마음도 덩달아 기뻤다. 그동안 늘 미술관에 오면 풀이 죽고 지루해 하더니, 앞으로 이런 곳에 자주 데려와야겠다는 생각이 들었다. 평소 성격이 소심한 것도 아니고, 친구들이 넘치고 넘칠 정도로 활발해서 더 걱정이 된 게 사실이다.

윤재에게는 아주 흥미로웠던 물고기 친구들의 식사가 끝나고, 부모님과 함께 미술관에 들어갔다.

"윤재야, 여기는 소치 허련 선생님이 그리신 작품들이야. 소치 허련."

엄마가 여러 번 작가의 이름을 되뇌었다. 이름이 네 글자라서 외국인인가 라는 그 나이 또래의 궁금증을 가지며 윤재가 미술관으로 입장했다.

들어가서 본 그림은, 뭔가…… 그동안 봐왔던 것이랑은 정말 달랐다. 깔끔한 선 처리와 사진처럼 똑같이 생긴 그림들이 아니었다. 나무를 그린 것 같지만 물에 번진 것 같았고, 모든 것을 디테일하게 그리는 정물화와는 달리 단지 선 몇 개로 풍경을 표현했다.

하지만 그런 화풍이 더 멋스러웠다. 똑같이 생긴 그림이 아닌, 정말 자연 그대로를 담은 듯한 그림. 평소와는 다른 분위기에 윤재가 침을 꿀꺽 삼켰다.

하지만 더 놀라웠던 것은 같이 그림을 본 어른들의 분위기였다. 그동안 항상 그림과 색감에 대한 평을 쉬지 않고 했던 어른들이 이번에는 놀랄 만큼 조용하게 감상하고 있었다. 이번에는 '색이 깔끔하다', '명확하다' 등의 얘기가 전혀 나오지 않았다. 자연을 그대로 담았다, 생동감이 넘친다는 얘기가 간간이 들려왔다.

그때 처음으로 '공감'을 했다. 그리고 깨달았다. 사람들과 내가 똑같은 시선으로 볼 수 있는 그림, 공감할 수 있는 그림은 이런 그림이구나.

그리고 그 다음날부터, 윤재는 엄마에게 어제 본 그림을 그리고 싶다고 졸랐다. 학원에서도 주로 사용하는 도구를 수채화에서 먹물과 붓으로 바꾸었다.

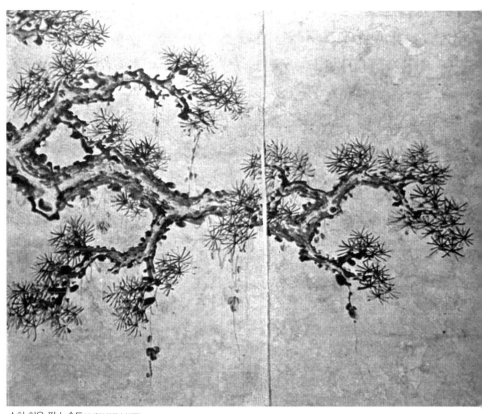

소치 허유 필 노송도(小癡許維筆老松圖)

12. 그 때가 생각나서 좀 오래 서 있었어.

"뭐…… 내 딴에는 좀 감개무량 했거든. 한국화 전공을 하게 된 계기가 소치
선생님 덕분이니까…… 네 말 무시한 건 미안해. 그냥 혼자 좀 보고 싶었어."
　윤재가 진심으로 미안하다는 표정을 지으며 민우에게 사과했다. 이야기를 듣
고 나자 민우는 오히려 부끄러워졌다. 이런 사정이 있었는데 그것도 모르고 괜
히 자신을 무시한다고 생각했다. 민우가 오히려 자신이 미안하다며 고개를 저
었다.

"진짜, 미안해…… 미안해. 나는 그런 것도 모르고……"

"아니야, 뭐. 몰랐으니까."

윤재가 쑥스러운 듯 머리를 긁적였다. 서로 사과를 하고 나니 이것처럼 어색한 순간이 없었다. 그래도 서로를 감싸고 있던 불편한 감정들이 없어져서 다행이라는 생각에 안도감이 들어 한숨이 절로 났다. 그때였다.

"야, 이민우! 너 졌어. 빨리 와!"

민우가 고개를 돌려 방을 쳐다봤다. 본인 팀의 분위기가 초상집인 걸로 보아 민우의 팀이 진 것 같았다. 친구들이 주섬주섬 바람막이를 걸쳐 입고 있었다.

"아, 저 새끼들 저걸 지네……."

"너도 졌잖아……."

그건 그렇지만, 을 말하려다 웃음이 터져 배를 잡고 웃었다. 오랜만에 이렇게 아무 걱정도, 아무런 불편함도 없이 웃어보는 것 같았다. 웃음을 멈추려다 서로 눈이 마주쳐서 또 웃었다. 이제라도 그런 비밀을 말해 줘서 고마웠고, 더 친해진 것 같아서 기분이 좋았다. 복잡한 마음이 되는 경쟁자가 아니라 8년을 함께 해 온 친구로서 편해진 것 같아서 였다.

"갔다 온다."

"어~ 가다 넘어져라. 양말 다 젖어라."

"꺼져. 크크……."

예민할 수밖에 없는 나이 열 일곱 이지만, 더 그럴 수밖에 없었던 윤재의 이야기를 듣고 나니 모든 것이 이해되는 것 같았다. 그럼에도 최대한 아무렇지 않게 자신을 대해준 윤재가 민우는 너무나 고마웠다. 때로는 너무나 밉고 자신을 폄하하게 되는 비교 대상이 되기도 했지만 그만큼 그는 민우의 소중한 친구였다. 고마운 마음을 담아 편의점에서 올 때 윤재가 좋아하는 츄파춥스 라임맛을 사다 줘야겠다는 생각을 하며 민우가 허리를 숙여 신발끈을 고쳐 맸다.

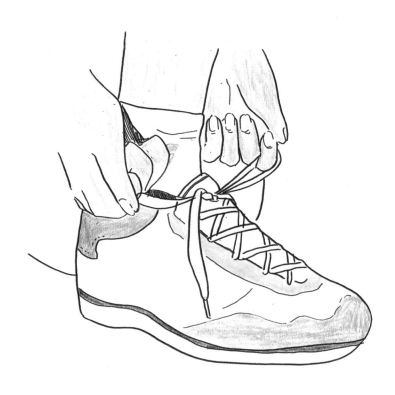

소치 허련 선생 이야기

출처 : 소치 허련 관계 신자료의 회화적 의의
소치 허련의 채씨효행도 삽화

소치 선생은 남종화의 대가로 특히 산수화에 능했던 조선시대 말기에 활동한 화가이다. 남종화란 학문과 교양을 갖춘 문인들이 생활수단이 아니라 자신의 사상이나 철학 등 내면세계의 사의적 측면을 중시하여 그린 그림이다. 주로 묵을 이용하는 수묵화, 선비들이 많이 그렸던 문인화 등이 남종화에 포함된다.

그의 스승이었던 추사 김정희는 원나라 4대 화가 중 한 명인 대치에 빗대어서 소치라는 호도 지어주었고 "압록강 동쪽에 소치를 따를 사람이 없다."고까지 극찬하였다.

진도에서 태어나 계속 진도에서만 작품활동을 하다 늦은 나이에 추사 김정희 선생을 소개받게 된다. 그 후 한양에서 열심히 작품활동을 하시다 1857년 스승인 추사 김정희 선생이 타계하자 허련은 한양의 명성을 뒤로 한 채 고향인 진도로 내려가 운림산방이라는 화실을 조성해 1893년 세상을 떠나는 순간까지 소치 선생의 특징이 잘 드러나는 작품들을 남긴다.

소치 선생은 지방 출신 화가로는 유일하게 중앙의 화단에서 인정받았으며 김정희의 사의적인 남종화풍을 그의 고향인 호남지방에 파급시켰다. 허련의 회화는 5대에 걸친 후손들에게 이어졌고, 허련은 호남화단의 정신적 지주가 되었다.

단단하고 소담한 정신의 연장, 묵묘

담청색 묵묘의 농담 속에 평생의 업을 쌓아간 거장

선생의 그림은 주로 거칠고 자유분방한 필치를 사용하거나 푸르스름한 담청색을 즐겨 쓴다는 평을 듣는다. 대표적인 작품으로는 『월매도』, 『하경산수도(夏景山水圖)』, 『추강만교도(秋江晩橋圖)』 등이 있다.

선생은 우리 회화사에서 유례없이 많은 자료를 남긴 직업적 화가로도 유명하다. 그가 남긴 작품은 100여 점이 넘어가며 이는 당시의 다른 남종화 화가들의 작품수와 비교해 매우 많은 양이라고 할 수 있다. 덕분에 그 시기의 사회사적 측면의 연구가 가능해졌다. 노년에 가서 그 작품의 질이 떨어진다는 지적을 많이 받고 있기도 하나, 그것이 후원자들의 사망과 경제적 궁핍으로 인해 그림으로 돈을 벌려고 즉흥적으로 그린 그림이 많기 때문이라는 반박이 있다. 그의 그림과 사대부 정신은 지금까지도 살아 있다.

소치 허련의 '소치묵묘(小癡墨妙)', 국립중앙박물관 소장

소리

이상훈

명창 이옥연에게서 손녀로 이어진 아리랑의 혼.
진정한 소리꾼의 길을 묻는 이야기

띠리리- 띠리- 바지 주머니에서 휴대폰이 울린다. 그는 접힌 전화기를 펴 귀에 가져다 댄다.

"여보세요."

"여보세요. 아 덕수 아버님이시죠? 저 김선생입니다."

"아, 김선생. 오랜만이네. 헌데 어쩐 일인가?"

"아버님 저번 정기검진 받은 지 6개월이 지나서요. 이 주 안으로 저희 병원 한번 들리시게요."

"벌써 검진을 받을 때인가⋯⋯. 알겠네. 그럼 모레 올라갈테니 그때 봄세. 혼자서 가는 거라 늦을 수도 있겠는디?"

"6시 전에만 오시면 제가 봐드리겠습니다. 그러니 모레 꼭 들르셔야 합니다."

"알겠어, 그럼 그때 봐."

"알겠습니다. 들어가세요."

시끌벅적한 병원. 그는 병원을 시끄럽게 하는 건 다 꼬마들 짓이라고 생각한다. 병원에서 울고, 달려 다니고, 소리를 지르는 건 모두 꼬마들이기 때문이다.

그러나 아무도 꼬마들을 나무라지 않는다. 그건 아마 자신들도 꼬마였던 적이 있기 때문이 아닐까. 이런 생각을 하던 차에 문득 병원에 온 이유가 떠올랐다. 목과 소리. 소리꾼으로서 목이 안 좋아 소리를 못하게 되는 건 수치다. 그만큼 목 관리에 소홀했다는 증거 아닐까. 그나저나 목이 언제까지 버텨줄까. 생각이 여기까지 미치자 마음은 더욱더 복잡해져 간다. 그런 그를 고민에서 해방시켜주는 소리가 들린다.

"이옥연 환자분 계십니까?"

"아, 나요."

"네, 2번 진료실로 들어오세요."

2번 진료실. 보나마나 뒤쪽에 창문이 있고 주황색 블라인드가 쳐져 있으며 왼쪽 벽에는 시계가 걸려 있고 그 밑에 달력이 걸려 있을 것임을 안다. 3년째 정기검진을 받다 보니 바뀌는 것이라곤 달력밖에 없다는 것을 눈치챈 지 오래다. 하지만 그렇다고 시설이 안 좋은 것은 아니다. 항상 주머니에 알콜솜을 가지고 다니는 간호사가 기구들을 닦아놓기 때문인지 무엇이든 최초의 빛을 조금은 간직하고 있다. 들어가니 아들 친구인 김선생이 웃으며 인사를 한다.

"아버님 안녕하셨어요? 반 년 사이에 더 건강해지신 것 같네요."

"나야 뭐 공기 좋고 물 좋은 곳에 사니까 그렇다고 하는데 김선생은 어째 나이를 거꾸로 먹는 것 같어. 나도 그런 때가 있었는데…… 지금 보면 마냥 부럽기만 하네."

"저는 오히려 아버님이 부럽습니다. 이 좁은 진료실을 벗어나는 날에는 저도 시골로 내려가 편하게 살려고요."

"진도로 오면 되겠구먼. 뭘 그리 걱정하나? 옆에 덕수도 있을 것인디. 늙으면 친구가 얼마나 소중한데."

"많이 고민하고 있습니다. 그래도 아직 10년은 남았으니까 시간은 많습니다. 자 그럼 아버님 같이 검사실로 가시게요."

말을 마친 김선생은 따라오라는 듯이 먼저 나갔다. 지난번 검진에서 성대결절을 의심받은 그는 검사실을 가는 동안 마음이 착잡했다. 검사실에 들어가 병원에서 주는 옷으로 갈아입고 준비를 마친 그는 조심스레 김선생에게 물었다.

"혹시 이번 검사에 성대결절 확정이 나오면 어떡하지?"

"그럴 일이 없길 바라야겠지만, 만약 아버님이 성대결절이 맞으시다면 저는 먼저 덕수에게 알릴 겁니다. 저번에는 결절 확진이 안 되기도 했고 아버님이 하도 부탁하셔서 어쩔 수 없었지만 확정이 나온다면 저도 별 도리가 없습니다."

"아이참, 김선생. 그러지 말고 조용히 넘어가주면 안 되겠나?"

"보통 사람 같으면 본인이 수술을 선택하지 않고 음성 치료, 그러니까 자연적 치유를 원하는 경우 가족에게 알릴 사항까지는 아니지만, 아버님은 소리를 하시는 분 아닙니까. 수술을 하고 소리를 하시면 분명 증상이 악화될 것이고 그렇다고 음성치료를 하자면 아버님이 더 이상 소리를 못하게 되지 않습니까. 이건 분명 가족과 상의해 볼 만한 일입니다."

"으음……. 일단 검사 결과가 나오면 다시 말하지."

그의 몸이 여러 개의 장비들을 거칠 동안 그는 성대결절이라는 문제에 대해 생각해 보려 했다. 하지만 막상 검사를 시작하니 눈앞에 보이는 거대한 기계들 덕분에 그런 걱정은 싹 가셨다. 그는 검사를 마치고 나서 정신이 들자마자 김선생을 찾았다.

"그래 결과는 어떻게 됐나?"

말을 마친 그는 자신이 괜한 질문을 했다는 것을 짐작했다. 김선생은 이미 다른 의사들과 결과를 상의한 뒤다. 그렇기에 김선생의 얼굴에는 어딘지 모를 자신감, 그러나 한편으로는 조금 불안해 보이는 표정을 띠고 있었다. 그는 이미 김선생의 얼굴에서 그런 불안감을 읽었다.

"아버님, 방금 이비인후과 의사들과 상의를 했는데…… 성대결절이 맞는 걸로 결론을 내렸습니다. 죄송합니다. 이제는 덕수에게 연락을 해야 할 것 같네요."

그는 김선생의 말이 시작하기도 전부터 고개를 푹 숙이고 있다가 덕수에게 전한다는 말에 애원하는 눈빛으로 김선생을 쳐다보았다.

"안 돼. 그 애가 알면 더는 소리를 못 하게 될 거야."

"아버님, 죄송하지만, 사실 아버님을 뵙기 전에 덕수에게 이미 연락을 했습니다. 덕수가 가족들과 상의하겠다고 했으니 가족들도 알겁니다. 아무래도 수술은 권장해 드리고 싶지 않습니다. 앞으로는 절대로 소리를 하셔서는 안 돼요."

그는 그 이후로의 일이 잘 기억이 나지 않았다. 어렴풋이 기억하는 건 집에 돌아오니 가족들이 왜 저번 진단 때 말하지 않았느냐고 추궁한 일과 덕수가 완강한 표정으로 더 이상 소리를 해서는 안 된다고 말한 것들이었다. 그렇게 명창 이옥연의 화려하다면 화려했던 인생은 막이 내렸다.

"아비지, 이제 출발 하시죠."

"그래. 지금 가면 2시까지 도착하겠제? 헌데 니 어딘지 알고 가나?"

"그 서울에 아침마당 촬영하는데 가서 인터뷰 좀 한다면서요."

"으응. 맞어. 인제 가자 중간에 점심도 먹어야 하니까."

"아버님 조심히 다녀오세요. 여보 잘 다녀와."

"할아버지 안녕히 다녀오세요. 아빠도요."

"할아버지 금방 다녀올게 조금만 기다려. 며늘아 무슨 일 있으면 연락혀."

"네. 그럼 이제 안전벨트 하시고요, 출발합니다."

오늘은 중요한 날이다. 방송국에서 진도에 숨어살다시피 하는 그를 찾아내 인터뷰를 신청했다. 유명한 명창에게 인터뷰가 들어오는 것이 무엇이 그리 중요한 일일까 싶지만 그는 그렇게 생각하지 않는다. 고향에 대해 자부심이 강한 그에게 이 인터뷰는 자신의 고장인 진도와 진도의 소리를 알릴 수 있는 최고의 기회인 것이다. 그 덕에 오랜만에 진도의 소리에 대해 이런 저런 공부도 해야 했지만 그것마저도 즐거웠다. 직접 소리를 하지 못하게 된 이후로 오늘이 가장 기쁜 날이다. 차가 진도를 벗어날 때도, 휴게소에 들러 점심으로 분식집 음식 맛이 나는 비빔밥을 먹을 때도, 시간에 맞춰 방송국에 도착했을 때에도 들뜬 마음을 가라앉히기 어려웠다. 그는 방송국에 들어가기 전 마지막으로 옷매무새를 가다듬었다.

"너무 초라해 보이지는 않겠지?"

"걱정 마십쇼. 멋스럽습니다."

"고맙다. 그럼 이제 들어간다. 아 그런데 너는 어디에 있을 거냐? 서너 시간은 걸릴 텐데."

"서울에 사는 친구놈 좀 만나고 오려고요."

"그래. 끝나면 전화하마."

그는 방송국 안으로 들어갔다. 한복을 입어서 그런지 주변 사람의 눈이 그에게로 돌아간다. 하지만 그는 당당하게 데스크에 다가가 직원에게 인터뷰 일정을 묻는다. 직원은 당황한 듯 하지만 침착하게 장소를 알려준다. 5층으로 가서 인터뷰 담당자를 만나보라. 5층으로 간 그는 인터뷰 담당자가 누구인지 몰라 가만히 서 있었다. 그의 복장 때문인지 사람들이 금방 그를 알아보았다.

"오늘 인터뷰 하러 오신 겁니까?"

갑작스런 서울말 억양에 당황함을 느끼며 조심스레 대답한다.

"아…… 예. 5층에서 담당자를 찾아보라고 하든만요……."

"아, 소개가 늦었습니다. 오늘 촬영을 진행할 피디 박동욱입니다. 이옥연 선생님 맞으시죠?"

"예, 그렇습니다."

"말씀 편하게 하셔도 됩니다. 그럼 함께 가시죠."

그제야 본인의 말투가 어딘가 어색했다는 것을 깨달았다. 박피디를 따라가며 의문의 패배감을 느꼈다.

"선생님, 여기서 잠시만 기다려주세요. 곧 메이크업 아티스트가 올겁니다. 그 동안 미리 드렸던 질문에 대한 답변들 확인하시고요. 그럼 촬영때 뵙겠습니다."

"알겠소. 인터뷰는 얼마 안 걸리지요?"

"예. 프로그램 러닝 타임은 1시간 정도됩니다. 선생님 인터뷰는 그렇게 길지는 않을 겁니다. 시작까지 1시간 조금 더 남았으니 그때까지 질문들 정리하시면 됩니다. 저는 이만 가보겠습니다."

자리를 잡자 기분이 편안해졌다. 품에서 인터뷰 때 쓸 질문지를 꺼내서 보려는 찰나 젊은 여자와 남자가 들어왔다. 서로 어색한 상황을 깨고 여자가 먼저 말을 걸었다.

"이따 촬영 있으시죠? 촬영 들어가기 전에 얼굴이랑 머리 좀 봐드릴게요."

"…… 예 그러시죠."

피디와의 서먹한 만남이 끝난 지 얼마나 되었다고 이번엔 그보다 더 어린 여자와 대면하려니 마음이 편하지 않았다. 여자가 먼저 그의 얼굴을 조금 손보았다. 그 뒤 남자가 머리를 정리한다. 메이크업이 끝났을 때 그는 그리 달라진 게 없다고 생각했다. 하지만 꽤나 진지했던 그들의 표정 때문에 애써 미소를 지어보였다. 이제 좀 쉴 수 있겠지 라는 생각을 하며 의자에 앉으려는 순간 여자가 그를 불렀다.

"저기…… 촬영 있지 않나요? 메이크업 다 했으니 대기실로 가서 기다리셔야죠."

"아까 피디가 그런 말은 없던디요?"

"그래서 저희보고 메이크업 끝나면 대기실로 모시고 오라고 하셨어요. 이쪽으로 오시면 됩니다."

방송국을 잘 모르는 그는 고개를 끄덕인 후 그들을 따라갔다. 그들은 모퉁이를 돌면 나오는 첫 번째 방으로 그를 안내했다. 들어가 보니 그와 비슷한 차림을 한 사람이 몇 명 보였다. 그 중에는 낯이 익은 사람도 있었다.

"어? 자네 옥연이 아닌가? 나 기억하나?"

그가 방에 들어서자 누군가 그를 보고 아는 체를 한다. 소리 나는 쪽을 돌아보니 공연을 같이한 적이 있는 장 형이 서 있었다.

"제가 어떻게 형님을 잊을 수 있겠습니까? 그간 안녕하셨습니까?"

"나야 뭐 잘 살지. 일상이 지루했는데 때마침 방송국에서 불러주었네."

"저는 지금까지 단독 인터뷰인 줄 알았습니다. 낯이 익은 분들이 좀 있네요."

"아, 자네 제대로 모르구만? 토크쇼를 하는데 주제가 아마 우리 소리였나…… 그래서 각 도를 대표하는 명창들 다 불렀어."

그는 이제야 왜 질문지에 질문이 4개 밖에 없었는지를 알게 되었다. 프로그램을 이해한 그가 다른 사람들과 인사를 하러 돌아다닐 때 아까 만난 박피디가 들어왔다.

"여러분, 이제 촬영이 20분 밖에 남지 않았으니 각자 질문과 대답을 다시 한 번 살펴봐 주시기 바랍니다."

시끄럽던 실내가 피디의 한마디에 잠잠해졌다.

"10분 뒤에는 이동하셔야 하니 그때까지 준비를 마치셔야 합니다."

말을 마친 피디가 나가자 모두 자신의 질문지를 집어 들었다. 그렇게 다들 진지하게 준비를 마쳐갈 때 즈음 다시 피디가 들어왔다.

"이제 가셔야 합니다. 말씀 나누실 준비는 잘 하셨지요? 따라오십시오."

피디는 말을 마치고 방을 나갔고 그들은 피디를 따라갔다. 피디가 복도 끝에 있는 문을 열자 세트장이 나타났다. 인원이 세트장에 들어온 것을 확인하고 피디가 말했다.

"이제 여기 있는 스태프들이 마이크를 달아줄 겁니다. 마이크를 착용하셨으면 잠시만 기다려 주세요."

마이크 착용이 끝난 것을 확인한 피디는 마지막 주의사항을 알려주었다.

"아시겠지만 이 방송은 이번 달 문화의 날 특집으로 전국에 계신 명창들을 모시고 진행되는 프로그램입니다. 도 단위로 대략 한 분씩 모셨으니 자신의 지역을 중심으로 답변을 해주시면 됩니다. 본인에게 질문이 들어올 때는 카메라를 의식하지 마시고 자연스럽게 행동을 해주세요. 이제 본인의 이름표가 놓여진 자리에 가서 앉으시면 됩니다."

피디의 말이 끝나자 자리를 찾아 이동했다. 그의 자리는 비교적 중앙에 가까웠다. 자리에 앉아 자신을 향하고 있는 카메라를 보자 긴장감이 엄습했다.

"자, 이제 시작하겠습니다. 스탠바이…… 큐!"

"안녕하세요. 오늘은 10월 셋째 주 토요일, 문화의 날을 맞아 우리 소리 특집을 진행합니다. 전국 8개의 도에서 명창 한 분씩을 모셔……."

촬영이 시작되었다. 처음엔 긴장을 하던 그도 점점 어깨에 들어갔던 힘이 빠지고 진행자가 간간이 던지는 질문에 편안하게 답변할 수 있게 되었다. 시간이 흘러 전주에서 올라온 명창의 인터뷰가 끝나고 몇 마디 말이 오간 뒤 그의 차례가 왔다.

"이번에는 전라남도 진도에서 먼 길을 오신 이옥연 명창입니다. 이옥연 선생님, 진도는 예로부터 예향으로 유명하고, 민속 문화의 보배섬이라고들 하는데 조금 설명을 부탁드려도 되겠습니까?"

"진도의 강강술래, 남도들노래, 씻김굿, 다시래기는 국가 지정 중요무형문화재로 지정되어 있습니다. 그리고 진도만가와 진도 북놀이가 전라남도 지정 무형문화재로 지정되어 있지요. 진도아리랑은 우리나라의 3대 아리랑 중 하나입니다. 섬에서 이렇게 많은 무형문화재가 나왔다는 것이 놀라운 일이지요."

"정말 문화적으로 큰 의미를 지니는 지역이로군요. 놀이와 제례를 진도만의 독특한 양식으로 발전시켰다는 것이 흥미롭네요. 앞서 다른 지역에도 아리랑이 있는데 진도아리랑의 독특한 점이 있나요?"

"모든 아리랑이 그렇겠지만 진도아리랑에는 특히 더 지역의 문화가 녹아 있습니다. 진도는 이상하게도 여자들의 기운이 남자보다 셉니다. 그래서인지 진도아리랑의 내용에는 여자가 남자의 행실에 관해 푸념하는 가사가 많습니다.

진도아리랑을 부르는 소리꾼도 대부분 여자입니다. 이 때문에 진도아리랑에는 진도 고유의 문화가 녹아 있다고 하는 것입니다."

"진도아리랑에 여자가 남자를 푸념하는 가사들이 많은 것이 혹시 창작 설화와 관련 있지 않을까요?"

"진도아리랑에 얽힌 이야기를 말하는 거죠? 진도아리랑에도 두 가지의 설화가 전해집니다. 진도의 총각이 경상도 대갓집에 머슴살이를 하다가 그 집 아가씨와 사랑에 빠져 몰래 도망친 후 진도로 와서 살다 총각이 병으로 죽었다는 것과 진도의 총각이 정혼한 여자가 있는데도 육지에 가서 사랑에 빠져 여자를 데리고 오자 정혼한 여자가 총각을 보고 부른 노래가 진도아리랑이 되었다는 것이 있습니다. 진도아리랑에 얽힌 이런 설화들도 당시 흔한 가정사들이 반영된 것이다 보니 여자들의 애환을 담고 있지요. 여자들의 한을 풀어내는 노래가 된 이유가 그런 것들이 아니겠습니까."

"설화가 시대상을 잘 표현했네요. 정선아리랑이나 밀양아리랑의 설화와는 달리 순수한 사랑을 그리고 있어서 가사도 사랑에 관한 내용이 많은 것이라 생각하면 될 것 같습니다. 진도 여성들의 한이 담긴 노래, 선생님께 이 자리에서 한번 청해 듣고 싶은데요. 가능할까요?"

"지금은 제가 성대결절로 소리를 할 수 없는 처지라…… 힘들 것 같습니다."

"아, 죄송합니다. 제가 괜한 부탁을 드렸네요. 그럼 다음으로 멀리 제주도에서 온……."

촬영은 성공적이었다. 그는 자신이 준비해 간 진도 소리의 의미에 대해 충분히 말했다고 생각했다. 촬영이 끝나고 방송국을 나오니 아들이 유난히 기쁜 표정을 하고 기다리고 있었다. 차를 타며 아들에게 묻는다.

"야, 니 표정이 우째 그런다야. 어디 경사 났어?"

"아, 아버지 경사를 왜 다른 데서 찾고 그러세요."

"나? 내가 뭘 우쨋다고?"

그가 어리둥절하여 반문하니 아들은 그제야 상황을 알려준다.

"아버지. 아버지 1달 전에 제 친구놈한테 검진받은 거, 기억나셔요?"

"김선생? 그때 정기검진 한다고 해서 간건디 왜?"

"아버지 방송국에 계실 동안 심심해서 그놈 좀 만나고 왔어요. 갔더니 아버지 성대결절 이야기를 해주더라구요."

"김선생이 뭐라고 했어? 악화되고 있다디?"

"웬걸요. 아버지 많이 좋아지셔서 조금만 더 관리하면 정상적인 생활이 가능할 거라고 했어요."

"그러더냐? 듣던 중 반가운 소리다. 아까도 진도아리랑을 불러주라 했는데 이놈의 목 때문에 못 불러서, 얼마나 속이 상하던지."

"아버님 목이 좋아지고 있다니 기분이 좋네요. 오늘 저녁은 아버지가 좋아하시는 갈비탕으로 하십시다."

"허, 고맙다. 그런데 소리는 언제쯤이나 할 수 있다디?"

"아버지, 그놈 하는 말이 지금이 고비랍니다. 괜찮은 것 같다고 마음대로 목을 써버리면 순식간에 악화된다네요. 완치까지 6개월 남았는데 그전에는 절대로 무리하지 말랍니다."

"그려, 알것다. 다시 소리를 할 수 있다는디 뭔들 못하것냐."

"아버지가 마음 쓰시는 게 저도 항상 걸려요. 그나저나 주은이…… 대회 보내실 겁니까?"

그는 갑자기 자신의 손녀의 이야기가 나오자 흥분된 듯 목소리가 커졌다.

"뭐, 그 전국민요경창대회 말하는겨? 당연히 내보내야제."

"그래도 대회가 얼마 남지도 않았는데 잘 준비할 수 있을까요? 아직 노래도 못 정한 것 같던데."

"슥달도 안 남긴 했는디 차차 준비하믄 되것지."

"그럼 그 부분은 전적으로 아버님께 맡기겠습니다."

그는 자신이 진도의 2대째 소리 계승자라는 것에 대단한 자부심을 느끼고 있었지만 정작 자신의 아들은 재능이 없는 것 같아 실망스러웠다. 그래서 아들은 국악고등학교의 교사가 된 걸로 만족하고, 목청을 타고난 손녀 주은이가 자신의 뒤를 잇길 원했다. 다행히도 주은이는 노래하는 것을 좋아해서 고등학교에 다니면서 그에게 소리를 배우고 있다. 그간 고만고만한 대회에 나가며 경험도 쌓아왔다. 방금 말한 대회도 이번에 주은이가 참가할 중요한 대회다. 지금껏 나갔던 대회는 지역 규모의 작은 대회들이었지만, 이번 대회가 아이가 나가는 첫 전국 규모의 대회가 될 것이다. 그간 노력해 온 것을 제대로 된 무대에서 시험해 볼 기회가 온 것이다. 진도에 도착한 그는 주은이를 불렀다.

"아가, 이제 슬슬 준비할 때가 되지 않았을까? 노래를 정하지두 않았잖어."

"할아버지 딱히 마음에 꽂히는 곡이 없어요……. 더 알아보고 정하면 안 될까요?"

"그람 급한 건 아닝께 다음주까지능 정하그라."

"네에, 생각나면 말씀드릴게요."

그 주 토요일. 그가 촬영한 내용이 방송으로 나오는 날이다. 서재에서 책을 읽는 그를 제외한 가족들이 모두 텔레비전 앞에 모여 방송을 기다린다. 방송이 시작되자 모두 한마디씩 한다.

"할아버지 멋있어요. 이런 분들이랑 같이 방송찍은 거예요?"

"아버님, 이제 시작 했어라. 빨리 오셔요."

"아버지, 인자 그만 나오쇼."

"거 참 호들갑은. 지금 나간다."

방송이 시작되고 어느덧 그의 인터뷰가 나왔다. 진행자가 진도아리랑을 묻고 그가 답하는 내용이 나왔다.

- 진도아리랑에 여자가 남자를 푸념하는 가사들이 많은 것이 혹시 창작 설화와 관련 있지 않을까요?
- 진도아리랑에 얽힌 이야기를 말하는 거죠? 진도아리랑에도 두 가지의 설화가 전해집니다. 진도의 총각이 경상도 대갓집에 머슴살이를 하다가 그 집 아가씨와 사랑에 빠져 몰래 도망친 후 진도로 와서 살다 총각이 병으로 죽었다는 것과 진도의 총각이 정혼한 여자가 있는데도 육지에 가서 사랑에 빠져 여자를 데리고 오자 정혼한 여자가 총각을 보고 부른 노래가 진도아리랑이 되었다는 것이 있습니다. 진도아리랑에 얽힌 이런 설화들도 당시 흔한 가정사들이 반영된 것이다 보니 여자들의 애환을 담고 있지요.

TV 속의 그가 진도아리랑의 설화에 대하여 이야기하고 있을 때 잠자코 TV 속 할아버지의 말을 듣던 주은이가 그에게 말했다.

"할아버지, 민요대회 나갈 때 부를 노래 아직 못 정했잖아요. 그 노래 진도아리랑으로 하면 어떨라나요?"

"진도아리랑? 나야 그럼 환영이지. 헌데 갑자기 왜?"

"딱히…… 큰 의미는 없는데. 방금 인터뷰를 보고 영감을 받았다 해야 하나. 그리고 진도 소리꾼 한다면서 진도아리랑을 아직 제대로 공부 못 해 본 게 좀 찔리기도 하고요. 아무튼 진도아리랑으로 할래요."

"옴마, 우리 손녀가 벌써 그런 생각까지 하다니. 자랑스럽다. 그럼 노래도 정했응께 내일부터 차차 배워보그라."

노래를 정한 주은이의 표정은 해맑았고 주은이를 보는 그의 표정에는 자랑스러움이 묻어났다.

다음날 드디어 주은이의 연습시간이 되었다. 그는 먼저 가사[1]가 적힌 종이를 내밀었다.

(후렴) 아리 아리랑 스리 스리랑 아라리가 났네~

　　　 아리랑 응 응 응 아라리가 났네~

노다 가세 노다 나~ 가세 / 저 달이 떴다 지도록 노다 나~ 가세 (후렴)

우리가 여기 왔다 그냥 갈 수가 있나 / 노래 부르고 춤도 추고 놀다나 가세 (후렴)

날 다려 가거라 날 다려 가거라 / 니 심중에 꼭 있거든 나를 다려 가거라 (후렴)

서산에 지는 해는 지고 싶어~지느냐 / 나를 버리고 가는 님~은 가고 싶어 가느냐 (후렴)

너를 보고 나를 봐라 내가 널 따라 살 것냐 / 눈에 안 보이는 정 때문에 내가 널 따라 살지 (후렴)

청천 하늘에 잔별도 많고 / 우리네 가슴속엔 희망도 많다 (후렴)

가지 많은 오동나무 바람 잘날 없고 / 자식 많은 우리 부모님 속 편할 날 없네 (후렴)

만경창파에 둥둥둥 뜬 배 / 어기어차 어야 뒤여라 노를 저어라 (후렴)

---

1) 진도 아리랑 가사는 많은 판본이 있다. 이 가사는 국립국악원 버전이다.

저기 가는 저 기럭아 말 물어보자/우리 님 계신 곳이 어드메뇨 (후렴)
세월아 네월아 오고가지를 말어라/아까운 청춘이 다 늙어간다 (후렴)

"우와, 가사가 길구나. 아리랑이라 해서 짤막할 줄 알았는데……."

"이 곡조는 마디마디에 우리 선조들의 삶이 절절이 녹아 있는거라. 항시 진도 아리랑을 부를 때는 그 느낌을 잘 표현해야 돼. 진도아리랑에 대한 자부심을 갖고 있어야 하니께 오늘은 몇 가지를 알려주고 시작할 것이여."

"뭔데요? 진도아리랑 가사 뜻풀이 알려주시려 그러죠? 저두 어느 정도는 알 아요."

"그려? 그럼 문제를 내마. 진도아리랑은 주로 뭣에 대해 말하고 있것냐."

"아, 그거 알아요. 남녀간의 순수한 사랑이 주된 주제라고 어제 방송에서 봤 어요."

"제법인디? 생각해 보니 말해야 될 것들은 다 방송에서 했구먼. 제대로 들은 것 같으니 넘어가도록 하자. 아, 이건 말 안 한 것 같은디. 혹시 진도아리랑 같은 노래들을 한데 뭉쳐 뭐라 부르는지 들어본 적 있능가?"

"음…… 그것까지는 잘 모르겠는데요. 따로 부르는 말은 생각이 안 나는데요."

"아버님, 사과 가져왔으니 드시면서 하세요."

둘은 어느새 주은이 엄마가 과일을 가져다 주러 온 사실도 못 알아챌 정도로 둘만의 공간에서 대화에 열중해 있었다.

"엄마, 잘 먹을게요. 엄마 혹시 진도아리랑 같은 노래를 다른 말로 뭐라 부르는지 아세요?"

"응? 들어본 것 같기도 하고…… 혹시 타령 아닐까? 아리랑타령, 들어본 것 같은데."

"울 메느리가 그런 걸 다 아네. 맞다 아리랑타령."

"장터에서 할머니들이 하는 소리를 귀동냥으로 들은 거예요……. 아버님, 뭐 또 필요한 것 있으시면 부르세요."

며느리가 나가자 그가 말했다.

"역시 소리꾼 집안 메느리구먼. 하던 얘기 계속허자. 타령이란 것은 우리 같은 전문 소리꾼이 부르는 잡가, 민요, 창가 같은 것을 다 부르는 말이여. 옛날부터 무당이 노래와 춤으로 굿을 벌려 신령을 잘 섬긴다는 의미로 쓴 말에서 유래되었다고 하제. 진도아리랑을 우선 녹음헌 것으로다가 한번 들어 볼라냐. 지금은 내가 소리를 낼 수가 없으니 아쉬운 대로 이걸루라도 들어 보자."

오디오에 CD를 넣고 버튼을 만지던 그가 말했다.

"이건 우리 아부지가 부른 아리랑타령이여. 그니께 니로썬 증조할아버지시지. 함 들어봐라."

아리아리랑 스리스리랑 아라리가 났네 아리랑 응응응 아라리가 났네……
저기 가는 저 기럭아 말 물어보자/우리 님 계신 곳이 어드메뇨 (후렴) ……
세월아 네월아 오고가지를 말어라/아까운 청춘이 다 늙어간다 (후렴)

"참으로 보기 드문 목청이시지? 옛날 녹음이라 소리를 다 못 담아서 그렇지, 노래에 정감을 부리는 것에는 일가를 이룬 분이다. 이 할애비도 이 양반 공력에는 한참을 못 미치지. 어때. 인자 곡조 흐름을 좀 알겠냐?"

"어느 정도는요. 완전히 처음 들어본 노래는 아니니까 한두 번 들으면 익힐 것 같아요."

그는 손녀가 원하는 대로 아버지의 아리랑타령을 한번 더 들려주었다. 소리를 듣던 손녀가 소리가 끝나자마자 알겠다는 표정을 지으며 고개를 끄덕였다.

"인자 알것제? 니 말대로 여러 번 들어본 노래라 익히는 게 힘들진 않을 것이여."

"네, 어느 정도는 알겠는 걸요? 바로 불러볼까요?"

"이렇게 빨리? 그려 함 불러 보그라."

아리아리랑 스리스리랑 아라리가 났네 아리랑 응응응……

그가 손녀의 노래를 끊으며 말했다.

"아직은 감정을 살리기엔 무리인 듯 허니 무리하게 감정을 넣으려 하지 말구 그냥 음을 강건하니 정확히 뽑아 내면서 불러라."

"어떻게 아세요? 증조할아버지처럼 감정을 담아서 해보려고 했는데……."

"들어 보면 알제. 그니께 그냥 꾸미지 말고 불러봐."

주은이가 명창인 할아버지와 아리랑타령을 연습하기를 어느덧 한 달 가까이 되었다. 그동안 주은이의 실력이 많이 늘었지만 아직 그의 귀를 만족시키기에는 부족하다. 그 사이에 대회는 6주를 채 남기지 않았다. 그러던 어느 날 수업 시간에 그가 말했다.

"주은아, 니도 인제 그럭저럭 완창이 되는 것 같은께 인자는 니 노래에 감정을 한번 넣어보거라. 그러면서 소리를 미는 힘도 같이 늘어야 헌다."

"할아버지 솔직히 어떤 감정을 넣어야 할지 모르겠어요. 옛날 여자들의 사랑이라는 게 감이 안 잡혀요."

"그랴? 그람 혹시 사랑이라는 감정을 느껴본 적 있느냐? 남녀간의 사랑 말이다."

그가 갑자기 남녀간의 사랑을 묻자 주은이는 슬며시 웃으며 대답한다.

"네, 몇 번 있긴 해요. 그런데 갑자기 그건 왜 물어보시는 거예요?"

"니가 조상들의 사랑을 감정으로 담아내기 벅차다면 그냥 니가 느꼈던 사랑을 감정으로 잡어라. 저번에두 이야기했지만 아리랑타령의 주된 주제는 사랑이라 해도 틀린 말은 아니니까."

"아…… 이제 뭔가 알 것 같아요. 지금 한번 불러볼게요."

주은이가 노래를 마치고 나자 한 달이 넘도록 칭찬을 아끼던 그가 칭찬 같지 않은 칭찬을 했다.

"잘했다. 이제 어떻게 하면 되는지 감은 잡았나 보구나. 계속 연습을 하면서 이제는 감정을 넣어야 한다."

짤막한 세 글자였지만 주은이는 마냥 행복해 했다. 그렇게 연습에 매진하며 또 한 달을 보내는 동안 주은이는 대회가 코앞으로 다가오고 있는 것을 실감했다. 할아버지와 한복집에 가서 대회에 입고 갈 한복을 맞추기도 하고, 함께 대회 신청서를 작성하기도 하면서 대회에 대한 긴장감이 조금씩 커졌다. 어느덧 대회가 1주일 앞으로 다가온 날 그가 말했다.

"인자부턴 정말 신중하게 해야 한다. 상처받지 말고 들어라. 지금의 너를 솔직허게 평가하면 지금까지 나갔던 지역 규모의 대회에선 1등을 할 만 혀. 헌데 이 대회는 전국에서 남녀노소를 가리지 않고 소리에 자신 있다는 사람들은 모조리 참가하는 대회여. 이런데서 지금의 너는 1등은 고사 허고 상 받기두 힘들어야. 그니께 인자는 증말 대회라고 생각하고 연습해야 혀. 그리고 연습 시간도 더 늘려야 할 것이야."

할아버지에게 칭찬을 받은 적이 많지는 않지만 그렇다고 못한다는 소리는 들어본 적이 없는 주은이는 할아버지의 꾸중에 전국대회가 어느 정도인지 느낌을 받았다. 남은 1주일 동안 노래를 완벽히 소화시켜 할아버지를 만족시켜야겠다고 생각했다. 하지만 매번 할아버지는 그녀의 노래를 흡족해 하지 못하셨다.

일주일이 훌쩍 지나 어느새 대회 날 아침. 주은은 마지막으로 할아버지 앞에서 아리랑을 노래했으나, 돌아온 대답은 엄격했다. 일주일 전보다 많이 발전했지만 전국대회 입상은 힘들 것 같다는 이야기였다. 대회가 열리는 전주 한옥마을까지 가는 차 안에서 그는 뜻밖의 소식을 아들과 손녀에게 전했다.

"아가야. 이번 대회에서 소리꾼들의 노래가 끝나면 내가 노래를 한 소절 부를 것이야."

운전을 하다 그 말을 들은 아빠가 크게 놀라며 반문했다.

"네? 아버지 목은 어쩌고요. 그나저나 왜 이제야 말씀하시는 거예요?"

"사실 아가, 대회 신청헐 때 관계자랑 전화해서 목에 무리가 안 가도록 짧게 부르겠다고 하니 그쪽에서는 환영하더라구. 그래서 그렇게 되었어. 아가야, 입상이 중요헌 것이 아니고, 이번 대회에서 니가 배울 것은 하나다. 감정을 살려 부르는 것이 뭘 말하는지 잘 보아 두어라. 굳이 내가 아니더라도 다른 사람들의 소리를 잘 들어봐. 그리고 그 소리들을 들었을 때 니 마음속으로 어떤 감정이 올라 오는지 한번 보거라. 그리 허다 보면 너도 큰 무대에서 어떤 소리를 내야 듣는 이들의 마음을 울릴 수 있는지 절로 깨달을 것이야."

"네…… 할아버지. 그래도 절대 목에 무리가 가면 안 돼요. 알겠죠?"

"그럴 일은 없어야. 나는 괜찮어. 니가 되도록 많이 보고 느끼는 것이 중요허지."

대회장에 도착한 그들은 주은이의 순서를 기다리며 다른 사람들의 무대를 지켜보았다. 한 사람 한 사람 무대에 오를 때마다 할아버지는 주은이에게 참가자들이 소리에 감정을 어떻게 담아냈는지 방법을 알려주었고 그때마다 주은이는 고개를 끄덕였다. 어느새 주은이의 차례가 되고 할아버지의 응원을 받으며 그녀가 무대에 올랐다.

아리아리랑 스리스리랑 아라리가 났네 아리랑 응응응 아라리가 났네
…… 노다 가세 노다 나~ 가세 / 저 달이 떴다 지도록 노다 나~ 가세
우리가 여기 왔다 그냥 갈 수가 있나 / 노래 부르고 춤도 추고 놀다나 가세

노래를 마친 주은은 박수를 받으며 무대를 내려왔다. 실수도 없었지만 그의 마음에 쏙 들어오는 소리도 아니었다. 그는 대회가 끝날 때까지 아무런 말도 하지 않았다. 어느덧 초대가수로서 그의 이름이 호명되고 그는 주은이에게 의미심장한 말을 하고 무대로 올라갔다.

"아가, 잘 보아라. 이것이 진정한 아리랑타령이다."

무대에 올라가니 그를 알아보는 사람이 적지 않았다. 그는 간단히 자기소개를 한 뒤 말을 이었다.

"여러분 제가 지금 성대결절을 치료중이기 때문에 원래는 목에 무리가 안 가게 한 소절만 부르려 했습니다. 혹시 아까 진도아리랑을 부른 소녀가 기억나십니까? 사실 그 소녀는 제 손녀입니다. 제가 손녀를 가르쳐 대회에 나왔지만 부족한 점이 많습니다. 제자가 잘못을 하면 스승이 사죄를 하듯이 제가 사죄하는 의미에서 진도아리랑을 제대로 한번 보여드리려 합니다."

(후렴) 아리 아리랑 스리 스리랑 아라리가 났네~
    아리랑 응 응 응 아라리가 났네~

노다 가세 노다 나~ 가세 / 저 달이 떴다 지도록 노다 나~ 가세 (후렴)
우리가 여기 왔다 그냥 갈 수가 있나 / 노래 부르고 춤도 추고 놀다나 가세 (후렴)
날 다려 가거라 날 다려 가거라 / 니 심중에 꼭 있거든 나를 다려 가거라 (후렴)
서산에 지는 해는 지고 싶어~지느냐 / 나를 버리고 가는 님~은 가고 싶어 가느냐 (후렴)
너를 보고 나를 봐라 내가 널 따라 살 것냐 / 눈에 안 보이는 정 때문에 내가 널 따라 살지 (후렴)
청천 하늘에 잔별도 많고 / 우리네 가슴속엔 희망도 많다 (후렴)
가지 많은 오동나무 바람 잘날 없고 / 자식 많은 우리 부모님 속 편할 날 없네 (후렴)
만경창파에 둥둥둥 뜬 배 / 어기어차 어야 뒤여라 노를 저어라 (후렴)
저기 가는 저 기럭아 말 물어보자 / 우리 님 계신 곳이 어드메뇨 (후렴)
세월아 네월아 오고가지를 말어라 / 아까운 청춘이 다 늙어간다 (후렴)

관객들의 크나큰 호응에 보답하듯 열창을 하고 난 그는 단 한마디 말을 남겼다.
"제 마지막 소리를 들어주셔서 감사합니다."
그가 박수갈채를 뒤로하고 무대에서 내려오자 아들과 딸이 다가왔다.
"할아버지…… 왜 그랬어요. 할아버지가 그럴 필요는 없었잖아요."
"아버지…… 어쩌시려고 그런 무모한 짓을 하신 겁니까? 당장 김선생한테 갑시다."
그는 힘든 기색으로 조용히 한마디를 내뱉었다.

"아니다. 너도 알고 나도 아는 결과지 않느냐. 그냥 진도에 가서 조용히 쉬고 싶다. 아가, 잘 보았겠지…… 이 정도는 돼야 아리랑타령이라 할 수 있단다."

진도로 내려가는 차 안. 정적이 흘렀다. 주은이는 계속 눈시울이 붉어 있었고 아들은 알 수 없는 표정을 지었다. 문득 주은이는 할아버지가 옛날에 해주셨던 이야기가 떠올랐다.

"진정한 소리꾼이란 말이다. 어떠한 상황에서도 자부심을 잃어서는 안 된다. 너가 가진 소리, 윗대부터 내려온 우리 일가에 대한 자부심을 가지고, 스스로 소리를 공부한다는 사실을 자랑스럽게 생각하거라. 만약 네 자부심에 상처가 날 만한 상황이 올 때는 멈추지 말고 그것을 회복시키기 위해 최선을 다해야 한다."

진도아리랑 이야기

진도아리랑은 다른 아리랑들과 서로 영향을 주고받으면서 아리랑 일반의 성격을 공유하는 한편, 그것이 전승되는 지역 공동체의 삶을 독특한 가락에 실어 노래함으로써 그 특성을 견지해왔다. 빈번히 나타나는 사설의 교류 및 구성과 표현 방식의 유사성 등이 아리랑 일반과 진도아리랑이 공유하는 부분이라면 진도 지역의 지역성 표출과 두드러진 부요적 성격, 육자배기토리를 배경으로 한 선율 구조 등은 진도아리랑 고유의 특색이라고 할 수 있을 것이다.

진도지방에서 발생된 노래이나 지금은 전국적으로 불리워진다. 사설의 기본성격은 남녀의 사랑과 이별을 주제로 하고 있다. 사설 내용에 욕·상소리·한탄·익살 등이 응집되어 부인네들의 야성을 거침없이 노출시키고 있으며, 또한 도서지방의 지역성을 표출하고 있는 점이 특징이다. 사설의 형식은 2행 1연으로 되어 있는 짧은 장절형식으로 이루어지는 분장체 장가이다.

가창방식은 기존 사설을 바탕으로 새로운 형태의 사설이 창자에 의하여 계속적으로 덧붙여질 수 있는 선후창 형식의 돌림노래이다. 돌림노래란 여럿이 부를 때 한 사람씩 돌아가면서 메김소리를 하고, 나머지는 맞는소리(맞음소리)를 하는 것으로 이러한 가창방식은 집단노동요의 전형적인 가창방식과 일치한다.

출처 : 국립국악원, 그림 제목 : 정간보

여인네의 사랑,
아픔이 쟁쟁하게 올려나가는 강인한 아리랑

옛사람들의 삶을 직설적으로 그린 아리랑의 노랫말을 되새기며

진도아리랑은 비 기능요로 분류되고 있지만 생활 현장에서 다양한 역할을 수행하고 있다. 특히 여성의 삶과 밀접한 관계를 맺고 있는 노래로서, 혼자서 부를 때는 유장하고 슬픈 신세 타령이 되지만 여럿이서 부를 때는 빠르고 흥겨운 노래가 되어 곧잘 일판을 놀이판으로 전환하거나, 놀이판을 춤판으로 전환하는 역할을 수행한다.

진도아리랑의 주된 전승 집단은 주로 농업 생산과 그 유통 과정에 종사하는 피지배 계층의 기혼 여성으로서, 진도아리랑에는 이러한 여성들의 생각이 일정하게 반영되어 있다. 진도아리랑에는 시부모이 권위에 대한 긍정과 부정이 공존하지만, 부정이 압도적 우위에 있다.

비자(榧子)

조민경

어머니에 대한 간절한 마음이 연결해 준 머나먼 인연.
작가 미상의 작품을 그린 모든 화가들에게 전하는 위안.

　오늘도 어김없이 마을 뒷산에 올라 저 멀리 파란 잎들이 만개한 산을 바라보며 먹을 칠해 나간다. 몇 해간 옴짝달싹 못하고 몸져 누워 계신 우리 어머니에게 싱그러운 여름의 풍경을 보여주고 싶은 까닭이다. 탁 트인 공간에서 절로 상쾌해지는 공기를 마시며 그림을 그리고 있자니 이렇게 좋을 수가 없다. 밥때가 된 줄도 모르고 경치만 감상하다 눈치 없이 울리는 배꼽시계에 아차, 하고 어머니의 밥을 차려 드리기 위해 허겁지겁 내려왔다.

　"엄메- 나 왔어. 뒷까끔[1]에 뻐드러져 있다봉께 늦어 브렀네. 많이 기다렸당가 우리 엄메-"

　"징한 가이나. 어째 왔냐. 아예 거기서 살아블제만은."

　어머니는 희미한 미소를 띠시며 말씀하셨다.

　"어찌께 그런다요- 우리 엄메 밥은 차려 드려야겠지 않었어?"

　"하여간, 내가 딸 한나는 잘 키웠당께. 옆집 금단이는 아직두 속창아지없이 즈그 하납씨보고 밥 차려 달라, 물 데워 달라 악쓰고 그란다드라."

---

1) '뒷산'의 진도 사투리

"가는 속 들라면 아직 당당 멀었제. 언제 들라나 몰라. 자ー. 죽이랑 지쪽²⁾에다가 좀 잡숴. 반찬이 없응께 요것도 뽀도시³⁾ 차렸구먼."

어머니는 흐뭇한 미소를 지으시며 겨우 몸을 일으키셨다. 아무렇지 않은 척, 태연하게 행동하지만 많이 야윈 어머니의 모습을 볼 때마다 눈물이 앞을 가린다. 눈물이 나오려 하자 급하게 뒤로 돌아 눈물을 훔치고 다시 돌아서 어머니에게 웃어 보인다.

"우리 엄메. 어째 그렇게 야우라져브렀대⁴⁾. 깨작깨작 먹어서 근가. 허천나게 한번 먹어봐 못 먹어서 생긴 병일 수도 있응께."

"아유, 말 같지도 않어. 먹기는 내가 우리 마을에서 제일 편하고 맛있게 먹는 것 같은디야."

"에이ー. 제대로 있지도 않은 반찬에 밥알을 세면서 먹는 사람이 머시 편하고 맛있게 먹는다는 거시여."

---

2) '깍두기'의 진도 사투리
3) '겨우겨우'의 진도 사투리
4) '야위다'의 진도 사투리

"아따-. 몰라 몰라. 그나저나, 옆집에 금단이네 하납씨가 무당을 불렀다는 소리가 있던만. 그게 뭔소리다냐?"

"별거 아니여. 집에 흉흉한 물건이 있는 것 같다고 한번 봐달라고 한 것 같든디?"

"나참-. 별 일이 다 있구면. 아적[5]부터 창문너머로 소란스럽게 들려오는 소리가 무당 소리여서 무슨 난리인가- 했다야."

"그려? 내일 아적에 한번 나가봐야겠구면. 엄메! 이것 좀 보소. 내가 그린 저짝에 있는 까끔이여. 요새 뒷까끔에 올라가서 먹칠 좀 하고 있는디, 어짠가?"

"워메 워메 시상에-. 시방 아주 그냥 소치선생 뺨 쳐블구만. 나사 장담하는디 너만치 재능 있는 사람 없다. 요새 바깥 풍경이 요케 싱그럽구나-. 잘 보관해 났다가 적적할 때 봐야겄다."

오늘 완성한 그림을 보여주자 어머니는 여태 본 것 중 가장 환한 미소로 말씀하셨다.

어머니는 나의 유일하고 든든한 조력자이다. 어머니가 알 수 없는 병에 걸려 몸을 잘 가누지 못하게 되기 전까지는 같이 마을을 돌아다니며 그림도 그리고, 그림 그리는 나를 지긋이 보며 언제나 칭찬을 아끼지 않으셨다. 하지만 아버지는 여자가 무슨 그림을 그리냐며, 집안일이나 잘 하라고 다그치신다. 정작 자기는 명색이 가장이라는 사람이 아픈 어머니는 신경도 안 쓰고, 여자에, 술에, 노름에 찌들어 사느라 집에도 잘 안 들어오면서 말이다. 어느 날에는 술을 진창 먹고 들어와서 그림을 그리고 있던 나에게 한번만 더 붓을 잡으면 손모가지를 잘라버린다고 폭언을 퍼붓기도 했다. 이런 환경 속에서 내가 그림을 그리며 살아간다는 것은 만만치 않은 일이었다.

어머니가 몸져눕기 전, 어느 날이었다. 내가 며칠간 정성 들여 그린 화초 그림을 들고 이 방면에서 가장 유명하다는 화가인 박씨 아저씨를 찾아갔다. 아무리 봐도 이건 내가 그린 것이 아니리만큼 잘 그린 것 같았다. 한껏 기대를 품고 아저

씨에게 그림을 보여줬다. 하지만 나에게 돌아오는 것은 차가운 말 한마디였다.

"예끼. 어디 감히 여자가 붓을 드나. 보아하니, 니가 그리지도 않은 것 같구만. 어린 것은 집에 가서 쌀이나 씻어라."

그러고는 그림을 돌 보듯 보다가 던지듯이 돌려줬다. 나는 그림을 떠안고는 망부석처럼 가만히 서 있었다. 박씨 아저씨의 잘난 뒷모습을 보고만 있자니 화가 치밀었다. 여자라는 이유로, 나이가 많지 않다는 이유로 이런 푸대접을 받으니 억울할 따름이었다.

그날 밤, 나는 어머니와 이불을 덮고 나란히 누워 나름 진지한 이야기를 나누고 있었다.

"엄메가 너를 쪼깐 더 늦게 낳았어야 했는디-. 시대가 멍청시럽게 인재를 못 알아보는구만. 오늘 일로 마음에 생채기 많이 나부렀을텐디. 딸아, 그래도 포기할 생각은 말고, 엄메랑 같이 더 좋은 거, 멋드러진 거 허천나게 봄시로 점점 쌓아가자. 니 때는 많이 보고 배우는 거시여. 나사 장담한댔지? 너는 꼭 이 길로 성공할 거라고."

어머니는 이런 시대에, 이런 환경에 딸로 태어나게 해서 정말 미안하다고 울먹거리며 말하셨다.

"아따메- 엄메. 새삼시럽게 우째그라요. 나는 다른 사람들이 별 웃기는 이유로 내 그림 팽개치는 거슨 화나도, 울 엄메가 내 그림 좋아해 주는 걸로도 족해. 내 걱정은 하덜말어. 생채기일랑 한나도 안났응께."

나는 애써 괜찮은 척 하며 웃어 보였다. 이 날 이후, 어머니는 혹시라도 내가 기죽을까 뭘 하든 열심히 격려해 주셨고 먼 곳에 경치가 좋다는 산에까지 데려가서는 같이 구경도 했다. 어머니와 같이 산 정상에 올라 밑으로 펼쳐진 절경들을 보자니 입이 떡 벌어질 수밖에 없었다.

깎아지는 절벽 위에 아슬아슬하게 솟아나 있는 소나무들, 그 사이를 유유히 지나고 있는 안개 조각들. 그 자리에 그대로 앉아 내가 느낀 감동을 그대로 그렸다. 이틀간 어머니와 그 산에 머물렀다. 자연과 하나된 것 같은 마음에 상쾌한 기분이 들었다. 그러고선 그 산의 절경을 그린, 한 폭의 그림을 완성했다. 나도 모르게 가슴이 벅찼다. 어머니는 그 그림을 보고는 감동스럽다며 나를 꼭 안아주셨다.

그 그림을 소중히 챙기고 산에서 내려왔다. 이번에는 본때를 보여주겠다는
심보로 어머니와 같이 박씨 아저씨를 찾아갔다.

"박씨 아잡씨-!"

목소리를 듣고 밖으로 나온 박씨 아저씨는 나를 보고 표정이 싹 굳었다.

"나 참 . 또 왔네 또 왔어! 또 그림타령 시작이냐?"

박씨 아저씨는 나를 쳐다보며 날카롭게 쏘아댔다.

"허허. 아잡씨-. 그르지 마시고 우리 딸이 그림 하나 그렸다는디 같이 한번 봅시다."

어머니가 헤실헤실 웃으며 사람 좋게 말했다. 그러고선 품에 넣어둔 그림을 꺼내려고 손을 넣자 박씨 아저씨가 소리를 빽 하고 질렀다.

"엑-! 거참 말 못 알아쳐 먹네! 당신들 그림 봐봤자 필요 없다니까 얻다 대고 자꾸 들이대는 거야? 썩 꺼지지 못해?"

박씨 아저씨는 신고 있던 고무신 한 짝을 홱 던져버리고 얼굴까지 시뻘개져서는 씩씩거렸다.

"여자가 자꾸 무슨 그림을 그리겠다는 거야? 볼 가치도 없어! 다시 찾아오기만 해봐. 그림의 그 자도 못 꺼내게 만들어줄 테니!"

하고 뒤도 안 돌아보고 가버렸다.

아저씨가 던졌던 고무신에 맞은 내 정강이가 슬슬 아려왔다. 이 그림은 어떻게든 인정을 받고 싶었다. 내가 할 수 있는 한 최선을 다해서 만든 최고의 결과물이라고 생각했기 때문이다. 하지만 그림을 보여주지도 못하고 퇴짜를 맞아 그저 어안이 벙벙했다.

그것도 잠시, 이대로 무너질 수 없다는 마음으로 인맥이 넓다는 정씨 아저씨도 찾아가 보고, 큰 지역을 자주 왕래한다는 김씨 부부도 찾아가서 그림을 보여줬지만 다들 하나같이 나를 보고 비웃었고 그림은 본 체도 하지 않았다. 어느 누구도 내 그림을 받아주지 않았다. 이 상황이 너무 어이없어서 헛웃음만 나왔다. 마음이 절망감으로 뒤덮여 눈물도 나지 않았다.

그때 처음으로 그림 그리는 것 따위 너무 싫다는 생각을 해보았다. 어머니가 옆에서 열심히 위로해 주고 격려해 줬지만 도움이 되지 않는 것 같았다. 며칠간 아무하고도 말하지 않고 웃지도 않았다. 하지만 어머니의 끈질긴 설득과 격려 끝에 웃음을 찾았고 그림도 조금씩 다시 그리게 되었다. 내가 지금 그림을 그릴 수 있는 건 어머니 덕분이다. 유일한 벗이자 조력자인 어머니가 안 계셨다면 그림을 포기하는 것은 물론이요, 아마 내가 이 세상에 없었을지도 모른다.

하지만 어머니가 몸져누우신 지 벌써 몇 해째, 어떠한 약도 들지 않고 갈수록 애만 타 들어 간다. 만약 어머니가 돌아가신다면 어떻게 살아가야 할까. 그림을 품에 안고 조용히 주무시는 어머니를 보니 마음 한 켠이 아려왔다.

아침부터 악 지르는 소리와 방울 소리에 인상을 찌푸리며 일어났다. 보아하니 옆집에 흉흉하다던 그 물건에 귀신이 쓰였다나 뭐라나. 어찌됐건 그 믿기 싫은 이야기 때문에 무당이 귀신을 쫓아내고 있는 듯했다. 밖의 소란이 사그라들자 이제 거의 의식이 끝난 것 같아 결과를 보러 겉옷을 걸쳐 입고 밖으로 나왔다. 밖으로 나와 보니 옆집 마당에 좋은 구경이라도 난 듯 마을 사람들이 우글우글 모여 일제히 구경하고 있었다. 의식을 마치고 무당은 이제 떠날 채비를 하고 있었다.

"시방 난 가네. 저그 딸이 하납씨한테 바락바락 대든거슨 구신[6] 때문이었구먼. 내가 지대로 영금[7] 보여줘브렀응께 이제 안올거시여. 잘 살그라이."

무당은 의기양양한 표정으로 보자기를 싸고 집 밖으로 나왔다. 무슨 귀신이냐며 믿기 싫어했던 나였지만 금단이가 평온한 표정으로 이시렁[8] 하니 무당을

---

6) '귀신'의 진도 사투리
7) '따끔하게 당하는 곤욕'의 진도 사투리
8) '지나치게 얌전함'의 진도 사투리

배웅하는 것을 보고 이게 뭔일인가, 진짜 용한 무당인 듯싶었다. 사람들은 절로 무당이 갈 길을 비켜주었고, 나는 벌써 저만치로 가고 있는 무당을 쫓아 급하게 달박질해갔다.

"저, 저! 무당님, 저 쪼깐만 볼 수 있을랑가요?"

헥헥 거리며 말하자 무당은 천천히 뒤를 돌아보며 날카로운 표정으로 나를 쳐다봤다.

"나사 그렇게 한가한 사람이 아녀."

무당은 단호하게 한 마디를 하고 다시 갈 길을 갔다. 혹시 이 무당이라면 우리 어머니의 병을 치료할 수 있는 방법을 알지 않을까 하는 바람에 무작정 쫓아와보긴 했지만, 무당의 단호함과 이제 치료법을 알 수 없다는 절망감에 눈물이 차 올랐다. 그때, 무당은 내가 흐느끼는 소리에 뒤를 돌아보더니 한숨을 푹 쉬고는 나를 찬찬히 바라보았다.

"보아하니 집안에 병이 들어앉았구면. 그것도 허천나게 독한 병이 들어앉았어. 쯧쯧, 느그 엄메가 메랍시⁹⁾ 이상한 놈을 만나가지고는 고생만 하고 기운도 안 좋응께 그런 병이 든거시여. 곧 있으면, 한 사흘 뒤면 그 병이 엄메를 잡아 먹어블겄는디."

무당은 태연한 표정으로 마치 우리 어머니를 쭉 지켜봐 온 듯 어머니에 대한 얘기를 술술 풀었다.

"병이 잡아 먹어블는다는 게 뭔소리다요?"

"뭔소리긴, 디져븐단 소리제."

그 말을 듣는 순간, 눈앞이 아득해지며 하얘졌다. 오늘 아침까지만 해도 웃으며 대답해 주던 어머니가 사흘 뒤면 이제는 볼 수 없다는 사실에 가슴이 미어지는 듯했다. 제대로 차려지지 않는 정신을 붙잡고 애써 대화를 이어나갔다.

"그, 그러면 어떻게, 우리 어매가 나을 방법은 없는 것이어요?"

그러자 무당은 말없이 내 손을 잡더니 손바닥을 훑어보았다. 그러다가 놀란 표정으로 입을 열었다.

"흠-. 이 손은 기(氣)를 담을 수 있는 손이구만. 이렇게 용한 재주가 있으니 잘

---

9) '괜히'의 진도 사투리

하믄 그 독한 병도 쫓아낼 방법이 있겄는디."

무당은 잠시 눈을 감더니 몇 분간 생각에 잠겼다. 이 몇 분은 나에게 몇 시간과 같았다. 마구 뛰어대는 가슴을 진정시키려 했지만 도저히 진정이 되지가 않았다. 간절함에 입술도, 다리도 덜덜 떨려왔다.

"저기저기. 저쪽에, 임회면 상만리에가 맑고 좋은 기가 줄줄 흐르는 비자나무가 한 그루 있어. 그 비자나무의 기를 니 손으로 직접 그려다가 엄메 머리맡에다가 놔두며는 그게 병을 쫓아줄거시여. 근데, 워낙 독한 병이라 비자나무 기를 많이 갖다 날라야 할 거이다. 정성을 다해 백 장 정도 그리면 신령이 동하실랑가 모르겠구만. 큼. 이제 난 가야겠네 너땜시 일이 늦어브렀다야."

무당은 이 말을 마지막으로 남기고 몇 초 만에 시야에서 사라졌다. 어머니가 나을 수 있는 유일한 방법을 알아내긴 했지만 무슨 수로 백 장의 그림을 사흘 안에 그려낸단 말인가. 무당을 만나고 나서 실낱 같은 희망과 함께 막대한 절망감이 마음속에 자리 잡았다.

먹과 종이 등, 재료들을 한 보따리 싸안고 어머니께 비자나무의 그림을 그리고 오겠다며 태연하게 말하고 집을 나섰다. 어머니는 아무것도 모른 채 좋아하는 것을 열심히 하는 모습이 장하다며 격려해 주셨다. 그 모습을 보니 당장에라도 달려가 품에 안겨 하루 종일 울고 싶었지만 백 장의 그림을 사흘 안에 그려야 하는 터라 떨어지지 않는 발걸음을 재촉했다. 어머니 혼자 집에 계시는 시간이 많을 것 같아 옆집 금단이에게 어머니 보필을 맡기고는 지푸라기 잡는 심정으로 한달음에 임회면 상만리까지 갔다.

나무는 무당의 말대로 맑고 좋은 기가 줄줄 흐르는 것 같았다. 뻗어 있는 모양은 당당했고 비자의 향기는 코끝을 맴돌았다. 왠지 모를 경이로운 느낌에 기분이 묘했다. 나무의 자태에 감탄하는 것도 잠시, 서둘러 종이를 꺼내 바닥에 펼쳤다. 이것은 단순히 나무의 그림을 그리는 것만이 아닌 기를 옮기는 대단한 일인지라 붓을 꺼내 드는 게 두려웠다. 마냥 좋기만 하던 일이 이렇게 두려울 수가 없다. 떨리는 손으로 하얀 종이 위에 조심스럽게 한 획을 그었다.

닭이 나의 안타까운 상황을 아는 듯 구슬프게 울었다. 벌써 아침이었다. 그림에만 전념하느라 한 끼도 하지 않고 잠도 자지 않았다. 그렇게 열중해서 그림을 그렸건만, 달랑 두 장 밖에 그리지 못했다. 이대로 내일까지 백장을 그린다는 것은 턱도 없는 소리였다. 막막했다. 어머니를 살릴 수 있는 방법을 아는데도 어찌 할 수가 없었다. 그저 답답하기만 한 마음에 눈물만 하염없이 흘렀다. 야속하게도 막 완성한 그림을 봐보니 비자나무는 멋들어지게도 생겼다. 그림을 품속에 말아 넣고 기다시피 걸어가 비자나무에 기댔다. 자포자기한 상태로 한숨만 푹푹 쉬어대는 것 외에 할 수 있는 게 없다. 나의 무력함에 죄책감까지도 든다. 나는 왜 이런 세상에, 이런 집안에서 태어난 것일까. 모든 게 원망스럽다. 그렇게 한숨 쉬다, 원망하다 지쳐 쥐도 새도 모르게 잠에 들고 말았다.

부릉부릉−.

이상한 소음과 매캐한 냄새에 절로 눈이 떠졌다. 비몽사몽한 상태로 앞을 보니 왠 까만 쇳덩어리가 연기를 뿜으며 핑 하니 지나가는 게 아닌가. 소스라치게 놀란 나머지 포꽉질[10]마저 나왔다. 이게 무슨 일인가, 꿈인가 싶어 머리도

___
10) '딸꾹질'의 진도 사투리

사정없이 쳐보고 혀도 피나도록 깨물어보았다. 그래도 도저히 꿈에서 깨지 않자·내가 죽었고 여기가 바로 천국인가 라는 바보 같은 생각도 들었다. 주위를 둘러보며 고민해 보았다. 분명 내가 앉아서 그림 그리던 곳은 잔디밭이었고, 집들은 짚과 흙으로 만들었으며 주변엔 밭들이 널려 있었다. 하지만 지금은 밭들도 없고 푸르렀던 잔디들 대신 해괴한 돌들이 박혀 있으며 집들도 이상한 모양으로 변해 있었다. 너무 혼란스러워 정신이 제대로 차려지지도 않았다. 기대어 잠들었던 그 비자나무도 꽤나 달라져 있었다. 잎들은 더 풍성해지고 양팔을 벌려도 나무의 한 면을 가릴 수 없을 정도로 두꺼워졌다. 나무의 자태는 더욱 신성해진 느낌이었다. 변해버린 나무를 보고 한참을 멍하니 있다가 퍼뜩 정신을 차렸다. 아, 이게 무슨 상황인지 알아나 보자. 내가 꿈을 꾸고 있는 게 아니라면.

　도저히 적응되지 않는 배경들을 뒤로하고, 일단 어디라도 가야 할 것 같아 사람들이 모여 있는 쪽으로 걸어갔다. 사람들도 도통 이해할 수 없는 옷차림으로 줄줄이 서 있었다.

　"저…… 아잡씨. 여기 온 게 처음이라 잘 모르겠어서 그란디, 여가 어딘지 좀 알려주실 수 있을랑가요?"

　50대 중반쯤으로 보이던 아저씨는 기분이 몹시 안 좋아 보였다. 아차, 괜히 말 걸었나 싶었는데 의외로 환한 표정을 지으시고 격하게 좋아하시며 대답해 주셨다.

　"오메! 옷 봉께는 향토문화회관으로 상설공연 하러 가나 보네! 여가 어디긴 어디여─ 임회면이제. 뭐, 길이라도 잃은 겨?"

　"아…… 예. 어쩌다 길을 잃어브렀어라."

　"괜차네─. 나도 여서 읍가는 버스 기다리고 있응께, 쪼깐만 기다렸다가 이거 타고 문화회관에 같이 가세."

　"버스요?"

　향토문화회관은 뭐고 상설공연은 뭐며 버스는 또 뭔가. 아저씨가 무슨 말을 하는지 하나도 알아들을 수가 없었다.

　"그라제. 버스. 어째, 버스비가 없나?"

"돈 말하시는 건가…… 돈이라 하믄…… 여, 당오전[11] 두 냥밖에 없는디 어찌께, 바스인가 버스인가 거시기 그거. 탈 수 있당가요?"

아저씨는 내 말에 몇 초간 어이없는 표정을 지으시더니, 곧 호탕하게 껄껄 웃으시고는 대답해 주셨다.

"허허허-. 벌써부터 그런 연극 안 해도 되는디, 원래 공연하는 사람들은 평소에도 돈까지 요케 가꼬 댕기는가?"

"…… 아, 시방 이 시대에서는 돈을 요걸로 안 쓰나보구면."

"아따, 나뿌닥[12] 멀쩡한 아가씨가 자꾸 그러면 골박[13]터진 년으로 오해 받어-. 지금 그런 연기하는 거슨 쪼깐 자제하고 이따 문화회관에서나 보여주는 걸로 하세."

아저씨는 뭐가 그렇게 웃긴 건지 여전히 껄껄거리시며 말씀하셨다. 멀리서 초록빛깔의 상자, 버스인 듯싶은 것이 털털털 거리며 오고 있었다. 아저씨는 그걸 보시고는, 웃음기를 싹 없애고 거친 말을 마구 내뱉었다.

"하이구 참말로, 저놈의 버스 드디어 오는구면. 이녁[14] 허천나게 맞아블라고 이렇게 해찰부리면서[15] 오냐-! 얼렁 와-! 이 쓰르메[16] 같은 기사양반아-! 확 발로 볼바블랑께.[17] 아따 성질이여-!"

"워메 사람 죽겄네. 차가 막히는 걸 나가 어짠다요-!"

"지럴 하구 있네. 진도바닥에서 머시 차가 막힌다고 난리여 난리는-! 이렇게 건더꿀[18]로 돈 벌라믄 때려치랑께-! 나가 담박질해사 가는 거시 더 빠르겄구면."

"그라믄 걸어가라니까- 아무도 안 말링께! 아따 그냥, 버스 탈 때마다 불싸시럽게[19] 구는구면."

---

11) 1883년(고종20년)~1895년(고종32년) 통용화폐
12) '얼굴'의 진도 사투리
13) '머리'의 진도 사투리
14) '당신'의 진도 사투리
15) '게으름 피우다'의 진도 사투리
16) '말린 오징어'의 진도 사투리
17) '밟아버릴 테니까'의 진도 사투리
18) '건성으로'의 진도 사투리
19) '거추장스럽게'의 진도 사투리

아저씨는 기사 양반과 사이가 안 좋은 것 같았다. 한참을 문 앞에서 투닥투닥 하다, 상자에 돈을 제멋대로 꾸겨 넣고는 씩씩거리며 버스에 앉았다.

"아야- 후딱 안 타고 멋하냐 ! 니 돈까지 냈응께는 어여 타라-!"

아저씨는 화가 풀리지 않은 듯 성질 섞인 목소리로 내게 소리쳤다. 그 말에 나는 후다닥 올라타 아저씨 옆에 답수군[20]이 앉았다.

얼떨결에 탄 버스가 출발하고 소란스러웠던 사람들 사이에 정적이 흘렀다. 나는 창밖으로 빠르게 지나가는 배경들을 가만히 보고만 있었다. 아무리 밖을 내다보아도, 내가 미래에 있다는 사실이 아직도 익숙해질 기미가 보이지 않는다.

"아따메-. 이쁜 아가씨 앞에서 너무 험한 말을 해브렀는가. 이제야 쪼깐 걱정 되구면."

아저씨가 조심스레 정적을 깨며 나에게 말을 걸어왔다. 나에게 덩달아 성질을 냈던 게 미안했나 보다. 아저씨는 배시시 웃으며 전보다 소리를 더 낮추고 소곤거렸다.

"내가 저 기사양반이랑 사이가 워낙 안 좋아야제. 나사 저렇게 부잡시런[21]놈을 싫어하는 터라 가릴 말도 못 가렸구면. 많이 놀랐나?"

"아뉴. 암시롱[22] 안 해요. 집 베까테 나가며는 만날 듣는 거시 그런 말인디. 옆집이랑 옆에 옆집이랑 밤낮 안 가리고 싸워대서 엔간한 욕은 다 들어봤응께 걱정 마쇼."

"그럼 다행이구. 그건 그렇고 시방 아가씨. 옷이며, 말투며, 영락없이 우리 증조함마니구면. 사투리는 어디서 그렇게 맛깔나게 배우고 옷차림을 또 어째 글케 잘해놨디야-. 조선시대 사람을 떡하니 가져다가 놓은 거 같어야. 허허-."

"아유 뭐…… 하하-. 저희 집안이 사투리를 워낙에 많이 쓰는 편이라. 글고 울 집이 옛 것만 고집하다 봉께는 어쩔 수가 없구만요. 요새 다른 집들은 사투리 잘 안 쓰는가 봐요?"

"말도 마. 다들 서울 사람 다 되브렀당께-. 이녁같이 사투리 시원하게 쓰는 사람 찾는 거시 이제는 하늘의 별따기여! 그러고봉께, 아가씨 이름은 머시당가?"

---

20) '얌전히'의 진도 사투리
21) 부잡스럽다 : 사람됨이 성실하지 못하고 경망스러우며 추잡한 데가 있다.
22) 아무렇지도

"아, 제 이름 쪼깐 촌시런디. 최여진이에요."

"아따, 머시 촌시럽당가! 딱 아가씨랑 잘 어울리는구먼. 이름은 무슨뜻인가?"

"저희 엄메가 여수 출신이여가지고. 여수에서 진도로 시집온 여자가 낳았다해서 여진이라고 지었다고 하대요."

"옴메 세상에-. 우리 함마니도 모향명제 따라서 이름을 경진으로 지었다 하드만, 아직도 모향명제로 이름 짓는 곳이 있나보네. 아가씨한테는 이상하게 옛날 냄새가 솔솔 풍긴단 말이지. 정겹고 좋구먼. 허허-."

옆의 아저씨와 이런 저런 얘기를 하다 보니 벌써 버스는 읍에 도착해 있었다.

"여진 양, 이따 오후에 공연하는 거 꼭 보러 갈랑께 이따 보세-."

여진 양이라고 다정하게 불러주며 아저씨는 다음을 기약했다. 사실 년도로 따지면 내가 아저씨보다 훨씬 더 나이 든 노인네라서 여진 '양'이라는 말이 찔리긴 했지만, 활짝 웃어 보이며 작별인사를 했다.

이곳이 정녕 진도읍이란 말인가. 여진은 믿을 수 없었다. 어머니와 함께 큰 장에 왔을 때 빼고는 처음 와보는 곳이었다. 그때와는 달리 나무들과 꽃들은 죄다 어디로 가고 까만 시멘트 길 위에 자동차들만 매연을 내뿜으며 달려 다니고 있었다. 이런 낯선 세상 속에서 여진은 이제 어디로 가야 할지 온통 막막한 마음뿐이었다. 여진은 그렇게 하릴없이 거리만 돌아다니다가 흙 바닥을 발견했다. 좁은 골목길이었다. 흙이 왠지 모르게 반가워 자기도 모르게 골목길로 들어섰다. 바스락 바스락-. 오랜만에 흙 밟는 소리를 들으며 걷고 있던 와중이었다.

"어이-."

누군가가 부르는 소리에 앞을 보니 열 걸음 정도 떨어진 곳에 희한하게 생긴 담배연기를 뿜으며 뭉쳐있는 사내아이 무리가 있었다. 아직 여진은 무슨 상황인지 파악이 되지 않았다.

"푸하하하하-. 뭐냐 이 촌스러운 애는. 옷은 또 뭐야. 지금이 무슨 조선시대야?"

똑같은 제복을 입은 무리는 경박스럽게 웃으며 점점 여진에게 다가왔다.

"키도 쪼끄매 가지고 왠 지푸라기 신발이냐. 이런 모자란 애들이 셔틀 시키기 딱이지."

사내애들이 여진의 어깨를 툭툭 치며 자꾸 시비를 걸어왔다. 키만 멀대 같이 큰 것들이 조그마한 여진의 주위를 둘러싸고 있으니 여진이 안 보일 지경이었다.

"니, 니네 시방 뭣하는거시여. 느그들 옷 본새도 솔찬히[23] 웃기그든? 아-. 이까지만 하고 얼른 저리 가랑께-!"

여진은 갑작스럽게 생긴 일에 당황스럽고 무서웠다. 어서 빨리 이 상황에서 벗어나고 싶었다. 하지만 그 애들을 쉽게 보내줄 것 같지 않았다. 그냥 지나치려고 하기를 수십 번 반복해도 수십 번 가로막혔다.

"진짜 개그하는 건가? 말투만 들어보면 백 년 사신 할머닌데? 할머니-. 진도에서 조선시대 사극 찍으세요? 혹시 사극 배우세요? 담배는 펴보셨나? 한번 펴보실래요? 하하-!"

속창아지 없는 남자애들은 자꾸만 불붙인 담배를 여진에게 들이댔다. 여진은 절로 숨이 막히는 냄새에 소매로 코를 틀어막고는 울먹거리며 노려보기만 했다.

"그만하면 충분히 괴롭힌 거 같은데. 그만하지?"

여진이 걸어왔던 쪽에서 양복을 쫙 빼입은 한 남자가 걸어왔다.

"아저씬 뭐야?"

"너네는 뭐야. 교복입고 담배를 피질 않나, 애꿎은 사람 괴롭히고 있질 않나. 잘하는 짓이다?"

불한당 같은 녀석들이 어이없다는 듯이 헛웃음을 지으며 대꾸했다.

"아니 그니까. 아저씨가 무슨 상관이냐고요. 예?"

금방이라도 싸울 듯, 눈을 부라리며 덤볐다. 남자는 무뚝뚝한 표정으로 휴대폰을 꺼내 들더니 전화를 걸었다.

"여보세요. 경찰이죠? 어제 오토바이 신고한 사람인데요. 훔친 애들 잡은 것 같은데 이쪽으로 좀 와주시겠어요?"

그러자 사내 아이들이 매우 당황하며 다음에 만나면 죽여 버린다느니- 벼르고 있을 거라느니- 온갖 욕설만 내뱉다가는 반대쪽으로 후다닥 도망갔다.

---

23) '아주 많이'의 전라도 사투리

"괜찮아요?"

여진을 구해준 남자는 상냥하게 웃어 보이며 말했다.

"아, 예. 괜찮아요. 고맙습니다."

"이쪽 골목길에는 양아치들이 많아요. 특히 저 녀석들은 진도에서 유명한 놈들이죠. 자, 얼른 큰길로 나갑시다."

이 말을 하고는 내 손목을 잡고 밖으로 이끌었다.

"앞으로는 이쪽으로 오지 말아요. 그럼 전 이만."

그 남자는 양복 매무새를 다듬으며 말했고 곧 뒤에 있던 차 문을 열었다. 남자가 출발 하려고 하자, 한참을 망설이던 여진이 입을 열었다.

"저……."

"네?"

"저는…… 어디로 가야 되나요?"

부난 빠진[24] 질문에 남자는 당황하고 이내 웃겼는지 큭큭댄다.

"그걸 저한테 물어보시면 어떡해요. 지금 어디 갈 곳 없어요?"

남자는 부드럽게 미소는 띄고 눈을 맞추며 말해주었다. 여진은 제 또래 남자와 대화해 보는 것이 처음이었다. 주변 남자라고는 술주정뱅이 아버지와 옆집 금단이네 할아버지밖에 없었기 때문이다. 그래서 그런지 묘한 느낌에 얼굴도 빨개져 애꿎은 손톱만 뜯어댔다.

"그럼 이리 와서 타요. 같이 갑시다."

어색한 공기만 흐른다. 밀폐된 공간에서 친하지도 않은 둘이 있자니 뭐라 할 말이 없었다. 남자는 여전히 운전만 하고 있었고, 여진 혼자 할 말을 골똘히 생각하고 있을 때였다.

"이름이 뭐에요?"

의외로 남자가 먼저 말을 건넸고, 여진은 그저 어버버거리다 대답했다.

"아…… 여진이에요. 최여진. 저, 이녁 이름은 뭐대요?"

"조영준이에요. 근데, 여진씨 되게 말투가 정겹네요. 복장도 그렇고. 저 그렇

---

24) 엉뚱한

게 수수한 거 되게 좋아해요."

　영준은 자신의 말 한마디 한마디에 여진이 긴장하고 설레는 것을 아는지 모르는지 태연하게 말을 뱉어댔다. 여진은 여러웠는지[25] 말을 돌린다.

　"…… 아, 아따. 밖에 뭔 놈의 냉갈[26]이 헙빡이디야. 이런 거슨 불태울 때나 보는 거신디……"

　"하하–. 요새 진도에 차들이 많이 들어서는 바람에 진도 공기도 좀 흐려졌죠. 여진씨랑 얘기하면 꼭 아주 옛날 사람하고 얘기하는 것 같아서 재밌네요."

　"……."

　"자–. 다 왔어요. 우리 미술관이에요. 어서 내려요."

　영준은 조수석의 문을 열어주며 말했다. 차에서 내리자 영준은 여진의 손을 자신의 손 위에 올리더니, 에스코트를 해주겠다고 하며 슬며시 웃었다. 영준의 갑작스러운 행동에 여진은 깜짝 놀랐고 야속하게도 얼굴은 점점 벌겋게 달아올랐다.

　하얀 대리석으로 마감한 미술관 안은 깔끔하게 정돈된 느낌을 주었다. 여진은 난생 처음 보는 모양의 건물에 입을 다물 수 없다.

　"워메…… 이게 뭐시당가…… 영준씨는 그럼 여기서 사는 건가요?"

　"무슨. 아니에요. 여긴 제 미술관이에요. 그림을 모으는 취미가 있어서요."

　미술관 안을 거닐며 영준의 얘기를 들어보니 아버지가 그림 관련 회사를 운영하시고, 자신은 아버지 사업을 돕고 있다고 했다. 자신도 그림에 관심이 많아서 맘에 드는 그림을 하나 둘씩 모으다가 그 그림들을 가지고 할아버지가 계신 진도로 내려와 미술관을 차렸다고 말해 주었다. 여진은 아버지의 사업이 퍽 잘되는가 보다 라고 생각했다. 젊은 나이에 돈 많고 생긴 것도 반반한 미술관장이 있다는 게 어디 흔한 일인가.

　"이쪽으로 와요. 여기 있는 그림들이 제가 제일 좋아하는 그림들이에요. 모두 소치선생님의 작품들이죠."

　여진은 소치선생님이라는 말에 솔깃하여 냉큼 그림 앞으로 달려갔다. 그곳에는 소치선생님의 작품 세 개가 나란히 전시되어 있었다. 그 작품들을 보고 있

---

25) 여럽다: 쑥스럽다는 뜻의 전라도 사투리　　26) 연기

자니 절로 가슴이 뛰고 흥분되었다.

"오월강각도, 초각산수도, 설옹관……."

여진은 연결고리 하나 없는 낯선 세상에 떨어진 이후 처음으로, 소치선생님의 그림을 보며 조금은 숨통이 트이는 느낌이었다. 그림 앞을 천천히 걸어가며 살펴봤다. 방작이 아닌, 실제 소치선생의 숨결이 닿아 있는 그림을 보니 그저 영광스럽기만 했다.

"어, 여진씨도 그림에 관심이 많으신가 봐요? 잘 아시네요."

"예−. 저 때는 소치선생님 방작만 봐도 행복했지라. 방작이라도 구하는 날이면은 웬 떡이냐 하고 하루 종일 그것만 보고 있었는디……."

"하하−. 이거. 아무리 봐도 옛날 사람인데."

영준은 꼭 옛날 사람처럼 말하는 여진을 보고는 연신 웃음을 흘린다. 넋 놓고 그림 앞에 딱 붙어 있는 여진을 보고 무엇인가 떠오른 듯 입을 연다.

"아, 여진씨에게 꼭 보여주고 싶은 그림이 있어요."

영준은 여진을 데리고 복도 끝에 있는 모퉁이를 향해 걸어갔다. 무슨 그림이길래 이런 외진 곳에 전시해 놓은 것일까라는 생각에 절로 기대가 됐다. 여진은 모퉁이를 돌아 덩그러니 전시되어 있던 그 그림을 보고 눈이 휘둥그래질 수밖에 없었다. 그 그림은 옛날에 박씨 아저씨와 다른 사람들에게 그렇게 무시당하던 산의 절경그림이었기 때문이다.

"이 그림은 진도에서 발견된 작가 미상의 작품이에요. 제가 제 미술관에서 좋아하는 작품 중 하나죠. 뭔가−. 이 그림 앞에 서 있자면 왠지 모르게 감동스러워요. 근데 왜 도대체 이렇게 훌륭한 작품이 작가 미상인지 모르겠네요. 이런 재능이 있어도 이름을 못 날렸다는 건, 안타까운 일이죠."

영준은 흐뭇한 미소를 띠고 그림을 감상하고 있었다. 여진은 이게 무슨 상황인가 싶었다. 그 옛날, 아무도 받아주지 않자 절망스러운 마음에 어디다가 던져 놓은 지도 모르는 그 그림이 이 미술관에 전시되어 있는 것을 보니 당황스럽지 않을 수가 없었다. 또 한편으로는 그 시대에는 인정받지 못하던 것이 이 시대에서는 '작가 미상'인 상태로 인정을 받았다고 생각하니 속상함이 마음을 후벼 팠다.

"여진씨, 진도에서 발견된 보물이 하나 더 있어요. 이리 와봐요."

영준은 신나서 여진의 마음이 복잡한 줄도 모르고 발걸음을 옮겼다. 얼마 안 가 또 홀로 전시되어 있는 그림 앞에 멈췄다. 믿을 수 없는 상황의 연속이었다. 그 그림은 바로 여진이 이 시대로 오기 전에 그린 나머지 한 장의 비자나무의 그림이었던 것이다.

"옛날부터 진도는 그림에 특출난 사람이 많았다고 하던데 진짜인가 봐요. 유명하지 않은 사람이어도 이런 훌륭한 그림을 그렸으니까요. 그림체를 보니 아까랑 같은 사람인 것 같은데. 이 그림은 제가 제일 좋아하는 그림이에요. 이 그림을 보면 꼭 향기가 나는 것 같아서 기분이 상쾌해지거든요."

그 그림을 보고 여진은 한참을 멍하니 있다가 그제야 자신이 하고 있던 일이 생각이 났다.

"…… 우리 엄메. 맞어, 우리 엄메!"

"네? 갑자기 무슨 소리에요, 여진씨!"

여진은 마음이 쿵 내려앉았다. 갑자기 오게 된 이 낯선 세상을 파악하느라 어머니를 살리기 위해 그림을 그려야 한다는 것을 새까맣게 잊고 있던 것이다. 아무것도 하지 않은 채 멍하니 보낸 시간이 너무 아까웠다. 한시라도 빨리 비자나무의 그림을 그려야 하는데 이렇게 돌아다니기만 했던 자신이 원망스러워진다. 영준은 어쩔 줄 몰라 하는 여진을 보고 덩달아 당황했다.

"여진씨, 갑자기 무슨 일이에요. 진정하고 얘기 좀 해봐요. 어머니한테 무슨 일이 생긴거에요?"

"…… 언능 저 그림 나한테 줘요."

"네?"

"글쎄 저짝에 있는 저 그림, 나가 그린 것잉께 퍼뜩 가꼬 오라구요!"

여진은 울먹이는 목소리로 애써 소리쳤다. 영준은 조선시대 때 그려진 그림을 여진이 그렸다고 주장하니 그저 어안이 벙벙할 뿐이었다. 이해가 안 된다는 듯이 계속 바라만 보고 있자, 여진은 답답하다는 듯 품속에 있던 말린 종이를 꺼낸다.

"자, 봐요. 저짝에 있는 그림이랑 영락없이 똑같지라? 내 꼴도 보소. 이거시 어딜 봐서 이 시대 사람인가."

영준은 믿을 수 없는 상황에 말문이 막혀왔다. 여진은 절망스러운 마음에 흐르는 눈물도 닦지 않고 말을 뱉었다.

"시방, 나사 허천나게 급한 상황이여. 한시라도 빨리 저 잘난 비자나무 그림 백 장을 맹그러야 한단 말이여. 안 그라면 우리 엄메가 죽어! 죽는다고."

영준은 아무 말 않고 목 놓아 울고 있는 여진을 감싸 안아주었다. 조용히 안아주자 여진은 더욱더 서럽게 울었다. 이 말을 믿어야 하는지, 어떻게 이 시대로 오게 됐는지, 왜 온 건지 의문이 많은 영준이었지만, 지금은 그냥 여진을 달래주는데 전념하기로 했다.

"여진씨, 이제 그만 울어요. 제가 도와줄 수 있는 게 있다면, 뭐든지 도와줄게요."

영준은 여진의 눈을 맞추며 말했다. 그 말 속의 왠지 모를 듬직함이 여진의 마음을 토닥여 주는 것 같았다. 여진은 조금은 진정이 된 듯, 입을 열었다.

"…… 마음은 고맙지마는, 영준씨가 도와줄 수 있는 거시 없구먼요. 나가 해야 하는 일은 비자나무 그림을 백 장 그리는 것이어라. 그냥 그리는 것도 아니고, 나무의 기까지 그려야 하는 말도 안 되는 일이죠."

"그 백 장을 여진씨 혼자 손수 다 그려야 하는 건가요?"

"예-. 애초부터 택도 없는 소리였지라. 무작정 덤벼든 나가 멍청한 거시였제."

여진은 자포자기한 듯 헛웃음을 지으며 말했다. 그때, 영준은 무엇인가 떠오른 듯 입을 연다.

"…… 여진씨, 이거랑 똑같은 그림 백 장, 만들 수 있어요."

"참말로-. 대체 무슨 수로요. 인자 나한테 더 이상 헛된 희망은 심어 줄랑 마쇼."

여진은 충분히 많은 마음고생을 했다며 날카롭게 쏘아댔고, 영준은 잠시 생각에 빠진 듯싶더니 여진의 손목을 잡아 이끌었다.

영준이 데려 온 곳은 미술관 내에 있던 사무실. 영준은 오자마자 복사기 앞으로 달려가 연신 버튼만 눌러댄다. 여진은 이상한 기계를 만지고 있는 영준의 뒤통수를 멀뚱히 바라만 보고 있다. 여진이 보기에 영준은 똑같은 그림 백 장을 만들어 주겠다더니, 붓도 들지 않고 화선지 더미만 든 채 기계 앞을 떠날 생각조차 하지 않았다. 이런 심각한 상황에, 지금 자신을 놀리려는 것인가 라는 생각이 든 여진은 한편으로 화가 나려고 했다. 그렇게 사무실 안에만 갇혀 있기를 한 시간 째, 영준은 드디어 그 기계 앞을 떠나 소파에 있는 여진의 옆에 앉았다. 여진은 눈에 눈물이 고인채로 깜빡 잠이 든 것 같았다. 그 눈물에는 여진이 겪은 고난들도 같이 고여 있는 것 같았다. 안쓰러운 마음이 들어 눈가의 눈물을 닦아주려 하자 여진은 화들짝 놀라며 일어났다.

"오, 오메, 언제 잠이 들어붓다냐. 깜빡 졸아브렀구먼. 그나저나 그림 백 장은 어떻게, 다 그리셨어라?"

다 그렸냐는 말에 영준은 피식 웃고 말았다.

"한 시간 만에 백 장을 어떻게 그리겠습니까."

하며 백 장의 화선지 위에 똑같이 자리한 비자나무의 그림들을 보여주었다. 여진은 그 믿을 수 없는 광경을 보고는 자신도 모르게 소리를 질러버렸다. 벅차 오르는 감정에 여진의 눈에는 또 다시 눈물이 고여 온다.

"이, 이게 다 뭐시여…… 도대체 어찌께…… 무슨 마법을 부려브렀당가. 옴메-. 시상에-. 엄메!"

여진은 꿈인지 생시인지 싶어 그림을 자꾸 만져보고 떨리는 목소리로 연신 어머니만 불러댔다. 오랜만에 보는 것 같은 여진의 편안한 표정에 영준의 마음도 편해지는 느낌이다.

"여진씨 눈에서는 눈물이 마를 날이 없네요. 이 그림 백 장 있으면, 여진씨 어머니는 괜찮으신 거죠?"

"예. 인자 우리 엄메는 살 수 있을 거시어요…… 참말로 고마워요 영준씨. 참말로."

"무슨 영문으로 이런 일이 일어난 지는 잘 모르겠지만…… 여진씨의 힘든 일이 해결돼서 정말 다행이에요. 이제는 울지 말고 앞으로 여진씨가 그 순수한 웃음만 짓고 살아갔으면 좋겠어요."

영준은 그 특유의 부드러운 눈빛으로 여진을 바라보았다. 이번엔 여진도 고개를 숙이지 않고 천진한 웃음을 지어주었다. 눈빛을 주고받음으로써 알 수 있었다. 우리는 결코 얄은 인연이 아니었음을.

소치 허련의 연대기

출처 : 디지털진도문화대전-허련
그림 출처 : 진도문화원 홈페이지

　소치 허련 선생의 연대기를 살펴보자. 소치 선생은 1808년 2월 7일 전라남도 진도(珍島)에서 허각(許표)의 5남매 중 장남으로 출생했다. 어려서부터 그림 그리기를 좋아하였으나 본격적인 그림 수업을 받지는 못했다.

　28세 때인 1835년에 허련은 전라남도 해남 연동에 있는 윤선도의 고택 녹우당에서 윤두서의 『공재화첩』을 빌려 몇 달에 걸쳐 모사해 보면서 그림 공부를 시작했다고 한다.

　1839년 32세 때 서화를 추사 김정희(金正喜)에게 보였다가 작품의 솜씨에 감복한 추사의 부름을 받고 한양으로 갔다. 추사 김정희는 "압록강 동쪽에는 이만한 그림이 없다."라고 극찬하고, 허련에게 배웠다며 필법을 소개할 정도였다.

　1840년 추사가 제주도로 유배를 가게 되자 이듬해 제주도로 건너가 서화수업을 받았다. 김정희를 통하여 당대의 명사들과도 폭넓게 교유하였다.

　1846년 신관호를 따라 서울로 올라가 영의정 권돈인의 집에 머물면서 헌종에게 《설경산수도》를 바쳤고 극찬을 받은 뒤, 계속 해서 여러 차례 접촉을 가졌다.

　1848년 헌종의 배려로 고부감시(古阜監試)를 거쳐 친림회시 무과에 급제하여 지중추부사에 올랐다. 다음 해 대궐에 들어가 헌종 앞에서 직접 그림을 그려 바쳤다.

　1856년 추사가 타계하자 고향 진도로 낙향하여 운림산방(雲林山房)을 짓고 작품활동을 펼치며 한국 남화의 맥을 형성한다.

　1877년 70세에 흥선대원군을 만났으며 대원군은 그를 두고 "평생에 맺은 인연이 난초처럼 향기롭다(平生結契其臭如蘭)"고 말했다고 전해진다.

　1893년 9월 6일 86세를 일기로 사망하였다.

남성 중심의 화단에서
외로운 '여성' 화가들이 전하는 이야기

직업화가가 되기 힘든 사회구조 안에서 희생된 예술혼

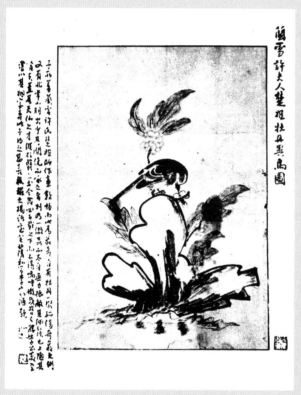

허난설헌, 묵조도, Public Domain

소치 허련과 같이 당대에 이름을 떨친 대가들도 존재하지만 그림을 직업을 삼는 것은 예나 지금이나 녹녹치 않은 일이었다. 그나마 당대에 이름을 떨치며 살아갈 수 있는 중요한 조건에 성별이 들어가야 하는 것은 슬픈 일이다. 여성 작가란, 양반가의 명망 있는 가문의 자손인 경우에나 간신히 가능하지 않았나 싶다.

허난설헌처럼 반가 벌족의 집안에서 태어난다 하더라도 시댁이나 남편과의 관계, 가문의 풍파 등에 영향을 받기 마련이었으니 규방에서 직업화가로 나가는 것에는 크나큰 한계가 있었다. 하지만 조선조까지 가지 않더라도 여전히 남성 중심적인 문화계의 분위기는 여성 작가, 화가들에게는 적지 않은 벽이 되곤 한다.

그런 중에도 대작을 남긴 작가들. 그림의 주인이 되지 못하고 작가 미상의 작품을 남긴 작가들의 삶을 학생 저자의 소설 속에서 다시 발견한다. 시간과 공간을 떠나 세상의 모든 여성 작가들에게 위로를 보낸다.

너에게서 나에게로 오는 편지

Meme

모방의 코드

몽상의 모방을 통해
인간다운 삶의 연결고리를 이어가는 원리

강강술래

배준영

가족.
함께 해야만 하는 것들을 지키기 위한 필사의 노력, 강강술래.

때는 조선 선조 24년. 재정난에 허덕이던 중앙과는 달리 남해의 작은 마을 수월리에서는 추석맞이가 한창이었다.

강강술래-강강술래-뛰어보세 뛰어나보세……

저 멀리 보름달이 뜨고, 집 앞마당 광주리에 나란히 놓아진 홍시가 붉게 익어갈 즈음. 고놈 참 탐스럽게 생겼다 생각하며 처마 밑에 앉았다. 이따금 어머니 몰래 빼먹을까 생각도 해보았지만, 아버지 입에 들어가기 전엔 손댈 수도 없는 집안 탓에 그 마음은 금세 수그러들었다. 애꿎은 홍시나 쳐다보며 하나 둘 세어나 봤다.

"언니, 저기 있는 홍시들 맘껏 먹어보는 게 내 꿈이다."

한가위만 되면 문득 드는 생각이다. 귀한 홍시 마음대로 먹어볼 날이 언제쯤이나 올까. 고개를 돌려 옆에 누운 언니를 쳐다보았다.

"언니, 자?"

미세하게 들리는 숨소리가 아마 자는 것 같다. 이제 곧 시집갈 언니와 같이 잘 날이 얼마 남지도 않았는데, 언니는 그걸 모르는 눈치다.

새벽부터 닭 우는 소리가 들린다.

닭 우는 소리는 언제 들으나 정겹다. 이른 새벽부터 깨워 약간 짜증날 때도 있지만 그래도 동이 터온다고 소락질[1] 지르는 걸 보면.

명절이다. 한가위. 보름달 차고, 송편 찌고. 올해 농사는 그럭저럭 잘 돼서 쌀 빌릴 일은 없을 것 같다. 마당에 나와 계신 아버지가 어딘가 불안한 듯 서성이고 계셨다. 풍기는 분위기도 심상치 않았다. 사실 왜 그런 것인지 알고 있다. 우리 집안의 자식이라곤 아들 하나 없이 언니와 나, 둘뿐이기 때문이었다. 농사지을 남자도 없어 옆 집 사내종인 개똥이를 빌려 쓸 뿐더러 제사를 지내야 하는 명절에 아들이 없으니 아버지의 기분이 좋지 않은 건 어찌 보면 당연한 것이었다. 아버지는 어머니에게만 들릴 만큼 작은 목소리로 말씀하셨지만 사실 내 귀에도 다 들렸다.

"집안에 장손이 없어 큰일이여."

어머니는 아무 말 없으셨다. 그저 하던 일만 계속 하실 뿐이었다.

내가 집을 나선 건 미시쯤이었다. 마을 한가운데 서 있는 고목 앞에는 이미 상 하나가 차려져 있었고, 마을사람들도 많이 모여 있었다. 어디선가 날아든 추풍에 고목나무 가지가 흔들렸고 주변에 낙엽들이 흩날렸다가 회오리바람을 맞았는지 끝내 한 곳에 모였다. 낙엽에 한눈파는 것도 잠시 논두렁으로 곧장 걸어갔다. 추수가 끝나고 나서라 논이 텅텅 비었다. 댕강 잘린 벼의 발목만 땅에 박혀 있었고, 밟으면 바스락거리며 이내 짓눌렸다. 저 멀리 언니가 치맛자락을 날리며 뛰어온다.

"언니! 여기 개구리 있다!"

텅 빈 흙 길 위에 엄마를 잃어버린 것 같은 개구리 한 마리가 우두커니 앉아 있었다.

"개구리? 놓치지 말고 꽉 잡아라."

눈앞에 잠자리건 도마뱀이건, 곤충이라 부르는 것들은 죽든지 말든지 잡고 보는 언니였다.

---

1) '소리'의 전라도 사투리

펄쩍 뛰는 개구리의 모습이 여간 방정맞지 않았다. 어젯밤엔 밤새 울어대는 귀뚜라미와 개구리 소리 덕에 잠을 약간 설쳤다. 그중 하나가 이 아이였을 터. 방금 잡은 개구리가 내 손 속에서 잠자코 있었다. 개구리의 윤택한 피부에 닿는 느낌은 말랑한 것이 약간 소름 끼쳤지만 꾹 참고 있었다.

"이리 와봐. 언니, 개구리 잡았어."

금세 쪼르르 달려온 언니는 개구리 구경에 신이 난 모양이었다. 개구리를 보여주기 위해 손을 약간 벌렸다. 새어 들어오는 빛이 반가웠던지 그 틈을 비집고 개구리가 달아나버렸다.

"에이, 도망가부렀네."

기어코 도망간 개구리를 잡으려고 안달이 난 언니였다.

"내가 찾아볼란다."

"사방이 풀인디 어찌케[2] 찾을라고?"

흙길 옆은 풀밭이었는데, 개구리는 그리로 도망쳐버렸다. 정말 못 찾을 것 같아 한 말이었다.

물을 길어오라는 어머니의 심부름을 잊고 있었다. 풀숲에 가려 보이지도 않는 작은 개구리의 뒤꽁무니를 쫓아다니는 중인 언니를 크게 한번 부르고 우물로 내달렸다. 내딛는 발끝마다 흙먼지가 일었다. 우물에 달린 도르래가 유난히 낡아 보이는 것은 기분 탓인가. 바람에 부딪혀 끼익끼익거리는 소리가 귀에 거슬렸다.

언니와 나는 어릴 때부터 가끔 티격태격했지만, 나름 동네에서 알아줄 만큼 친한 사이이다. 엄마의 심부름은 어디든지 함께할 뿐더러 우리 집에서 여자가 한다는 일은 거의 다 함께한다. 내가 어렸을 적부터 언니는 나를 위해 새로운 놀이터를 찾아 다녔다. 그래서 언니 덕에 뒷산에 나가 토끼를 잡느라 치맛자락에 흙 묻는 줄 모르고 뛰어다녀본 적도 있고, 개울에 달려가 빨래하는 어머니 옆에서 장난치다 빠진 적도 있다. 언니와 있었던 일을 늘어놓는다면 아마 하루 종일 말해도 끝이 없을 것이다. 내가 이런 생각을 하고 있다는 걸 언니는 전혀 모르는 눈치다. 얼마 있으면 시집도 가는 사람이 아무런 걱정이 없나 너무나 태평하게 개구리를 잡고 있다.

---

2) '어떻게'의 전라도 사투리

"수월아, 요 봐라."

"그냥 즈그 어매한테 보내줘. 쪼꼬만 게 뭔 잘못이 있다고 불쌍하게. 빨리 내
빼라.[3]"

천진난만하게 개구리를 다시 잡은 언니다. 시집가서는 잘 할 수 있으려나. 이
제야 언니의 시집이 실감이 나기 시작한다.

우리 언니 신랑 될 사람은 수월리에서 꽤나 돈 좀 번다는 김 영감님 댁 둘째
아들이다. 수월리 주변의 땅덩어리 대부분을 김 영감님이 가지고 있고, 우리
집은 그 땅 중 일부를 빌려서 농사를 짓고 산다. 그런데 이 둘이 어떻게 눈이
맞았는가 하면, 해가 몇 십 번은 뜨고 지기 전으로 되돌아간다. 내가 그 둘 사
이를 눈치챈 건 귀뚜라미들이 아주 시끄럽게 울었던 날 밤이었다. 그날 따라
언니가 쉽게 잠들지 못했다.

"언니, 안 졸려?"

자꾸 뒤척이는 언니가 신경 쓰여 아주 작게 물었다.

"금방 잠들라고 했는디. 니가 깨웠잖아."

약간은 짜증 섞인 말투임과 동시에 말끝에는 기분 좋은 웃음을 웃어 보였다.

"거짓말 마라. 잠 안 자는 거 다 알거든."

어느 누가 봐도 언니는 안 자고 있었다. 거짓말하는 게 조금은 웃음이 난다.

"잠 온다. 자자."

이 대화가 오간 후로 얼마나 지났을까. 잠시 깬 나는 어두컴컴한 주위를 둘러
보았다. 언니가 사라지고 없었다.

이불 속은 아직도 따뜻한 것을 보니 나간 지 얼마 되진 않은 것 같다. 그건 그
렇고 아무것도 안 보이는 깜깜한 오밤중에 어딜 나간 걸까. 뒷간에라도 간 걸
까. 혹여나 호랑이가 잡아갔나 하는 생각이 드는 찰나, 내 몸은 이미 언제 들고
나왔는지 모르는 호롱불과 함께 문 밖에 서 있었다. 그러고는 뒷간에 한 걸음에
달려가서 작은 목소리로 언니를 불러보았지만, 아무런 인기척이 없는 것 같았
다. 슬슬 집을 나간 건 아닌가 하는 생각이 머릿속을 스친다. 그런데 아무리 생
각해도 요새 언니가 집 나갈 만한 일을 저지르진 않았다는 소리를 속으로 중얼

---

3) '놓아줘'의 전라도 사투리

거리며, 대문을 조심스레 열었다. 대문 여는 소리가 밤이라 그런가, 내가 대문 가까이 있어서 그런가, 아주 컸다. 어머니가 깰까 봐 걱정도 잠시 집 옆 골목을 돌아서는 순간, 멀리 희미한 빛이 보였다. 반딧불이 꽁지만 희미하게 보이는 껌

껌한 밤에 대체 누가 저리 돌아다니나 하는 생각에 가만히 지켜봤는데, 아니나 다를까 언니였다. 아니 그건 그렇고 옆에 서 있는 사내 한 명은 누군가 하고 유심히 보았는데 너무 어두워서 알아보질 못했다. 아직 내가 보고 있다는 걸 눈치채지 못했는지 둘 사이에 오가는 눈빛과 행동들이 무엇인가 있는 듯 수상했다. 나누는 대화는 어찌나 소곤소곤하던지 들리지도 않았다. 그렇게 언니의 행방을 알고 나서 집으로 돌아왔다. 이걸 어떻게 할까 곰곰이 생각하다 요 며칠간 좀더 지켜보기로 했다. 하지만 그 둘 사이는 바로 다음날 밝혀지고 말았다. 둘이 대화를 나누고 있는 걸 본 내가 쪼르르 달려가 대놓고 물어봐 버렸다.

"이 사람이 언니 신랑 될 사람이야?"

"이 가시나가 뭐라 씨부리나. 아니여."

"내가 봤는데 거짓말은 왜 하나. 어젯밤에 둘이 만난 건 뭐고?"

혹시나 찔러 보았는데,

"너 어무이한테는 비밀로 해라."

역시나 걸려들었다.

"우리 사이에 비밀이 어딨디야?"

힘찬 발걸음을 내딛으며 집에서 할머니와 맞다듬이질을 하고 있는 어머니에게 달려가 언니가 신랑감을 찾았다고 통보했다. 잠자코 이야기를 들으시더니, 곰곰이 생각하는 표정을 잠깐 지으시다 오히려 성을 내셨다.

"말이 되냐? 수월리 부잣집 아들하고, 땅 빌려 먹고 사는 집 딸이 혼인하는 게, 이게 말이 된다고 생각해?"

집안이 이렇게 큰 걸림돌이었나.

"나 시집가서 잘 살 수 있다케도."

"그게 문제가 아니여. 너희 둘이 아무리 좋아라 해도, 집안이 안 맞으면 안 되는기라. 그리고 그 집 시집살이가 쉬울 꺼 같드냐?"

"내가 좋다는디. 내 신랑 될 사람이 내가 좋다는디. 그 집에서 허락 받아오면 되는기제?"

"니 알아서 해라."

어머니의 성질 가득한 말에도 뒤지지 않는 우리 언니였다. 대부분 혼인을 자식들 어릴 때 어른들끼리 약속해서 한다지만, 우리 아버지는 그런 약속을 받질 못했다. 언니가 혼인할 나이가 될 무렵에 아버지의 걱정은 커져만 갔다. 그런데 이렇게 직접 신랑감을 찾아 혼인한다고 하니 아버지는 한시름 놓는 눈치였다. 우리 언니는 어찌나 당돌하던지 그 집까지 찾아간 모양이었다. 얼마 멀지도 않은, 마을 고목 너머 바로 뒷집이었는데 표정은 당돌해도 아마 가는 길이 더 멀길 바라는 심정이었을 것이다. 우리 언니가 그렇지 뭐. 며칠 뒤엔 여차 저차 해서 그 집에서도 허락했는지 언니가 나에게 곧 시집간다고 알려줬다. 언니는 그렇게 해서 시집을 가게 됐다.

밤공기는 차가웠다. 아버지가 오후 내내 패놓으신 장작 덕에 방바닥은 따뜻했고, 방 한가운데 홀로 놓인 은은히 불을 밝히는 호롱불 주위를 둘러 어머니와 나, 그리고 언니와 할머니가 무릎에 이불을 덮고 앉았다. 언제나 그렇듯 할머니는 돌아가신 할아버지 이야기를 꺼내셨다. 어제도 했었던 이야기였나. 나는 속으로 할머니 말끝을 동시에 따라했다.

"옛날에 느그 할아버지는 사람이 참 좋았제."

'사람이 참 좋았제.'

우리 할아버지가 좋은 사람이었다는 건 풍월을 읊을 지경이었다.

"한번은 개울가에 가서 빨래할 적이었는디, 날씨가 엄청 쪘었지. 열심히 방맹이질을 하고 있었는디 누가 나를 뒤에서 미는 것이여. 그랑께 뭐 별 수 있나. 그대로 앞으로 자빠졌제. 흠뻑 젖어가지고는 뒤를 돌아보는디 느그 하납씨가 실실 웃음시로 나를 쳐다보고 있드랑께."

그리고 장난기가 많았다는 것도.

얼굴 한번 보지 못했던 할아버지였지만 여태껏 할머니에게 들어온 이야기로 할아버지의 성격을 짐작할 수 있었다. 때론 아이 같으면서도 아주 용감했던 우리 할아버지.

추석날 밤, 그러니까 바로 오늘 밤. 수월리 사람들이 고목나무 주위로 모여들고, 부녀자들은 모두 모여 손을 잡고서 강강술래를 벌인다.

"강강술래"

가운데 서계신 윗집 아주머니의 힘 있는 소리로 시작한 느린 박자의 첫 소절이었다.

"강강술래"

그러곤 따라서 시작한 후렴구는 내 목에서 시작해 머리를 둘러싸며 울려 퍼졌다. 한 발 한 발 걷기 시작하더니, 이내 가볍게 뛰었다. 얼굴에 머금은 웃음기가 강강술래 가락을 타고 온 마을로 퍼졌다. 마을 광장 곳곳에 걸려 있는 횃불들이 하얀 치마를 입고 끊임없이 돌아대는 우리를 비추고, 저 멀리 뜬 보름달이 운치를 더해 줘 갈 때쯤, 강강술래도 절정을 향해 나아갔다. 숨을 크게 들이쉬었다 내뱉으며 마지막 '강강술래'를 읊조렸다. 숨을 헐떡거려도 즐거울 뿐이었고, 어딘가 마음 한 구석이 벅차오르는 것을 느꼈다. 올해 한가위도 참 밝다.

"다듬이 방망이 좀 가지고 나와라."

이른 아침이었다. 머리끝까지 이불을 덮고 방 안에 누워 있는데, 어머니가 나를 부르셨다.

"어서 들고 와라. 빨래하러 갈건게."

방 안에 있던 다듬이 방망이를 손에 들고 문을 나가기가 무섭게 나에게 말씀하신다. 떠지지도 않는 두 눈을 뜨려 애쓰며 멍하니 마당을 내다보았다. 아직 겨울바람이 채 가시지 않아, 서늘했다. 옆집에서 우리 집 담을 넘어 마당까지 들어온 감나무 잎은 말라서 쪼그라들었다. 시냇물까지는 꽤 걸어가야 했다. 우물가는 길 반대편으로 쭉 걸어가다 옆 산길로 빠지면 나온다. 어머니는 머리에 빨랫감을 이고, 나는 방망이 두 짝을 서로 맞부딪치며 소리를 냈다. 늦게 일어난 언니도 저 멀리 뒤따라오는 것이 보였다. 막 도착한 시냇물에 뭣도 모르고 발 한번 담갔다가 온몸을 타고 오르는 전율에 혼이 났다. 산에서 내려오는 물이 너무 차서 소름이 끼쳤기 때문이다. 이렇게나 차가운 물에 빨래할 생각에 약간 한숨이 나왔다. 물에 내동댕이쳐지고, 바위 위에 얹혀 매질 당하는 빨래는 그동안 묵었던 땟물을 뿜어냈다. 손이 시린 것도 잊고 빨랫감들을 신나게 때리던 와중에 산을 등진 어머니를 한번 보고, 산봉우리를 쳐다보니, 흰 연기

가 피어 오르고 있었다.

"불 난 거 아니여?"

진짜 불이 난 줄 알고 그렇게 물었다.

옆에서 언니가 말했다.

"봉수대라는 것인디, 여기서 뭔 일이 나면은 연기를 피워서 한양까지 알려줘."

"한양까지 저 연기가 보이나?"

"그게 아니고, 십오리마다 하나씩 산꼭대기에 세워서 전달해 주는 거지."

산을 등진 어머니의 방망이질은 끊이질 않는다.

"근디 지금은 뭔 상황이길래 연기가 저리 난다냐?"

네 줄기의 하얀 연기가 피어 올랐다. 새파란 하늘을 가로지르며 피어오르는 연기가 꼭 구름 같았다. 그때 어머니가 뒤를 돌아보셨다.

"뭐시다냐, 저것이. 저게 뭐시여. 빨리 옷가지 챙겨라. 집으로 가야써."

어머니의 표정이 갑자기 어두워졌다. 지금까지 어머니에게서 본 적이 없던 그런 표정이었다. 집까지 달려가는 건 그리 오래 걸리지 않았다. 집 밖에 나와 있는 몇몇 마을 사람들도 그 연기를 보았는지 우왕좌왕이었다. 온 동네가 시끄러워졌다.

집으로 들어가자마자 어머니는 장롱을 뒤지며 옷가지를 챙기셨고, 아버지는 내가 본 적도 없는 푸른빛이 도는 항아리를 보자기에 싸고 계셨다. 대체 무슨 상황인가 싶었다. 저 연기가 뭐길래. 부슬부슬한 네 줄기 연기가 뭔데 이리 혼란스럽게 만드는지 궁금했다. 분위기에 휩쓸려 나도 덩달아 행동이 급해졌다. 그때 누군가 소리를 지르며 마을 거리를 뛰어다녔다.

"왜놈이야! 왜놈들이 쳐들어왔다!"

"시방 뭐시여? 왜놈들이 쳐들어왔다고?"

텅 빈 논밭 뒤로 보이는 바다 위에 떠 있는 수많은 배들과 마을을 향해 다가오는 검정 개미 떼 같은 것들이 왜놈들이라고? 멀리 보이는 그들은 갑옷을 입고 있었다. 이게 무슨 일인가. 마을로 다가오는 저런 모습의 무리는 마을 곳곳에서 비명소리가 들리게끔 만들기 충분했다. 어딘가로 도망치기엔 시간이 너무 부족했다.

"지금부터 내 말 잘 들어라."

눈에 눈물이 그렁거리는 듯하면서도 무서운 내색을 하지 않으려는 마음이 어머니의 표정에 그대로 드러났다.

"저놈들이 우릴 다 죽일 거시여. 절대로 놈들 눈에 안보이게 숨어야 한다. 그라고 어디를 가든지 정신만 차리면 살 수 있다. 알았제?"

갑자기 나도 모르게 눈물이 쏟아졌다. 왜놈들 손에 죽으면 어떡하나 하는 걱정도 들었고, 그렇게 된다면 더 이상 우리 가족을 볼 수 없게 된다는 것도 서러웠다.

"울지 마라, 울지 마. 정신 똑바로 차리라."

어머니 얼굴을 다시 보니 벌써 그리워질 것만 같다는 생각에 설움이 더더욱 북받쳤다. 왈칵 쏟은 눈물은 뒤이어 쏟아지는 눈물에 밀려 턱 끝에 맺혀 바닥으로 뚝뚝 떨어졌다. 마당으로 나와 숨을 곳을 찾아 다녔다. 나는 쌓아 놓은 지푸라기 단 속으로 숨어들었다. 얼마나 시간이 흘렀나, 심장을 죄여오는 발걸음

149

소리와 칼부림 소리, 알 수 없는 말소리들이 들려왔다. 마을로 쳐들어와 사람들을 싸그리 잡아 죽이고 있는 왜놈들이었다. 곳곳에서 들리는 비명소리들은 심장을 더 죄여왔다. 겁에 질리고도 한참 질려 손을 덜덜 떨며 숨죽이고 있을 뿐이었다. 아무것도 보이지 않는 지금이 더 무서웠다. 이내 할머니와 어머니, 아버지, 그리고 언니의 행방을 모르고 있다는 걸 깨달았다. 누군가 죄도 없이 다른 이의 손에 강제로 죽임 당한다는 것은 상상도 못했다. 그런데 지금, 그것이 내 가족에게 일어날 것 같다는 걱정이 물밀듯 밀려오고 있었다. 이미 도처에 돌아다니는 왜놈들의 수로 봐서는 집안에 숨은 언니가 극히 걱정이 됐다.

대문 여는 소리가 들렸다. 흙을 밟고 들어오는 소리부터 시작해 집 안의 문이란 문은 모조리 열어젖히는 소리까지 긴장을 한시도 늦출 수 없었다. 집 안에서 들리는 찢어질 듯한 비명이 우리 언니라는 걸 깨달은 건 발소리들이 멀리로 사라진지 얼마 되지 않아서였다.

"아가야! 살아 있느냐?"

아버지의 목소리였다.

"아버지! 저 여기 있어요. 저 여기 있어!"

한 평생 이렇게 울부짖은 적이 있었던가.

"어디 있는 게야. 내 아가."

아버지는 내 목소리가 나는 곳으로 온 신경을 집중해 발걸음을 옮기셨다. 지푸라기를 헤집는 아버지의 모습이 이내 보였다. 아버지의 얼굴 곳곳의 상처에서 피가 흐르고 있었다.

"아버지, 얼굴이 이게 뭐시다요."

아버지의 두 어깨를 잡으며 눈물을 글썽였다. 이내 나를 들어 올려 꽉 안으시고는,

"다행이여, 참말로 다행이여. 너라도 살아 있어서, 살아 있어서 다행이여……"

내 등 뒤로 눈물을 훔치시는 아버지의 온기가 온몸을 따뜻하게 데웠다.

마을은 불타고 있었다. 왜놈들이 남기고 간 것은 짚이 불에 타며 타닥거리는 소리와 남겨진 이들의 통곡소리 뿐이었다.

"언니, 언니는 어디 있디야."

연기와 함께 불어온 바람에 삐걱거리는 문짝이 심상치 않아 보였다.

이제 집도 없고, 가족이라곤 아버지와 나 둘 뿐이다. 폐허가 된 마을과 밭. 그 냥 시꺼멓다. 타다 남은 재가 마지막까지 붙들었던 불씨마저 뱉어버리고, 완전 히 새까매졌다. 거리에 쓰러져 있는 사람들은 셀 수 없이 많았다. 아이를 안은 사람, 온 몸에 피가 흥건히 젖어 얼굴을 알아보기 힘든 사람, 낫을 손에 쥔 사 람. 그들이 보여주고 있는 건 살기 위해 발버둥쳤을 과거의 몸부림이었다. 얼마 후면 시집간다고 좋아하며 싱글거리던 언니의 얼굴이 아직도 눈에 아른거렸다.

얼마를 멍하니 앉아 있었을까. 아버지도 나도 힘이 없었다. 그때 아버지는 무 언가 결심하셨는지 벌떡 일어나 소리를 한번 크게 지르시고는,

"우리라도 살아야 할 것 아니여, 산 사람이라도 살아야 하지 않것냐?"

그 순간, 한 서린 아버지의 핏대 높은 목소리에서 느껴진 의지는 세상 그 어 떤 것을 가져다 놔도 꺾을 수 없을 것 같았다.

"수월아, 가자. 이러고 앉아만 있다가는 산 사람도 죽을 판이여."

무언가 끌어당기듯이 내 몸을 일으켰다. 아무것도 남지 않은 상황에서 치른 간소한 장례, 그 처절함과 애잔함은 이루 말할 수 없었다. 산에 묻어주려 그들 을 옮기는 동안에도, 삽질을 해대는 동안에도 아버지와 나는 아무 말이 없었 다. 삽질 한 번에 퍼지는 흙마다 아버지와 나의 가슴속 흐느낌이 맺혀 있었다.

"편히 쉬소. 다들."

아버지가 할머니와 어머니, 그리고 언니를 보내며 하는 마지막 말이었다. 슬 펐다. 그렇지만 분한 마음이 앞섰다. 흘러내리던 눈물도 이젠 나지 않는다. 대 체 왜 우리 어머니와 언니를 그렇게 만들었는지, 또 수월리 마을 사람들을 한 사람도 남김없이 가버리게 했는지. 분하다, 너무 분해서 어찌할 방법이 없다.

이 마을에서 더 이상 버티고 있을 이유가 없었다. 이미 옆 마을 사람들도 왜 놈들이 지나갔다면 거의 다 죽었을 터이고, 어디를 가나 먹을 게 없는 건 마찬 가지니 일단 떠나고 봐야 한다. 먹을 건 산에서 어떻게든 찾아봐야지. 사냥을 하든지 삼을 캐든지.

"그래도 어디 콩 한 쪽이라도 떨어져 있을랑가 모르니 마을 한번 돌아보고 가 자."

"네, 아버지. 김영감님 댁은 어찔랑가. 그곳이라면 쥐새끼 한마리라도 나올 법 한디."

"아니다. 그 집 가봐야 왜놈들이 부잣집인 걸 알고 다 쓸어가 남아난 게 없을 터이니."

"아니에요. 아버지, 그래도 한번 갔다 와볼라네요."

"아니, 글쎄 가지 말라케도."

왜 이리 완강히 말리시지? 하지 말라면 더 하고 싶은 법이지. 도무지 알 수 없다. 이렇게 날 말리는 이유를. 아버지와 나는 흩어져 마을을 돌아다녔다. 그리고 우물에서 만나기로 했다. 불에 타 거의 무너져버린 마을의 집들 중 그나마 멀쩡해 보이는 집들만 골라 발을 들였다. 이래가지곤 뭐 건질 게 있으려나 모르겠다. 발 들여 놓은 집들마다 타고 남은 재들이 가득했다. 마당은 검은 재들로 덮여 흙도 잘 보이지 않았고, 살아남은 식물이라곤 담장 밑에 바짝 붙어 자라는 잡초뿐이었다. 마을 한가운데 우두커니 서 있는 고목은 연기에 그을려 처량한 모습이었다. 고목은 들리지 않는 곡소리를 내고 있었다. 아무런 수확이 없이 간 우물 옆에 우두커니 기대고 섰다. 멀리서 터벅터벅 걸어오시는 아버지의 모습이 보인다. 아버지의 손엔 무언가 들려 있었다. 그것은 몇 줌의 보리가 들어 있는 낡은 자루 하나였다. 우리는 떠났다. 아버지의 평생의 삶이 깃들어 있던 수월리를 떠났다. 한순간에 무너진 세월의 흔적들. 그것들이 이렇게 터무니없이 지워질 줄 누가 알았겠는가. 터벅터벅 마을 밖으로 걸어가는 아버지와 나의 발걸음에서 소리 하나 없이 슬픔이 새어 나왔다. 아버지는 끝까지 지켜낸 청자 하나를 보자기에 싸서 등에 짊어지고, 나는 건네받은 보릿자루 하나를 오른손에 들었다.

산길을 따라 들어갔다. 늦봄의 산에서 부는 시원하면서도 약간은 습기를 머금은 바람이 올라오는 내내 흘린 땀을 식혀주었다. 왜놈들이 못 찾을 법한 곳을 찾아다니느라 한참을 걸었다. 이내 작은 동굴을 발견했다. 솔잎이 수북이 쌓여 있었고, 피곤에 찌든 나로서는 이만한 잠자리가 없었다. 잠은 여기서 며칠 간 해결하기로 했다. 그런데 도무지 생각해도, 약간은 깊어 보이는 이 작은 동굴에 쌓여 있는 솔잎이 이상했다. 누군가 왔다간 걸까.

산 속에서의 첫날은 무지 배가 고팠다. 산에서 내려오는 물로 허기라도 달래며 먹을 거리를 찾아 다녔다. 뭐라도 걸릴까 놓아둔 덫에는 아무것도 없었다.

그저 멀리서, 보이지도 않게 수풀 속을 헤집고 다니는 동물들 소리만 가끔 들렸다.

"아버지, 우리 살 수 있겠지라?"

곧 죽을 것 같은 심정으로 물은 말이었다.

"지금도 떡 하니 숨도 쉬고 걸어도 다니는데 못살게 뭐가 있다냐."

한치의 망설임도 없는 대답이었다.

"그런데 지금껏 코에 붙일 것도 못 구했는디요?"

"그것이야 내일 잡으면 되는 것이제."

간단한 아버지의 대답이었다. 오늘 못 잡으면 내일 잡으면 되는 거라고. 나는 배고파 죽겠는데 참 말이 쉽다. 나무껍질이라도 뜯어보려니 쓰디 쓴 맛에 이내 퉤하고 뱉어버린다. 언제 내일이 오나 기다리고 있어도 해는 아직도 중천에 떠 있었다. 지저귀는 새소리, 바람에 흔들리는 나무 소리는 지금이 무슨 상황인지도 모르고 늘 그대로다.

반딧불이가 하나 둘씩 보이기 시작했다. 아버지는 곳곳에서 나뭇가지를 주워와 불을 피울 준비를 하셨다. 그때였다. 누군가 걸어오는 소리가 났다. 전쟁이나 마을에서 쫓겨나왔는데 이곳까지 올 사람이 누가 있을까. 우리는 동굴로 재빠르게 숨었다. 혹여나 왜놈들일까 노심초사하며 숨소리를 죽였다. 어두워서 잘 보이지 않는 사람 하나가 우리가 남긴 흔적들을 찬찬히 살피더니 조심스레 동굴 쪽으로 다가왔다.

"거, 누구요?"

경계 가득 했지만 익숙한 목소리였다. 그는 다름 아닌 형부였다. 아직 언니와 결혼은 하지 않았지만 걸걸한 목소리의 저 사내는 형부가 확실했다.

"형부!"

"아니, 수월아! 장인어른! 어떻게 된 일이여라?"

얘기 하자면 길다. 오랜만에 사람을 본 터라 구구절절 이야기를 꺼냈다. 수월리 마을 사람들이 전부 죽었다는 이야기도 해주었고, 그 중에 우리 언니도 있다는 것을 말해 주었다.

형부는 왜놈들이 쳐들어 왔을 당시 산에서 그림을 그리고 있었다고 했다. 봉수에 피어오르던 연기는 나무를 하느라 정신이 없어 못 보았고, 잠시 나무에 기대 쉬는 도중에 바닷가로 몰려오는 정체 모를 배 수십 척을 보고 뭔 일인가 싶었다고 했다. 낌새가 좋지 않아 보여 하던 일을 멈추고, 산 속에 숨을 곳을 찾아 다녔고, 마침내 발견한 곳이 여기였다고 했다. 모두 다 죽은 줄 알았던 수월리 마을 사람을 여기서 만나다니 무척 반가웠다. 심지어 그 사람이 우리 형부라니.

반가움도 잠시, 언니의 이야기를 전해들은 형부는 말로는 표현 못할 충격을 받았는지 한동안 멍하니 있었다. 그러다 어디론가 하염없이 걸어갔다. 잠시 후 들려오는 희미한 절규에 나도 참아왔던 눈물을 흘렸다. 한참 뒤엔 형부가 다시 돌아오더니, 실성한 듯 웃어 보였다. 모든 걸 잃어버린 사람처럼.

형부를 만나고 며칠이 지나자, 형부는 다시 일상의 모습을 되찾으려 노력하는 것이 보였다. 슬픔을 감추려는 작은 몸부림 하나하나가 눈에 선했다. 이윽고 형부는 나와 아버지를 불렀다.

"우리가 이대로 가다간 굶어 죽을 지경인디, 시방 나한테 좋은 묘책이 있지라."

무언가 다짐한 듯 말을 꺼냈다.

"뭔데 그려?"

"녹진[4] 병영으로 가는 거여. 지금 가진 보리 한 자루면 충분히 우리를 들여보내서 일이라도 시킴시로 굶어 죽이지는 않지 않겄어? 그래도 백성을 지키라고 만든 진군(조선시대 지방의 병영과 수영에 속한 각 진에 둔 지방 군대.)인디……"

"그럼 있지라. 만약에 우리를 안 들여보내면 어찌칸다?"

"내가 장군 들리게 사정할랑께 걱정은 붙들어매쑈. 이래봬도 내가 조선 수군 출신이당께. 나를 안 받아주면 세상천지 누굴 받아 주나."

형부는 자신감이 넘쳤다. 하늘이 무너져도 솟아날 구멍은 있다더니.

"어서 빨리 짐 챙기고, 출발합시다. 여기서 녹진까지는 그리 멀지 않으니 하루면 도착할 수 있을 거요. 왜놈들이 거기마저 치기 전에 가야 하니께……"

한 줄기의 희망을 가지고 걸음을 재촉했다. 산세라 길이 험하긴 했지만 그래도 앞으로 살아갈 수 있다는 생각에 콧노래라도 흥얼거려 보았다. 날은 그다지 좋지는 않았다. 구름 잔뜩 낀 하늘에 해는 도무지 찾아볼 수 없었고, 선선한 바

---

4) 울돌목 바다를 사이에 두고 전라 우수영과 마주보고 있는 진도의 수군 병영

람만 불어왔다. 곧 쏟아질 것 같은 비를 가득 머금은 구름이 참 무거워 보였다.

얼마를 걸었나. 형부가 소리쳤다.

"저기여! 저기랑께! 다 왔어!"

저 멀리 피어 오르는 나무 태우는 흰 연기와 움직이는 사람들. 뭔가를 바삐 옮기고 있다. 그곳으로 다가가려던 순간,

"누구시오? 더 이상 들어오지 마시오."

수영을 지키는 수군 둘이서 서로 마주보며 창 두 개를 엇갈려 세우고는 말했다.

"우리 좀 들여보내 주소. 먹을 것도 없이 산에서 며칠 밤을 샜소."

아버지가 말씀하셨다.

"글쎄 안 된다고 했잖소."

그들은 단호하게 말했다.

"내 이 보리 한 자루를 주리다. 우리의 마지막 식량이오."

약간은 비굴하지만 간곡히 청하며 형부가 말했다. 보리 한 자루 덕인지 형부 덕인지 잘 모르겠지만 우리는 그곳에 들어갈 수 있게 됐다. 식량 자체가 귀해서 우리가 얻어먹는 것만으로도 큰 신세라 허드렛일을 찾아 다녔다. 밥 짓는 일부터 나무 옮기기까지 웬만한 일들은 적극적으로 했다. 그러고 보니 여기 와 있는 사람들이 전부 병사들인 것처럼 보이지 않았다. 아무래도 우리처럼 여기까지 제 발로 찾아온 다른 마을 사람들인 것 같았다. 그들도 왜놈들을 운 좋게 피해 이리로 왔을 거다. 살아남은 곳이라곤 이곳 밖에 없을 터이니.

이곳에서 생활한 지 꽤 오랜 시간이 흘렀다. 오늘도 배를 만드는 일 때문에 목재를 실어 나른다. 그런데 갑자기 정신이 멍해지더니 잊고 잊던 언니와 어머니가 떠올랐다. 목재를 담은 수레가 내 손에서 벗어나 그냥 땅으로 철퍼덕 놓아지고, 내 눈에는 맺힌 물방울을 어찌 할 수 없었다. 살기 위해 발버둥쳤을 언니와 어머니. 내가 지금 혼자 살기 바빠 생각도 못하고 있었다는 게 너무 미안했다. 언제까지 이러고 살아야 하는지는 나도 잘 모르겠다. 전쟁이 언제 끝나려는지 감을 잡을 수 없었다. 적어도 내가 태어나고 나서부터는 처음 보는 왜적들이었다. 우리가 이기든 왜놈들이 이기든 어느 한편은 이겨야 끝날 건 확실했다.

밥을 먹는 와중이었다. 병사 두 명이서 하는 얘기를 의도치 않게 잠시 엿듣게 되었다.

"왜놈 숫자가 장난이 아니라는 소문이 있던디, 진짠가?"

"그려, 우리 조선군은 상대도 안 된다카데."

"에휴, 그럴 거면 이런 짓 다 끝내고 집에나 돌아갔으면……."

"그런디 아직 왜놈들은 우리 쪽 숫자가 확인이 안 돼서 서로 탐색전에 있다나 뭐라나……."

"그라모, 조선군이 많아 보이게만 하모, 왜놈들도 쉽게 건들지는 않겠구먼."

"이 양반아, 그런 술수가 있으면 폴쎄[5] 전쟁에서 이겼겠지라. 허허."

우리 조선 수군의 숫자가 턱없이 부족하다는 얘기였다. 그래, 그럼 어쩐단 말인가. 보나마나 물에 빠진 생쥐 같은 꼴이 나고 말겠지. 가만 보자, 그거다.

"내가 좋은 술수가 있지라."

---

5) '벌써'의 전라도 사투리

비밀스레 혼잣말하듯, 실은 다 들으라고 말했다.

"그게 뭐신디?"

역시나 급 관심을 보인다.

"이거 말해주면 지금 먹고 있는 주먹밥 하나 나한테 줄랑가?"

세상에 공짜는 없지.

"아따, 이 가시나가 쓰겠구먼, 옛다. 어서 빨리 말이나 해봐라."

"그게 뭐냐면, 밤에 있지라, 왜놈들이 배에 있응께. 그짝[6]에서 이짝은 좀 머니께. 우리가 왜놈들 잘 보이는 산 쪽에 올라가서라, 갑옷을 딱 입고, 햇불도 키고 물레 만키로 뱅글뱅글 돌매는 어찌 우리 숫자가 많아 보이지 않겠소?"

강강술래였다. 그 순간 나는 강강술래가 떠올랐다. 이 이야기를 주고받은 지 얼마 안 돼서 부녀자들을 끌어 모았다. 저녁마다 산에 올라가 강강술래를 할 사람들이었다.

"자자, 다들 여기로 모여보랑께! 장군님께서 할 말씀이 있으시다니께."

"내일 밤 왜놈들 배가 보이는 산에 올라갈 것이오. 여러분이 나라를 위해 큰 공을 세우는 겁니다."

왜놈들을 속이려면 제대로 속여야 하니 갑옷도 갖춰 입었다. 생전 처음 입는 갑옷이 불편하고 무거웠다. 그렇지만 강강술래 할 생각에 약간은 흥이 돋았다. 처음 보는 얼굴의 내 또래의 소녀들, 그리고 엄마를 많이 닮은 아주머니들, 언니들까지 모두 모였다. 서로 맞잡은 손으로 전해지는 온기와 마주치는 눈동자에 모든 것이 담겨 있었다. 아무 말이 없어도 우리는 서로를 이해할 수 있었다.

강-강-술-래-

달빛은 그때만치로 밝구말구.

한껏 쏟아내는 목소리와 가벼운 발걸음에 신명이 났다. 햇불을 들고 옆에서 따라 도는 병사 아저씨의 얼굴도 밝다. 별똥별 하나가 떨어진다.

---

6) '그 쪽'의 전라도 사투리

언니, 그리고 어머니와 함께했던 한가위 강강술래. 우리 마을 고목은 잘 있는가. 사방으로 퍼졌던 윗집 아주머니의 큰 목청소리는 잘 있는가.

강강술래 이야기

강강술래는 전라남도 해안 지역에서 전해져 내려오던 민속놀이이다. 기록에 의하면 강강술래는 임진왜란 때 일종의 군사 전략으로 활용되었다고 한다. 그러나 실제로는 임진왜란이 일어나기 훨씬 전부터 전해져 내려왔다.

강강술래는 우리나라의 대표적인 명절인 설, 대보름, 단오, 백중, 추석 밤에 열렸는데, 특히 달이 가장 밝은 추석날 밤에 큰 판이 벌어졌다.

주로 젊은 여성들이 참여했는데, 집 안에만 머물며 밖에 나가기 힘들었던 여인들이 자유롭게 사람들과 어울려 밤새도록 놀 수 있는 놀이가 바로 강강술래였다. 강강술래는 당시 여성들의 삶과 사회상을 엿볼 수 있는 민속놀이이다.

강강술래는 임진왜란과 관련이 있다. 기록에 의하면 임진왜란 때 전라좌도 수군절도사 이순신 장군이 적군을 속이기 위해 강강술래를 이용했다고 한다. 이순신 장군은 왜군들에게 우리 병사들이 많다는 것을 보여 주기 위하여 계략을 짜냈다.

그 계략은 전쟁에 직접 참여하지 않은 여인들에게 남자 옷을 입혀 옥매산(전라남도 해남군)을 돌게 하여, 병사가 많은 것처럼 보이게 한 것이었다. 옥매산 강강술래에는 젊은 여인부터 나이 많은 할머니, 여러분 또래 친구들까지 참가했다. 이순신 장군에 의해 용병술로 활용된 강강술래는 결국 나라를 구하는 데 기여했다.

출처 : 네이버 지식백과 '강강술래'
사진 출처 : tour.jindo.go.kr

유난한 외침을 받은 나라에서
백성으로 살아간다는 것의 의미
강강술래의 또 다른 유래, 고단한 삶 속에서도 가족을 잃지 않으려는 시도

강강술래는 임진왜란이 끝난 후 본격적으로 활성화되었다. 특히 임진왜란 당시 적군을 격퇴했던 해남, 진도, 완도를 비롯하여 무안, 영광 등 전라도 서남 해안 지방에서 여성들의 놀이로 큰 인기를 끌었다. 임진왜란 이전까지만 해도 음력 8월 15일 추석날 밤에만 즐기던 강강술래는 2~3일씩 지속되었다. 그리고 젊은 처녀들 뿐만 아니라 결혼한 여인들과 나이가 어린 친구들도 참여하였다.

강강술래는 시작 부분에서는 느리게 진행되다가 차츰 빨라지고 끝 부분에는 다시금 느려지는 리듬으로 구성된다. 소리 가락에 따라 몸의 움직임도 다르다. 춤도 처음에는 친친히 시작하여 차츰 빨라졌고 끝날 무렵에는 다시금 느리게 진행되다 끝을 맺는다.

표류기

박태석

리시아 요리사 미하일의 이상한 표류기.
다른 육지를 꿈꾸는 모험가의 **Meme** 덕분에 표류한 섬의 새로운 식문화를 만나는 이야기

시끄러운 싸우는 듯한 소리. 토요일이라 초저녁에 마신 술로 언제 잠든 지도 몰랐다. 시계는 11시를 막 넘어가고 있었다. 깨질 듯이 아픈 머리. 어지럼증을 느끼며 눈을 다시 감았다.

오늘도 어김없이 아침이 밝았다. 사람들은 항상 그래왔던 것처럼 어제와 같은 일을 하기 시작한다. 몇 달이나 반복해서 봐왔을까. 그들은 어김없이 똑같은 행동을 한다. 나는 이제 언제 무슨 일이 일어날지 외울 정도까지 되어버렸다.

"자, 이제 저 집 아주머니가 쓰레기를 버리실 시간이군."

혼잣말이 끝나기가 무섭게 이웃집 아주머니께서 쓰레기를 버리고 마치 잘 짜인 각본처럼 쓰레기차가 지나간다. 또다시 옆집에서는 싸우는 소리가 들려오고 그 소리는 나를 옆집으로 향하게 했지만, 이 소리에 신경 쓰는 사람은 나 이외에는 아무도 없다. 옆집에 도착한 후 노크를 하고 문을 열고 들어갔다. 역시나 오늘도 문은 잠겨 있지 않았다.

"오늘은 또 무엇 때문에 싸우십니까?"

모녀 둘이서 말싸움을 하고 있는 너무나도 익숙한 광경이었다.

"미하일, 오늘도 와주셨군요. 이틀째 아무것도 먹으려 하질 않는 제 딸 때문에 걱정이에요."

"이틀째요? 이유가 뭔가요?"

"제 음식이 맛이 없다고 그러네요."

"내가 언제 그랬어? 색다른 게 먹고 싶다고 했지."

"색다른 것이라. 잘 됐네요. 내가 자주 가는 식당이 있는데 같이 갈래요?"

"그래도 될까요?"

어두침침했던 그들의 얼굴에 화색이 돌더니 금세 즐거워한다. 셋이 함께 걸어 내가 자주 가는 식당에 도착했다. 그곳에서 우연찮게 내 친구 이반을 만날 수 있었다.

"이곳엔 무슨 일이야? 이런 곳에서 너를 다 보고."

하지만 이반은 그저 웃기만 하였고, 한참 후 식사를 끝마치고 나자 밖으로 나가며 "3시에"란 말과 함께 메모를 건넸다.

나는 모녀를 다시 집으로 데려다 준 뒤 이반이 남기고 간 메모를 확인했다.

/Встретимся в парке перед рестораном./

메모를 보고 이반이 말한 공원으로 걷기 시작했다. 공원에 도착한 뒤 10분 정도의 여유가 있어서 아까 일을 생각할 수 있었다.

이반은 원래 쾌활하고 장난기가 많은 친구다. 그런데 오늘따라 사뭇 진지해 보였고 평소와는 다른 행동으로 보아 그에게 무슨 일이 일어났음을 짐작할 수 있었다. 하지만 무슨 일이 일어났는지까지는 알 수 없다는 사실이 너무 답답할 따름이었다. 그렇지만 그 상황에서 내가 할 수 있는 일은 그를 기다리는 것뿐이었다. 너무 궁금했던 나머지 기다리는 시간이 10분이 아닌 10시간처럼 거대하게 느껴졌다. 10분이 다 되어갈 무렵 기다림에 지쳐 시간을 다시 확인하려 하자 바로 가까이에서 이반의 목소리가 들렸다.

"야, 미하일!"

갑자기 뒤에서 들려온 소리에 나는 깜짝 놀라 앞에 있던 돌에 걸려 넘어지고 말았다. 그런 내 모습을 보고 신이 났는지 그는 웃기 시작했다.

"하하하. 잘 놀라는 건 여전하네."

"사람 놀라게 하는 재주는 갈수록 느는구나."

서로 이런저런 이야기를 주고받다 궁금증을 참을 수 없어 먼저 본론을 꺼냈다.

"갑자기 여기서 보자고 한 이유가 뭐야?"

"…… 못 믿겠지만 이제부터 하는 말은 다 사실이야. 잘 들어."

"좋아."

"솔직하게 나는 요즘 들어 사는 게 지루하고 전혀 즐겁지가 않아."

이반의 말은 충격적이었다. 나는 그가 이런 마음을 가질 거란 생각은 해보지도 못했는데 쾌활한 그가 그렇게 생각하고 있다는 게 놀랄 따름이었다.

"심지어 다른 사람에게 살아가야 하는 이유를 묻기도 했어. 그래서 생각을 해봤지."

"어떤 생각?"

"이제부터는 내가 하고 싶은 것을 할 거야."

"뭘 하고 싶은데?"

"나는 오래 전부터 모험을 떠나는 걸 동경해왔어. 그리고 네가 모험을 좋아한다는 것도 알아. 그래서 아침부터 기다렸지."

"같이 모험을 떠나자라는 말이 하고 싶은 건 아니겠지?"

"미안한데, 정답이야."

"잠시만, 생각할 시간을 줘."

"그래. 하지만 너무 오래 기다리게는 하지 마. 준비 되면 연락하고."

그렇게 공원에서 이반과 헤어지고 집으로 돌아왔다.

나도 이곳 생활의 지루함을 지긋지긋하게 싫어한다. 특히 매일 똑같은 삶과 흥미거리가 없던 하루하루가 괴로웠고, 다니고 있던 직장도 질렸다. 그렇다고 내가 힘들게 살아왔던 인생을 송두리째 포기하고 살고 있는 곳과 이별한다는 게 쉬운 일만은 아니었다. 하지만 떠나기 싫은 것도 아니었다. 도저히 이 상황을 가벼이 선택할 수 없어 한참을 고민하다 어느새 잠들었다.

다음 날 평소처럼 이웃집 아주머니께서 쓰레기를 버리는 모습을 관찰하고 있었다. 그 뒤 쓰레기를 주워가는 아저씨들의 등장과 함께 옆집에서 싸우는 소리가 들려오기 시작했다. 하지만 오늘은 옆집에 가지 않을 것이다. 아니, 갈 수 없었다. 그렇게 나는 어느덧 일터에 도착 해 있었다.

나는 요리사다. 반복되는 나의 일상처럼 정해진 메뉴대로 요리를 만들어 주기만 하면 되는, 내가 꿈꾸던 요리사는 아니지만 그래도 새롭고 맛있는 요리를 만들어낼 그 날을 생각하며 열심히 해왔다. 하지만 오래도록 틀에 갇힌 나의 메뉴들은 어느덧 나 자신의 목표 따위는 잊게 할 만큼 지루하기 짝이 없었다.

'떠날까? 그럼 바꿀 수 있을까?'

그렇게 고민을 하다가 그만 실수를 하고 말았다. 까맣게 타버린 요리는 나의 마음 같았다.

"무슨 일이야? 왜 자꾸 멍해?"

사장이 무섭게 일그러진 표정으로 화를 냈다.

"죄송합니다. 무슨 고민이 있어서요."

"그래? 그럼 일 그만하고 집에 들어가 봐."

잘렸다.

하긴, 지난 몇 달간 나의 마음의 짐은 여러 가지 후유증으로 나타났다. 무단으로 결근하고 도중에 도망간 게 한두 번이 아니었다. 심지어 다음날 아침 숙취가 남은 상태로 출근하기도 했다. 그럼에도 사장은 계속해서 기회를 줬다. 오래도록 자리를 지키기도 했지만 나의 요리 실력도 한몫 했다.

하나밖에 없던 일터를 떠나는데도 오히려 홀가분한 마음이 들었다. 그간에 모아두었던 돈을 챙기며 생각했다. 나 자신을 찾는데 시간을 쓰겠다고. 무엇을 먼저 해야 할까? 멍하니 창 밖을 바라볼 때 이반이 집에 남겨둔 메모를 발견하게 되었다. 내가 돌아오기 전에 맡겨둔 것이리라. 부두에서 만나자는 이반의 메모에 나는 결심했다. 나는 여행에 필요한 짐을 챙겨 나와 부두로 향했다.

나와 이반의 집을 직선으로 이은 후 정확히 둘로 나눈 곳에 부두가 있다. 우리는 그곳에서 만났고 배는 이미 준비되어 있었다. 그냥 배를 타고 떠나기만 하면 되는 것이었다.

"뭐야? 준비 다 돼 있네."

배 안에는 필수품으로 가득차 있었고 사실 부두에 도착하기 전 떠난다는 게 현실로 와 닿지 않았다. 그런데 막상 이렇게 큰 배를 마주하니 뭔지 모를 두려움과 긴장감에 심장이 크게 뛰고 있었다. 이렇게 느낀 희열은 직장에 무단으로 결근하거나 도중에 도망치는 것과는 도저히 비교할 수 없었다. 떨렸다. 하지만 나는 웃고 있었고, 빠르게 배에 올라타며 이반과 이야기를 나눴다.

"좋은 결정이야, 미하일. 떨리지 않아?"

"이런 긴장은 처음이야."

"나도야."

그들은 서로 이야기를 나눈 후 서로 마주하며 씩 웃었고 배 위에 도착할 수 있었다. 배 위는 그야말로 환상적이었다.

"대단해! 이런 배는 도대체 어떻게 구했어? 말도 안 돼."

"뭘 구해. 내가 직접 만든 거야."

"와우, 넌 정신 나간 게 분명해."

"하하, 내가 조선소에 다니잖아. 그곳에서 일하면서 조금씩 만들기 시작했지. 처음 시작할 때가 음…… 7년 전이었나."

"그럼 이날을 그때부터 계획했단 거야?"

"그렇지."

"이 배를 혼자 만들었어?"

"미하일, 네가 그렇게 생각했다면 넌 바보가 틀림없어."

이반의 말을 듣고는 웃고 말았다. 만약 이 환상적인 배를 7년 동안 혼자 만들었다면 그는 정말 미친 놈이겠지만 나는 그러면 충분히 할 수 있을 것만 같은 생각이 들었다. 아니, 지금 이 순간이 나를 웃게 만들고 있었다.

제일 먼저 찾은 곳은 조타실이었다. 이곳은 정말 근사했다. 조타실은 여러 가지 알 수 없는 장치들과 기계들로 이루어져 있었다. 마치 소설 속 비밀기지의 한 장면 같았다. 더욱더 환상적인 곳이 있다는 말에 조타실 밖으로 나가 그를 따라갔다. 도착한 곳은 다름이 아닌 우리들이 잘 곳이었다. 감탄이 절로 나왔다. 도저히 배 안의 한정된 공간에서 이런 구조가 나올 수 없다고 생각했기 때문에 이 방이 배 안이라는 생각이 들지 않았다. 또 배 안에는 식당, 창고, 화장실 겸 샤워실 등 생활에 필요한 공간은 다 갖추어져 있었다.

완벽한 즐거움을 느끼는 순간, 출발하기 전 일어났던 일들이 생각났다. 나는 어제 같이 식당에 갔던 모녀에게 아침부터 대놓고 무시를 당했다. 아니, 어쩌면 그들의 다소 불친절한 충고를 들었다고 생각해도 되겠다.

"오늘도 오셨군요. 제 딸이 매일 이렇게 말썽을 피우니 죄송해요."
"아니에요. 그러나 오늘은 그 일 때문에 온 것이 아닙니다."
"그럼, 무슨 일로 오셨나요?"
"전 이제 떠날 생각입니다. 앞으로는 못 올 거예요."
"아저씨, 어디 가시나요?"
"세계 곳곳을 돌아다닐 거란다."
"하하하. 아저씨 재미있을 것 같네요."
"진심이야."
"재미있는 소설이 될 것 같은데요?"
"맞아요, 미하일씨. 말도 안 되는 것 같아요. 그러다가 제 명대로 못 살아요."
어이없다는 표정의 그들에게, 부러 확신 가득 찬 눈빛으로 가능하다고 말해주고 다른 이웃들에게도 방문해 작별 인사를 했다. 그러나 그 이웃들도 대부분 불가능할 뿐 아니라 철없는 일을 벌였다는 말을 해줄 뿐이었다. 단 한 명의 이웃만이 응원해 주었다. 나를 옹호해 주고 인정해 주는 그녀는 정해진 시간에 쓰레기를 버리시는 아주머니였다. 그녀를 만나기 위해 평소와 달리 밖에서 기다렸다. 얼마 후 그녀가 양손에 쓰레기를 들고 오는 모습을 볼 수 있었다. 쓰레기 드는 것을 도와주자 그녀가 말했다.
"고마워요, 미하일씨. 그런데 어쩐 일이세요?"
"아니에요. 마지막으로 도와드리는 일인데……."
"어디 가시나요?"
"세계 여러 곳으로 여행을 떠날 생각입니다."
"멋지군요! 저도 나이만 어리다면 함께 가고 싶지만……."
"하하하. 말씀 고맙습니다. 저 이만 가봐야 할 것 같습니다."
"이거라도 받으세요! 드릴 건 없지만……, 제가 아침마다 먹는 통조림이에요."

여기까지 생각이 들었을 때, 배가 출발할 것 같아 나는 곧장 조타실로 달려가 보았다.

"벌써 출발인가? 이렇게 빨리?"

"응. 마지막으로 부족한 게 없나 확인해 보게나."

잘 정돈된 배 안을 돌아다니다 보니 우리가 출발했던 곳이 멀찌감치 멀어져 있었다. 살짝 긴장이 되기도 하지만 이미 예상했던 일이라 마음을 굳게 먹었다. 그리고 갑자기 어디선가 들려온 소리.

ㅡ꼬르륵.

흥분된 마음에 아침부터 밥을 먹을 생각조차 하지 않았던 나는 이제서야 배 속이 요란한 소리를 냈다.

"하하. 요리사가 굶으면 쓰나. 우리 밥부터 먹자고."

"그래. 내가 실력 발휘할 차례군."

"와!"

식당에 도착하고 나는 감탄을 금치 못했다. 창고에는 고기와 채소부터 과일 등 모든 음식이 분류되어 있었다. 고기 중에서도 해산물 중 갑각류 이렇게 분류되어 어디에 무엇이 있는지 금세 알 수 있었다. 친구의 완벽주의적인 성격은 여기에서 또 볼 수 있었다.

"이 친구 보게나. 장난 아닌 걸!"

하지만 이렇게 많은 종류의 식재료들을 보니 무엇을 요리해야 할지 쉽게 결정하지 못했다.

"하하. 극찬을 들으니 몸 둘 바를 모르겠네."

순간 나는 놀라 몸이 움찔하였지만 친구는 말을 이었다.

"그리고 미하일, 오늘 같은 기념일엔 역시 전통음식이지."

이반은 내 생각을 읽은 듯하였다. 하긴, 어마어마한 식재료들 중 몇 개를 결정하기 어렵다는 것은 친구도 아는 모양이었다.

"그런가?"

나는 곧바로 요리에 들어갔다. '샤슬릭'은 소고기, 양고기 등 야채와 해산물들을 먹기 좋게 자르고 양념을 잰 뒤 먹어야 하지만 시간이 없어 양념 부분은 생략했다. 다음은 '펠메니'. 이것은 밀가루 반죽에 계란을 넣고 소고기, 돼지고기를 다져 양파를 넣고 소금, 후추 간을 한 뒤 만두 형태로 삶아내면 된다. 그렇게 모든 요리를 마치고 마지막으로 수프 그리고 보드카와 홍차를 가져갔다. 우리가 먹었던 식사는 나름 호화로운 식사였고 친구도 배고팠는지 허겁지겁 먹는 중 나와 눈이 마주쳤다.

"친구, 전통음식이 그렇게 먹고 싶었나?"

나는 웃으며 말했다. 친구는 꽤나 창피해 했지만 결국 인정하고 말았다.

"정말 맛있는 걸."

그렇게 우리는 밥을 다 먹고 나서 자유로운 시간을 가졌다. 낚시, 수영, 펜싱 등 바다와 배 위에서 즐길 수 있는 활동도 하고, 또 배가 넓어 책에서 봤었던 아시아의 놀이인 숨바꼭질과 씨름 등 여러 가지 전통놀이도 해보았더니 시간이 금세 흘러 밤이 되었다. 결국 첫날은 정신없이 흘러갔지만 아무리 자유롭다 해도 이렇게 한 달 정도를 논다면 지루할 것 같았다.

다음날 나는 더위 잠에서 깨어났다. 머리가 지끈지끈 아파왔다.

'어제 보드카를 마셨던 탓인가?'

하지만 아픔을 참고 일어나 시간을 확인했다. 정오였다. 나는 방 안에 친구가 없는 것을 보고 배의 갑판으로 나가 주위를 살폈다.

"이제 일어났나?"

"혼자 일하게 해서 미안하군."

조타실에 있는 이반을 보니 그제야 아침식사를 놓쳤다는 것을 알았다. 서둘러 어제와 같은 음식을 요리했지만 내 친구는 결코 마다하지 않았다.

"자네 요리는 정말 맛있어. 이건 정말 예상 밖인 걸?"

"혹시 내 요리 때문에 함께 가자고 한 건 아니겠지?"

"글쎄? 아무래도 배위에서도 맛있는 음식을 먹고 싶지 않았을까?"

"뭐야? 이거 좀 실망되려고 하는데."

"하하하. 농담이야. 미하일. 그만한 말에 기분상한 건가? 자네가 함께 가자고 안 했으면 난 모험을 실천에 옮기지 못했을 거야."

사실, 이반이 날 배의 요리사로 고용했으면 또 어떤가. 이렇게 모든걸 내려놓고 거칠지만 넓고 푸른 바다에 온 몸을 맡기고 자유를 만끽하는데. 그렇게 나와 이반은 서로에게 의지하고 많은 얘기를 나누며 여행을 즐겼다.

어느 날, 우리들은 동중국해 부근을 지나던 중이었으리라. 그날은 유난히 다른 날보다도 날씨가 맑았다. 아침 일찍 나온 내 친구가 말했다.

"오늘 날씨 정말 좋군!"

"정말이네."

나의 대답이 채 떨어지기도 전에 갑자기 물기 머금은 바람이 불어오기 시작했다. 불안한 마음에 반대쪽을 바라보자 멀리서 부터 먹구름이 몰려오는 것이 아닌가. 지난 한 달 중 며칠 동안 비가 온 적은 있었지만 오늘의 구름과 바다는 심상치 않았다. 심지어 멀리 보이는 구름 속에선 뇌우도 보이기 시작했다.

점차 심해지는 바람과 비를 바라보며 이반은 어떻게든 반대 방향으로 키를 잡으며 태풍으로부터 벗어나려고 했지만 결국 얼마 안 돼서 태풍의 범위에 들어서기 시작했다. 좀더 강한 비바람이 몰아치고 배가 흔들려 나는 그만 균형을 잃고 말았다. 나는 배가 기울어진 쪽으로 굴렀다. 굴렀다고 하지만 사실은 거의 날아갔다고 해도 될 정도였다.

"쿵!"

어딘가에 머리를 부딪혔다고 생각된 순간 나는 그만 정신을 잃었다.

얼어 죽을 것 같은 지경에 놓이자 본능적으로 눈을 떴다. 폭풍에 휘말려 처음에는 정신 차리지 못하는 게 대수지만 처음부터 나는 정신이 번뜩 들었다. 얼마 전 일어났던 일들을 떠올렸기 때문이다.

'아, 얼마 전이라 하면 안 되려나? 며칠이 지난 지도 모르잖아.'

그리고 어디인지도 모르는 상태이기도 했다. 그러던 갑자기 뒤통수가 아파오기 시작했다. 처음은 꼼짝도 못하는 고통이었지만 시간이 지나고 뒤통수에 손을 갖다 대 피가 났다가 굳어져 있다는 사실을 알 수 있었다. 아마 모서리에 머리가 가로로 찍힌 듯했다. 피가 타고 내려와 셔츠까지 젖어 있었다. 바닷물과 피로 젖은 옷 때문에 더 추운 것 같았다.

"이런, 젠장"

나는 셔츠를 벗어 급히 물기를 닦아냈다. 바닷물은 추위 말고도 상처도 더 아프게 하는 것 같았다. 문득 적막함 속에 주위를 둘러보았다. 하지만 나 말고는 아무것도 없었다. 그냥 쭉 펼쳐진 바다밖에 보이지 않았다

"이반은 어떻게 되었을까?"

궁금함을 뒤로한 채 나는 불을 피워야겠다고 생각했다. 추워 죽을 것 같았기 때문이다. 불을 어떻게 피워야 할지 고민했지만 다행히도 이곳에는 나무가 많았다. 나무를 잘라 불을 피우기 시작했지만 손쉽게 불이 붙지는 않았다. 숨을 크게 몰아쉬고 필사적으로 불을 붙이기 시작했다.

얼마간의 시간이 흘렀을까? 손이 저려왔지만 동시에 연기가 피어 올라오기 시작했다. '조금만 더하면 된다. 조금만 더 조금만……' 결국 마른 풀을 갖다 대니 불이 피어오르기 시작했다. 힘은 들었지만 따뜻했다. 가장 큰 고비였던 추위가 해결됐다. 자연스럽게 두 번째 고난이 발생했다.

나는 심각하게 배가 고팠다. 아사할 것 같은 기분이 들어 나는 바닷가로 뛰어들어가 무작정 바닷물을 마셨다. 짜고 쓰기도 했지만 눈에 뵈는 게 없었다. 어느 정도 마신 뒤 겨우 제정신을 차렸다. 나는 구역질이 났다. 바닷물이 식도까지 올라와 마셨던 것들을 전부 토해냈다.

"욱…… 욱 우에엑."

나는 몸을 녹이고 먹을 것을 찾아야 한다고 생각했지만 마음과 달리 몸이 말을 듣지 않았다. 그렇게 나는 눈이 감기고 잠들었다.

다음날 내가 일어났을 때는 해가 수평선에서 떠오르고 있었다. 자고 일어났는데도 불은 타오르고 있었다. 나는 불을 끄고 자리에서 일어났다.

전날 돌아다니면서 지리를 알아뒀기 때문에 숲 밖으로 나갈 수 있을 것 같은 길을 찾아뒀다. 그러나 몸을 움직이려 하니 몹시 배가 고팠다.

"이곳에선 먹을 것을 찾을 수 없겠군."

나는 식량부터 찾아야겠다고 생각했지만 이 근처에는 당연히 없었다. 그렇다고 숲 속에 들어가 찾아보기란 쉽지 않은 문제였지만 일단은 갈 길이 없으니 들어가 보기로 했다. 숲 속에는 벌레들이 우글거렸다.

"오. 이곳은 왜 이렇게 벌레들이 많은 거야?"

라고 말하며 나는 벌레들을 피해갔다. 나는 벌레들이 징그럽게 생겨서 싫어한다. 사실 싫어서 피하기보단 무서워서 피한다. 내 친구들이 벌레들한테는 훨씬 큰 네가 더 무섭다고 말하지만 나는 그래도 무섭다. 그리고 얼마 전 들은 얘기로 벌레들까지 먹는 사람들이 있다는데 아무리 배가 고파도 벌레들은 안 먹겠다고 다짐했다. 온갖 잡다한 생각을 하고 난 뒤 문득 그녀에게 받았던 통조림이 기억났다. 다급하게 재킷 주머니를 뒤져보니 작은 통조림 한 개가 들어 있었다.

"그녀는 천사임이 확실해!"

오른팔이 떨려오고 내 의사대로 움직이지 않았지만 배고픈 마음에 통조림을 순식간에 따고 입에 털어 넣었다. 이때까지 먹었던 음식들 중 가장 환상적이었다. 어쩌면 배가 고파서 그랬는지는 몰라도 일단은 담백하고 맛있었다. 한 번도 보지 못한 비상한 통조림을 전부 먹고 나니 배가 꽤나 두둑해졌다. 기운이 나기 시작해 그렇게 한참을 걸었다.

걷고 또 걸으니 사람들이 모여 사는 마을이 보이기 시작했다. 너무나 기쁜 마음에 나는 서둘러 뛰어갔다. 마을에 다다르자 나오는 완전히 다르게 생긴 웬 사람이 말을 걸어왔다.

"이게 뭐시당가? 요놈 아까 봤던 놈이랑 똑같이 생겼구먼."

알 수 없는 말이었다. 하지만 따라와보라는 듯한 손짓을 하는 듯해 보여 나는 그에 응했다. 그를 따라가자 내 친구 이반이 있었다. 나는 만나자마자 흥분해서인지 여러 질문을 한꺼번에 쏟아냈다.

"진정해 미하일. 흥분하지 말고 한 개씩 물어봐."

"이봐 이반. 내가 진정하게 생겼나?"

이반은 폭풍우 속에서도 잘 버티다가 내가 의식을 잃는 것을 보고 자신도 겨우 버티다가 정신을 잃었다고 한다. 처음 정신을 차렸을 땐 이곳 사람들이 그물에 걸려 올라온 자신을 돌봐주고 있었다고 한다.

이반의 이야기를 듣고 나서 나도 여기까지 어떻게 오게 된 것인지 자초지종을 설명했다. 그러자 친구는 놀라는 눈치였다. 우리의 이야기가 끝난 것 같은 분위기를 기다렸다는 듯이 나를 데려온 이가 입을 열었다.

"둘이 한 배를 탔었는가? 다른 사람들은 없었고?"

나와 이반이 얘기를 나누는 동안 마을 사람들은 점점 모여들었다. 아까 나를 데리고 온 사람이 말을 걸었지만 알아들을 수는 없었다. 우선은 배가 너무 고팠다. 말을 통하지 않지만 마을 사람들에게도 우리의 허기짐이 보였는지 그들은 낮고 작은 테이블에 음식을 가지고 왔다.

"입에 맞을랑가 모르겠네. 죽을 좀 쑤었응게, 좀 먹어들 보더라고."

하얀 수프를 보자 앞 뒤 안 가리고 허겁지겁 입에 넣었다. 하지만 굉장히 뜨거워 그제야 정신이 들었다. 천천히 식혀가며 먹자 뭔가 쫄깃한 것도 있고 고소한 맛도 났다.

허기가 채워지고 몸이 따뜻해지자 주변이 보이기 시작했다. 작은 방에 나무로 만들어 종이를 붙인 문이 있었다. 그리고 침대가 없이 바닥에 앉거나 눕는 것 같았다. 따뜻한 바닥에 저절로 눈이 감겨왔다.

얼마간이나 잤을까? 눈을 뜨자 이반이 보이지 않았다. 낮은 문에 머리를 한번 부딪히고 밖으로 나오자 이반이 한쪽에서 온몸으로 대화를 하려고 애쓰는 모습이 보였다. 그 모습이 우스꽝스럽기도 하고 안쓰럽기도 해서 웃음이 나왔다. 마을 사람들은 우리를 따뜻하게 대해 주었다. 하얀 옷이며 선한 표정은 마음을 놓게 해주었다. 여기가 어디쯤일까? 궁금했지만 말이 통하지 않아 답답했다.

며칠이 지나자 이곳 사람들이 먹는 음식을 조금씩이나마 알 수 있게 되었다. 여기선 맑은 수프를 바꿔가며 먹는다. 가장 신기한 음식은 '김치'라고 부르는 음식이었다. 맵기도 하고 묘한 생선 맛도 나면서 뭔가 절인 맛이 났다. 붉은 칠리를 갈아 넣은 것 같아 보였다. 내가 이것저것 잘 먹는 걸 본 마을 사람들은 여러 가지 음식을 끼니마다 갖다 주었다.

"이 냥반은 우덜 음식이 묵을 만 한가버."

"근디, 또 한 냥반은 우째 묵는 게 션치 않네."

"글게. 입에 안 맞는가?"

이반은 나와는 달리 음식 때문에 좀 힘들어 했다. 난 요리사답게 새로운 음식을 보면 당연히 먹어보고 그 맛을 내는 방법을 배우고 싶어했다. 그리고 말은 통하지 않지만 내가 먹는 요리들의 이름은 대충 알아 들었다.

맛있게 먹다 말고 수프 안의 재료들을 뒤적이자 나의 마음을 아는지 모르는지 음식을 가져다 준 젊은 여자분이 웃으며 말했다.

"또 뭣이 궁금해서 저런다. 어여 들기나 하소."

"뭐여? 이게 제일 맛있는 건디 역시 맛볼 줄 아는구먼! 이건 뜸부기 국이란 건데 고기를 삶아서 기름기를 제거하고 잘 건조한 뜸부기를 넣어 만드는 것이여. 그래가지고 푹 끓이면 끝이여. 간단하제?"

열심히 따라 해 봤지만 말을 못 알아들으니 진땀이 났다. 그래도 내 모습이 싫지는 않았는지 몇 번이고 처음부터 다시 알려주었다.

처음 주방에 들어가는 것이 힘들었다. 여긴 주방에 여자들만 들어가는 듯했다. 나와 이반이 좁고 어두운 주방에 들어가려 하자 한바탕 소동이 일어났다. 결국엔 바깥에 준비를 하고서야 요리를 볼 수 있었다.

"늦었으니 이만 내일 하게나."

그 소리를 듣고 나서야 밤이라는 것을 깨달았다. 밤이 되어도 이곳은 그리 춥지 않다. 마을 사람들의 말을 들어봤을 때 이곳은 '진도'라는 곳인 듯하다. 이곳의 밤은 정말 불빛이 거의 하나도 없는 어두컴컴한 밤이었다. 그러나 결국 나는 뜸부기 국을 완성시키지 못했는데, 이반은 나의 실패작 뜸부기 국을 맛보기 시작했다.

"나는 내가 요리에 재능이 있다는 줄로만 알고 있었는데 이렇게 실패하니 자신이 없어졌어."

"미하일, 하루 만에 터득하는 건 천재도 못해."

"이곳 요리는 뭔가 다른 게 있어. 똑같이 따라 했지만 다른 맛이 나거든."

"흠, 난 맛있는데?"

무엇이 잘못 되었을까? 혼잡한 마음에 술 한잔이 생각났다. 이곳에 와서는 두 가지 술을 만났다. '막걸리'란 술과 '홍주'라는 술이었다. 오늘은 홍주가 더 좋을 것 같다. 이반과 홍주를 마시기 시작하는데 마을 분이 뭔가를 들고 나왔다.

"홍주에는 간재미 무침이 있어야제."

따뜻한 웃음 속에 들고 나온 음식은 빨간 외양에 새콤한 냄새가 났다. 익히지 않은 생선살에 야채가 들어간 요리였다. 입안에 들어가자 김치보다 매운 맛에 깜짝 놀랐다. 코를 톡 쏘는 맛은 김치의 매운 맛과는 달랐다. 하지만 이내 냄새만큼이나 새콤하고 단맛이 배어나왔다. 먹을 수록 전해지는 강한 향이 매운 느낌을 참고 계속 먹게 만들었다. 어느덧 요리와 홍주는 바닥이 나고 나와 이반은 그대로 깊은 잠 속으로 빠져 들어갔다.

다음날, 눈을 떠보니 웬일인지 머리가 아파오지 않고 오히려 개운했다. 술 마시고 난 다음날이면 항상 아파오던 머리가 깨끗한 것이 신기했다.

오늘 아침 수프는 평소와 다르게 이반과 나 사이에 약간 큰 그릇 하나에 나왔다. 역시 생선이 들어간 모양인데 하얀색이 나고 있었다. 고소하면서도 개운한 맛이 났다. 뱃속도 머리도 개운하게 만들어주는 맛은 어떤 두통약보다도 좋았다.

"미하일, 이제 우린 돌아갈 방법을 찾아봐야 하지 않을까? 이러다 영영 못 돌아가는 것 아닐까?"

"글쎄? '진도'라는 곳이 어디쯤 인지도 모르는데 돌아갈 수 있을까?"

"요새 내가 자네를 봤을 땐 이곳이 좋은 것 같아. 돌아갈 마음이 있긴 해?"

"……."

하긴, 고향의 매서운 추위와는 다른 따뜻한 날씨에, 요리사의 혀를 자극하는 새로운 맛의 음식에 인심 좋은 사람들이 모여 사는 이곳이 마음에 든 건 사실이다. 지루하지 않은 전혀 새로운 맛의 세계는 모험심을 자극하는 묘한 매력이 있었다.

어차피 시간은 많으니 좀더 느긋하게 이곳에 있어볼까? 하는 마음이 불현듯 들었다. 언젠가는 고향에 돌아가겠지. 하지만 지금은 아니다.

낯선 곳에서
바다로, 고향으로
다시 돌아갈 날을 정하지 않은
정박의 자유를 누리다

진도의 고유한 식재료

진도는 우리나라에서 세 번째로 큰 섬으로 한반도의 서남부에 위치하고 있어 기온과 수온이 높은 편이며, 바다로 둘러싸인 섬이면서도 비옥한 농토를 지닌 탓에 수산물과 농산물을 두루 이용할 수 있다는 장점을 지닌다.

본섬 외에도 45개의 유인도와 185개의 무인도를 포함하여 약 230개의 섬으로 이루어져 숭어, 삼치, 병어, 조기, 간재미(가오리 새끼) 등 해수어류와 꽃게, 새우 등 갑각류를 식생활에 쉽게 이용할 수 있는 지리적 조건을 갖추고 있다.

진도에서 어획되고 있는 주요 수산물의 하나인 간재미는 우리나라 서해안에서 주로 잡히는데 진도군 진도읍 청룡리 서촌에서 나는 것이 가장 맛이 좋기로 유명하다.

간재미를 말려서 굽거나 찜으로 먹기도 하나, 주로 회로 즐겨 먹는다. 간재미회는 간재미를 얇게 저며 막걸리에 씻은 다음 무, 오이, 미나리 등의 야채와 함께 초고추장 양념에 버무린 초회의 일종이다.

간재미회를 만들 때 간재미를 막걸리로 씻는데, 이렇게 하면 막걸리의 알코올과 유기산이 간재미의 살을 이루고 있는 단백질 일부를 응고시키므로 꼬들꼬들한 질감이 더 강해진다.

신안군, 해남군, 목포시 등 진도군 주변 지역이 홍어를 즐겨먹는 것과는 달리 간재미가 많이 나는 진도지역에서는 홍어회보다 간재미회를 더 즐겨 먹는다.

출처 : 디지털진도문화대전-허련
그림 출처 : 테이스티로드

청정 바다에서, 육지보다 풍부한 영양의 평원에서 자라는 강건한 식재료들

음식은 몸이다. 건강한 음식은 건강한 삶이다.

진도의 해산물 중 가장 인상적인 것은 뭐니뭐니해도 역시 전복일 것이다. 씨알 굵고, 탄력 넘치는 씹는 맛이 일품인 진도산 자연 전복은 바다의 풍미가 무엇인지 가장 먼저 알게 해주는 잊을 수 없는 식재료다. 건축물이나 예술품 중에는, 평생 한번은 반드시 경험해 보아야 할 것들의 리스트가 있게 마련인데 진도의 전복은 먹거리 중에서는 최상위급의 리스트에 가히 들어갈 만하다고 하겠다.

흔히 전복은 죽을 끓여 먹는다고 생각하기 쉽지만 회나 구이 등 자연의 맛을 그대로 느낄 수 있는 조리법이 더욱 풍미를 살린다. 자연간이 그대로 배인 전복을 살짝 구워 먹으면 달큰한 육즙과 단백질 특유의 고소함을 모두 즐길 수 있어 좋다.

홍해

박중헌

진도의 명주,
홍주가 고려시대 몽고군을 통해 들어왔다는 유래를
국경을 넘은 사랑과 우정으로 해석한 이야기.

　내 이름은 홍해(泓海). 아버지는 나보고 붉은 바다처럼 뜨거운 마음과 깊은 생각을 하라고 늘 말씀하신다. 사실 홍해란 이름이 그리 맘에 들지는 않지만 아버지가 항상 내 이름이 예쁘다고 하셔서 그냥 좋은 이름이라고 생각하기로 했다.

　우리 아버지는 군졸이시다. 군졸인데도 매일같이 어디 안 나가고 집에 계신다. 군졸이 맞는지 잘 모르겠다. 지금까지 살아오면서 아버지가 열심히 일하는 모습을 보진 못했지만, 나와 동생 정해만큼은 애틋하게 챙겨 주셨다. 그런데 어머니가 돌아가신 후에는 충격이 크셨는지 하루하루를 힘없이 지내시고 매일같이 술로 마음을 달래셨다. 엄마 없이도 잘만 사는 우리들이 원망스러웠는지 가끔씩 꼴도 보기 싫다며 집에 안 들어오시곤 했다.

　그러던 어느 날 아침, 눈도 못 뜰 정도로 잠이 덜 깬 정해를 앉혀놓고 조금이라도 먹이려 무밥을 끓이고 있었다. 밥이래 봐야 쌀은 거의 안 보이고 무만 가득한 것이기는 하지만. 안방에서 부스럭거리는 소리가 들렸다. 조심스레 들어가 보니 아버지가 짐을 싸고 계셨다. 또 집을 나가시려나. 날 못 본 척하고 묵묵히 짐을 싸는 아버지의 얼굴을 뚫어져라 쏘아보았다.

"또 나가시게요?"

"삼별초라는 군대를 따라갈까 하고. 당분간 네가 정해 좀 돌봐야겠다."

"군대라니, 무슨 바람이 들어 뜬금 없는 군대래요? 그런 그렇고, 누가 쳐들어 오기라도 했어요?"

"몽곤지 원나란지 뭐, 그렇다더라. 웃쪽 강화도에 일이 터져서 거기까지 가려 면 몇 달은 걸어가야 할 거 같던디."

"전쟁이라도 났단 말이에요? 뭔 일로. 진도 섬사람까지 불러들인대요?"

"그거야 뭐, 병사란 것이 많을수록 안 좋겠냐. 내가 한 싸움 하니까. 허허. 거 기 가서 장군이 될 지도 모르지."

"나 참. 아무려면요. 빨리 돌아오세요. 정해도 돌봐야 하니까."

"그럼 당연하지. 금방 돌아오마."

말이 끝나자마자, 아버지는 뭐가 그리 급한지 뒤도 안 돌아보고 가셨다. 정해 와 나 둘이서 어떻게 살지 막막하기도 했지만 그보다 원망스러웠던 것은 아무 것도 해줄 생각이 없어 보였던 아버지의 모습이었다. 그때 이후로 몇 년간 아 버지를 보지 못했다. 살아 계신지, 돌아가셨는지조차도 알 길이 없었다.

돈도 없고 기댈 사람도 없는 나였지만, 왠지 모르게 마음이 편했다. 딱히 옆 에 누가 없어도 정해와 함께라면 살아갈 수 있을 것만 같았다. 먹을 거나 돈이 나 그런 거쯤이야 주변에서 이리저리 얻으면 어찌 될 줄 알았다.

하지만 얼마 가지 않아 내가 어리석었다는 걸 아주 뼈저리게 느끼게 되었다. 쌀통은 바닥이 난 지 오래고, 먹기 싫은 채소라도 있기만 하면 어떻게 해서라 도 먹어보려고 했지만, 바닥이 났다. 쌀은커녕 보리만이라도 구할 가능성은 전 혀 없어 보였다. 하긴, 일을 해야 뭐라도 나오지, 정해 챙기랴, 집안 챙기랴 그 것만으로도 쉽지 않았다. 하필 정해도 한창 클 때여서 그런지 매일같이 배고프 다며 악을 써댔다. 먹을거리조차 없는 힘든 처지 때문인지, 옆에서 칭얼대는 정해 때문인지 알 수 없었지만 화가 나 속이 터질 것만 같았다.

결국 쓸데없는 자존심 때문에 나는 먹는 것을 포기해 버렸다. 살기 위해 먹어 야 하는 그런 심각한 상황인데도 남에게 손을 내밀어 아쉬운 소리를 해가며 얻 어먹는다는 게 너무 굴욕적이었다. 그렇게 한동안을 굶다 보니 몸이 점차 축나는 것이 느껴지고, 이러다 정말 쓰러질 것 같은 기분이 들었다.

날이 갈수록 지쳐갔다. 너무 굶어 그렇게까지 힘이 들어도 자존심을 미처 포기하지 못하고 결국 정해를 구걸시키기로 결정했다. 구걸하는 그 순간에도 먹을 게 없어서 왔다는 말은 한마디도 하지 않았다. 단지 어린 정해를 앞세우고 조용히 기다릴 뿐이었다. 스스로 생각해도 한심한 짓이다. 원래 어르신들이 어린애들만 보이면 보이는 대로 있는 건 다 퍼주려고 하시다 보니 사정을 설명할 틈조차 없기는 했다. 단순히 감사히 생각하면 될 것이었지만 나는 어른들을 이용하고 있다는 쓸데없는 생각에 빠져 혼자서 죄책감이란 죄책감은 모조리 다 느꼈다.

다행히 마을 분들은 정해를 귀엽게 봐주셔서 전 하나를 부쳐도 한 판을 다 주곤 하셨다. 어디든지 주기만 하면 주는 대로 허겁지겁 먹어대는 정해 옆에서 나는 애써 참으려고 했지만, 옆에서 어른들이 왜 안 먹냐며 입에 넣어주려고까지 하시는데 먹지 않을 수가 없었다. 얻어먹는다는 게 너무나도 싫었지만, 이대로는 쓰러질 거 같아 조심스레 한 입씩 먹곤 했다. 직접 안 받았다고 먹는 걸 꺼려하는 내 스스로가 너무 한심하다는 생각이 계속 머리에 맴돌았다. 내가 자초한 정말 처절한 순간이었다.

그렇게 또 몇 년이 흘렀다. 인심 좋은 마을 어른들도 이제 귀찮고, 성가실 때가 됐건만, 여전히 당연하다는 듯 우리를 친자식처럼 애틋하게 챙겨주셨다. 이쯤 돼서는 자존심이고 뭐고 다 필요 없었다. 그분들에게 너무나 감사할 따름이었다.

아버지의 빈자리가 잊혀져 갈 무렵, 삼별초가 진도로 패주하고 있다는 소식이 들려온다. '삼별초'라니. 우선은 진도로 전쟁의 기운이 몰려오는 듯해 무서운 마음이 들었다. 하지만 무서운 마음보다는 아버지에 대한 걱정이 더 컸다. 삼별초는 아버지가 제 발로 걸어 들어간 군대가 아닌가. 간접적으로라도 아버지 소식을 들은 것 같아 한편으론 반가웠지만 다른 한편으로는 두렵기도 했다.

'참을성 없는 양반이 아직 군대에 계시려나.'

'설마 돌아가신 것은 아닐까?'

'소식이라도, 전언이라도 띄워주면 어디 덧나나.'

물론 인편이 아니고서는 소식을 전하기가 쉽지 않다는 건 잘 알고 있었고, 아버지의 어쩔 수 없는 사정이 있을 것이라는 점도 이해가 갔지만, 몇 년을 못 본 채 살아와서 그런지 다시 돌아온다고 해도 함께 살아갈 수 있을지 두려움이 앞섰다. 아버지 그리고 정해와 나, 우리들은 이미 서로 너무나 멀어져 있었다. 그렇지만 아버지가 아닌가. 아무래도 한번쯤은 찾아보기는 해야 할 것이다.

삼별초가 내려온다니 아버지를 만나게 될, 혹은 소식을 듣게 될 일말의 가능성이 생겨났지만, 그렇다고 해도 아버지를 어디서 어떻게 만날 수 있을지는 여전히 의문이었다. 진도 안에 있다고 다 만날 수 있는 것이 아니다. 진도는 빠른 걸음으로 걸어도 사흘은 잡아야 섬 둘레를 한 바퀴 돌 수 있을 정도로 큰 섬이다. 내 걸음으로 어느 세월에 섬의 전역을 돌 수 있을 것인가. 산세도 수월하지만은 않아서 깊이 숨어들면 찾을 길은 막막했다. 내 머릿속에서는 혹시 만날 수도 있으니 집으로 돌아오신다면 드릴 먹을 거라도 미리 챙겨둬야 하는지, 우리 먹을 것도 부족한 상황에서 여분을 어디서 구할지까지 미리 떠오르고 있었다. 어쨌든, 나의 마음속은 어느 순간 의도치 않게 아버지를 만날 기대로 가득 차 있었고, 덩달아 정해도 기억도 나지 않는 '아버지'를 만난다는 말에 들떴다. 전쟁이고 뭐고 몇 년 만의 가족 상봉인가.

정해를 낮잠 재우고 나서 한숨 좀 돌리려 방바닥에 드러누웠다. 그러다 문득 떠나기 전, 아버지의 모습이 머릿속에 그려졌다. 어머니가 돌아가신 직후에도 다음날 아침만 되면 우리들을 위해 알아서 밥상을 차리던 아버지. 그걸 우리는 너무나 당연하게 생각했던 것은 아닐까. 그러고 보니 나는 돌아가신 어머니에게, 심지어 우리를 거두어 주신 아버지한테도 뭐 하나 해드릴 기회가 없었다. 문득, 이번 기회에 아버지께 밥 한 끼라도 차려드리고 싶은 마음이 솟구쳤다.

평소엔 끼니를 얻으러 갔던 이웃 어른들에게, 이번엔 음식 재료만을 얻으러 갔다. 맛있든 맛없든 직접 차려드려 아버지께 내 진심을 보여드리고 싶었다.

"아주머니, 계세요?"

"오메. 느그들 깜빡할 뻔했다. 찾아와서 참말로 다행이다."

"뭘요? 근데 저…… 고기랑 야채를 조금이라도 얻을 수 있을까요? 울 아버지가 곧 돌아오실 것만 같아서요. 오랜만에 집에 돌아오시는 거니 밥 좀 차려드리려고요."

"느그 아버지가 그 누구냐…… 삼별초 뭐시기 때매 갔제?"

"네, 뭐. 삼별초 군이 지금 진도로 오고 있다면서요?"

"그러니 큰 일이제. 지금 저- 기 몽고한테 쫓기고 있다는디야. 시방 지금 이러고 있을 때가 아니여. 거의 다 왔단다. 벌써 바다를 건넌 모냥이니까 다같이 언능 도망가야 혀."

"네. 네? 그렇게 급한 거였어요?"

"음, 몰랐나보구면. 몽고놈들이 조정에 삼별초를 내주라고 했다네. 그래서 개경으로 돌아오라고 했드만. 근데 이제 삼별초가 이 말을 무시한 거제."

"그럼 지금 몽고군도 따라오고 있겠네요?"

"몽고만 올 줄 아냐. 울 나라 군대까정 연합해서 쫓아오고 있단다. 몽고랑 이미 한 패가 되어 브렀지. 내가 어이가 없어서…… 같은 백성들끼리 이게 뭐하는 짓이여."

"하…… 큰일이네."

"빨리 가잔께. 우리 이러다 다 죽어."

아버지를 그리워하던 와중에도 뭔가 불안한 마음이 올라왔던 이유를 알았다. 아버지를 만난다는 생각으로 들떠 있었던 내 모습이 너무도 어리석게 느껴졌다. 모두 내 착각이었다. 갑자기 두려워지기 시작했다. 아버지는 살아 계신 걸까.

당장 군대를 피해 도망을 가야 한다니 한탄할 시간 따위는 없었다. 이미 삼별초가 벽파진에 들어왔다고 했다. 당장 뭘 해야 할지 떠오르지가 않았다. 머리가 하얘졌다.

내가 사는 이곳 진도에서 벌어지고 있는 일을 이제야 알았으니, 허무하기 짝이 없었다. 시간은 계속 흐르고, 용장산성 부근에서는 피 터지는 접전이 시작됐다는 소문이 돌았다. 나는 마을 주민들과 함께 거의 반대편까지 피해 있었다. 산 너머 저 멀리 무슨 일이 일어나고 있는지 제대로 알 수 없어 답답해 죽을 지경이었다.

정해와 같이 아버지를 고대하던 시간이 무색해졌다. 지금 우리가 할 수 있는 거라곤 저기 어딘가에서 싸우고 있을 아버지를 살아남으라고 응원하는 일 뿐이었다. 그러고 보니 아버지도 그렇고 거기 군인들은 지금 어떻게 끼니를 때우고 있을지 걱정이 됐다. 진도 사람들이 없는 식량이나마 나눠 주고 있다고는 하지만, 지금은 많은 이들이 치열한 전투지에서 정반대 방향에 멀리 놓인 임이 바닷가까지 대피한 상태라 남아 있는 진도 사람 자체가 많지 않을 것이다.

아버지의 안위에 대한 궁금함과 걱정이 더해 더 이상 참을 수 없는 지경까지 왔다. 어쩐지 아버지가 돌아가실 것만 같았다. 마을 사람들이 말린다 해도, 내가 죽는 한이 있더라도, 당장 무서운 전장에서 죽을 위험에 처한 아버지를 찾아야 한다고 믿었다.

무슨 생각이었는지 모르겠다. 아직 어린 정해의 팔을 붙잡고는 용장산성 방향으로 냅다 뛰었다. 붙잡는 어르신들을 뿌리치고 달리고 있는 내 모습이 낯설게 느껴졌다. 여기저기서 목소리 낼 힘도 없는 어르신들까지 소리를 질러댔다.

"야아! 너희들 그러다 죽어! 어서 돌아와!"

한참을 뛰다 보니 나도 모르게 숲 속으로 들어왔다. 너무 힘들어 그대로 주저 앉았다. 너무 급하게 뛰어오다 보니 동생 정해가 옆에 있는지도 몰랐던 것 같다. 웬일인지 아무 말 없이 잘 따라온 정해가 갑자기 꺽꺽 울어댄다. 정해가 나에게 건넨 첫 마디는 나의 가슴속을 파고들었다.

"누나…… 우리 아버지 볼 수 있는 거지?"

"그럼, 당연한 걸 가지고."

어린 나이에 수많은 시련을 겪었는데도 이렇게 잘 크고 있는 걸 보면 정말 대견스럽다. 그래서인지 더더욱 정해가 걱정되고 안쓰러웠다. 혹여나 아버지의 존재마저 잊어버리고 외면하면 어쩌나 하는 생각도 들었는데, 기우였다. 누나의 마음이 옮겨갔는지 정해도 아버지를 깊이 걱정했다.

그나저나 진도의 바닷바람은 섬 내륙까지 깊이 파고드는 힘을 지녔지만 오늘 따라 바람이 더욱 거세게 분다. 이런 날씨에 뛰어다니다 보니 머리까지 지끈거린다. 더욱이 벌써 밤이 되었다. 점심도 건너뛰어서 배고픔이 몰려 왔다. 아까

뛰쳐나오기 전 미리 챙겨둔 떡을 꺼내 정해 먼저 한 입을 물렸다. 정해 역시 하도 울어대서 그런지 한 입 가지곤 안 될 것 같았다. 나도 무지 배고팠지만, 내가 먹을 것은 이미 포기해야 했다.

갑자기 머리가 심하게 아파왔다. 아까보다 더 심해져 살짝 움직이기만 해도 고통스러웠다.

"누나, 어디 아파? 누나 아프면 안 돼."

항상 보살핌만 받아온 정해가 어느새 나를 걱정해 주고 있다. 그런 정해의 모습이 더 안타까워 마음이 복받쳐 올랐다. 그래서인지 열이 오르기 시작해 견딜 수가 없었다.

털썩.

나도 모르게 쓰러졌다. 정신을 잃었다기보단 손 끝 하나 움직이기도 힘들었다.

그 순간 갑자기 저기 너머에서 웅성대는 소리가 들렸다. 얼른 달려 온 거리를 따져 보았다. 하루 종일 어린 정해와 길을 질러 왔으니 이쯤 되면 용장산성 주변일 수도 있을 것 같았다. 설마 했는데 역시나. 두려움에 온갖 힘을 짜내어 산 등성이를 넘었더니 시야가 트였다. 얼마 가지 않아 바로 산성이 보였다.

혹시라도 누군가 나와 정해를 눈치채면 바로 죽일 게 뻔했으니. 조금 겁이 나 반대쪽을 향해 살금 거리며 돌아가고 있던 찰나에, 나의 변화를 느끼고 덩달아 숨죽이고 있던 정해가 재채기를 해버렸다. 갑자기 불빛이 이쪽으로 향했다. 몽고군이었다. 얼른 정해를 안고 몸을 굴려 비탈 밑의 구석에 몸을 숨였다. 다행히 군인들이 우리를 알아보지 못하고 다 지나쳐 가 구석진 곳에서 정해의 머리를 가슴에 안고 쓰러져 있었다.

얼마나 지났을까. 온 힘을 집중해 질끈 감은 눈을 살그머니 떠보았다. 그 순간, 눈 앞에 몽고군 병사 한 명의 얼굴이 나타났다.

'아버지, 나 이대로 죽는가 보다.'

이제 도망가고 싶다 해도 갈 수 없는 상황에 처해 버렸다. 몽고군과 얼굴을 맞대한 그 순간, 소스라치게 놀라 심장이 떨어진 줄 알았지만 머리가 욱신거리고 기운이 빠져 있어 놀란 기색도 내지 못했다. 그대로 쓰러져 있었다. 당장 눈 앞까지 다가온 그는 날 죽일 게 뻔했다. 죽을 위기인 와중에도 나는 그의 얼굴을 주시했다. 나와 비슷한 또래 같았다. 이 상황에서 그렇게 쳐다봤는데도 그는 아무런 반응도 움직임도 없었다. 아무래도 아프다 보니 눈이 풀려 처량해 보였나 보다. 동정심으로 날 내버려두고 있는 걸까.

그나저나 좀 이상하다. 전쟁에서 만난 적 치고는 뭔가 기운이 온순하다. 왜 이런 기분이 드는 걸까. 역시 적군을 발견하고 아직까지도 겁에 질려 있는 정해를 보더니 몽고군이 정해에게 다가섰다. 어린 정해가 다칠 수 있는 상황인데도 불구하고 어쩐지 위기 의식이 들지 않았다.

적막이 흐르다 그가 말을 걸었다. 내가 아닌 정해에게.

"너희 누나야?"

'피식'

나도 모르게 웃음이 나왔다. 그래도 내 생애 처음 본 외국 사람인데 이국적인 분위기는커녕, 얼굴도 내 친구를 닮아가지고선 심지어 우리말을 하는 것이었다. 내가 아까부터 분위기 파악을 못하고 있는 걸까. 아닌 거 같았다. 그는 날 미소 띤 얼굴로 쳐다볼 뿐이었다.

"응. 우리 누나야."

"혹시 지금 아파? 힘들어 보여."

"아까부터 머리가 아프대. 쓰러질 거 같아서 무서웠어."

그나저나 왜 이 사람만 여기 남아 있을까 하는 생각과 동시에 아버지가 떠올랐다. 지금 눈 앞에 있는 그가 아버지의 목숨을 위협하는 한 패라고 생각하니 소름이 돋았다. 그렇지만 알 수 없는 이유로 그가 사람을 죽일 사람이 아니라는 믿음이 들었다. 아픈 사람을 이리 걱정해주는 사람이 사람을 죽일 수 있을까. 그를 의심할 마음의 여유도 없었다.

"이거…… 술이긴 한데 마시면 좀 덜 아플 거야. 좀 마셔봐. 기운이 나."

"처음부터 나한테 묻지 그랬어. 정말 무서웠는데."

"아, 미안. 또래한테 말 걸기는 좀 부끄러워서……."

"그렇구나…… 일단 마셔볼게. 고마워."

막상 처음 보는 걸 들이대니 거부감이 들었다. 그래도 성의를 무시할 순 없어 한 입 들이켰다. 넘기려는데 목에 뜨거운 불이 붙은 것처럼 따가웠다. 술이 내려가면서 식도로 흔적이 남는 것 같았다. 다 마시기도 전에 그 위력은 온몸으로 퍼졌다. 보통 술은 아니었다.

"으엑. 이거 뭐야. 왜 이리 독해."

"하하……. 우리나라 어른들도 잘 못 마셔. 웬만한 애주가 아니면 필요할 때에만 마시지."

"근데 준 거야? 나 술 마셔본 적 없어. 죽는 줄 알았네."

"아이고, 좀 무리였나. 일단 움직이자. 여긴 위험하니까."

"군인들 지금 주변에 있어?"

"물론. 이 근방에 깔려 있어. 너 하마터면 큰일 날 뻔 했어. 그나저나 몸은 어때?"

"좀 기운이 나는 거 같아. 아직도 열이 높아서 가만히 있어야겠어."

"기운이 난다니 다행이다. 원래 이 술은 열이 있을 때 마시면 안 좋긴 한데, 기운이 너무 없어 보이니 마시라고 한 거야."

마신 지 얼마나 됐다고. 벌써 효과가 나올 리가 없는데 말이다. 아픈 모습만 보여 좋을 거 없으니 괜찮다고 둘러댔다. 그러고 보니 서로에 대해선 아는 것 하나 없고 제대로 이야기를 나눈 것도 없었다. 계속 말은 이어갔지만 그 와중에 서로 뭐라고 불러야 할지도 어색하고 막막했다. 나는 문득 그가 궁금했고, 그도 날 궁금해 할 거라고 마지못해 장담했다. 내가 먼저 물었다.

"근데 너 이름이 뭐야?"

"바타르…… 너는?"

"홍해. 아, 믿기지가 않아. 바타르라는 애가 우리말을 쓰고 있어."

"왠지 부끄럽네. 아버지가 고려 분이셔서 어릴 때부터 배워왔어."

"그랬구나. 그나저나 너는 안 돌아가 봐도 되나?"

"슬슬 가야지. 저기 불빛 보이네. 우리 군이 다 돌아가고 있나 봐."

"그래. 이러고 있다 걸리면 큰일 나겠어."

"별 상관없어. 난 그냥 여기 사람들을 돕고 싶을 뿐이야."

"어? 무슨 말이야?"

"음…… 내일 여기로 올 수 있어? 여기는 원래 길이 아니라 오히려 안전할 수 있어. 다시 만나고 싶은데 이야기는 그때 하고."

바타르의 말에 번쩍 정신이 들었다. 이곳에서 야숙을 하는 것은 위험하다. 적 군에게 죽는 것이 아니라 추위와 살쾡이의 공격으로 죽을 수 있다. 너무 멀리

와버렸는데 다시 돌아가야 한다는 생각에 힘이 빠졌다. 그런데 알고 보니 마을 사람들은 그리 멀리 있지 않았다. 적군은 어느 사이 용장산성을 돌파해 진도의 구석으로 침투해 오고 있었다. 달리 말하면 삼별초군이 구석을 몰리고 있다는 이야기였다. 아까는 정신 없이 무작정 뛰어와서 지름길로 온 줄 알았는데 길을 잘못 들어 그나마 먼 길로 한참을 돌아온 것이었다. 정해는 옆에서 꿈쩍도 안 하고 자고 있었다. 어린애가 많이도 버텼다. 나도 쓰러질 것 같았지만 바타르가 준 술의 힘을 빌어 그대로 정해를 업고 발길을 돌렸다.

바타르와 헤어져 출발한 지 두 시간 정도 지났을까. 벌써 멀리서 사람들이 보였다. 반가움과 동시에 겁이 났다. 그러는 게 당연했다. 이대로라면 어느 사이에 마을 사람들이 있는 곳까지 적군이 들어올지 모른다. 이런 속도라면 오늘 내일이라고 봐야 한다. 눈물을 흘리며 우리를 반갑게 맞아주시는 어르신들에게 심각한 이야기를 꺼냈다. 바보 같은 짓을 했음에도 받아주시는 마음이 너무 따뜻하다. 그만큼 안타깝다.

"어르신들, 지금 여기가 어딘 줄 아시죠?"

"저기 싸움 피해서 대피해온 데잖어."

"지금 적군이 지척에 있어요. 두 시간만 걸어도 몽고군을 마주칠 거리에요."

"벌써 그리 가까이 왔어? 아이고, 쥐 죽은 듯이 지내야겠구나."

"불시에 이쪽으로 올지도 몰라요. 주변을 잘 살펴야 해요."

"그것보다, 야 이놈아, 누가 그렇게 위험한 짓을 허래. 너랑 정해랑 죽는 줄 알았다. 우리가 느그들 살게 해주라고 다들 얼마나 빌었는지 몰라."

어르신들이 우릴 아끼는 마음이 고스란히 전해져 마음 속 깊은 곳 어딘가가 찌릿했다. 우릴 그렇게 아끼시는 분들이었다. 우리 아버지처럼. 그래서 더욱 다시 돌아간다고 말을 꺼내기가 어려웠다. 마음 아파 하실 게 뻔했지만 아버지도 찾아야 하고, 바타르도 다시 만나고 싶었다.

어떻게 해야 할지 고민하다가 자고 있는 정해를 깨웠다.

"정해야, 우리 어제 갔던 곳 있잖아. 다시 가야 할 거 같아."

"싫어. 안 갈 거야. 그 아저씨도 무섭고……."

"이놈! 아저씨 아니고 형아야."

"아, 싫어 싫어."

"그래, 그럼 여기 있어. 누나 혼자 갔다 올 테니까. 알았지?"

"응……."

"할머니, 할아버지 말 잘 듣고 있어."

다음 날 새벽, 아무한테도 말하지 않고 다시 그곳으로 향했다. 바타르가 무슨 생각인지 도무지 감이 잡히질 않아 궁금했다. 어서 그가 오길 기다렸다. 내가 너무 일찍 온 건지, 바타르는 보이지 않았다. 싸움도 잠잠한지 끝난 것처럼 조용했다. 전쟁 중이라는 게 실감나지 않았다.

얼마 지나지 않아, 저 멀리서 바타르가 뛰어왔다. 마치 무슨 일이 있는 것처럼 다급한 모습이었다.

"연합군이 곧 외곽 깊숙이까지 칠 거래! 삼별초를 섬멸할 생각이야. 숨어든 곳을 노리고 있어. 너희 마을 사람들이 주변에 있지? 위험할지 몰라. 어서 알려줘!"

"마을사람들 있는 데는 어떻게 알았어?"

"아, 저번에 수색했는데 우연히 봤어. 다행히 그때 나 혼자였어."

"아, 그래……. 근데 그 많은 사람들이 또 어디로 도망가겠어?"

"그러게. 웬만하면 그냥 가만히만 있으라고 하려 했는데, 지나가다가 눈에 띌 거 같아."

잠시 정적이 흐르고, 나는 머릿속이 더 복잡해졌다. 그는 누구의 편일까. 마을 사람들은 아무 관여를 하지 않아서 지켜주고 싶은 거라면 삼별초는 죽어도 되는 적으로 생각하고 있을 거다.

내가 계속 머뭇머뭇하는 모습이었나. 그가 먼저 입을 열었다.

"어제 한 말 있잖아. 마을 사람들 돕고 싶단 거. 그렇게 큰 의미는 없어. 우리 몽고가 고려를 지배하려고 해. 왜 그러는 걸까? 나는 솔직히 평화스럽게 사는 사람들을 죽이고 괴롭히는 것은 취미 없어. 정당한 이유가 없단 말이야. 그건 나쁜 거야. 그건 그냥 살인일 뿐이야. 아무튼 난 몽고사람이지만 당장 살해 당할 위험에 빠진 여기 사람들을 도울 거야."

"근데 넌 싸울 생각도 없는데 여긴 어떻게 온 거야?"

"몽고에서 뭐 하나를 들고 왔어. 이거면 삼별초가 이길 수 있어. 사실 전부터 여기 사람을 찾아 다녔어. 이거 하나 전해주려고."

"그래도 그런 짓은 조국을 배신하는 건데, 괜찮겠어?"

"이미 결정하고 온 거야."

"근데 가지고 온 게 도대체 뭐 길래 그런 위력을 가지고 있어?"

"내가 저번에 준 술 기억나? 그거야."

"그거 가지고 군을 돕는다고? 말도 안 돼."

"아니, 잘못 생각하고 있는 거야. 그건…… 피가 터지고 사람들이 죽어나가는 전쟁터에선 완전히 달라."

사뭇 진지해진 그의 얼굴은 자신 있다는 듯했다. 혼란은 잠시 내려놓고, 일단 마을 사람들을 또 다른 곳으로 대피시켜야 한다. 다급한 상황임에도 불구하고 마을 어르신들은 세월아 네월아 움직일 게 틀림없었다. 내일 당장 올지도 모르는 상황에서 내가 어떻게 사람들을 대피하게 할지가 문제였다.

"이건 좀 아닌 거 같아."

"왜? 무슨 문제 있어?"

"음…… 사람들이 지금 한숨 돌려서 그런지 마음을 놓은 거 같아. 움직일 생각을 안 해."

"그러면 어쩔 수 없지. 머리를 쓰자."

"어떻게 하게?"

"저기 삼별초 부대의 반대편 쪽에 불을 지펴서 몽고군을 그리로 유인해 보자. 최대한 많이."

"누가 그걸 하고 와?"

"우리 두 사람으로는 힘들고. 아무래도 삼별초한테 맡겨야겠지. 마침 아버지께서 삼별초 진지에 있다고 하지 않았어? 지금 우리 병사랑 대치 중이니까 삼별초 진지에 가서 너희 아버지한테 한번 이야기해 보는 것은 어떨까."

"아버지라…… 오랜만에 들어보네. 삼별초로 들어간다고는 하지만, 어디 계신지도 모르고, 살아 있는지도 알 수 없는 아버지를 찾을 수나 있을까."

"지금은 뭐라도 해봐야 할 때야… 사람들이 몰살당할 수도 있는데 시도는 해봐야지. 너희 아버지를 어떻게든 찾아서 여쭤볼 수 있어?"

"그렇긴 한데……."

"지금 가보는 게 좋을 거 같아. 한시가 급하니까. 난 마을사람들한테 가 있을게."

내가 너무 당돌하게 돌아다녔나 보다. 나라면 이 정도는 식은 죽 먹기인 줄 아나 보다. 삼별초에 가서 아버지를 찾아보는 것 자체는 아무 문제도 아니었다. 다만 나의 낯가림이 문제였다. 누군가에게 묻고 물어 문제를 해결해내야 하는 과정이 내 발길을 막았다. 스스로 생각해도 참 의문이다. 어려운 일이 생기면 용기가 솟구치고 뭐든 해야겠다 생각하면 해내는데, 도대체 이유를 알 수 없는 낯가림이었다. 바타르를 보내고 나서 한참을 생각해 보니 바타르 역시 큰 위험을 감수한 것이었다. 아무리 우리말을 잘해도 몽고군은 몽고군인데 홀로 갔을 때 마을 사람들이 어떻게 대할지 알 수 없었다. 바타르를 생각해서라도 힘을 내야겠다. 삼별초를 찾아가면 아버지가 반갑게 맞이해 줄 거란 터무니없는 기대를 품고 시도해 보기로 마음먹었다. 일촉즉발의 전쟁 상황. 대치중인 부대인지라 어차피 얼마 되지 않는 거리에 숨어 있을 것이기에 금방 도착할 듯해 보였다.

막상 삼별초 진지가 있는 요충지에 다다랐을 때, 차마 눈을 뜨고 볼 수가 없는 상황이 펼쳐져 있었다.

"아니, 이게 무슨 일이야! 다들 상태가 왜 이래요?"

그때, 덩치 큰 어른이 다가왔다.

"넌 누군데 여기 들어온 거야"

"저희 아빠가 삼별초를 따라가신다고 했는데요……. 그건 그렇고, 이게 무슨 일이에요?"

"뭐가 궁금한데? 몽고 놈들에게 져서 도망 중이라고 자랑해 주리?"

"……."

"아버지라도 만나게 해주세요."

"난 들어오지 마라 한 적 없다. 찾든지 말든지 니 맘대로 해라."

천막을 들추고 안에 들어가니 대다수의 사람들이 만신창이가 되어 있었다. 너무 고통스러워 하니 차마 눈 뜨고 볼 수가 없었다. 당연히 병사를 치료해 줄 사람은 없었고, 먹을 것도 남은 게 하나도 없었다. 이대로라면 이후에 있을 전투에서 다들 처참히 무너질 게 뻔했다.

그런데 아무리 쓰러져 있는 병사들 사이를 들추며 찾아보아도 아버지가 보이지 않았다. 시간이 지날수록 더욱 두려워졌다. 지금까지 나는 헛된 희망을 가지고 있었던 게 아닐까. 눈물이 볼을 스치고 흐르는 게 느껴졌다. 아무 생각이 없었다. 머릿속이 하얘지는 것 같았고 모든 게 끝난 듯했다.

오랜 시간 동안 가족의 따뜻한 보살핌은커녕, 배고파 울며 온 동네로 먹을 것을 찾아다니며 자란 정해, 저 멀리 혼자 남아 있는 내 동생에게 너무 미안했다. 나마저 잘못 된다면 그 어린 나이에 일가친척도 없이 세상에 혼자 남을 수도 있는 상황이 너무 잔인했다. 정해가 지금까지 자라는 동안 뭔가 엄청나게 큰 일이 일어난 것은 아니었다. 어머니의 죽음도 정해에게는 이해되지 않았을 것이다. 하지만 아버지가 이대로 발견되지 않는다면 우리 가족이 다시 함께 살수 있는 희망도 없어졌다는 거다. 그렇게 되면 정해는 어린 시절 남들이 누릴수 있는 당연한 권리는 누리지 못하고, 다른 집에 동냥이나 다니던 잊을 수 없는 기억만 담아두게 될 것이다. 만약 몽고군이 마을 사람들을 치면 정해도 안전하지 못할 것이다.

지금 내 눈에 아버지는 보이지 않는다. 죽었을 수도 있고 어딘가에서 다쳐 쓰러져 있을지도 모르겠다. 이젠 어디로 가야 할지 모르겠다. 이 차가운 패잔병들의 분위기. 마음 편히 말을 걸 사람 하나 찾을 수 없는 상황에 문득 외로워졌다.

발길을 돌려 바타르에게 돌아가기로 결심했다. 이젠 시간 여유도 없다. 차라리 마을로 가서 사람들을 도발해서라도 움직여야 할 시점이다. 바로 마을로 발길을 돌리려던 찰나에 '덥석' 하고 누가 내 어깨 위에 손을 올렸다. 아버지였다. 믿을 수가 없어 아버지 손을 꽉 잡았다.

"고맙다. 여태까지 잘 있어줘서."

"아버지……. 살아계셔서 다행이에요."

"우리 이야기는 다음에 하고. 그런데 여긴 어떻게 온 거냐?"

"후…… 지금 심각한 상황이에요. 제 말 잘 들으세요. 지금 연합군이 삼별초가 남아 있을 만한 곳은 모두 칠 거래요. 근데 지금 마을 사람들이 다 주변에 있단 말이에요. 몽고군이 삼별초를 찾아 진군하다가 마을 사람들을 발견할 게 뻔해요. 그래서 말인데, 삼별초 군들에게 부대 반대 방향으로 불을 지르라고 해주세요. 어떻게든 몽고군을 유인해 보게요. 한시가 급해요."

"정해는?"

"마을 사람들이랑 함께 있어요. 그동안 저 혼자 다녔거든요."

"마음이 너무 아프다……. 미안하구나."

"아무튼 불로 적을 유인해서 통수를 쳐야 할 텐데, 지금 다들 몸 상태가…… 이를 어쩌죠?"

"아무리 힘들어도 절대 포기하지는 않을 거야."

"마을 사람들한테 갔다 올게요. 다시 만나요."

마을로 가보니 왠지 모르게 허전했다. 다들 보이지 않았다. 주변을 돌아보고 있었는데 구석에서 사람들이 나왔다. 바타르가 뒤따라왔다.

"삼별초를 위해 나를 좀 도와달라고 했는데 다들 흔쾌히 승낙하셨어. 지금 홍주를 만들려고 해."

마을 사람들이 다들 함께 하겠다고 했다. 이렇게 따뜻한 사람들과 함께 하고 있었다는 걸 다시 한 번 실감한다.

"자, 여러분 이제 시작합시다. 재료 준비해주세요."

사람들이 분주하게 움직이기 시작했다. 그러나 그것도 잠시,

"여그가 우리집이 아닌디 지금 무슨 재료가 있겠소?"

"그란께 말이다. 뭐 하나도 없다. 집도 몇 채 꼴랑 되지도 않는단 말여."

"그라네잉."

대피해온 곳이라 술을 만들 재료가 없었던 것이다. 좋은 생각이 떠올랐다. 삼별초가 지금쯤 불을 지피기 시작했을 것이니, 우리 마을에는 적군이 접근해 있지는 않을 것이었다.

"여기 소주는 있어요?"

"음…… 있구만. 쌀만 많이 부족혀."

"그럼 힘 센 분들 좀 도와주세요. 얼른 마을에 갔다 옵시다."

"뭐시여? 난 무서워서 못 가."

"괜찮아요. 제가 있잖아요. 지금 저기 불나는 데 보이죠? 몽고군들은 모두 그쪽으로 이동해 있어요."

"알았어라."

"뜁시다."

10명 남짓이 다 같이 뛰기 시작했다. 예상대로 연합 군대는 모두 삼별초를 향해 출전해 있어서 마을은 쥐 죽은 듯 조용했다. 그렇지만 혹여나 누군가 남아 있을지 몰라 주위를 계속 살폈다. 1시간 정도 지나자, 마을에 도착했다. 다들 숨이 차서 드러누웠다.

"워메, 돌아버리겠다."

"갈 때는 쌀까지 짊어지고 가셔야 할 텐데요."

"못할 거 뭐 있나. 그 정돈 거뜬혀."

"쌀 한 포대씩 들고 여기서 모입시다."

몽고군이 이곳을 들르지 않았을까. 이상하게도 모든 게 다 그대로 있었다. 군대가 지나갔다면 식량은 모조리 다 털렸을 텐데 말이다. 그냥 이곳에 가만히 있었으면 오히려 안전했을 수도 있었다.

"다들 무섭죠? 그래도 힘내시고 어서 가요."

왔던 길을 되돌아가는 거였지만 걷는 시간은 몇 배나 늘었다. 다들 지쳤는지 포대 잡는 자세도 계속 바꿔가고 있었다. 상당히 불편해 보였다. 한번 놓치면 힘이 빠지니 사람들은 어떻게든지 포대를 놓지 않으려고 애를 썼다.

여차여차하여 다행히 마을 사람들에게 쌀이 건네졌다. 이젠 시간 싸움이다. 술이 완성되는 데는 아무리 짧게 잡아도 15일은 걸린단다. 15일이라니 시간이 너무 없다. 그 전에 삼별초 군과 마을 사람들이 모두 전멸당할 수도 있다.

포대를 나른 어른들은 지쳤음에도 불구하고 술을 만드는 사람들의 곁을 지켰다.

"다들 정신 차리시고. 시작합시다."

포대를 열고 쌀을 나르기 시작했다. 양이 상당했다. 먼저 쌀과 보리쌀을 7대 3의 비율로 섞어 고두밥을 지어야 했다. 사람들이 워낙 많아서 순조롭게 진행

되었다. 이 모든 건 바타르의 지시로 진행되었다.

그는 나에게 와서는,

"와, 이분들 정말 대단하시다. 엄청 빠른데?"

"그러게 말이야. 근데 보름 동안 삼별초가 버틸 수 있을까."

"전쟁 중에 지금처럼 대치상태인 경우에는 보름쯤은 어쩌면 금방 지나가. 이번 출전만 잘 막으면 한동안은 버틸 수 있을 거야. 여러분, 밥이 다 된 것 같습니다. 꺼내주세요."

방금까지 수다를 떨던 사람들이 사뭇 진지한 모습으로 잽싸게 달려왔다.

"고두밥을 누룩 한 되랑 섞어서 항아리에 넣은 다음에 저기 온돌방에다가 15일 정도 발효시키면 될 것 같아요."

"알았네. 어서 합세."

사람들은 빨리 끝내고 쉬자는 마음으로 쉬지 않고 작업을 했다. 날은 어두워지고 있었다. 그러지니 앞으로 15일 동안을 버티기 위해선 무슨 대책이 필요했다. 바타르와 상의하여 그가 다시 아군 진지에 다녀오기로 했다.

"이번엔 좀 오랫동안 비어 있었는데, 괜찮겠어?"

"당연하지. 그런 거 가지고 두려워하면 여기까지 못 왔어. 홍주 말이야. 혹시 내가 더 늦게 올 수도 있으니까 여기다가 다음 단계에 할 일을 적어 놓을게. 그게 낫겠지?"

"음……, 알았어."

바타르는 성실하게 설명을 적어나갔다.

'발효가 완료된 덧술을 가마솥에 붓고, 김이 오를 정도로 예열하여 끓는 점이 낮은 성분을 먼저 날려 버린다. 가마솥에 소주 고조리를 올리고, 그 윗부분에 찬 물을 붓고 다시 끓이면 증류된 술도 얻을 수 있다. 잘게 썬 지초 뿌리를 넣은 삼베주머니에 술을 통과시키면 선홍색 홍주가 된다.'

"아 참고로 지초는 저기 빈 항아리 있길래 거기다가 넣어놨어."

"그래. 근데 이걸 내가 할 수 있을지 모르겠어."

"의외로 간단해. 아무튼 난 가볼게."

바타르는 가고 없고, 나는 있는 대로만 하면 될 것이지만 처음 만들어보는 술이라 두려웠다. 워낙 손으로 만드는 것은 자신이 없어 결국 술 만드는 데 참여하지 않고 방법이 적힌 종이 하나만 덜렁 던져주고 밖으로 향했다. 사람들은 묵묵히 제 일도 아닌 일을 하고 있었다. 나는 그 사이에 삼별초한테 다녀오기로 결심했다. 길이 익숙해져서 이젠 눈감고도 갈 거 같았다.

도착과 동시에, 군인 한 명이 내 쪽으로 달려왔다.

"야, 이 미친년아! 여긴 또 왜 왔어!"

"내가 삼별초 여러분들을 도와드릴게요. 조금만 더 기다리세요."

"뭐라는 거야. 아이고, 이년 정신 나갔구먼. 정신 좀 차려라."

"아, 저 멀쩡해요. 아저씨들은 살아만 있으면 된단 말이에요."

"쯧쯧. 네 도움 받기 전에 죽어 부러야겠다."

"그러시던가요."

부질 없는 말싸움으로부터 벗어나 얼른 마을 사람들의 피난처로 돌아가 술 만드는 상황을 살펴봤다. 이제 거의 막바지였다. 드디어 홍주란 걸 만들다니. 이젠 우리가 괴롭혀줄 차례다. 기다려라. 몽고 놈들. 알고 보면 고려 놈들이 더 나쁘다. 어떻게든 자기들 살라고 그러는 것 아닌가.

바타르는 부대로 잠시 돌아갔다는데 아직 오지 않은 것 같았다. 잘 살아 있을 거라 믿고. 지금부턴 가져다 주는 게 일이다. 붉은 홍주를 보니 아주 곱다. 동백 꽃잎처럼 붉다. 물론 맛은 최악이다. 어른들은 꽤나 좋아하시지만.

"힘 좀 써줄 10명 구합니다. 저번에 힘 쓴 분들 말고 다른 분들이면 좋겠어요."

그렇게 바타르도 없이 술을 받을 삼별초 부대로 출발했다. 다들 조심조심 들고 가느라 시간이 좀더 걸릴 것 같았다.

"이걸로 저기 있는 군인들을 일으킬 수 있어요. 빨리 가져다 줘야 해요."

다들 뛰듯이 했다. 그래서 예상보다 빨리 도착할 수 있었다. 다행히 군인들은 쉬고 있었다. 이제부턴 반격의 시작이다. 내 마음속 깊은 곳에서 희열이 느껴졌다.

"자, 다들 이 술 좀 드세요. 이걸 먹으면 분명히 싸움에서 이길 거예요."

"너. 저 그 년이고만. 기어이 왔구만. 그래. 뭐, 특별히 먹어주는 거다."

다들 술을 들이키고 나니 다들 얼굴이 빨개졌다. 역시 어른한테도 독한 술인가 보다.

"엑, 이거 뭐여. 나 죽이려는 거여?"

"처음에는 별로 느껴지는 게 없는데 시간이 지나면 힘이 불끈 솟는 것을 느끼게 돼요."

때마침, 저 멀리서 적군이 오고 있는 듯했다. 위기 상황이 분명한데 나는 다시 한 번 희열을 느꼈다. 마을 사람들과 나는 모두 대피했다. 그렇게 전투가 다시 시작되었다. 예상한 대로, 군인들은 점점 흥분하기 시작했고 몇 배는 더 강해 보였다. 수많은 연합군 속에서 삼별초는 용맹하게 전투에 임했다. 아군이지만 너무 무서웠다. 술기운이 돌아 적군을 죽이면서도 아무런 감정이 없어 보였기 때문이다. 머지않아 그곳은 피바다가 되었고, 나는 자리를 피했다.

아무튼 마지막 전투는 다행히 삼별초의 승리로 끝났다. 연합군은 많은 사상자를 내고 도망가다시피 후퇴했다. 진도 지역에 마지막 남은 삼별초 부대가 무섭게 저항해 한순간 전세가 뒤집히며 장기전으로 돌입하기 시작했다. 몽고군은 패잔병을 모아 벽파진을 떠났다. 전쟁이 끝난 것은 아니지만 잠시라도 평화가 찾아왔다. 한순간에 상황이 바뀌니 좀 이상했다. 하지만 좋은 일이다.

온데간데없이 보이지 않던 바타르도 어느 날 갑자기 돌아왔다.
"뭐야. 어디 갔었어?"
"아군에게 의심을 받아서 잠시 갇혀 있었어. 싸움이 끝나고 나서야 간신히 빠져나왔어."
"다행이네……."
"어때? 홍주가 도움이 됐어?"
"와. 말로 다 못할 정도로 엄청났어."
"그거 너한테 줄게."
"홍주?"
"이번에 만든 홍주 뿐만 아니라 앞으로 계속 만들 수 있도록 해줄게."
"그건 너네 나라 껀데 그래도 되나?"
"내가 허락하면 되지."
바타르는 터무니 없는 자신감을 보이며 환히 웃었다.

우연찮게 이 모든 게 시작됐다. 처음 우연히 만났을 때는 날 죽일 것만 같았던 무서운 군인이 지금 이 순간까지 나와 마을 사람들을 살렸다고 해도 과언이 아니다. 우리 진도 사람들에게 붉은 술을 만드는 방법 또한 전해 주었다.
아. 저기 멀리로 아버지가 돌아오는 모습이 보인다. 아버지도 팔자에 없는 군대를 따라 다니느라 그동안 수고하셨다. 이젠 정해와 다같이 살며 다시 가정의 평화가 찾아올 것만 같았다.
"아버지! 살아 돌아오셨네요. 처음으로 멋져 보여요."

그런데 나를 바라보고 웃던 아버지의 얼굴이 갑자기 심각해졌다. 아버지가 활을 꺼내더니,

"너, 뭐야! 이 몽고 놈이 왜 우리 딸이랑 같이 있는 거야! 빨리 안 꺼져? 쏴 버린다!"

"아니. 저…… 제가 그게 아니라……."

"우리 딸한테 무슨 짓 했어? 뭐했냐고!"

"아무것도 안 했어요. 진짜에요."

"이놈이 우리말까지 하네."

"얘는 몽고군이지만 아무 잘못 없어요! 내가 지금까지 같이 다닌 거라고요."

"도대체 뭔 협박을 했길래. 너 안 되겠다."

뭔가 결심한 듯, 그 순간, 아버지가 활 시위를 당겼다. 모두가 긴장했다.

"설마 진짜 쏘려는 건 아니죠? 그건 정신 나간 짓이에요!"

"아니. 몽고 놈을 살려둘 수는 없어."

'턱'

"아니 이게 뭐 하는 짓이에요!"

"미쳤어? 널 위험에 빠트린 애라고!"

"뭔 소리야 진짜. 바타르! 미안해…… 흑흑."

바타르는 이미 숨을 가쁘게 몰아 쉬고 있었다. 화살이 목과 가슴 사이에 깊숙하게 박혀 버렸다.

"아냐, 잘 됐어. 이제는 군대로 돌아갈 수도 없고, 살아갈 이유가 없었어."

"이 미친놈…… 뭐라는 거야."

"미…… 미안해."

항상 보던 바타르의 모습. 이젠 더 이상 볼 수 없다. 이제 겨우 다시 만나 회복될 거 같았던 아버지와의 관계는 최악에 이르렀다. 나는 그 후 몇 개월 동안 아버지를 무시했다. 한동안 그에게 미안한 감정에 나도 몇 번 죽고 싶은 생각이 들었지만, 참고 또 참았다.

바타르가 전해준 붉은 술.

홍주로 그와의 기억을 되살리고 싶어서, 꼭 그가 내 옆에 있는 것만 같아서 계속 술을 끓였다. 홍주 만드는 법을 온 동네에 전파했다.

언제나 떠나지 않은 바타르의 붉은 혼이 날 지켜주고 있다고 느꼈다.

다시 만날 날을 위해.

붉은 술, 홍주 이야기

출처 : hongju.jindo.go.kr | 그림 설명 : 홍주를 증류하는 모습

진도 홍주는 발효와 증류에 이어 지초(芝草)의 용출 과정을 거치는 전통주 중에서도 독특하게 제조되는 술이다. 보리와 쌀, 누룩이 갖는 향과 맛을 최대한 살려나간 것이 홍주 원주이다. 원주에다 후유증을 최소화하기 위해 지초를 적당량 용출하여 색과 맛, 향을 독특하게 발휘한 것이 진도 홍주다.

지초는 예부터 3대 선약이라 불렸으며 동의보감·본초강목 등에 배앓이, 장염, 해열, 청혈에 이롭다고 쓰여 있다.

최근에 진도 홍주 원재료인 지초 성분에 대한 항당뇨, 항비만 효과가 있다는 것이 국내 경희대 동서의학대학원의 연구로 밝혀졌으며, 또한 농촌진흥청의 연구로 관절염 치료에 효과가 있는 것으로 밝혀져 지초의 효능이 과학적으로 입증되어 조상들이 지초로 술을 만든 지혜에 다시 감탄하게 된다.

진도 홍주는 제조비법만큼이나 맛·향·색깔이 독특하다. 우선 잔에 따르면 영롱한 선홍색이 마음을 설레게 하고 한 모금 입에 넣으면 입안과 코끝까지 묵직하게 느껴오는 맛과 향이 감미롭다.

피처럼, 남도의 동백처럼, 홍매화처럼 선홍색의 투명한 혼

예향 진도의 느낌표, 홍주를 다시 생각하는 까닭은

목으로 넘기면 뱃속에서 온몸으로 퍼지는 열기는 애주가의 흥을 돋우기에 충분하다. 다만 몸에 좋은 술이라 인식되면서 너무 많이 마시고 취해 고생한 사람이 많다 보니 독한 술이라는 오해를 받기도 했다. 진도 홍주는 알코올 도수가 40% 내외로 적당히 마셔야만 그 향과 맛을 즐길 수 있다.

홍주는 최남선과 같은 문인들의 예찬을 받아왔다. 선홍 동백 꽃잎을 떠올리게 하는 아름다운 투명함이 찬탄을 받았다. 그림과 노래, 신명 난 북춤이 발전한 진도 사람들의 예술혼을 생각하면 홍주만큼 진도와 어울리는 술은 없을 것이다. 붉은 열정과 투명한 혼, 섬의 거친 바람 앞에서도 소담한 문화를 이어간 힘은 홍주에서 나왔을지도 모른다.

남덕이

김채영

섬에서 살아가는 가족들에게 노래는 어떤 의미일까.
노래를 사랑하는 어린 소녀 남덕이가 삶의 굴곡 속에서도 노래를 통해 위안 받는 이야기

"매~화꽃이 곱다 한들 내 낭군 같으랴~~~~"

"외나무다리가 어렵다 한들 시숙만 같으랴~~~"

"뜬 구름이 무섭다 한들 시어머니와 같으랴~~~"

"사랑불이가 쓰다 한들 시누이만 같으랴~~~"

남덕의 맑고 카랑카랑한 노래 소리가 언덕을 넘고 넘어 한참이 떨어진 이웃 집 밭고랑까지 들려왔다. 동네 아낙네들은 이런 남덕의 노랫소리에 어깨를 들썩이며 장단을 맞추곤 했다.

어제 새로 귀동냥으로 배운 노랫가락이 오늘은 유난히 구슬프게 들려왔다. 한참을 밭일에 노랫소리를 맞춰 가던 남덕이 갑자기 소리를 멈추었다. 학교를 마치고 동네 사내아이들이 돌아오고 있었기 때문이다. 남덕은 책가방을 메고 학교를 다니는 아이들만 보면 이내 눈길을 돌리곤 했다. 부끄럽기도 했지만 학교에 다니는 아이들이 너무나도 부럽기도 했다.

1년 전에는 남덕도 당시에 학교에 다니는 몇 안 되는 여자 아이 중 하나였다.

남덕은 안치리라는 고장에서 길은리에 있는 초등학교에 매일 7km씩 걸어서 다녔다. 학교에 가는 길에는 반드시 거제리라는 마을을 거쳐야만 했다.

나른 마을에 사는 아이들은 여자 아이라고 해서 특별히 차별을 하거나 놀리는 일이 없었지만 유독 거제에 사는 사내 아이들은 여자 아이들만 보면 놀리고 아주 심한 장난을 걸기도 했다. 개구리를 잡아 가방에 넣는다던지 뱀을 잡아서 지나길 길에 놓아 두는 등 여자 아이들이 견디기 힘든 장난을 쳤다. 당시 남덕은 다른 시골 아이들에 비해 피부가 하얗고 작고 예뻐서 남덕에 대한 사내아이들의 장난은 도를 지나칠 정도였다. 안치리에서는 유일한 여학생이었던 남덕은 사내 아이들의 장난에 견디기 어려웠지만 힘들게 학교에 보내주신 부모님과 또한 공부하는 것이 무척 재미가 있어서 참고 또 참았다. 거제라는 마을을 피해 멀리 1시간 이상을 돌아서 학교에도 가 보았지만 어느 틈에 사내아이들은 남덕의 뒤를 밟아 또 다시 장난을 걸어왔다. 시간이 지날 수록 사내 아이들의 장난은 더욱더 심해져만 갔고 남덕의 인내심은 거의 한계에 다다르게 되었다. 국민학교를 마치고 중학교에도 가고 싶었던 남덕이었지만 결국 국민학교 5학년을 다 끝마치지도 못한 채 학교 다니는 것을 포기해야만 했다. 그렇게 남덕의 학창시절은 허무하게 끝이 나 버렸다.

새벽녘의 스산함이 물러갈 때쯤 따스한 햇살이 머금기 시작한 4월의 어느 날 남덕의 마을에는 소리 잘하기로 유명한 소리꾼이 이사를 왔다. 소리꾼은 시골의 한가함과 여유로움, 나른함을 즐기기 위해 사람들의 발길이 닿지 않는 곳을 찾고 또 찾아 이곳까지 내려왔던 것이다.

처음 소리꾼이 왔을 때 마을 사람들은 곱지 않은 시선으로 바라보았다. 해방이 된 지 얼마 지나지 않았던 터라 낯선 사람이 마을에 들어온다는 것이 썩 바람직한 것은 아니었다. 하지만 그것도 잠시 소리꾼이 바닷가에 나가 목소리를 높여 소리를 할 때면 마을 사람들은 너 나 할 것 없이 숨을 죽이며 소리꾼의 소리에 귀를 기울였다. 소리꾼의 정체를 어느 정도 알게 된 후에 마을의 청년들은 소리꾼을 찾아가 스승이 되어 줄 것을 간청하게 되었다.

몇 날 며칠을 간청하고 거절하기를 반복한 끝에 소리꾼은 마을의 청년들을 제자로 맞아들이기로 결정을 했다. 판소리에 대해 전혀 알지 못했던 남덕은 청

년들과 소리꾼의 실랑이가 무척 흥미롭기도 하고 신기하기도 했다. 소리꾼의 첫 번째 판소리 수업 날에 남덕은 친구들과 몰래 판소리 수업을 하던 동네 이장네 집 부엌으로 들어가 판소리 수업을 엿듣게 되었다. 소리를 처음 들어 본 남덕은 갑자기 정신이 혼미해져 오는 것을 느꼈다.

소리꾼의 소리는 남덕의 가슴 속 한 켠을 후벼 파며 남덕의 사지를 마비시킬 지경이었다. 첫 번째 수업이 끝나고 한참을 넋을 놓고 앉아 있는데 친구들이 남덕을 마구 흔들었다.

"판소리가 겁나게 대단한 것인 줄 알았드만 별거도 아니네."

친구들은 하나같이 판소리에 대해 별 흥미를 느끼지 못하는 것 같았다. 하지만 남덕은 소리의 매력에 푹 빠져버렸다. 다음날부터 판소리에 흥미를 못 느낀 친구들을 제쳐두고 남덕은 매일 판소리 수업을 듣기 위해 시간을 맞춰 부엌으로 찾아 들어갔다. 한 번 들었던 판소리의 가사를 기억해 내며 불러 보고 집에서든 밭일을 하면서도 계속해서 불렀다. 신기하게도 한 번 들었던 판소리 가사가 잊혀지지 않고 생생하게 기억이 났다. 이런 남덕을 친구들은 신기하게 바라보곤 했다.

한가롭고 여유롭던 시골 마을의 평화도 잠시 라디오 방송을 듣던 마을 사람들이 이장네 집에 삼삼오오 모여들었다.

"자네도 들었능가? 전쟁이 일어났다고 하든디……."

"그라믄 우리는 어찌케 해야 하는가? 서울에서는 난리가 났다는디……."

마을 사람들은 밭일, 집안일들을 제쳐두고 앞으로 벌어질 일들을 추측해 보았다. 하지만 앞으로 어떻게 해야 할 것인가에 대해서는 뾰족한 수가 떠오르지가 않았다.

마을 어귀에서 이 모습을 지켜보던 남덕도 답답하긴 매 한가지였다. 전쟁이 왜 일어났고, 남과 북이 왜 싸우는지도 궁금했다. 일제강점기가 끝나갈 무렵을 경험한 남덕으로서는 전쟁은 또 다른 고통의 시작이라는 것을 직감할 수 있었다. 마을 어른들은 서로 모여 라디오에 귀를 기울였다.

서울이 북쪽 군인들에 의해 점령을 당했다는 소식이 들려오고 사람들이 모두 부산 쪽으로 피난을 가기 시작했다는 소식도 들려 왔다. 아직 남덕의 마을에는 전쟁의 직접적인 영향은 없었지만 금방이라도 무슨 일이 벌어질 것만 같은 생각이 들었다.

　그렇게 며칠이 지나고 북한군이 벌써 남쪽까지 밀고 내려왔고 마을에서는 흉흉한 소문이 들리기 시작했다. 마을의 소작농 중 일부가 인민군에 자진 입대했다는 소문이라던지 몇몇은 북한군에 동조하여 마을의 지주들을 처단하기 시작했다는 소문이었다. 남덕과 가족들은 소문 따위에는 별 개의치 않았으나 하루빨리 전쟁이 끝나기만을 빌고 또 빌었다.

　그러나 얼마 지나지 않아 남덕은 어머니로부터 청천벽력 같은 소식을 듣고 말았다. 멀리 다른 마을로 시집을 간 남덕의 큰 언니의 남편인 큰 형부가 북한군에 동조를 해서 일부 마을 사람들로부터 원한을 사고 있다는 소식이었다. 남덕은 큰 형부야 어찌 되건 말건 걱정을 안 했지만 무엇보다도 큰 언니가 걱정이 되었다. 혹시 마을 사람들로부터 힘든 일을 당하지나 않을까 걱정이 되었다. 마음씨가 무척 곱고 특히 남덕을 어릴 때부터 예뻐하던 큰 언니가 제발 무사하기만을 빌고 또 빌었다.

　기다리던 큰 언니 소식을 듣지 못한 채 남덕이 사는 곳에는 어느덧 북한군이 물러나고 우리 군이 상주를 하게 되었다. 그러던 중 어느 날 밤 부엌을 나서던 남덕의 어머니는 소스라치게 놀라며 바닥에 주저앉고 말았다. 죽은 줄로만 알았던 남덕의 큰 형부가 초라한 몰골로 나타난 것이었다.

　며칠을 굶었는지 얼굴은 반쪽이 되어 있었고 행색은 흡사 거지와 같았다. 당시 남덕의 집에는 아버지는 다른 마을에 가 계셨고 어머니와 남덕, 그리고 어린 두 동생이 살고 있었다. 어머니는 남덕을 조용히 깨워 밥을 하게 하고 급하게 밑반찬을 만들어 큰 형부 손에 들려 보냈다. 남덕과 어머니는 마치 큰 죄를 지은 것처럼 벌벌 떨기만 했다. 혹시라도 우리 군인들이 이 사실을 알면 어쩌나 걱정이 너무나 컸다. 아니나 다를까 며칠 후 우려했던 일이 벌어지고 말았다. 군인 몇 명이 남덕의 집에 들이닥친 것이었다.

　군인들은 남덕의 집을 샅샅이 뒤졌는데도 큰 형부를 찾지 못하자 남덕과 어머니를 끌고 밖으로 나갔다. 어머니와 남덕을 각각 다른 곳으로 끌고 가 양손을 뒤로 묶었다. 군인 두 명이 남덕의 가슴에 총을 겨누고 큰 형부의 행방을 댈 것을 추궁했다. 남덕은 모른다고 잡아뗐다. 군인들은 이미 알고 왔으며 만약 말하지 않을 경우 총으로 쏠 수밖에 없다고 말했다. 남덕은 너무나 두려웠지만 말을 할 수가 없었다. 그러자 군인들은 이번엔 남덕의 눈을 붕대로 감았다. 그리고 어디론가 다시 끌고 갔다. 그리고 남덕에게 마지막으로 말을 했다. 이번에도 사실대로 말하지 않으면 정말로 총으로 쏠 것이라 했다. 남덕은 다시 완강하게 모른다고 대답을 했다. 그렇게 잠시 시간은 흘렀다.

'이제는 죽는 갑다. 엄니도 나와 같은 고통을 당하고 계시겠지.'라고 남덕은 생각했다. 죽음을 기다리는 시간은 길게만 느껴졌다. 어린 시절의 생활들이 눈 앞에 선명하게 다가왔다. 얼마가 지났을까 군인들이 갑자기 남덕의 눈에서 붕대를 풀었다.

"너 참 독하구나. 분명히 알고 있을 텐데 입을 안 떼다니. 운이 좋은 줄 알아라."

그렇게 군인들은 남덕을 팽개치며 떠나갔다. 남덕은 그 자리에 풀썩 주저앉아버렸다. 그것도 잠시 남덕은 어머니가 걱정이 되기 시작했다.

'내가 이 정도라면 엄니는 어찌 되었을랑가?'

남덕은 어머니를 찾아 여기저기를 돌아다녔다.

'혹시 집에 벌써 와 계신 건 아닐까'

집으로 달려갔다. 하지만 어머니는 집에도 계시지 않았다. 집에는 둘만 남겨진 어린 동생들이 울다 지쳐 잠들어 있었다. 그때 멀리서 절뚝거리며 걸어오시는 어머니를 보았다.

"엄니!"

남덕은 소리치며 달려갔다.

그런 어머니는 남덕을 꼭 껴안으시며 소리 없이 눈물을 흘리셨다.

'그런 고초를 겪으면서도 끝내 말하지 않았구나.'라고 하시는 어머니의 마음이 전해져 오자 남덕도 뜨거운 눈물을 흘렸다.

전쟁통에도 시간은 흐르고 사람들의 일상은 계속되었다. 이제는 북한군의 세력이 약해져 우리 군이 서울을 수복했다는 소식도 들려 왔다. 참혹했던 전쟁은 남덕의 마을 뿐만 아니라 남덕의 가족과 남덕에게도 씻을 수 없는 고통과 아픔을 남기고 그렇게 끝이 났다. 전쟁이 끝나고 마을 사람들은 전쟁으로 부서진 다리와 망가진 집들을 고치는 등 하루하루를 바쁘게 보내고 있었다.

바쁜 일상 속에 전쟁 전의 모습으로 서서히 제 모습을 찾아가고 있었다. 하지만 남덕과 남덕의 가족은 아직 전쟁의 아픔에서 벗어나지 못하고 있었다. 큰 언니가 군인들의 가혹했던 고문으로 건강이 급격히 악화되었기 때문이다. 큰 형부의 행방은 이후에는 알 수가 없었다. 수군대는 마을 사람들의 이야기로는 군인들에게 붙잡혀 총살형을 당했다는 소문이 들려왔다. 그러던 중 큰 언니가 그만 건강을 회복하지 못한 채 끝내 숨을 거두고 말았다. 남덕과 가족들은 너무나 큰 슬픔에 빠졌다.

"남편 잘못 만나 고생만 징하게 하다가 가부렀구나."

남덕의 어머니는 허망하게 생을 마감한 큰 딸의 죽음을 받아들이기 힘들었다. 남덕도 마찬가지였다. 아들이 없었던 남덕의 집에 어려서부터 똑똑하고 바른 소리를 잘 하던 남덕을 큰 언니는 특히 예뻐했었다. 그런 언니를 남덕도 유난히 잘 따르고 좋아했었다. 그런 언니를 이제는 더 이상 볼 수가 없게 된 것이다. 남덕의 슬픔도 이루 헤아릴 수 없었다.

태산같던 고통의 덩어리들도 시간이 지나자 조금씩 녹아들고 작아지더니 가슴에 생채기만 남긴 채 희미해져가고 있었다. 전쟁통에 통 보이지 않던 소리꾼은 어느샌가 다시 마을로 돌아와 있었다. 마을의 상황이 어느 정도 정상을 되찾아가자 청년들은 하나둘씩 소리꾼에게로 몰려왔다. 소리에 대한 열망으로 가득했던 남덕이었지만 큰 언니의 죽음은 모든 삶의 의욕을 꺾어놓았다. 친구들이 소리를 들으러 가자고 졸라도 남덕은 모든 것이 귀찮기만 했다. 그러던 어느 날 어머니의 심부름으로 이장댁에 간 남덕은 우연히 소리꾼의 구슬픈 소리를 듣게 되었다.

'봄이 가고 여름이 오니 녹음방초 시절인데
산천은 적적하고 물소리만 처량하구나

달과 같이 놀던 친구들은 종종 와서 인사를 하니
딸 생각이 간절하구나

이런 심봉사 마음이 기가 막혀
망자대를 찾아가서 울음을 운다

아가, 내 딸 심청아!
니가 부모를 잘못 만나 생죽음을 당하였으니
니가 나를 생각하거든 나를 어서 데려가거라
살기도 나는 귀찮허고 몸쓰기도 나는 싫다.'

(심청가 중)

남덕은 움직일 수가 없었다. 소리의 구절구절이 생생하고 마치 남덕과 남덕의 어머니 마음을 그대로 표현하는 듯했다. 남덕은 하염없이 울기만 했다. 어머니의 심부름을 잊은 채 남덕은 다시 터덜터덜 걸어서 집으로 돌아왔다. 돌아와서도 좀 전에 들었던 소리만 생각이 났다. 짧지만 소리는 남덕의 마음을 정확히 알고 있는 것 같았다. 집에 와서도 부엌 구석에 앉아 한동안 남덕은 울기만 했다. 그만큼 큰 언니의 죽음은 남덕에게는 견디기 힘든 기억이었다.

무심한 듯 그렇게 시간은 또 흘러갔다. 무더위가 한창 기승을 부리더니 아침저녁으로는 제법 쌀쌀한 바람이 불기 시작했다. 마을에서는 벼농사 수확을 하느라 눈코 뜰 새 없이 바쁘게 하루가 지나가곤 했다. 남덕도 아침부터 밭에 나가 콩을 따고 집에 와서는 동생들 밥을 챙기고 다시 집으로 돌아와 집에서 키우는 소를 데리고 산으로 가 풀을 먹이는 등 바쁜 하루를 보내고 있었다.
그런데 한창 바빠야 할 때 어머니는 마을 이장네를 갔다 와서는 아버지와 이야기를 하고 다시 마을 이장네를 다녀 오는 등 농사일과는 관계없이 바쁜 하루를 보내고 있었다. 남덕은 의아한 생각이 들었지만 대수롭지 않게 여겼다.
그렇게 바쁜 하루를 보낸 남덕이 집으로 돌아와 막 부엌으로 들어가자 어머니와 아버지의 이야기 소리가 들려왔다. 한참 바쁠 시간에 방문까지 닫고 두 분이 이야기하는 경우가 거의 없었기 때문에 남덕은 무슨 일인가 싶어 부모님의 이야기에 귀를 기울였다.

"그 청년이 아주 똑똑하고 잘 생겼다 합디다."

"그래도 혼담이 구체적으로 오가기 전에 자네가 가서 그 청년을 한 번 보는 게 좋지 않겠능가?"

"머하게라, 이장 말로는 그 청년 부모도 훌륭하고 집안도 좋고 또 그 청년이 고등교육까지 받아 아주 믿을 만하다고 자신 있게 야그하던대라. 괜히 갔다가 혼사에 방해만 될까 두려워서 그라제라."

"그래, 그럼 지켜보다가 이장이 하자는 대로 하세."

"알았어라. 나가 내일 다시 이장을 만나 구체적으로 추진을 해 달라고 부탁을 해볼께라."

"그렇게 하소. 자네가 수고를 하게."

부모님 이야기를 듣던 남덕은 가슴이 철렁 내려앉았다. 부모님의 말씀은 혼인에 관련된 이야기인데 그렇다면 분명 자신의 혼인과 관련 있다는 것을 금방 알아차릴 수 있었다.

'벌써 혼인이라니.'

남덕은 어찌할 바를 몰랐다. 혼담이 오간다는 것 자체가 부끄럽기도 했지만 무엇보다도 혼인이라는 말이 두렵기까지 했다.

이제 남덕은 갓 스물을 넘겼고 세상 물정도 전혀 모르는 숙맥이었다. 그런 자신이 혼인을 한다니…….

남덕은 어떻게 해서든 이번 혼사를 막아야만 한다고 생각했다.

부모님께 당장 가서 혼인하기 싫다고, 평생 어머니, 아버지와 살고 싶다고 말하고 싶었다. 하지만 이마저도 자신이 없었다. 그렇게 했다가 평생 부모님의 짐이 되지나 않을까. 별의별 생각이 다 들었다.

남덕의 걱정하는 마음을 알 리 없는 어머니는 다음날 이장댁을 다시 찾아 본격적인 혼인 이야기를 이어갔다. 양가 부모님의 상견례 일자와 혼인 날짜를 동네 어르신에게 정해달라고 부탁을 했다.

그리고 그날 밤 어머니는 조용히 남덕을 방으로 불렀다.

"인자부터 내가 하는 말 잘 들어라."

남덕은 말이 없었다.

"너도 이제 혼기가 꽉 찼다. 남자든 여자든 때가 되믄 혼인을 해야 되는 것이여. 전쟁이 끝나자마자 니 큰 언니가 갑자기 그렇게 되는 바람에 정신이 없었는디 다행히 좋은 혼사 자리가 생기게 되어서 혼담을 진행했다."

남덕은 말 없이 고개를 떨구고 있었지만 눈에서는 눈물이 자꾸만 나왔다.

"너야 갑작스런 혼인 얘기에 마음이 심란하겠지만 사람이란 다 때가 있는 법이여. 그러니 앞으로는 더욱 조신하게 지내고 마음의 준비를 하도록 해라 알겠제?"

남덕은 소리 내어 울고 싶었다.

'아니라고…… 혼인하기 싫다고……' 외치고 싶었지만 남덕은 이미 거스를 수 없다는 것을 누구보다 잘 알고 있었다. 가을밤 귀뚜라미 소리가 유난히 구슬피 들렸다.

12월의 추운 어느 날, 남덕의 새로운 인생이 시작되고 있었다. 지금껏 부모님의 울타리 안에서 선머슴처럼 살았던 그동안의 생활을 접고 이제는 한 집안의 며느리로 한 남자의 아내로서의 새로운 삶을 시작하게 된 것이다. 남덕의 남편은 알고 보니 남덕의 초등학교 동창생이었다. 눈에 띄지는 않았지만 유난히 똑똑했던 것으로 기억되는 아이였다. 그렇게 남덕은 새로운 밤을 맞이했다.

걱정 반 기대 반으로 시작한 결혼생활은 처음부터 녹록치만은 않았다. 사실 남덕의 남편은 자식이 없던 남덕의 시아버지께서 형님의 막내 아들을 양자로 들이셨는데 자식을 낳아 보지 못한 한이 있었던 시어머니는 그런 남덕을 더욱 매몰차게 대하였다. 평소 집안의 농사일을 돕느라 집안일을 별로 해보지 못한 남덕으로서는 처음으로 하는 집안일이 서툴 수밖에 없었다. 그런 남덕에게 시어머니의 꾸중은 비수가 되어 남덕의 가슴을 후벼팠다. 그나마 남덕을 아끼고 진정으로 사랑해 주는 남편은 힘든 하루하루를 버틸 수 있는 커다란 버팀목이 되어 주었다.

하지만 그것도 잠시 결혼한 지 6개월도 되지 않아 남편은 군대를 가게 되었다. 남덕은 하늘이 무너지는 것 같았다.

'나 혼자 시부모님을 모시고 살아야 한단 말인가?'

남덕의 걱정은 이만 저만이 아니었다. 조금만 잘못을 하여도 무섭게 꾸중하시는 시어머니를 남편 없이 어떻게 견디어 나가야 할지 막막했다. 하지만 시간은 야속하게 흘리만 갔고 남편도 그렇게 떠나버렸다.

하루하루는 고된 노동의 연장이었다. 집안일에서부터 농사일까지…… 결혼과 동시에 모든 집안 살림과 농사일에서 손을 놓으신 시어머니를 대신해 남덕은 온갖 일을 해야만 했다. 그러던 중 남덕은 예쁜 딸아이를 낳게 되었다. 하지만 아이를 낳아본 경험이 없는 시어머니 아래에서 아이를 낳았다고 편히 쉴 수는 없었다. 출산한 지 3일 만에 다시 밭에 나가 일을 시작하고 집안일을 해야만 했다. 다행히 시어머니는 딸아이를 무척 예뻐하셨다. 아이를 낳고서는 그나마 젖을 물릴 때가 유일하게 쉴 수 있는 순간이기도 했다. 남편도 없이 혼자 아이를 키우면서 또한 모진 시집살이를 견뎌야만 하는 남덕은 밤마다 눈물이 마를 날이 없었다. 그렇게 소리 죽여 울다 보면 어느새 또 새로운 날이 밝아오곤 했다.

딸아이가 세 살이던 어느 날, 그날도 어김없이 남덕은 밭으로 나가 일을 하고 있었다. 그때 누군가가 남덕을 다급하게 불렀다.
"새댁! 새댁! 어디 있능가? 새댁!"
동네 아주머니였다. 숨이 넘어갈 듯한 남덕을 부르는 아주머니 소리에 남덕은 불길한 예감이 들었지만 애써 침착함을 유지했다.
"무슨 일이랑가요?"
"빨리 집에 가보게. 빨리 가보라고!"
아주머니의 목소리는 가늘게 떨고 있었다.
남덕은 한 달음에 집으로 달려갔다.
'무슨 일일까? 무슨 안 좋은 일이라도 생긴 걸까? 왜 이리 기분이 이상하지?'
남덕이 집에 도착하자 시어머니는 대성 통곡을 하고 계셨고 마을 사람들이 집 뜰에 모여 있었다.
"아이고, 내가 손녀를 죽였네. 내가 손녀를 죽였어!"
이게 무슨 소린가 싶었다.
"어머니, 무슨 일 있소?"

남덕은 대수롭지 않게 물었다.

"아이고, 내가 손녀를 죽였네. 내가 손녀를 죽였어!"

시어머니는 같은 말을 반복하시면서 소리 내어 울기만 하셨다.

그때 마을 아주머니 한 분이 남덕에게로 다가왔다.

"자네, 어쩌면 좋나. 글쎄 시어머니가 약을 잘못 먹여서 자네 딸이 잘못되어 버렸네. 이를 어쩌면 좋나?"

남덕은 하늘빛이 노래지는 것을 느꼈다. 지금 무슨 일이 있는 걸까? 마치 꿈을 꾸고 있는 것 같았다.

"고것이 무슨 말이다요. 아까 아침까지 젖 먹고 잘 놀았는데라."

남덕은 얼굴에 웃음기를 띄우며 말을 했다.

"점심 먹고 나서 아이가 배가 아프다고 해서 자네 시어머니가 비상약으로 보관해 둔 약을 먹였더니 글쎄 갑자기 경기를 일으키더니 숨이 끊어져 버렸다네."

아주머니가 울먹이며 말을 했다.

시어머니는 또 다시 통곡했다.

"내가 죽였네. 내가 죽였어. 이를 어쩌면 좋다냐."

남덕은 정신을 차릴 수가 없었다. 어머니를 붙들고 원망이라도 해보고 싶었다. 소리 내어 펑펑 울고 싶었다.

'내 딸이 죽었다니. 이제는 다시 딸을 볼 수 없다니.'

하늘이 무너지는 것만 같았다.

그때 남덕이 시어머니에게 말했다.

"어머니, 하나 더 낳으면 되지라. 너무 슬퍼하지 마소."

남덕은 이렇게 말하는 자신을 보며 스스로도 놀라고 있었다. 딸을 잃은 엄마가 이렇게 태연하게 아무렇지 않게 말하고 있다니.

그러자 동네 아주머니들이 하나같이 말을 했다.

"우리 마을에 효부가 났네. 효부가 났어. 자기 딸을 잃고도 어머니를 위로하는 진짜 효부가 났어."

남덕은 조용히 시어머니를 일으켜 세워 방으로 모시고 들어갔다.

그제야 비로소 포대기에 싸여 있는 어린 딸의 얼굴을 보았다.

'가여운 것. 불쌍한 것. 어찌 이리 쉬이 어미 곁을 떠나갈 수 있나.'

남덕은 쓰디쓴 눈물을 삼켰다. 그리고 마을 사람들을 통해 조용히 어린 딸을 떠나보냈다.

방으로 들어온 남덕은 감정을 주체하기가 어려웠다.

'어찌해야 하나요, 여보. 여보, 말 좀 해 보세요.'

소리 없이 군대에 가 있는 남편에게 원망도 해 보았다. 그러다 스르르 잠이 들고 말았다.

새벽부터 수탉이 유난히 크게 울어 댔다. 살며시 실눈을 뜬 남덕은 밤새 악몽을 꾼 듯 머리는 헝클어져 산발이 되어 있고 얼굴은 눈물인지 땀인지 모르게 뒤범벅이 되어 있었다. 그렇게 한참을 앉아 있다가 갑자기 정신이 들었다.

'어제 무슨 일이 있었던 거지?'

문득 남덕은 어제 일이 하나씩 하나씩 생각이 났고 정신을 차리자 눈에서는 눈물이 주르륵 흘러 내렸다.

'큰 언니를 먼저 보낸 어머니 마음이 이랬을까?'

남덕은 주체할 수 없는 눈물이 하염없이 흐르기 시작했다.

소리꾼에게서 들은 심청가 내용이 선명하게 다시 기억이 났다.

'아가, 내 딸 심청아!

니가 부모를 잘못 만나 생죽음을 당하였으니

니가 나를 생각하거든 나를 어서 데려가거라

살기도 나는 귀찮허고 몸쓰기도 나는 싫다.'

모든 것이 귀찮고 의미 없어 보였다. 그렇게 멍하니 한참을 앉아 있었다.

그때, 시아버지의 헛기침 소리가 들렸다. 남덕은 다시 정신을 차리고 아무 일 없었다는 듯이 시아버지께 문안 인사를 드렸다.

"아버님, 안녕히 주무셨쇼?"

"오냐. 그래. 너도 잘 잤느냐? 오늘은 비도 오고 하니 바깥일 신경 끄고 집안에서 좀 쉬도록 하려무나."

"아니여라. 비가 오니 밭에는 못 가더라도 광에 있는 나락도 정리하고 곳간에 있는 보리, 조도 비 안 맞게 정리해야지라. 그나저나 어머니는 좀 어떠시요?"

남덕은 시어머니가 걱정이 되었다.

"니 애미는 하루 이틀 지나면 괜찮아 질 것이니 걱정하지 말고 니 몸이나 잘 추스르도록 해라."

"알았어라. 아버님."

전날 무슨 일이 있었냐는 듯이 남덕은 아무렇지 않은 듯 아버님께 아침 식사를 차려드리고 광으로, 곳간으로 바삐 움직였다. 남덕의 마음을 아는 지 하늘에서는 가을비가 구슬피 내리고 있었다.

가슴 한 켠에 천근 같은 멍울을 안고 남덕은 하루하루를 힘겹게 버텨나가고 있었다. 두 해가 바뀌고 남덕의 마음을 아는지 모르는지 해맑은 웃음을 지으며 군대를 마친 남편이 돌아왔다. 남편을 보자마자 터져 나오는 눈물을 참으려 남덕은 입술을 꽉 깨물었다.

"고생했어라. 정말 고생 많았어라."

남덕은 울먹이며 말했다.

그런 남덕을 남편은 말없이 가볍게 토닥여줄 뿐이었다.

하지만 이마저도 남덕에게는 세상 무엇과도 바꿀 수 없는 가장 큰 위안이 되었다.

'이젠 외롭지 않겠지. 이젠 힘들지 않겠지.'

남덕은 마음속으로 스스로에게 용기를 불어넣어 보았다.

남편이 돌아오고 남덕의 집에는 한동안 평화가 계속되었다. 시어머니는 손녀를 잃은 충격으로 과음을 하는 날이 많았지만 남덕에게는 전처럼 차갑고 모질게 대하지는 않으셨다. 남편이 돌아온 후 1년이 지났을 때 남덕의 집에 경사가 났다. 아들이 태어난 것이다. 아들이 귀한 집안에서 태어난 아이라 시아버지, 시어머니를 포함해 동네 사람 모두가 축하를 해주었다. 시어머니는 만나는 동네 사람들 모두에게 술을 대접하곤 했다.

아이는 엄마, 아빠를 골고루 닮아 똘똘하고 야무진 모습을 하고 있었다. 남덕은 세상을 다 가진 듯했다. 그간의 고생과 노력이 이제 결실을 맺는구나 하는 생각도 했다. 시어머니는 손자를 더욱 지극 정성으로 보살피며 아낌없는 사랑을 주었다. 남덕이 젖 먹일 때 이외에는 만질 수도 없을 정도로 시어머니는 손자를 아예 옆에 두고 있었다. 그런 모습에 남덕은 서운한 마음도 들었지만 자신의 아들을 끔찍이 아끼는 시어머니가 밉진 않았다.

아이가 무럭무럭 크는 동안 남덕의 가족에도 평화가 지속되었다. 남편은 20대 젊은 나이에 이장이 되어 마을을 근대화하고 잘 사는 마을로 만들기 위해 최선을 다하고 있었다. 이런 노력을 인정받아 마을 사람들의 간절한 부탁으로 이장을 연임하게 되었고 면사무소의 감사위원으로 위촉을 받는 등 인근 마을에서도 인정받는 훌륭한 청년으로 성장하고 있었다. 하지만 행복한 와중에도 불행은 늘 그 자리를 비집고 들어왔다. 손녀의 죽음으로 인한 충격, 그리고 계속되는 과음으로 인해 시어머니의 건강이 급격히 악화되어 갔다. 손자의 귀여운 재롱과 남덕의 간절함에도 불구하고 시어머니는 그렇게 운명을 달리 하시고 말았다.

남덕은 만감이 교차했다.

처음 시집살이를 할 때의 그 혹독함. 때론 부드럽기도 했지만 지나치게 냉정하셨던 분. 하지만 아이를 가져보지 못해 손자, 손녀에게만큼은 당신의 모든 것을 다 주실 정도로 사랑도 많으셨던 분. 이제는 살아생전에는 볼 수 없지만 남덕은 시어머니의 내리 사랑에 대해 강한 확신을 갖고 있었다. 그 어느 누구보다도 자식들을 사랑할 수 있는 분이라 굳게 믿었다.

큰 아들이 6살이 되고 이번에도 아들이 태어났다. 비록 시어머니는 돌아가셨지만 멀리 하늘에서 기뻐하고 계실 거라 확신했다. 두 아이 모두 무럭무럭 잘 컸다. 남편이 하는 일도 날로 번창하여 인근 마을에서는 모두가 부러워할 만큼 경제적으로도 안정되어갔다. 남덕은 자신이 학교를 다니지 못했기 때문에 자식에 대한 교육열이 어느 누구보다 강했다. 자식들에게는 세상 가장 좋은 환경에서 교육을 받게 하고 싶었다. 큰 아이가 7살이 되자 국민학교에 입학을 시켰고 매일 아이의 등하교를 같이 했다. 자신이 당했던 괴롭힘을 미리 예방하고 혹시나 있을지도 모를 사고에 대비하게 위해서였다.

그날도 여느 때와 다름없이 큰 아이가 학교를 마칠 시간에 학교 앞 정문에서 아이를 기다렸다. 아이는 남덕을 보자 한 달음에 뛰어왔다. 그렇게 모자는 다정

225

하게 집으로 향했다. 모내기철이 다가 오자 논에서는 모내기 준비를 하느라 한창이었다. 남덕의 이웃집에 사는 어르신도 모내기를 하느라 논에 나와 있었다. 남덕은 어르신께 인사를 하기 위해 잠시 아이의 손을 놓고 논 쪽으로 향해 걸어갔다. 그러나 잠시 한눈을 팔던 아이는 남덕이 있는 쪽으로 빠르게 달려왔다. 커브길에서는 버스가 달려오고 있었다. 남덕은 소리를 지를 수조차 없었다.

너무나 순식간에 벌어진 일이었다. 남덕은 미친 듯이 달려갔다. 아이를 일으켜 세우려 했지만 소용이 없었다.

"엄마, 다리가 아파. 너무 추워."

아이는 이 말을 마지막으로 남덕의 곁을 떠나고 말았다.

"……."

숨이 쉬어지지 않았다. 앞도 보이지 않았다. 가슴엔 커다란 돌맹이가 내려앉았다.

'어쩌란 말이냐. 이제 어찌 살란 말이냐.'

사람들이 달려왔다. 멀리 남편의 모습도 희미하게 보였다. 정신을 잃었다.

늑대들이 쫓아왔다. 뛰고 또 뛰었다. 정신없이 뛰다 보니 절벽이 나타났다. 더 이상 도망갈 수가 없었다. 그 순간, 뒤를 돌아보니 쫓아오던 늑대들의 모습이 보이지 않았다. 그 때, 갑자기 검은 옷을 입은 장정 5명이 나타났다. 남덕의 손을 잡아끌었다. 남덕은 있는 힘껏 손을 뿌리쳤다. 그리고 소리를 질렀다.

"안 돼!"

남덕이 눈을 떴다. 옆에는 동네 아주머니들이 앉아 있었다. 남편의 모습은 보이지 않았다.

"우리 애는 어딨소?"

남덕이 물었다.

아주머니들은 대답이 없었다.

남덕은 다시 고개를 돌렸다. 흐르는 눈물을 주체할 수가 없었다. 베개가 흥건히 젖었다. 아주머니들은 슬며시 하나 둘씩 방에서 나갔다.

'내 인생은 왜 이럴까? 왜 이렇게 모질기만 할까?'

남덕은 꿈속에서 보았던 장정들의 손을 잡고 그냥 갔으면 어땠을까라고도 생각했다.

자신이 싫었다. 세상도 싫었다. 아니 모든 것이 다 싫었다.

'어머니, 저도 데리고 가 주세요.'

시어머니께 부탁도 해 보았다.

이제 남덕은 딸도 잃고 아들도 먼저 보낸 모진 어미가 되어 버렸다.

아들은 마치 제 손으로 죽인 것만 같았다.

'그때 아들의 손을 놓지만 않았으면…, 논을 본다고 길을 건너지만 않았으면……'

온갖 후회가 밀려왔다. 하지만 돌이킬 수 없었다.

'앞으로 내가 살 수가 있을까?'

'앞으로 아무렇지 않게 잘 살아갈 수 있을까?'

온갖 생각이 다 들었다. 자신의 목숨이 질기게만 느껴졌다.

남덕의 눈에서는 눈물이 멈추지가 않았다. 그렇게 몇 시간을 울었을까.

남편이 돌아왔다.

"아들은 잘 보내고 왔네."

무심한 듯 남편이 말했다.

남덕은 차라리 남편이 자신을 혼내고 나무랐으면 좋겠다고 생각했다.

하지만 남편은 남덕에게 다시는 아들에 대해서는 말하지 않았다.

다음날 아침이 되자 남편은 무슨 일 있었냐는 듯이 일상의 모습으로 돌아와 있었다. 그런 남편이 남덕은 무심하다는 생각도 들었지만 한편으로는 자신에 대한 배려로 느껴져 무한한 고마움을 느꼈다.

오늘도 어느 때처럼 비가 내렸다. 추적추적 봄비를 맞으며 남덕은 마당에 서 있었다. 눈물인지 빗물인지 모르게 남덕의 뺨에서는 뜨거운 물이 계속 흘러내리고 있었다.

9월의 한낮 햇살을 여전히 따갑다.

햇살을 피해 방안에 앉아 있노라니 시원한 산들바람이 불어온다.

마당을 청소하느라 흘렸던 땀방울들이 산들바람에 말라 시원함은 두 배가 된다.

"할머니, 할머니, 노래 불러주세요."

어린 손주 녀석이 아까부터 노래를 불러 달라 성화다.

"아니 인석아. 할미 좀 쉴 테니 니가 노래 좀 불러 봐라."

"곰 세 마리가 한 집에 있어⋯⋯."

손주 녀석은 어설픈 손동작 발동작까지 섞어 가며 오밀 조밀한 입으로 노래를 부른다.

"아이고 우리 강아지 노래도 잘하네."

남덕은 어린 손주 녀석이 마냥 예쁘기만 하다.

추석이 다가오자 도시에 나가 있던 아들들이 가족을 이끌고 내려왔다. 남덕의 아들 삼형제는 이미 장성해서 큰 아들은 공무원, 둘째와 막내아들은 대기업에 다니고 있다. 그런 아들들이 데려온 손주들을 보는 것이 이제는 가장 큰 낙이 되었다.

"할머니, 이제 내가 노래했으니까 할머니도 노래 불러요~~ 네~~~~"

"허, 고것 참. 알았다. 노래 할 테니 잘 들어라."

문경 새재는 웬 고~ 갠가
구부야 구부구부가 눈물이 난다
아리 아리랑 쓰리 쓰리랑 아라리가 났네
아리랑 음 음 음 아라리가 났네

청천 하늘엔 잔 별도 많고
우리네 가슴 속엔 희망도 많다
아리 아리랑 쓰리 쓰리랑 아라리가 났네
아리랑 음 음 음 아라리가 났네"

"와~~ 박수~~ 짝짝짝짝!"

어느 틈엔가 아들들이 마실 나갔다 돌아온다.

"우리 엄마 아직 노래 실력 죽지 않았네."

"엄마 노래 음반 하나 내 볼까?"

"아님 이번 추석 때 마을 노래자랑에 한 번 나가 보는 건 어때?"

아들들은 저마다 남덕의 노랫소리에 한 마디씩 한다.

황금빛 9월의 시골 들녘은 더 짙게 물들어 간다.

장성한 아들들과 귀여운 손자, 손녀들을 바라보며 남덕은 온화한 미소를 짓는다.

노래가 전해지는 이야기

진도지역에는 일찍부터 세습 국악인들이 많이 거주하고 있어 판소리 명창도 많이 배출되었다. 진도 출신으로 이름이 전해지는 판소리 명창으로 채맹인과 채두인이 있었으나 기악에 전념하였고, 뒤에 박동준, 신치선, 양상식, 허희, 최귀선, 신영희 등이 판소리에 전념하였다. 진도 출신 고수로서 유명한 이는 김득수가 있다.

박동준(朴東俊)은 진도 출신이며 판소리에도 능하였고 가야금산조와 가야금병창에 능했다. 박동준의 아우 박남준, 박서준, 박북준이 두루 판소리에 능했고 딸 박보아는 창극과 잡가에 능했다.

신치선(申致先)은 전라남도 담양 출신으로 김정문(金正文)에게 판소리를 배워 명창이 되었는데 춘향가, 심청가, 흥보가, 수궁가에 능했다. 처가를 따라 진도에 살았는데 신치선 문하에서 신영희가 배웠다.

최귀선(崔貴善)은 진도군 조도면 관매도 출신으로 뒤에 조도 육동리에 살았다. 어려서 임방울과 정응민에게서 잠깐 배웠지만 국악 활동이 싫어서 고향에서 조용히 살았다. 뒤에 독공하여 성음이 대단한 경지에 이르렀지만 섬에 은거하여 크게 알려지지 않았다.

양산식(梁相植)은 진도 출신으로 박동준에게 판소리를 배웠고 뒤에 김정문에게 판소리를 배워 기틀을 잡았다. 창극에 능해 촉망받았으나 안타깝게 40살에 죽고 말았다.

출처 : 향토문화전자대전

각자의 인생을 따라 전해지는 노래, 전해지지 않는 노래

더 이상 노래할 수 없는 순간을 온몸으로 마주한 가족의 이야기

김득수(金得洙)는 1917년 진도군 진도읍 성내리에서 출생했고 본명이 김영수(金永洙)이다. 어려서 채두인에게 잡가와 판소리를 배웠고 오수암에게 판소리를 배워 판소리 명창으로 이름을 떨치며 협율사 공연을 다니다가 조선성악연구회에서 활동하였다. 창극 활동에 주력하다 창극이 쇠퇴하자 고수로 활동했고 1985년 중요무형문화재 제59호 판소리 고법의 기예능보유자로 인정되었으나 1990년에 사망했다.

판소리로 유명한 신영희(申英姬)는 진도군 지산면 인지리에서 출생하였다. 어려서 부친인 신치선에게 판소리를 배웠고 뒤에 안기선, 장월중선, 강도근 등 수많은 명창에게 판소리를 배웠다. 1975년에 서울에서 김소희에게 판소리를 배워 명창으로 이름을 떨쳤다. 현재 중요무형문화재 제5호 판소리 춘향가 기예능보유자 후보로 인정되었다.

소설 속의 가족 이야기는 진도에서는 쉽게 만나는 풍경이다. 윗사람으로부터 구전된 노래는 누군가에게 와서 이렇듯 꽃을 피웠고 누군가에게는 슬픈 추억이 되었다.

당신을 규정하는 것은 피와 모방,
그 이상의 것이다.

Gene*Meme

피와 모방, 그 너머 것

피의 코드와 몽상적 열정이 부딪혀
스스로를 세상 밖으로 드러내는 원리

사천의 푸른 물

최지현

사천 운림산방의 현재와 과거를 잇는 연못을 통해
어느 순간 과거로 떠난 남자가 처음으로 가족을 이루고 사랑하며 살아가는 이야기

깐깐한 부장님 앞에 서서 면박을 받은 지 정확히 25분째. 이런 저런 옛 이야기들까지 다 나오는 바람에 시계의 큰 바늘은 하염없이 돌아가고 있다. 시간이 길어지다 보니 내가 왜 이 자리에 서 있는지도 기억이 가물가물해지고 있다. 그동안 경험의 노하우로 티 나지 않게 대충대충 대답을 하고 있는 와중에 부장과 눈이 마주쳤다. 드디어 허락이 떨어지는 건가.

"자네…… 그래도 내가 자네라서 이렇게 휴가를 주는 거네. 아무리 휴가라고 해도 지금 회사가 어떻게 돌아가는지 자네도 대충 알 텐데……. 그래도 이왕 휴가 가는 거 2박 3일 동안 편안히 쉬고 와서 열심히 하게."

"네, 부장님. 감사합니다."

부장님의 언짢은 표정을 뒤로하며 얼른 그 공간을 빠져나왔다.

자리에 앉아 있던 김대리가 나를 부러운 눈빛으로 쳐다본다. 내가 며칠 동안 자리에 없으니 그동안의 희생양은 김대리가 될 게 뻔하다. 나는 갑자기 불쌍하게 느껴지는 그에게 입 모양으로 힘내라고 말했다. 그런 내 모습에 울상을 짓는 김대리다. 서둘러 짐을 챙겨 회사 밖으로 나왔다. 나오니 해는 벌써 저물어 어둑어둑해지고 있었다.

아. 시원한 밤공기 오랜만에 느껴보는 해방감에 홀가분해진다.

집에 가는 동안, 2박 3일의 귀중한 시간에 어디로 여행을 갈지 곰곰이 생각해 보았다.
'음……. 부산 해운대나 오랜만에 가볼까? 이건 아니야.'
집에 도착해서도 마땅히 갈 곳을 생각하지 못했다. 서류 가방을 내려놓는 순간 선반에 꽂혀 있는 '진도비전' 책이 눈에 들어왔다. 좋은 생각이 떠올랐다.
그리고 마침내 나는 결정했다. 내 휴가를 진도에 바치기로.
계획은 바로 실행해야 하는 법이다. 그렇게 자리에 앉아 컴퓨터로 버스 시간표를 알아보고 간단한 간식거리들을 가방에 챙겼다. 벌써부터 혼자 가는 여행에 설렘이 느껴졌다.

아침이 밝았다.
소풍 가는 아이처럼 기상 시각보다 2시간 더 일찍 눈이 떠졌다. 휴대폰으로 시각을 확인해 보니 아직 이른 시각인 새벽 4시 53분이었다. 시작될 고된 여정을 생각해 다시 눈을 붙이려 하였지만 잠이 오지 않아 일어나 준비를 하여 버스터미널로 향했다. 나이는 먹을 대로 먹은 40대 아저씨일 뿐이지만 지금은 들뜨고 마치 어린 시절로 돌아간 듯한 마음이 들었다. 그러한 설렘도 잠시, 잠을 조금밖에 못 잔 탓인지 졸음이 쏟아져왔다.

"어이, 어이. 도시양반!"
누군가가 나를 흔드는 기분이 들어 눈을 떴다. 주위를 둘러보니 버스 안에는 나 혼자뿐이었다. 아무래도 지금까지 쭉 잠이 든 모양이다.
"아, 죄송합니다. 제가 잠이 들면 좀 깨지 않아서요."
서둘러 짐을 챙기고 버스 아저씨께 짧게 인사를 하고 나오려는데 아저씨가 나에게 말을 걸어왔다.
"어이, 양반. 보아하니 혼자 여행 온 모양인데, 묵을 곳은 알아봤수?"

생각해 보니 묵을 숙소는 알아보지 않았다.

"아니요. 갑자기 즉흥적으로 온 여행이라서 숙소는 생각도 하지 못했네요. 혹시 좀 묵을 만한 곳 있나요?"

"내 동생이 여인숙을 하는데 나름 묵을만혀. 거기서 묵어~ 내가 지금 연락해 놀랑께."

"감사합니다."

그렇게 버스 아저씨의 안내에 따라 여인숙으로 갔다. 대문은 초록페인트로 칠해놓았는데 군데군데가 벗겨져 있었다. 문을 열고 들어가니 왠지 모르게 정감 가는 아주머니 한 분이 반갑게 나를 맞이하셨다.

"안녕하세요. 앞으로 묵게 될 이윤수라고 합니다."

"그려. 반가우.^^"

짧은 인사가 오가고 안내해 준 방으로 들어와 짐을 풀었다. 오늘은 뭘 하지 생각을 해보다가 산을 타기로 결정을 내렸다. 원래 산을 좋아하는 성격이라 주말마다 한 번씩 혼자 산을 타기도 했다. 아주머니에게 가서 여쭤보니 사천리에 오르기 좋은 산이 있다고 했다. 나름 유명한 곳이라 사람들이 많이 찾아가고 지금 같은 여름 시즌에 계곡에 물놀이를 하러 많이들 간다고 하였다.

"근데, 지금 가려고? 지금 날씨가 좀 우중충한디 곧 비가 올 것 같혀. 내일 가는 게 좋을 것 같구만."

아주머니가 걱정하는 투로 말하셨다.

"제가 시간이 많이 없어서요. 얼른얼른 돌아다녀 보고 싶기도 하고……. 알려주셔서 감사합니다."

"그러면 어쩔 수 없지 그래. 산에 있으믄 금방 어두워진께 적당히 타고 어두워질랑말랑 하믄 얼른 내려와야 혀~"

"네. 이따 봬요."

아주머니의 걱정을 뒤로한 채 등산가방에 대충 먹을거리를 챙기고 버스를 타러 갔다. 도시와 달리 이곳의 버스터미널은 작았지만 그래도 나름 있을 건 다 있었다.

버스를 탄 지 약 20분쯤, 사천리에 도착해서 내렸다. 걸어서 주차장을 지나

약간 자갈이 깔려진 길을 따라 산속으로 들어갔다. 시골이라서 그런지 공기가 상쾌하였다. 올라가다 보니 계곡도 있었다. 나무가 많이 우거져 있었고 산새들이 재잘재잘 노랫소리를 냈다. 상쾌한 느낌에 금방 기분이 좋아졌다. 그렇게 열심히 산을 올라간 지 약 30분째 이마로 빗방울이 한 방울 툭 하고 떨어졌다. 하늘을 올려다보니 먹구름이 몰려오고 있었다.

'아, 날씨가 걸리더니 결국엔 비가 오네.'

급한 대로 근처에 있던 큰 나무 밑으로 갔다. 비 그치기를 한참 동안 기다렸지만 비는 그칠 기미가 보이지 않았다. 이제 시간도 늦었고 얼른 내려가야겠다는 생각이 들어 산을 내려가고 있는데, 나뭇잎이 우거진 사이에 샘물이 보였다. 발걸음을 돌려 샘물로 갔는데 무언가 신비로운 느낌이 들었다.

샘물은 맑고 푸르렀다. 안 마셔보고는 못 배길 것 같은 기분이다. 그래서 한 모금만 마시려고 무릎을 꿇고 몸을 앞으로 숙였다. 그렇게 물을 마시려고 고개를 숙이는 순간 신발이 돌의 미끼에 미끄러져 몸의 중심이 앞으로 쏠렸다.

"어…… 어!"

나는 외마디 비명을 지르며 샘물 속으로 빠졌다. 머리부터 발끝까지 차가운 물에 온몸이 움츠려 들었지만 온 힘을 다해 허우적거렸다. 아무리 허우적거려 보아도 이미 어두워진 주위에 지나던 행인이 있을 리가 없었다. 그렇게 점점 몸에 힘이 빠지고 정신이 아득해졌다. 나는 점점 더 어두운 깊은 물 속으로 천천히 가라앉았다.

"어이, 어이 용구야. 정신 좀 차려 봐!"

누군가 나를 흔드는 기분이 들어 눈을 떴다. 뭔가 익숙한 상황처럼 느껴졌다.

눈을 뜨는 게 쉽지 않았지만 힘을 다해 눈을 떴는데, 옛날 한복을 입고 있는 사람들이 내 주위를 에워싸고 있었다. 잠시 상황 판단이 되질 않아 눈만 껌뻑였다.

"오메, 우짜면 좋누. 얼굴을 본께 지금 제정신이 아녀."

"그라믄 죽다 살아났는디 제정신인 게 이상하제."

낯선 사람들이 서로 이야기를 나누고 있었는데 그 이야기의 주인공이 눈치로 봐서는 나인 것 같았다.

"저기, 누구신지……?"

눈치만 보다가 입을 열어 누군지 물어보았다.

"참말로 머리에 나사가 빠져부렀구만, 쯧쯧."

얼굴이 시꺼먼 한 사내가 나를 보며 연신 혀를 찼다. 지금 이 상황이 이해가 되질 않았다. 갑자기 정신이 번쩍 들어 일어났다. 재빠르게 주변을 둘러보았다.

내 눈에 보이는 건 산과 나무들뿐이었다. 낯선 사람들이 나를 이상하게 보고 있었다.

나를 보며 연신 혀를 차던 사내가 걱정스러운 눈빛을 보내며 다시 내게 말을 걸었다.

"용구여 너 괜찮혀?"

나를 용구라 부르는 사람을 이상하게 쳐다보았다.

'왜 내가 용구지?'

"저기 착각하신 것 같은데, 저는 용구가 아니라 이윤수입니다. 지금 이 상황이 어떻게 된 건지……."

그러자 아까부터 아무 말 없이 쳐다보시기만 하던 할머니가 말을 하였다.

"뭔 소리를 하는 것이여! 물속에 빠지더니 정신이 훼까닥 나가분 것이여! 니가 왜 이윤순가 그 뭐시기여 너는 이용구여 이용구!"

할머니가 답답하다는 듯이 나를 보고 언성을 높이셨다. 나는 이해가 되지 않는다는 표정을 하며 서 있었다. 그때 저 멀리서 한 여자가 한 4~5살 정도 돼 보이는 어린 여자아이의 손을 꼭 붙잡고 이곳으로 걸어오고 있었다. 너무나 곱게 생겨 눈을 못 떼는 와중에 눈이 마주쳤다. 당황해 눈을 피하려는 순간 그 여자의 눈에 눈물이 차올랐다. 그 여자는 재빠르게 아이를 품에 안고 나에게로 뛰어왔다.

"여보, 이게 어떻게 된 일이에요…… 갑자기 물에 빠지다니요! 네? 설명 좀 해봐요, 좀."

그 여자가 눈에 눈물을 그렁그렁 단 채로 나에게 물었다.

그녀가 누군지 생각해 보았는데 도무지 기억이 나지 않았다.

내 고객이었던가? 아닌데. 이런 얼굴은 잊혀지지 않을 텐데…… 근데 잠깐만 여보? 여보라고? 내가?

"네? 초면에 죄송하지만 여보라뇨?"

그 여자에게 물었다. 그 여자는 결국에는 닭똥 같은 눈물을 뚝뚝 흘리며 아까 그 시커먼 사내에게 다시 물었다.

"오라버니 이게 어떻게 된 일이에요? 용구씨가 왜 이러냐구!"

그 시커먼 사내는 여자를 달래며 말을 하였다.

"아니, 물에 빠져서 잠깐 기절을 하더니만 지금 제정신이 아닌 모양이여. 지가 자꾸 이용구가 아니라 이윤순가 뭐시기라고 하는데 도대체 저것이 뭔 말인지 하나도 모르겠다야. 일단 지금은 너가 진정 좀 시키고 집으로 델꼬 가서 옷 갈아입혀라."

그 여자는 고개를 끄덕이며 다시 나에게로 왔다.

'도대체 지금 이게 뭔 소린지…….'

그런데 그 순간에 그 꼬마가 나에게 오더니 내 품에 안겼다. 갑자기 따뜻한 생명체가 몸에 안겨 당황했다. 하지만 무언가 모르게 익숙한 체취였다. 그 아이가 나를 말똥말똥한 눈으로 쳐다보며 조그마한 입을 벌렸다.

"아부지, 이게 어떻게 된 일이라요? 옷이 다 젖어 부렀네. 얼른 집에 가유."

그 작은 손으로 내 손을 잡아당겼다. 내 눈이 자연스레 밑을 향했다.

그런데 내 옷차림을 보니 낯선 한복을 입고 있었다. 놀라서 얼굴을 만졌는데 턱에 거칠거칠한 수염이 나있었다. 원래 이런 걸 잘 좋아하지 않는 성격이라 매일 아침마다 면도를 하는데 갑자기 이렇게 긴 수염이 날 리가 없었다. 게다가 오늘 아침에 여인숙 마당에서 면도를 했던 것이 확실하게 떠올랐다. 그때 날카로운 면도칼에 턱을 살짝 베인 것이 생각났다. 얼른 턱으로 손을 가져보니 따끔한 것이 상처가 나있었다. 갑작스러운 상황에 정신을 차리지 못한 채, 일단 내 부인이라는 여자를 따라 산길을 내려갔다.

조금 걸어 내려가니 조그마한 초가집이 보였다. 여자와 어린아이는 그 초가집으로 향했다. 여자가 나를 보며 들어오라고 고갯짓을 하였다. 나는 처음 보는데도 익숙한 느낌이 들어 기분이 묘했다. 안으로 들어오니 옛날 초가집처럼 생겨 있었다. 한지 문, 황토바닥. 그렇게 마당에서 바가지로 샤워를 하고 방에 들어오니 여자가 나를 기다리고 있었다. 여자의 눈을 보니 걱정으로 가득 채워져 있었다. 한참 동안이나 정적이 흐르고 드디어 그녀가 입을 열었다.

"여보, 이게 어떻게 된 일이에요? 기억을 잃었다는 말은 또 뭐고……, 네?"

내가 계속 입을 다물고 대답을 하지 않자, 여자는 답답하다는 듯이 나에게 계속 물었다. 일단 나를 이용구라고 알고 있는 이 사람에게 지금 상황을 설명해야 된다는 생각이 들어 조심스럽게 말을 꺼냈다.

"죄송한데, 저는 이용구가 아니라 이윤수라고 합니다. 초면에 이렇게 마주쳐서 당황하셨겠지만 저도 지금 이게 어떻게 된 일인지 모르겠어서……."

그 여자는 다시 내 말을 듣고 입을 열었다.

"그럼 지금 내 앞에 있는 사람이 내 남편이 아니면 누구라는 거예요."

그 말을 듣고 잠깐 생각에 빠졌다. 너무 당황스러워서 생각하지 못했던 부분들이 떠올랐다. 지금은 21세기인데 왜 사람들이 이런 한복을 입고 있는 거지? 아무리 생각해도 답이 나오지 않았다. 드라마 세트장이라고 하기에는 너무 자세하고 현실적이었다.

'근데 오늘이 며칠이더라…… 어? 잠깐 오늘이 며칠이지?'

나는 의아함이 생겨 바로 그 여자에게 물었다.

"오늘이 며칠인가요?"

그러자 그 여자는 달력을 보고 말했다.

"오늘 7월 9일이에요. 여보."

7월 9일? 내가 휴가를 받은 날이 9일이었다. 뭔가 이상했다. 나는 그 여자에게 다시 물었다.

"지금이 몇 년도인가요?"

이 질문을 듣자 여자의 표정은 복잡하게 바뀌었다. 아마 진짜 내 남편이 아닌가라는 의문을 드디어 품게 된 것 같았다. 그녀는 다시 조심스레 경계의 눈빛으로 나를 바라보며 입을 열었다.

"1891년이에요. 여보. 진짜 제 남편이 아닌 거면 당신은 누구인가요? 분명 제 남편 얼굴을 하고 있는데 어떻게 다른 사람이라는 거죠?"

답답한 마음으로 답한다.

"저도 잘 모르겠어요. 지금 이 상황이 어떻게 된 건지는…… 일단 상황을 설명하자면 저는 2016년도, 21세기 사람이에요."

그러자 그녀는 믿을 수 없다는 눈으로 나를 바라보았다. 그녀의 표정은 접어두고 말을 이어나갔다.

"저는 2016년 바로 오늘 7월 9일, 사천리에 휴가를 와서 산을 탄 것뿐이에요. 도중에 비가 내려 하산하다 샘물에 빠졌어요. 근데 정신을 차려보니 이곳이었어요."

그 여자는 아무 말도 하지 않았다. 생각에 빠진 것 같았다.

나는 여자에게 샘물을 한번 살펴보고 오겠다는 말을 건네고 다시 산으로 향했다. 내가 탄 그 날의 산과는 다른 점이 많았다. 처음 올라왔을 때보다 더 나무가 무성한 길도 있고, 분명 지나쳤던 자갈돌길이 없어졌거나 하는, 몇 시간 만에는 도저히 바뀔 수 없는 것들. 계속 올라가다 보니까 똑같은 위치에 바로 그 샘물이 있었다. 샘물 가로 한쪽 무릎을 꿇고 앉아 생각을 더듬어 보았다. 그렇게 앉아 앞뒤의 정황을 궁리한 지 벌써 몇 시간째, 허무하기 짝이 없는 결론이 내려졌다. 이 샘물이 시간을 거슬러 올라오게 했다면…… 샘물을 통해 이 세계로 들어왔으니 다시 이 샘물로 원래의 내 세계로 돌아갈 수 있을지도 모른다는 결론.

그때 뒤에서 인기척이 들렸다. 그 여자가 마을 사람들에게 내가 다시 산으로 올라갔다고 말했는지 사람들이 몰려오는 소리가 들린다. 사람들에게 붙잡히기 전에 결행해야 한다는 생각에 나는 바로 샘물로 뛰어 들어갔다. 마을 사람들이 뭔가 외치며 뛰어오는 소리가 들렸지만 그건 신경 쓰이지 않았다.

그런데 무언가 이상했다. 샘물에 뛰어 들어갔는데 전에 빠진 것처럼 아득하게 느껴지지도 않고 묘한 기분도 없었다. 순간, 나는 이 계획이 실패했음을 깨달았다. 나는 본능적으로 온 힘을 다해 팔과 다리를 허우적거렸고 누군가 내 목덜미를 잡아 순식간에 물에서 빼내었다. 나는 너무 힘겨운 나머지 엎드려 숨을 제대로 쉬지도 못하고 헥헥댔다.

그때 그 여자의 오라버니라는 사람과 눈이 마주쳤다. 옷이 젖은 걸 보니 나를 구해준 사람이 이 사람인가보다.

"너 시방, 진짜 미쳐분 것이여? 그기엔 뭘단디 또 들어가고 자빠져 있어! 진짜 죽을라고 작정한 것이여? 야가 왜 이런다냐…… 정신 차려 이놈아!"

그는 화난 듯 나에게 손가락질까지 해대며 소리를 바락바락 지르고 있었다.

244

뒤에는 마을 사람들로 보이는 사람들이 있었지만 다들 그의 생각에 동의한다는 듯 잠자코 아무 말도 하지 않고 쳐다보고만 있었다. 나도 이렇게 여기서 지낼 수는 없다.

"저는 미친 게 아니에요! 저는 원래 있던 세계로 하루 빨리 돌아가야 해요. 이곳 세계 사람이 아니라구요. 원래 세계로 돌아가려면 이 샘물로 들어가야 해요."라고 말하며 다시 샘물로 들어가려고 몸을 돌리자 마을 사람들이 달려들어 내 몸을 포박했다. 저항하였지만 나 혼자서 될 일이 아니었다. 그렇게 자포자기하고 다시 집으로 돌아왔다. 해는 어느새 저물어가고 있었다.

대문을 열고 들어가니 여자가 마당에 서성거리며 나를 기다리고 있었다. 어린 여자아이는 아직 안 보이는 걸로 봐서 낮잠이라도 자고 있는지 몰랐다. 여자는 또 젖은 내 꼴을 보더니 아무 말 없이 닦을 것과 새 옷과 속옷을 주었다. 온 몸이 지쳐 헐거워진 느낌으로 몸을 씻고 나왔는데 어디선가 고소한 냄새가 났다. 냄새를 맡자마자 배에서 꼬르륵 소리가 났다. 생각해 보니 오늘 아침에 먹은 샌드위치를 제외하고 음식을 먹지 않았다. 이 생각이 들자 미친 듯이 배가 고파져 왔다.

여자는 나를 보더니 밥을 먹으라고 불렀다. 나는 앉아서 밥을 먹고 그 여자는 한쪽 다리를 끌어안은 채 밥을 먹는 나를 지켜보았다. 가끔 한 번씩 한숨을 푹푹 내쉬었다.

밥을 다 먹자 여자는 일어나 상을 치웠다. 나는 창고방으로 들어가 여자가 건네주는 이불을 받고 이부자리를 폈다. 자려고 누웠지만 잠은 오지 않았다. 아니 올 리가 없었다. 하루 만에 내 상식으로는 전혀 이해가 되지 않는 일들이 많이 일어난 탓이었다.

일단 이 상황들을 정리를 해보자면 이 세계의 '나'인 '이용구'는 저 여자의 남편이자 저 어린아이의 아빠였다. 그리고 나는 이 마을의 구성원 중 하나였다. 그렇게 나는 나도 모르는 사람이 어느샌가 돼 있었던 것이다.

하지만 나는 이용구가 아니다. 나는 21세기 대한민국에 사는 지극히 평범한 회사원인 40대 아저씨일 뿐이다. 나는 내 세계로 돌아가야 한다. 생각이 여기까지 미치자 내일 일어나자마자 일단 할 수 있는 일은 다 해봐야겠다고 생각했다. 하지만 지금 내가 알고 있는 곳과 단서는 산과 샘물 밖에 없다. 그러므로 조사를 한다고 해도 산 주위에서만 헤메게 될 것이다. 그런데도 나는 포기할 수 없다. 나는 당연히 내가 있어야 할 곳으로 가야 하므로.

✧◈✧◈✧◈✧

아침이 밝았다. 아이가 와서 아빠하고 흔들어 깨우는 바람에 잠이 전부 달아나버렸다. 눈을 뜨니 아이는 천진난만하게 웃으며 나에게 장난을 치고 있었다.

"아부지! 얼른 일어나유. 지금 해가 중천에 떴당께. 얼른 지랑 밥먹으러 가유."

순간 나도 모르게 미소가 지어졌다. 정신을 차리고 거실로 나왔다. 그 여자는 마당 마루 위에 앉아 멸치 똥을 따고 있었다. 여자는 인기척을 듣고 뒤로 돌아보았다. 나를 보고 생긋 웃더니 아무렇지 않게 말을 걸어왔다.

"잘 잤어요? 어제 일찍 자고…… 피곤했나 봐요."

정말 어제 일은 다 잊어버린 것처럼 아무렇지 않게 말을 걸어오는 그녀의 모습에 적잖이 당황할 수밖에 없었다. 그녀는 아직도 나를 남편이라고 믿고 있고 아니 그렇게 믿고 싶어하고 생각하는 것 같았다.

"아, 잘 잤어요. 걱정해 줘서 고마워요."

나도 모르게 목소리는 부드러워지고 있었고 경계의 태세는 조금씩 풀려가고 있었다. 그렇게 밥을 먹고 나는 그녀에게 이곳 좀 둘러보고 오겠다고 했다. 이 말에 그녀는 걱정하는 표정이 됐지만 차마 가지 말라는 말은 못했다. 알겠다며 점심 먹을 시간에는 집으로 돌아오라고 말했다. 그녀에게 걱정 말라고 하고 집을 나섰다.

어제 한 번 산을 가보고 나서 나는 대충 이 마을의 길을 머릿속에 그릴 수 있게 되었다. 이 들판을 조금만 더 걸어 올라가면 마을회관이 나온다. 그 앞에는 밭이 있었는데 내 생각에는 이곳이 지금의 주차장으로 변한 것 같았다. 그렇게 포장되지 않은 거리를 걸으며 다시 산으로 들어갔다. 공기는 맑았고 지끈지끈한 내 머리를 잠시 동안이라도 쉴 수 있게 해주었다.

다시 산을 둘러보며 올라갔지만 짚이는 건 아무것도 없었다. 샘물에 도착해 그때처럼 한쪽 무릎을 꿇고 물을 마셔보았지만 아무 소용이 없었다. 그렇게 나는 며칠을 반복했다. 하지만 아무 일도 일어나지 않았고 아무런 단서나 실마리도 보이지 않았다. 아무리 노력해도 아무리 수확이 없다 보니 점점 지치기 시작했다.

며칠 동안의 갑작스런 상황에 놀란 마음이 차츰 진정되어갔다. 조금씩이지만 익숙함의 안정감이 커지고 마을의 생활에 적응해가는 스스로를 느꼈다. 2016년의 현실 속에서 나는 독신주의라 결혼을 하지 않고 혼자 살고 있었는데, 집에 가면 반겨주는 아내와 딸이 있다는 사실은 나에게 엄청난 충격을 주기도 했지만 뭔가 마음속에 몽글거리는 따스함도 느끼게 했다. 다시 현재로 돌아가려는 수많은 시도가 다 실패로 돌아가자 마음 한 켠에서 이 마을의 구성원으로 살아가야겠다는 속삭임이 들려왔다. 어쩌면 이곳이 나에겐 삭막하고 답답했던 도시의 삶보다 나은 듯도 했다. 도시인으로, 직장인으로 살아가던 그때보다 더 따스하고 정감 있게 느껴질 때도 있었다. 그렇게 나는 점점 그들에게 마음을 열었다.

평소와 다르지 않은 어느 날, 나는 딸을 데리고 산책을 나갔다. 이제는 거리낌없이 딸과 아내라 부르는 내 자신을 발견한다. 어느샌가 경계심과 거부감은 눈 녹듯 사라지고 없었다.

"아부지! 지금 어디 가는 거여유?"

이제는 친딸처럼 느껴지는 유옥이가 내 손을 잡으며 신나게 물었다.

"지금 산책가는 거야. 아부지랑 산책가는 거 오랜만이지?"

미소를 지은 채 대답했다.

"오랜만이여유. 좋아 좋아!"

신나서 방방거리는 딸의 손을 잡고 산 쪽으로 향했다.

산을 조금 올라가니 한동안 정신이 없어 미처 보지 못했던 쌍계사라는 현판이 나타났다. 외관상으로 보았을 때에는 절이었다. 절 경내로 들어가니 스님들이 있었다. 크지 않지만 한적하니 평화로운 마음을 주는 소담한 절이었다.

그렇게 둘러보고 계곡 옆으로 올라가니 상록수림이 있었다. 산 주변에는 여러 식물들이 많았다. 유옥이가 갑자기 앞으로 뛰어갔다. 당황한 나는 어서 유옥이의 뒤를 따라갔다. 가보니 유옥이가 쪼그려 앉아 꽃을 따고 있었다. 그 꽃은 큰개불알풀이었다. 옆에 긴 줄기를 떼 꽃반지를 만들어주니 싱글벙글 웃으며 좋아했다. 왠지 모르게 뿌듯한 기분이 들었다. 그 옆에는 팔손이나무가 있었다. 예전에 팔손이나무의 잎에 사포닌이 함유되어 소독 능력이 강하여 구더기 퇴치에 좋다고 들은 게 나무를 보니 생각났다. 잎은 신기하게도 손바닥 모양으로 7~8개의 갈래로 나뉘어 있었다. 혹시 몰라 나는 잎을 적당히 따서 소매에 넣어놨다. 집에서 쓸 일이 생길지도 모르니까.

산을 계속 걷고 밑으로 내려오니 운림산방이 있었다. 큰 연못이 있었는데 그곳에는 잉어들이 휘황찬란한 자신만의 색깔을 가지고 힘차게 헤엄쳐 다녔다. 유옥이는 그런 잉어들을 보고 신나게 뛰어다니며 좋아했다.

연못 가운데에는 인공으로 만든 듯한 섬이 자그맣게 있었는데 나무가 심어져 있었다. 아직 조그마한 나무였다. 주위 사람에게 물어보니 여기서 그림 공부를 하는 소치 선생이 심었다고 하였다. 나는 그 말을 듣고 놀랐다. 그때 처음 운림산방에 왔을 때 잠시 소치 미술관에 들렀는데 그 선생이 직접 심은 나무였다니. 무슨 나무인지 물으니 배롱나무라고 하였다.

지금 이 시간대라면 지금 소치 선생이 살아 있을 수도 있다는 생각이 들었다. 그래서 혹시라도 만날까 유옥이의 손을 잡고 이리저리 돌아다녀 보았지만 선생의 자취는 보이지 않았다. 유옥이가 배고프다고 칭얼대기 시작했다. 나중에 마을 사람들에게 물어서 다시 뵈러 가기로 하고 함께 집으로 향했다.

집에 들어가니 아내는 밥을 짓고 있었다.

유옥이가 환하게 웃으며,

"어무니!"

하고 뛰어갔다. 그 소리를 듣고 아내는 치맛자락을 붙잡고 달려 나왔다.

아내가 웃으며 유옥이와 나를 번갈아 보면서 뭐하고 왔냐고 물었다. 나는 별말 없이 유옥이의 머리만 쓰다듬었다. 유옥이는 신나서 잉어를 본 이야기를 숨가쁘게 재잘거렸다. 아내와 눈이 마주쳤다.

"여보, 유옥이랑 산책 잘 갔다 왔어요?"

"어어. 유옥이가 많이 좋아하더라고요. 당신은 뭐하고 있었어요?"

이런 저런 얘기를 나누다가 갑자기 몇 달 사이에 우리는 서로 많이 풀어져 있다는 생각이 들었다. 어쩐지 위화감이 들지 않았다. 이대로 지내고 싶다는 생각만 들었다. 묘한 기분이 들었다. 기분을 떨쳐내려고 고개를 살짝 흔들어 본다. 소치선생이라도 당장 뵈러 가고 싶어졌다. 아내에게 밖에 좀 다녀온다고 말하고 다시 운림산방으로 선생을 찾으러 갔다.

아까 그 연못이 있던 쪽으로 가본다. 천천히 걸어서 주변을 둘러보고 있었는데 연못 안에 있는 잉어를 보니 아까 신나서 방방 뛰었던 유옥이의 얼굴이 생각나 미소가 지어졌다. 그렇게 천천히 걷고 있었는데, 운림산방 주변에 동백나무들이 눈에 들어왔다. 가까이 보기 위해 다가가니 동백나무는 이미 빨간 꽃을 피워 매혹적인 아름다움을 한껏 뽐내고 있었다. 동백나무들은 산방을 지키는 호위무사처럼 단단히 서 있었다. 동백나무들을 지나쳤다.

정원에 심어진 은목서가 보였다. 나는 곧장 그곳으로 가 은목서의 향기를 맡았다. 언제 맡아도 마음이 안정되는 은은한 향이었다. 은목서의 잎을 자세히 보니 잎이 마주나 있었고 긴 타원형이었다. 향기를 마음껏 마시고 있다가 고개를 돌렸는데 반대편 쪽에 어떤 한 사람이 잔디에 앉아 그림을 그리고 있었다. 직감적으로 저 사람이 소치 선생일 것 같다는 생각이 들었다. 천천히 그곳으로 다가가 보았다.

소치 선생으로 추정되는 사람은 매화나무의 가지를 그리고 있었다. 먹으로 그 가지와 가지의 꽃을 그리고 그 느낌들을 표현하는데 과연 혼을 흔들만한 솜씨였다. 당장이라도 그 그림에 나비가 날아 앉아야 할 것만 같은 그림이었다. 넋 놓고 그림을 구경하고 있는 사이 사람의 인기척을 느낀 소치 선생이 뒤를 돌아보았다. 그 순간 눈이 마주쳤다.

"안녕하십니까? 소치 선생님."

내가 먼저 정겹게 인사했다. 그러자 소치 선생이 이상하다는 묘한 눈빛으로 나를 쳐다보았다. 돌아오는 대답이 없자 나는 다시 한 번 말했다.

"저기…… 소치 선생님 아니십니까?"

그러자, 그 사람이 갸우뚱하며 입을 열었다.

"허허. 왜 처음 보는 사람처럼 구십니까?"

어라. 날 아나? 아니 알 수가 없는데……

당황한 나는 대답을 하지 못했는데 잊고 있던 한 가지 사실이 떠올랐다. 내가 원래 이 마을의 주민이었으니 소치 선생이랑 아는 사이일 수도 있다는 것을.

나는 멋쩍게 웃으며 말을 했다.

"하하! 제가 지금 설명하자면 너무 복잡해서…… 사정이 좀 있습니다."

"흐음~!"

소치 선생이 눈을 실눈처럼 가느다랗게 뜨고 나를 쳐다봤다. 그 시선이 따갑게 느껴져 나는 무슨 말이든 해야겠다고 생각했다.

"무슨 그림을 그리고 계십니까?"

알고는 있어도 딱히 물어볼 것이 없어 던진 질문이었다.

"저기 입구에 있는 매화나무가 아름다워서, 아니 정확히 말하자면 저 나뭇가지에 핀 꽃이 아름다워 도저히 안 그릴 수가 없었네."

내가 던진 질문이었지만 답을 듣고 나니 딱히 할 말이 없었다. 나는 조용히 입을 다물고 여유롭게 그림을 그리는 소치 선생 옆에 주저앉았다.

몇 십 분이나 지났을까. 소치 선생이 나를 쳐다보며 말을 했다.

"그나저나 자네 딸이 올해 몇 살이지?"

"올해 아홉 됐을 거예요."

"자네 나랑 약조한 거 기억 안 나나?"

날 리가 없었다. 나는 잊어버린 척 하며 그 약조의 내용을 물었다.

"하하. 나이가 먹으면서 기억력이 좀 퇴화되나 봅니다."

"자네. 내 앞에서 나이 얘기 운운하지 말게. 허허."

"소치 선생님. 약조의 내용이 무엇입니까?"

"약조 내용은 자네 딸 나이가 아홉으로 채워지면 내가 제자로 받아들이겠다는 내용이었다네. 자네가 허구한날 나에게 찾아와 유옥이에게 서화를 가르쳐

달라고 부탁에 부탁을 하지 않았던가? 유옥이에게 까치를 그려보라 했는데 주저함 없이 그리는 것을 보고 아이에게 재능이 있다는 생각이 들어 한 번 고려해 보았다네. 허나 그때 유옥이의 나이가 어려 내가 아홉이 되면 가르치겠다고 자네랑 약조를 하였다네. 이제 좀 기억이 나는가?"

소치 선생이 말해 준 약조의 내용은 실로 놀라운 내용이었다. 서화를 하는 유옥이…… 자연스레 머릿속에 이미지가 떠올랐는데 유옥이에게 아주 잘 어울렸다.

"예예! 기억이 나고말고요! 제 딸을 언제 데려오면 될까요?"

"내일 오후쯤에 내 집으로 딸을 데리고 오게."

"알겠습니다. 감사합니다, 선생님!"

뜻밖의 상황에 놀란 마음을 추스르고 급하게 집으로 갔다. 대문을 열고 들어가니 유옥이가 쭈그려 앉아 나뭇가지로 그림을 그리고 있었다.

유옥이가 나를 보고는 아부지- 하며 내 품속으로 뛰어들어왔다. 나는 유옥이에게 방금 있었던 일을 쉽게 풀어서 말해 주었고 내일부터 소치 선생에게 서화를 배우게 될 것이라고 말을 해주었다. 그러자 유옥이의 소눈망울 같은 눈이 점점 커지더니 소리를 지르며 좋아했다.

"아부지, 참말이라요? 신난다!"

아내도 와서 유옥이의 기쁨을 나눠가졌다. 아내가 들어와서 밥 먹으라고 하였다. 밥을 먹으며 아내와 오늘 하루 있었던 일과 시답잖은 이야기를 나누었다. 별 웃긴 이야기를 하지 않았는데도 환하게 웃어주는 모습과 내가 하는 말에 열심히 고개를 끄덕이며 경청하는 아내의 모습에 갑자기 가슴 속에서 따뜻한 무엇인가가 느껴졌다. 밥을 다 먹고 방에 들어가 잘 준비를 하였다. 눈을 감고 오늘 하루를 회상하였는데 웃음이 나왔다. 요즘 행복한 기분을 자주 느낀다.

2개월 후.

유옥이는 2개월 전부터 소치 선생님에게 본격적으로 서화를 배우며 많은 노력과 정성을 쏟아 부어 실력이 눈에 띄게 늘고 있었다. 배움의 시간이 끝나면 유옥이는 그 날에 지은 시와 그린 그림을 들고 뛰어와 자랑을 하곤 했다. 나는 그런 유옥이에게 칭찬을 해주었다. 아내와도 전보다 덜 서먹해 진짜 부부 사이가 된 것 같았다. 이 세계에서는 부부 사이가 맞지만.

오늘은 유옥이와 함께 또 산책을 가기로 했다. 유옥이가 잉어를 그리고 싶어했다. 그래, 알겠다 하고 유옥이의 손을 잡은 채 연못으로 향했다. 이제 봄이 오려는 듯 제법 날씨가 풀려 선선한 바람이 볼에 스쳐 지나갔다. 아직 어린 유옥이에겐 춥게 느껴질까 외투를 단단히 고정해 주었다.

연못으로 간 나는 의자에 앉았다. 유옥이는 잉어를 가까이에서 본다고 돌로 된 난간에 앉았다. 연못이랑 제법 가까워 유옥이를 가까이로 부르고 싶었지만 잉어를 세밀히 그리고 싶은 마음을 이해해 그냥 내버려두었다. 그렇게 열심히 그림을 그리는 유옥이를 보다가 졸음이 쏟아져 잠깐 잠에 빠졌다.

그런데 갑자기 풍덩 하는 소리가 들리고 뒤따라 유옥이의 비명소리가 들렸다. 나는 소스라치게 놀라며 일어났다. 연못에 빠져 허우적대는 유옥이를 보자 머릿속이 하얘지고 아무 생각도 들지 않았다. 아니, 한가지 생각은 계속 떠올랐다. 유옥이를 구해야 한다고. 바로 연못 속으로 뛰어들어갔다. 연못은 생각

보다 깊었다. 어린 유옥이에게 발이 안 닿는 건 당연한 일이었다. 유옥의 몸은 허우적대는 바람에 저 멀리까지 떠내려가 있었다. 그곳으로 헤엄쳐갔지만 버둥대는 아이를 붙잡는 것이 쉽지 않았다. 소리지르는 유옥이를 안고 연못 끝까지 왔다. 유옥이를 있는 힘껏 밀어 올렸다. 유옥이는 돌 위로 난간으로 올라갔다. 차가운 물과 극심한 추위, 체력 소모에 다리에 쥐가 났다. 온 몸에 힘이 빠지고 정신이 아득해지기 시작했다. 유옥이가 나에게 손을 뻗었다. 나도 올라가려고 유옥이의 손을 잡으려 했지만 역부족이었다. 유옥이가 내 손을 잡긴 했지만 어린 아이 혼자 성인 남성을 끌어올린다는 것은 불가능에 가까웠다. 유옥이가 내 손을 잡아당긴 순간 내 약지에 껴있던 결혼반지가 빠졌다. 붙잡으려 애쓰는 유옥이의 손톱이 스치며 손가락에 긴 상처가 생겼다. 몸은 물 속으로 가라앉았고 눈은 계속 감겼다. 좁은 시야 사이로 유옥이가 엉엉 울며 소리지르는 모습이 보였다. 당장 가서 저 눈물을 닦아주고 괜찮다고 머리를 쓰다듬으며 안아주고 싶었다. 하지만 지금, 이 순간 내가 할 수 있는 일은 아무것도 없었다. 물 속에서 누군가 끌어당기듯 내 몸은 깊은 물 속으로 천천히 가라앉았다. 정신이 아득해졌다. 이 기분. 언젠가 한 번 느껴본 것 같았지만 기억이 나질 않았다. 그렇게 정신을 잃었다.

'툭, 툭.'

무엇인가가 계속 내 볼로 떨어졌다. 무의식적으로 손을 들어 볼을 쓸어 내렸다. 물이었다. 그럼 물방울이 떨어진 거겠구나. 눈을 감고 물방울이 계속해서 떨어지는 감촉을 느꼈다.

'아침이 밝은 것 같은데 왜 유옥이가 나를 깨우러 오지 않지?'

유옥아……, 잠깐, 유옥아?

정신이 번쩍 들었다. 황급히 자리에서 일어났다. 주위를 둘러보니 연못은커녕 산속이었다. 유옥이를 계속 불렀지만 돌아오는 것은 메아리뿐이었다. 지나가는 사람들이 이상하게 보였다. 그런데 사람들이 옛 한복을 입고 있지 않았다. 왜지?

설마! 아닐 거야, 돌아온 게 아닐 거야…….

애써 침착한 척 하며 아닐 거야만 속으로 되뇌었다. 눈을 질끈 감았다가 천천히 눈을 다시 떴다. 그래도 달라지는 건 없었다. 유옥이는 없었다. 아내도 없었다.

내 꼴을 보았다. 처음 산에 올라갔을 때 그 편한 복장 그대로였다. 한복이 아니었다. 가방에서 휴대폰을 꺼내 시간과 날짜를 확인해 보니 연못으로 빠져들어가기 전 시각보다 2시간밖에 지나있지 않았다. 그 세계에서 몇 개월을 살다 왔는데 이곳 세계는 2시간 밖에 지나있지 않다니…… 이게 어떻게 된 일이야.

이미 깨닫고 있었다. 다시는 유옥이를 보지 못할 것이고 아내도 보지 못할 것임을. 다시는 그 세계로 돌아가지 못할 것이라는.

아니면, 혹시 내가 그 세계로 들어간 것이 다 꿈이 아닐까라는 생각이 들었다. 그럴 수 있다. 나는 그저 여기에서 잠들어 생생한 꿈을 꾼 것뿐이다. 그런데 손에서 따끔한 느낌이 들어 손을 쳐다보니 결혼반지를 꼈던 약지에 상처가 나있었다. 이 상처는 아까 연못에서 나를 붙잡으려는 유옥이의 안간힘으로 난 상처다. 그렇다. 꿈이 아니다. 거기서 겪었던 일들은 모두 사실이었다. 몇 시간 동안 멍하니 그곳에 앉아 있었다.

주변이 어두워지자 나는 터덜터덜 산을 내려왔다. 산을 내려오니 소치 선생의 작품이 전시되어 있는 미술관이 보였다. 내 발걸음이 자연스럽게 그곳으로 향했다. 소치 선생의 작품 중에 선생과 내가 만났을 때 그리고 있던 매화나무 그림도 있었다. 나는 더 안쪽으로 들어갔다. 순간 나는 내 눈을 의심했다. 그곳에는 우리 딸 유옥이의 그림이 걸려 있었다. 마지막 순간 그렸던 그 잉어그림이었다. 그림 옆에는 글귀가 쓰여 있었다.

'사랑하는 내 아부지를 위한 처음이자 마지막 그림.'

시간이 흐른다. 나는 다시 회사로 돌아가 전처럼 다시 평범한 일상을 살아간다. 여전히 과장의 잔소리를 들으며 야근을 수없이 하고 집에 가면 아무도 반겨주는 사람이 없는 썰렁한 집에 들어가 씻고, 잠을 자고, 다시 아침이 되면 출근을 한다.

한 가지 달라진 것이 있다면, 시간이 될 때마다 진도의 운림산방을 가게 되었다는 점이다. 미술관에 가서 사랑하는 우리 딸 유옥이의 그림 앞에 몇 시간 동안 머물며 바라본다.

비 오는 날이면 이상하게 이미 다 나은 약지의 상처가 욱신거린다.

오늘 따라 유옥이가 더 많이 보고 싶다.

사랑한다 유옥아.

사천리 운림산방 이야기

사천리란 전라남도 진도군 의신면에 속하는 법정리이다. 내가 비껴 흐르므로 비끼내, 빗내, 사천이라 했다. 사천리는 첨찰산과 덕신산 사이에 계곡에 입지하였으며 남서쪽으로는 사천 저수지가 위치한다.

사천리 안에는 운림산방이 있는데, 진도 운림산방은 명승 제 80호로 2011년 8월 8일에 등록이 된 자연유산이다. 소재지는 전남 진도군 의신면 운림산방로 315.

넓고 울창한 진도 쌍계사 상록수림(천연기념물 107호)이 아름다운 첨찰산과 남도전통회화의 산실로 유명한 운림산방이 어우러져 역사적, 문화적, 경관적 가치가 뛰어난 곳이다.

운림산방은 조선 남종화의 대가인 소치 허련 선생이 조성하였는데 소치 허련은 스승 추사 김정희가 세상을 떠나자 고향으로 돌아와 이곳에 화실을 짓고 여생을 보냈다.

이곳에서 창작과 저술 활동을 했는데, '소치실록'에 따르면 큰 정원을 다듬고 아름다운 꽃과 희귀한 나무를 심어 선경(仙境)을 지상에서 이루고자 했다 한다. 이 주변으로 아침 저녁 짙은 연무가 숲을 이루어 흐르는 모습에 소치 자신이 운림산방(雲林山房)이라 이름 붙였다.

마지막 남는 한가지는 사랑이다

남겨진 것들이 우리에게 말을 걸어오는 방법

운림산방에서 만날 수 있는 운치. 산방의 중앙에 아름다운 연못이 사람의 손으로 조성되었는데 주변 경관과 소담한 대화를 나눈다. 추레할 만큼 작지 않고, 압도할 만큼 크지도 않은 정중동(靜中動)의 우아한 정경이다. 날 선 자태가 없이 자연의 정경을 끌어들였다.

연못에는 흰 수련이 가득한데, 가운데로 작은 섬도 만들어져 소치 선생이 직접 심은 배롱나무가 찾아오는 이들을 지긋이 끌어들인다. 부드러운 산 오름으로 둘러싸인 채 저수지를 바라보고 있는 산방으로 저녁 연무가 흘러갈 때면 선경이 진실로 이곳에 있다.

소치 선생도 노년을 경제적인 궁핍으로 쓸쓸히 보내셨다고 하는데 이곳에 남은 그의 흔적들 속에서 우리가 마지막으로 발견하는 것은 사랑이다. 사람을, 사람의 문명을 사랑하지 않은 사람이 남기기 어려운 발자취다.

지은이

강초연

강아지를 사랑하는 진도 사람들의 문화적 DNA.
동물에 대한 사회의 애정을 비틀어진 형태로 내면화한 소시오패스를 그린 이야기

　펄펄 끓는 냄비 안에 들어 있다고 해도 믿을 만큼 살이 벌겋게 익을 듯이 무더운 여름이었다. 할머니가 마을 정자에서 수박을 터억 턱 썰고 있었고, 동네 아이들은 매미를 잡지 못해 풀이 죽어서 돌아왔지만 수박을 보자 금세 기분이 풀렸다.

　"저 제일 큰 수박 내가 먹을 거니까 먹지 마."

　"싫어. 내가 먹을래."

　"아 내꺼야! 할머니! 얘가 내꺼 빼앗아 먹어!"

　"다 똑같아. 그냥 먹어."

　마을 꼬맹이 둘이서 수박 하나를 두고 서로 더 큰 것을 먹겠다며 싸우고 있다. 내가 볼 때에는 모두 다 크기가 같아 보이는데 도대체 왜 싸우는 건지 모르겠다. 더워서 가만히 앉아 있기도 힘든데 쬐끄만 것들이 빼액 소리를 지르면서 싸우니까 힘이 다 빠진다. 게다가 쪄죽을 듯한 날씨까지 나를 기진맥진하게 하는 데에 한몫하고 있다. 너무 더워서 내가 프라이팬 위에서 튀겨지고 있는 계란 프라이가 될 지경이다. 집으로 들어가서 몸에 차디찬 물을 잔뜩 끼얹고 싶었다. 집까지 들어가기도 귀찮고 잠깐 더위를 잊고 싶어서 잠이나 자려고 누웠다.

구름 한 점 없는 파아란 하늘을 보다가 눈이 스르르 감기려던 참에 저만치서 처음 보는 흰 트럭 한 대가 흙먼지를 잔뜩 날리며 비포장도로를 힘차게 달려오는 것을 보았다. 누가 몰고 있는지 참 요란하게도 달려오던 트럭은 옥주마을 이정표 앞에서 멈췄다. 아이들이 먹기 좋게 수박 씨를 바르고 있던 할머니도, 수박을 놓고 싸우던 아이들도 하던 일을 잠시 멈추고 눈을 동그랗게 뜬 채 차를 쳐다보았다.

운전석 문이 덜컥 열리고 곧 남자 한 명이 트럭에서 내렸다. 마을 사람들은 그 남자를 가리키며 정말 잘생기지 않았냐며 수군거렸다. 남자인 내가 봐도 정말 잘생겼다. 왁스로 넘겨 한껏 힘을 준 듯한 머리와 야무지게 쭉 곧은 짙은 눈썹, 꽤나 큰 키와 보기 좋게 떡 벌어진 어깨에 단정하지만 다림질이 되지 않은 구겨진 셔츠. 그 순간 나의 관심은 그의 얼굴보다 그 남자의 셔츠로 향하게 되었다.

그 남자의 셔츠에는 아직 지워지지 않은 핏자국 같은 얼룩이 보였다. 셔츠가

흰 색이라 눈에 더 잘 띄었다. '너무 일을 열심히 해서 코피를 흘렸나 보다.'라
고 생각하고 대수롭지 않게 넘겨버리려 했지만 그럴 수가 없었다. 모든 것이
완벽했던 그의 모습에 셔츠의 핏자국이란 마치 새 신발에 튀긴 흙탕물처럼 신
경을 쓰지 않을 수가 없는 것이었다.

왜인지는 모르겠지만 그는 나에게 썩 좋은 첫인상을 남기지는 못하였다. 그
러고 나서 그 남자는 마을을 한 번 둘러보더니 지어진 지 그리 오래 되지 않은
쪽빛 지붕의 집으로 향했다. 나는 마을 주민들이 어디 사는 지 다 알고 있을 정
도로 이 마을에 오래 살아왔지만, 그 집의 주인이 누군지는 나도 모르고 있었
다. 정확히 말하면 그 집에 누가 사는지 알고 있는 이가 하나도 없었다.

"누구지? 동네에서 본 적이 없는데?"

나도 모르게 마음속으로만 생각한다는 것이 입 밖으로 튀어나와버리고 말았
다. 혹시 저 남자가 듣지는 않았을까 조마조마했다.

"아, 새로 이사 왔습니다. 이상헌입니다. 잘 지내봅시다."

상헌이라는 남자는 분명 내 혼잣말을 들은 것 같았다. 큰 소리로 말한 것도
아니었고, 가까운 거리도 아니었는데 귀가 되게 밝은가 보다. 그는 자기소개를
하면서 마을 주민들과 잘 지내고 싶다고 하였다. 말투는 친절했지만 그다지 살
갑게 느껴지지는 않았다. 분명 미소를 짓고 있었지만 어딘가 싸했다. 곧 상헌
은 나를 보며 싱긋 웃었다. 그의 온화하지만 냉철한 눈빛에 압도되어 눈을 피
할 수가 없었다. 그러다가 눈이 제대로 마주쳐버려서 나도 상헌을 보면서 입꼬
리를 억지로 씰룩 올렸다. 그때 우리 둘 사이를 둘러싸고 있던 어색함이 심장
을 더 빨리 뛰게 했다. 그렇게 상헌은 잘 부탁한다는 말을 남긴 채 자기 몸집만
한 커다란 짐 꾸러미를 들고 제 갈 길을 갔다.

어느덧 해가 저물고 시끄럽게 떠들던 꼬마 아이들도 하나 둘 집으로 돌아갔
다. 나 또한 집으로 들어가서 견디기 힘든 여름의 더위를 조금이라도 식히기
위해 등목을 하려던 참이었다.

"저기요- 안에 계세요?"

이 목소리는 분명 오늘 이사 온 상헌이라는 남자였다. 꿀 같은 나의 휴식 시
간을 방해하다니, 조금 짜증이 났다.

"예. 들어오십시오."

"아, 이것 좀 전해드리러 왔습니다. 이사 온 기념으로 말입니다. 이름이 수현 씨라고 했던가요? 제 또래 같은데 친하게 지냅시다. 여기에는 친구가 없어서요. 하하하."

그가 내게 건네준 것은 큼지막하고 벌건 고기 한 덩이였다. 흰 색의 접시와 대비되어 그 고깃덩어리는 유난히도 더 빨개보였고 게다가 아직 피도 마르지 않은 듯했다. 마치 방금 막 사냥한 짐승처럼. 순간 팔에 닭살이 돋았다. 너무 기분이 이상해서, 사실 상헌이 내 팔을 쳐다보는 시선이 느껴져 기분 나쁘면서도 왠지 소름이 돋아 팔을 그만 숨겨버렸다.

나 혼자 온갖 잡다한 생각을 하는 중에 상헌의 진한 향수 냄새가 내 코를 푸욱 찔렀다. 그리고 내가 생각에 빠진 동안에 우리 사이에는 정적이 흐르고 있었다는 것을 그제야 알아차렸다. 아무도 말을 하지 않느라 잠시 어색해진 분위기를 깨기 위해 했던 말 한 마디가 좋지 않았던 상헌의 첫인상을 찌그러진 캔처럼 잔뜩 일그러뜨렸다.

"저, 그런데 보통 이사를 오면 떡을 돌리지 않나요?"

"하하 그런가요? 저는 떡보다 고기를 더 좋아해서요."

"……."

"혹시 수현씨는 개 키우시나요? 저는 진돗개를 키우는데 눈빛도 용맹하고 꼬리도 예쁘게 말려 있죠. 귀도 얼마나 쫑긋하고 털도 윤기가 흐르는지, 진돗개 축제에 나갔다 하면, 글쎄 항상 1등을……."

"아, 네. 그렇군요. 해도 저물고 시간도 너무 늦었으니 이만 들어가시지요."

처음 만나는 사람에게 자기네 개 자랑만 하는 상헌을 도무지 이해할 수가 없었다. 그 개가 그 정도로 대단한 개일까? 정말 이상한 사람이다. 만일 내가 말을 도중에 끊지 않았더라면 그의 지긋지긋한 연설은 언제까지 계속되었을까.

오늘 따라 유난히도 날 귀찮게 괴롭혔던 꼬맹이들 때문에 너무 피곤해서 오늘은 이만 자기로 하고 누웠다. 열대야 때문에 너무 더워서 잠을 잘 수가 없었다. 잠도 오지 않고 자꾸만 날아드는 모기들 때문에 이리저리 몸을 뒤척이고 있었는데, 문득 상헌이 생각났다. 내가 오늘 처음 만난 상헌에 대해서 아는 것은 별로 없지만, 그가 다른 사람들과는 약간 다른 생각을 가진 사람이라는 것 하나는 저녁에 있었던 일만으로도 충분히 짐작할 수 있었다. 딱히 무엇 때문이다라고 할 만한 이유는 없었지만 뭔가 이상한 사람 같았다. 아니 그냥 이상하다. 내가 너무 예민한 건지도 모른다. 하여튼 가까이 지내면 안 될 사람이라는 것 하나는 알았다.

다음날, 예배를 드리기 위해 마을 사람들이 교회에 모였다. 동네 아줌마들은 항상 그래왔듯이 입에 모터를 단 것처럼 수다를 떨고 있었다. 그 날 대화의 주제는 아니나 다를까 이상헌이었다. 하는 얘기를 엿들어보니 어제 나에게 있었던 일과 비슷했다. 상헌이 자기네 집에 찾아와서 멋쩍은 웃음과 함께 잘 지내보자는 뜻으로 핏기를 머금은 큼지막한 고깃덩어리를 내밀었다고 했다. 그리고 지은이라는 자신이 키우는 진돗개 자랑을 귀에 딱지가 앉도록 늘어놓았으며, 지독한 향수 냄새와 함께 무언가 역겨운 냄새가 났다고 주장했다. 그러니 이는 사람마다 달랐다. 누구는 향수 냄새가 몹시 지독했다고 했고, 또 다른 누구는 향수 냄새는커녕 고기 썩은 내가 진동했다고 했다. '상헌은 아무리 생각해도 정말 의심스러운 사람이야.' 라고 생각하던 중에 어디선가 코를 찌르는 향수 냄새가 났다. 분명 이 냄새는 어제 맡았던 상헌의 향수 냄새였다. 상헌은 마치 놀이공원에 가는 아이처럼 몹시 들떠서 옆자리 아줌마에게 이야기를 하고 있었다. 자기도 교회에서 시끄럽게 떠들면 안 된다는 것은 알고 있는지 그 아줌마에게 속삭이며 이야기하고 있었다. 무슨 얘기를 하는지 듣지는 않았지만 그것은 분명 지은이 자랑이었을 것이다. 몇 번 들었는지 셀 수도 없다. 아니 세기도 싫다.

지루했던 예배가 끝나고, 교회에 모였던 마을 사람들도 하나둘 제 집으로 돌아갔다. 상헌은 더욱 신이 나서 처음 만난 마을 사람들에게 잘 부탁한다는 소개와 함께 지은이 얘기도 꺼냈다. 그리고 그때 나는 평소 상헌을 못마땅하게 여겼던 영재네 엄마가 혼자 비아냥거리는 것을 들었다. 자세히 듣지는 못했지만, "그놈의 개가 잘나면 얼마나 잘났다고."라고 말하는 것은 똑똑히 들었다.

상헌은 귀가 밝으니까 분명 들었을 거라고 생각하고 나도 모르게 시선이 상헌 쪽으로 향했다. 역시나 상헌은 얼굴이 붉어진 채로 영재네 엄마를 매섭게 쏘아보고 있었다. 화가 난 상헌의 모습은 처음 봐서 당황했다.

"아주머니, 말이 너무하신 거 아닙니까?"

"어머머, 내가 말을 심하게 했다니? 자네가 매일 그렇게 자랑하는 지은인지 뭔지 하는 개가 그렇게 대단한 개야? 마을 사람들이 앞에서 티는 안내지만 뒤에서 얼마나 흉보는지 알기나 하나?"

"그게 그렇게 기분 나쁘시면 앞으로 절대 지은이 얘기는 하지 않겠습니다. 됐어요?

"지은이가 정말 훌륭한 개면 한 번 보여주지 그래? 왜, 못 보여주나? 그 개가 있기는 하나?"

"저기요, 정말."

"상헌씨, 그만하세요. 영재 엄마도요. 싸우지 마세요. 이사 온 지 얼마 되지도 않았는데 벌써 싸우면 어떡합니까.”

“네. 아주머니, 말씀 함부로 하지 말아주세요. 다음에 또 그러시면 저도 가만
있지 않겠습니다.”

상헌은 몹시 화가 나 보였다. 누구나 충분히 화가 날 수도 있는 상황에서 상
헌은 화를 꽤나 잘 참아냈다. 만약 내가 끼어들지 않았다면 머리채까지 움켜쥐
며 싸웠을지도 모른다.

사실 나도 영재네 엄마의 말처럼 지은이가 대체 얼마나 대단한 개인지 보고 싶
었고 정말 살아 있는 개는 맞을까 하는 생각도 한다. 계속 싸움을 구경했으면 상
헌이 화가 나서 지은이를 보여줬을지도 모르지만 점점 커지는 싸움에 일단 말려
야겠다는 생각이 앞서서 둘 사이에서 난 중립의 입장을 취했고 싸움을 말렸다.

다음날, 진도마을회관

주민1 : 덥다, 더워.

주민2 : 냉장고 두 번째 칸에 참외 있은게 깎아 갖고 와.

수헌 : 두 번째 칸이요? (냉장고를 뒤적거리다가) 어디 보자. 참외가……

갑자기 상헌이 마을회관 안으로 다급하게 들어온다.

상헌 : 저기요! 혹시 저희 지은이 못 보셨나요?

수헌 : 네? 키우시던 개 말씀하십니까?

상헌 : 맞아요. 우리 지은이가 사라졌어요! 지은이 좀 같이 찾아주세요.

주민1 : 개가 없어졌어?

주민2 : 그 백구 말하는 거여?

주민1 : 본 적도 없는 개를 어찌께 찾으란 말이여?

주민2 : 긍께 말여, 참말로 이상헌 사람이네.

수헌 : (작은 목소리로) 일단 도와주겠다고 합시다. 금방 찾을 것 같은데…….

주민1 : 한 번 찾아봅시다. 개가 어디 가 봤자 곧 돌아오겠제.

수현 : 여기 근처는 저희가 찾아볼 테니까 지은이가 갈 만한 곳을 한 번 찾아
보세요.

상헌 : 정말 감사합니다……. 찾으면 꼭 보답은 해드리겠습니다. (잠시 말을 멈췄
다가) 꼭이요, 꼭. 정말 꼭 찾을 거예요. 곧 찾겠죠? 어디 멀리 못 갔을
거예요. 혹시 찾으면 연락하세요!

상헌은 고맙다는 표정으로 수현에게 눈인사를 한 뒤, 지은이를 찾으러 마을
회관을 떠났다. 하지만 상헌을 아니꼽게 보던 주민들은 자신들이 상헌에게 도
움을 주는 것이 별로 내키지 않아 했다.

주민1 : (상헌이 시야에서 사라지자 마자) 찾으러 갈 거여?

수현 : 찾으러 가야 하지 않을까요? 꽤나 소중한 개 같던데 같은 마을 주민끼
리 도우면서 살아야죠. (자리에서 일어나면서) 안 가시게요?

주민2 : 자네 그 개 본 적이 있나?

수현 : 아뇨, 본 적은 없습니다.

주민2 : 알도 못함시로 뭔 방법으로 찾겠다고 나서? 찾는 시늉만 허고 일단
가만히 있어. 찾도 못할 것 같은디 좀 있으면 지도 뻬쳐서 그만 찾을 거
여. 며칠만 있으면 금방 잊는다고.

주민1 : 내 말이. 쩌죽게 생겼는디 우들이 뭣할러 그놈 염병할 개새끼 하나
찾을라고 나가? 개 하나 없어진 데에 어째 일을 크게 벌일라고 한대?
괜히 나가봤자, 사서 고생하는 거여.

주민2 : (큰 대(大)자로 누우며) 아이고~ 더운 날에 암것도 안하고 가만히 누워 있
은께 얼마나 좋아? 할 것도 없고 잠이나 자면 쓰겄다.

수현 : 잠은 안 오는데. (혼잣말로) 나갔다 올까……

주민1 : 뭣하러 나가? 누워 있으면 잠도 금방 오는디 한숨 자기나 하게.

수현 : 네. (누우면서) 개는 금방 찾겠죠?

주민1 : 시끄라. 잠이나 자. 난 잘란다.

수현은 눈만 꿈뻑거리면서 누워 있다가 곧 잠이 든다.

한편, 상헌은……

상헌 : (지은이를 찾으러 돌아다니면서) 지은아, 미안해. 주변에 아무도 없고 혼자였을
　　　때 나랑 놀아준 건 너 밖에 없었는데, 그냥 너를 다른 사람들한테 자랑
　　　하고 싶었던 것뿐인데 사람들은 그것도 몰라주고 널 별로 좋아하지도
　　　않는 것 같아. 그 사람들 코를 납작하게 눌러주게 내년 진돗개 축제에
　　　서도 1등 하기로 했잖아. 근데 왜 그것도 못 기다려주고 사라진 거야.
　　　(좌절하며) 지은아, 나 이제 어떻게 살아……. 지은아아아!

개 : 왈! 왈왈왈!

상헌 : 지은아? 지은이니? 어딨어?

상헌은 깜짝 놀라서 주변을 둘러보지만 지은이 대신 동네 진돗개 한 마리가
있다.

상헌 : 아, 아니구나……. 우리 지은이는 너보다 더 귀여웠어. 말도 잘 들었
　　　지. 아, 좀 더 잘해줄 걸. 내가 고급 사료 사려고 피씨방 안가고 돈도 모
　　　았는데. 하하. 이제 와서 후회해 봤자 다 필요 없는 짓이야. 내가 돌아
　　　오라고 해도 안 돌아올 거잖아. 있을 때 잘했어야지 난 왜 이럴까? 그
　　　래, 찾아서 뭐해? 그깟 개 한 마리 없다고 내가 못살 것 같아? (절망하며)
　　　못살아……. 난 지은이 없이 못살아. 어떻게 살아……, 지은아! 내 목
　　　소리 들리면 나와! 야 이지은! 안 나와? 주인이 나오라면 나와야지 왜
　　　안 나오는…… (갑자기 쓰러진다.)

몇 시간 후, 진도, 마을회관

주민1 : 자네, 그거 들었는가?

주민2 : 뭣을 들어?

주민1 : 이상헌 말이여! 그 총각, 지은인지 뭔지 하는 개 찾다가 쓰러졌다 하

던디?

수현 : 네. 지은이를 잃어버린 충격이 너무 컸나 봐요. 일단 집에 데려다 놓긴
했으니 걱정은 마세요.

주민2 : 워메, 집 한번 찾아가봐야 하는 거 아니여?

수현 : 일단 상헌씨 주머니에 있던 휴대전화로 상헌씨 아버지에게는 연락 드
렸어요. 마침 상헌씨 아버지께서 여기 근처라고 하시니 곧 오실 겁니다.

주민1 : 근데 어디 사는 줄 알고 찾아가?

수현 : 저 어디 사는지 알고 있습니다. 가실 거면 저도 같이 가요.

주민들과 수현은 상헌의 집으로 향한다.

수현 : 여기예요. (집 앞에 주차된 새 차를 보며) 근데 이 차는 뭐지? 상헌씨 차인가?

주민2 : 안 들어가고 뭐해, 빨리 들어가보자고.

수현 : (문을 두드리며) 상헌씨, 계세요? …… 대답이 없네.

주민1 : 문은 열려 있는디? 들어가세.

수현과 주민들은 상헌의 집 안으로 들어간다.

수현 : 상헌씨…….

아버지 : 실례지만 제 아들한테 볼 일 있으신지요? 무슨 일로 찾아오셨습니까?

수현 : 아, 상헌씨 아버지시구나. 상헌씨가 쓰러졌다고 하길래 걱정돼서 주민
분들 몇 명이랑 같이 찾아왔어요. 상헌씨는 괜찮은가요?

아버지 : 예, 괜찮아 보이네요. 그래도 상헌이 걱정에 와주셨는데, 차 한잔이
라도…….

수현 : 아니요, 괜찮습니다. 배가 불러서요.

수현과 상헌의 아버지가 대화를 나누고 있는 사이, 마을 주민 2명이 서로 귓
속말을 한다.

주민1 : 집에서 뭔 썩은 내 안 나냐?

주민2 : 뭔 썩은 내? 안 나는디? (잠시 쿵쿵거리다가) 참말이네, 얻서 나는 냄시여?

주민1 : 쩌그 안방에서 나는가? 가볼까?

주민2 : 그럽시다. (안방에 있는 두꺼운 이불을 보고) 뜨거운데 뭔 겨울 이불을 꺼내 놨대? 넣어 놔야겠네. (이불을 들려고 한다.) 썩은 내가 진동을 하는구만. 빨아야 쓰겄다. (이불을 펼치다가) 웜마! 이것이 뭐여? 형태도 못 알아보겠네.

주민1 : 개 죽은 놈이구만. 이게 왜 여기 있대?

주민2 : (개의 목줄을 보며) 목줄에 뭐라고 써졌는디? 보자…… 뭐라고 써졌냐. 지.은.이?

주민1 : 뭐? 지은이? 이상헌 그 머이마가 맨날 자랑하고 댕겼던 그 지은이? (큰 소리로) 수현 총각! 이리 와보게!

무슨 일이 생긴 것 같은 느낌이 들어 빨리 안방으로 뛰어갔다. 안방에는 깜짝 놀라서 입을 다물지 못하고 있는 주민들과, 바닥에 널브러진 이불이 있었다. 그 이불을 들춰봤더니 지은이라고 써진 목줄을 한 죽은 개 한 마리가 있었다. 지은이는 이 더운 여름에 두꺼운 겨울 이불을 덮고 있었다.

학교에서 친구들과 놀고 있는 상헌

상헌 : 심심해. 어디 놀러 가고 싶다.

친구1 : 그럼 놀이터 가자.

친구2 : 거기에 벌레 많단 말이야. 난 안 갈래.

친구3 : 아까 거기에서 대왕 개미도 봤어.

친구1 : 윽 가지 말자. 난 벌레 싫어.

상헌 : 얘들아, 놀이터 가자!

친구2,3 : 왜?

친구1 : 벌레는 무섭단 말이야.

상헌 : 일단 가자. (놀이터로 뛰어가며) 빨리 와!

친구2 : 쟤는 벌레가 무섭지도 않나 봐.

친구3 : 난 무서운데.

상헌 : 여기 개미 진짜 많은데? 야, 너 안경 좀 벗어 줘봐.

친구1 : 안경? 뭐하게?

상헌 : 재밌는 거 보여줄게.

친구2 : 무슨 짓을 하려고 그래?

친구1 : 저번에도 재밌는 거 보여준다더니 지렁이를 잘게 부수고 있었잖아.

상헌 : 안경 렌즈로 개미를 태울 거야.

친구3 : 가만히 있는 개미는 왜 죽여. 죽이지 마.

상헌 : 재밌잖아. 너네도 같이 하자.

친구1 : 난 안 할래.

친구2 : 나도.

상헌 : 치, 그럼 너네끼리 놀아. 나 혼자 놀게. (혼자 구석으로 간다.) 이따가 껴달라
고 해도 절대 안 껴줄 거다. 후회 없지?

친구3 : (소곤거리며) 난 후회 없어.

친구2 : 개미를 죽이는 건 나쁜 짓이야.

272

친구1 : 우리끼리 놀고 있자. 그냥 내버려 둬.

그리고 십 분쯤 지나서, 상헌의 반 선생님께서 놀이터 앞을 지나가다가 상헌을 본다.

선생님 : 너 여기서 뭐하니? 공부하지 않고.

상헌 : 공부하다가 잠깐 바람 좀 쐬러 나왔어요.

선생님 : 그래. 금방 들어가렴. (상헌 앞의 개미들을 보고 놀란다.) 아니, 근데 이게 다 뭐야?

상헌 : 너무 더워서 타 죽었나, 왜 개미가 죽어 있지?

선생님 : 날씨가 더운 건 아니야. 여름도 아니고. (상헌을 보며) 네가 죽인 거 아니야?

상헌 : 에이, 그럴 리가요……. (친구들을 한번 스윽 본다.) 아까 쟤네가 죽이는 걸 봤어요.

선생님 : 정말이니? 저 아이들, 그렇게 안 봤는데.

친구2 : (선생님에게 뛰어오며) 선생님, 공이 저기로 날아갔는데, 공 좀 주워주세요!

선생님 : 그래. (공을 건네주며) 여기 있다. 근데 혹시 네가 이 개미들을 죽였니?

친구2 : 네? 아니요. 야, 이상헌, 네가 죽였잖아.

상헌 : 무, 무슨 소리 하는 거야! 난 개미를 죽이지 않았어. 네가 개미를 안경으로 태워 죽이는 걸 내가 봤어.

친구2 : 거짓말 마. 너 내가 죽였다는 증거 있어?

상헌 : (갑자기 눈물을 흘린다.) 너, 정말 너무해. 솔직히 말하면 되잖아. 다음부터 개미 안 죽일게, 라고 말하고 앞으로는 개미를 죽이지 않겠다고 약속하란 말이야.

친구2 : (어이없어 하며) 허……

선생님 : 울지 마. 남자가 이런 것 가지고 울면 안 되지. 너도 사과하고, 이번 일은 넘어갈 테니까 앞으로는 개미도 죽이지 말고 거짓말도 하지 않도록 해.

친구2 : 제가 죽인 게 아니라니까요!

친구2가 선생님을 원망스러운 눈빛으로 바라보지만 선생님은 가던 길을 간다.

친구2 : 야 , 이상헌. 니 정말 웃긴다.

상헌 : 내가 뭐? (웃으면서) 선생님이 나를 믿어주셨잖아. 너도 울지 그랬어.

친구2 : 어이없어서 말도 안 나온다.

상헌 : 다음에는 선생님이 누구 말을 믿어주실까? 한 번 실험해 볼래?

친구2 : 그런 걸 왜 실험해? 나 그냥 집에 살래.

상헌 : 그래 잘 가! 내일 학교에서 보자!

친구2는 화가 나서 집에 간다.

상헌과 지은이의 첫 만남

상헌 : 아. 피곤해. 뭐 재미있는 일 없나……

이때 고양이 한 마리가 상헌의 집 담벼락 위에 앉아 있다.

상헌 : (고양이를 보고 웃으며) 내가 놀아줄게 내려와봐.

고양이 : (초롱초롱한 눈으로 상헌을 바라본다.)

상헌 : 아침에 먹고 남은 고등어 뼈가……. (두리번거리다가) 찾았다. 선물이니까
먹어라. (고등어 뼈를 밖으로 던지며) 고맙지?

고양이 : (달려가다가 차에 치일 뻔한다.)

상헌 : 에이. 재미없잖아. 아깝다. 조금만 더 늦게 던졌으면 재미있었을 텐데.

아버지 : (등장하며) 이상헌, 집에 있니?

상헌 : 다녀오셨어요? (아버지 옆의 강아지를 보고 놀라며) 아버지, 웬 개예요? 집에 개
키울 사람이 있나…….

아버지 : 우리 회사 한 과장네 손자가 키우던 진돗개 알지? 그 녀석이 새끼를 낳
았다고 한 마리를 주더구나. 족보 있는 놈이라고 했으니 잘 키워보거라.

상헌 : 와, 아버지 최고! 나 친구들한테 가서 자랑할래요! (아버지가 사라지고 난 뒤) 네가 그렇게 잘난 개라고? 음…… 별로 그렇게 생기진 않았는데, 몸값이 꽤나 나가는가 보다?

지은 : (꼬리를 흔들며 상헌을 본다.)

상헌 : 흠…… 어떻게 보면 비싸 보이기도 하고. 그래, 일단 잘 지내자! 이름은 뭘로 지어주지? 이름을 지어줘야 하는데 무슨 이름을 지으면…… (고민하다가) 아, 지은이 어때! 내가 네 이름을 지은 거니까 넌 지은이야! 지은아 맘에 들어?

지은 : (맘에 든다는 표정으로) 왈왈왈!

상헌 : 좋아, 네 이름은 이제부터 지은이야! 잘 지내보자, 지은아!

몇 년 후

상헌 : 지은아! 나 학교 끝나고 바로 왔어!

지은 : (혀를 내밀고 꼬리를 흔들며) 왈!

상헌 : 너랑 놀아주려고 온 거야. 기다렸지? 있잖아, 지은아, 일주일 후에 진돗개 축제가 있을 거래. 우리 거기 나가서 1등 하자. (주머니에서 뭔가를 꺼내며) 짠! 너 목에 걸어주려고 목줄도 만들어왔어! 어때, 좋지?

지은 : (꼬리를 힘차게 흔든다.)

상헌 : 너는 명품 개니까 충분히 1등 할 수 있어. 우리가 1등을 하면 하와이로 여행을 갈 수 있대. 멋있지?

상헌의 아버지가 차를 타고 집으로 온다.

아버지 : 상헌아, 신발장 앞에 서류봉투 좀 갖고 와라.

상헌 : (서류봉투를 가지러 뛰어갔다 온다.) 여기요. 근데 요즘 되게 바쁘신가 봐요?

아버지 : 이번 진돗개 축제 행사 심사위원으로 참석하게 돼서 당분간 좀 바쁠 것 같다.

상헌 : 아버지, 그 축제 지은이도 나가도 돼요?

아버지 : 왜, 지은이랑 같이 나가고 싶냐?

상헌 : 네. 지은이는 말도 잘 듣잖아요. 참가하려고 같이 연습 중이에요!

아버지 : 진짜로 나가려고 한 거야? 신청 기간 지난 지가 한참이다. 더군다나 이번 축제에 지은이 같은 개는 나갈 수도 없어.

상헌 : 지은이 같은 개라뇨. 지은이는 혈통 있는 개라고 하셨잖아요.

아버지 : 내가 그랬나? 지은이는 별 볼 일 없는 개야. 난 이제 갈 테니 지은이 랑 적당히 놀다가 공부도 좀 해라. 시험이 얼마 안 남지 않았냐.

상헌 : 알겠어요. (아버지의 차가 떠나는 것을 넋을 놓고 쳐다보다가) …… 지은이가 별 볼 일 없는 개였다니. 매일 빗질도 해주고 목욕도 자주 시켜주고 맛있는 반찬도 몰래 챙겨줬는데. 내가 얼마나 정성스럽게 돌봤는데…….

상헌은 지은이가 몸값이 많이 나가는 개가 아니라는 것을 알고 몹시 실망한다. 이 때 지은이가 상헌을 보고 반갑게 뛰어오는데 상헌은 지은이를 밀어낸다.

상헌 : 야! 저리 가! 오, 오지 말라고! 집에 들어갈 거니까 따라올 생각하지 마!

얼마 후 시간이 흐르고…….

상헌 : 텔레비전에서 봤는데, 진돗개는 진짜 똑똑한 개래.

지은 : (상헌의 말을 알아듣기라도 한 듯 기뻐한다.)

상헌 : 진짜로 그런 지 확인해 볼까? 만약 맞으면 맛있는 선물 줄게. 손 줘봐, 손.

지은 : (꼬리를 흔든다.)

상헌 : 아니, 손 주라고. 네 앞발 말이야.

지은 : (상헌의 손바닥을 핥는다.)

상헌 : 뭐야. 그냥 잡종이라서 말도 안 듣는 거냐? (한숨 쉬며) 아, 됐어. 그냥 관 두자……. 하긴 내 말을 알아들을 리가 없지.

지은 : …….

상헌 : 그래, 지금이라도 손을 주면 인정해 줄게. 손 줘봐.

지은 : (실수로 상헌의 손을 문다.)

상헌 : 아! (지은이를 노려보며) 야, 물었냐? 네가 뭔데 날 물어? (주먹으로 한 대 친다.) 개새끼가 감히 주인님을 물어?

지은 : (여기저기 마구 뛰어다닌다.)

상헌 : 허, 이것 봐라? 네가 물어놓고 적반하장인 거지? (발로 걷어차며) 너같은 미친 개는 키워 봤자야. 다른 주인 만나서 살던가, 떠돌이 생활하면서 돌아다니던가. 너 알아서 해.

지은 : (힘없이 상헌을 따라온다.)

상헌 : 따라오지 마! 이제 집에 들어오지도 마. (대문을 열고 지은이를 발로 찬다.)

지은 : …….

상헌 : 꼴도 보기 싫으니까 나가! (대문을 쾅 닫으며) 아, 오늘 처음 신은 신발인데 피 튀겨서 더러워졌잖아. 짜증나.

지은은 상헌을 따라가려고 했으나 버림받고 결국 아무런 저항도 하지 않은 채 픽 쓰러지고 만다.

상헌 : 날 화나게 하는 것들은 다 죽어버려야 돼. 에이, 오늘 따라 진짜 재수없네.

상헌이 집 안으로 들어가려고 할 때, 상헌의 아버지가 차를 타고 집으로 온다.

아버지 : (지은이를 보고 깜짝 놀라며) 이게 뭐야?

상헌 : 지은이요.

아버지 : 왜 여기에 이렇게 쓰러져 있는 거야?

상헌 : 얘가 내 성질을 건드려서 혼내줬어요.

아버지 : 근데 죽었어?

상헌 : (지은이를 스윽 쳐다보더니) 어, 죽었네.

아버지 : 허……

아버지는 어이없는 표정으로 아무 말 없이 지은이와 상헌을 쳐다본다.

상헌 : 쟤가 먼저 저를 괴롭히길래 똑같이 한 것 뿐인데요. 그게 잘못된 일이
　　　에요?

아버지 : (어이없는 표정으로 상헌을 보며) 아니다……. 개는 내 눈에 띄지 않게 처리
　　　해라.

상헌 : 예? 싫어요. 아버지가 치워주세요. 지 더러운 거 만지는 거 싫어한단
　　　말이에요.

아버지 : 지은이랑 그렇게 잘 놀더니, 이제 와서 더럽다는 거냐? 네가 그 나이
　　　먹어서 한다는 생각이 그만큼밖에 안 되는 거야?

상헌 : 아버지랑 얘기하기 싫어요. 개는 뒷산에 묻던지 그냥 갖다 버리던지 알
　　　아서 하세요.

며칠 후

상헌 : 아버지!

아버지 : 왜 무슨 일 있냐?

상헌 : 지은이, 지은이 어디 있어요?

아버지 : 지은이는 죽었잖아.

상헌 : 거짓말 마세요! 지은이는 어제도 나랑 놀고, 그 어제도 나랑 놀아주고,
　　　그 어제도…….

아버지 : 무슨 소리 하는 거야?

상헌 : 정말이에요. 어제는 지은이랑 같이 카페에 가서 수다를 떨었는데, 지은
　　　이가 뭐라고 한 줄 아세요? 요즘 마음이 너무 복잡해서 무지 높은 하이
　　　힐을 신고 갯벌을 걷는 것 같대요. 그래서 제가 지은이보고 기운 내라
　　　는 의미로 에스프레소 한 잔을 들이키라고 했단 말이에요.

아버지 : 네가 지금 무슨 기분인지는 나도 알고 있어. 하지만 네가 지은이를
　　　죽였어. 왜 이제 와서 지은이를 찾는 거야?

상헌 : 오늘 화가 나는 일이 있었어요. 그 녀석을 두들겨 패 주려고 했는데.

아버지 : 도무지 네 생각을 알 수가 없구나. 나도 두 손 두 발 다 들었다. 앞으로 모든 일은 너 알아서 해. 지은이는 창고 안에 있는 포대에 들어 있을 거다.

우리가 웅성거리는 소리를 듣고 상헌의 아버지도 안방으로 왔다. 상헌의 아버지께서 말씀하시기를, 지은이라는 개는 죽은 지 좀 된 개라고 했다. 그러니까, 옛날부터 상헌은 남과 잘 어울리면서 노는 것보다 혼자 튀는 짓을 하는 것을 좋아했다고 한다. 친구들이 놀이터에서 놀 때에도 상헌은 혼자 구석에서 곤충을 죽였다. 그러다가 좀 커서는 작은 동물들도 죽이기 시작했다. 그러고 나서는 자신은 아무것도 죽이지 않았다며 친구의 탓으로 돌려버리거나 우는 척을 하며 상황을 모면하려고 했다. 그렇게 항상 자신이 무슨 잘못을 저질렀을 때마다 다른 사람들을 이용하여 자신은 잘못이 없으며 이 사람이 거짓말을 하는 것이다, 라고 주장했다. 상헌은 이렇게 거짓말을 자주 하면서도 양심의 가책을 전혀 느끼지 않았다고 했다.

문제가 있는 것 같아서 상담을 받아보려고 했지만 상헌은 자신이 잘못된 행동을 한 건지도 모른 채로, "얘가 날 할퀴어서 벌을 준 것 뿐이야. 근데 내가 무슨 잘못을 한 거야?"라며 오히려 대꾸했다. 그래서 진돗개 한 마리를 키워보라고 줬는데, 생각보다 잘 키우길래 놀랐다. 그러고 나서 몇 년 후 갑자기 개가 우는 소리에 놀라서 가보니, 화가 나서 씩씩거리고 있는 상헌과 맥없이 털썩 누워 있는 지은이가 있었다. 그래서 이건 좀 아니다 싶은 걱정이 아버지의 마음을 혼란스럽게 했다. 상헌을 이대로 두어서는 안 되겠다는 생각에 몸과 마음의 요양도 시킬 겸 옥주마을에 있던 별채로 이사를 오게 된 것이다.

확실한 것은 지은이는 상헌이 옥주마을로 이사를 오기 전에 이미 죽었다는 사실이다. 하지만 상헌은 옥주마을로 이사를 온 후에 지은이가 사라졌다고 괴로워했다. 상헌의 유일한 진짜 친구였던 만큼 상헌의 머릿속은 지은이의 생각으로 거의 꽉 차있었다. 그래서 지은이가 죽었을 때 죽었다는 사실을 부정하고 싶어서 지은이에 대한 기억이 지은이가 죽은 후에도 마치 살아있는 것처럼 생생했던 것이다. 하지만 시간이 흐르면서 지은이에 대한 기억이 사라져가는데, 상헌은 이를 지은이가 실종된 것이라고 인식을 한 것이다.

모든 것을 다 알게 된 후에 상헌이 했던 행동들이 주마등처럼 스쳐 지나갔다. 상헌이 그토록 자랑했던 지은이의 화려한 수상 경력들이 다 상헌이 지어낸 것들이었다니 상헌은 꽤나 구체적이게도 지은이에 대한 것들을 지어냈다.

왠지 모를 허망함에 담배 생각이 나서 안주머니를 뒤져 라이터를 꺼냈다. 얼마 남지 않은 라이터 기름을 보니 취업도 제대로 하지 못하고 마을에서 놀고 있는 내 신세가 너무 한심하다는 생각이 들어서 한숨을 푸욱 내쉬었다. 라이터를 도로 집어넣고 지은이를 바라보고 있자니 눈물이 찔끔 나올 것 같았다. 그러다가 지은이의 목줄에 써져 있는 글씨가 내 눈에 들어왔다.

지은이, 상헌

개와 고양이의 거리

진돗개의 시원을 알 수 있는 정확한 기록들은 남아 있지 않다. 송나라 배가 파선해 그 배에 있던 개가 표착했다는 설, 몽고 목장개가 진도 목장견으로 쓰였다는 설, 진도 토종개가 늑대와 교배해 되었다는 설 등이 있다.

그러나 근래 중국·일본·한국 남해안의 패총이나 선사유적들에서 나오는 개 뼈로 보아 신석기 때부터 있어 온 개가 진도라는 특수지리에서 외래견과의 혼종이 덜 되어 진돗개로 발전했다는 학설이 신뢰를 얻고 있다.

한편, 진도군 바로 인근에 위치한 해남군 우항리에서 3000년 전의 개 뼈가 발굴되었는데, 지금의 진돗개 뼈와 비슷한 중형견 뼈로 밝혀져 그 연관성이 추측되고 있다.

진돗개가 한국 토종개로 주목을 받은 것은 일제강점기인 1938년의 일이다. 조선총독부 고적명승천연기념물 보존령에 의해 천연기념물로 지정된 뒤 1939년 7월에 650마리를 지정했으나 일본인들의 반출이 심해 같은 해인 1939년 11월에 313마리로 줄어들었다. 조선총독부는 1940년에 이러한 사실을 발견하고 1942년에 반출 통제령을 내리기도 했다.

출처 : 디지털진도문화대전

진돗개를 사랑하는 문화 유전자의 비밀

섬의 시간은 주변의 동물들과 깊은 교감을 가질 수 있을 만큼 느리고 느리다.

진돗개의 품종이 좋건 나쁘건, 진도의 평범한 사람들은 개를 가족처럼 여긴다. 일부 진돗개 사육 농가에서 상품으로 취급하는 경향이 있기는 하지만, 진도 사람들에게 개는 그저 일상의 친근감 일부분이다.

바닷가에 앉아 오랫동안 바다를 바라보며 개와 교감을 나누는 할머니들을 바라보고 있자면 이곳의 생활 속도 자체가 사람과 동물간의 유대를 강하게 이어주는 중요한 비결이 아닌가 한다.

진도 고양이 역시 사람들에게 친근하기는 마찬가지다. 팔다리가 짧고 몸집이 작으면서도 날렵하고 강인한 고양이의 특성 역시 진도의 섬 바람을 이기기 위한 것인지도 모른다.

등걸음

양수정

애장산을 만난 아이.
삶과 죽음의 희미한 경계를 떠도는 어린 혼을 위로하는 이야기

"거기가 어디라고 함부로 발을 들여!"

어머니는 할아버지의 불호령에 안절부절못하며 슬금슬금 눈치를 보았다. 끊임없이 날아오는 면박을 가만히 들으며 바닥을 기어가는 개미를 바라보다가 개미가 곡식 낟알 하나를 찾아 물고 멀어지자 바닥에 있는 줄의 개수를 세기 시작했다. 마지막에서 합쳐지는 줄은 하나로 쳐야 하나 둘로 쳐야 하나.

"어멈아, 아까 그 치가 뭐라 하든?"

"그으……, 갓난이가 등에 달라붙어 있으니 굿을 해서 띠어내야 한다고 했습니다."

하이고……, 하고 깊은 한숨 소리가 들렸다. 무어라 고함을 지르든 말든 어머니가 무당을 피해 대문 안으로 나를 억지로 욱여넣을 때 삔 발목이 너무나 아파서 손으로 발목을 주물렀다. 손가락으로 발목을 꾹 누르자 눈물이 찔끔 났다.

어머니가 머리에 이고 오던 무거운 감자 소쿠리는 내동댕이쳐져 마당 한구석에 놓여 있었다. 늙은 무당이 대뜸 대문 앞에서 나를 붙잡고 소리를 지르지만 않았어도 진작 다 삶아 한쪽에 쌓아두고 배가 터지도록 먹고 있을 시간이었다.

"건넛방 가서 회초리 들고 와라."

단어 하나에 퍼뜩 정신을 차리고 고개를 들자 할아버지의 표정은 아까보다 배는 더 무섭게 변해 있었다.

어머니는 진작부터 눈물을 훔치며 할아버지 옆자리에 힘없이 앉아 있었다. 말 못할 억울함에 눈물이 뚝뚝 떨어졌다. 흐느적대며 가져온 회초리를 받아 든 할아버지가 한쪽을 보고서라며 또다시 잔소리를 했다. 바람 가르는 소리에 저절로 몸이 움츠러들었다.

얇은 회초리가 닿은 부분이 너무나 따가웠다. 입술을 꽉 깨물고 소리를 내지 않으려 눈을 질끈 감았다. 아픈데, 아픈 것보다는 너무 억울해서 눈물이 뚝뚝 떨어졌다. 갓난아기를 달래며 놀아준 게 무슨 죄라고. 그럴 거면 갓난이를 나에게 맡아 달라던 뒷집의 아주머니도 혼쭐이 나야지. 또 바람 가르는 소리가 들렸다.

한참 후에 회초리를 저 옆으로 밀치고 문 밖을 나서는 할아버지의 한숨 소리가 나를 후벼 팠다. 나 들으라고 저렇게 큰 소리로 쉬는 거야. 눈물이 멈추지 않았다.

"거기 있던 애기들이랑 놀아준 것 뿐이야. 내가 왜 혼나야 해!"

엉엉 울던 나를 어머니가 꼭 껴안았다. 품을 밀어내고 때릴수록 더욱더 강하게 안았다. 아가 아가 우리 아가……. 듣는 둥 마는 둥 연신 몸을 잘게 떠는 어머니 품에서 빽빽 소리를 질렀다. 내가 왜 혼나야 해, 내가 무얼 잘못했어. 엄마 나빴어. 엄마 너무 아파, 다리가 아파. 내가 왜 혼이 나야 해, 내가 왜.

"아가, 아가. 밖에서는 일절 이야기하지 말고 언능 잊어버려라. 남들 앞에서는 그리 이야기하면 큰일 나, 응? 할아버지가 사람을 부른다고 하셨으니 조금만 참자, 내 새끼 엄마가 미안하다, 미안하다……."

품 안에 나를 가둔 어머니가 나를 붙잡아 울었다. 미안하다, 미안하다. 어미가 잘못이 많아서, 죄가 커서 그런다. 미안하다, 미안하다. 주먹 쥔 손으로 어머니의 품을 밀어내었다. 그 살 냄새 속에서 잠이 들 때까지 어머니가 나를 놓지 않았다.

잠결에 아버지가 어머니에게, 어머니가 아버지에게 사과하는 습기 찬 목소리가 들렸다. 행여 내가 깰까 봐 소리 내 울지 못하던 어머니는 내가 알지 못하는 이름을 가늘게 부르며 내 머리통을 쓰다듬다가 또다시 내게 사과하기를 반복했다. 어미가…… 많아서…… 네 누이가…… 너라도…… 미안하다…… 미안하다…….

"하늘도 무심하시지. 겨우 기른 딸을 이번에는 이리 고통스럽게 하시네……."
가슴이 답답해져 숨쉬기가 힘겨웠다. 수마를 빠져나오던 정신을 억지로 돌려보내려고 두 눈을 꼭 감았다. 귓가에 들려오는 어머니의 숨 넘어가는 말들이 어느 순간 흐물거리다가 사라졌다.
꽹과리의 시끄러운 소리가 귀를 때렸다. 짤랑 대는 날카로운 방울 소리에 눈이 멀어져 가고 집 마당을 빙 둘러선 마을 사람들이 나를 쳐다보며 손가락질하고 있었다.
"애장산을 봤다고?"
"저 어린 게? 시상에 무슨 일이 나려고"

빨간색, 파란색, 하얀색, 다시 빨간색, 파란색, 하얀색.
세상이 뱅글뱅글 돌고 있었다. 눈앞의 무당이 던진 작은 무언가가 나를 때리고, 사람들이 수군거리고 있었다. 아버지는 엉엉 우는 나를 억지로 꿇어앉히고 나를 짓눌러 일어나지 못하게 막고 있었고, 어머니는 내 옆에서 끝없이 무언가를 중얼거리다가 내 손을 잡고 연신 손을 비비며 절을 했다. 할아버지는 어지러이 움직이는 무당의 춤사위 너머로 반대편에 있는 나와 그 사이의 무당의 춤사위를 멍하니 바라보고 있었다. 하늘은 바닷물을 풀어 적신 듯 넘실대다가 넘치는 바닷물을 이기지 못하고 어느 순간 새카맣게 변해 삼켜졌다.
마을 서쪽의 안개가 낀 듬벙을 지나 나타나는 좁은 통길을 따라 오르면 보이는 숲이 있다. 따뜻하고, 선선하고, 조그만 아기들이 걸음마를 배우고 꼬물꼬물 움직이다가 영문 없이 울음을 터뜨리고 실없이 웃기를 반복하는 숲이 있다. 이 마을 서쪽에는 비록 넓은 논밭이 즐비하고 숲은커녕 언덕 하나도 없지만, 분명 그 숲 중앙의 사시사철 푸른 거대한 상록수가 당목처럼 그곳을 지키며 하늘을 찌를 듯이 곧게 뻗어 있고 그 상록수로 향하는 통길과 주변의 푹신한 잔디밭이 있다.

대문을 넘은 이웃 할머니가 나와 눈을 맞추었다. 시간을 담은 오래된 눈이 나를 보고 내 어머니를 보고 내 아버지를 보았다. 할머니가 다시 나를 보았다. 서서히 주름이 내려오는 눈을 감은 할머니는 다시 대문 밖을 나섰다. 깨질 듯한 방울 소리 너머로 누군가를 보채는 아이 울음소리가 들렸다. 나를 대신해 울어 주는 서러운 아이 울음소리가 들렸다. 지붕 위로 고양이 한 마리가 나를 보고는 다시 사라졌다. 잊어야 한다. 네가 보았던 모든 것을 잊어야 한단다.

강산이 바뀌던 때였다. 등굽잇길을 지나던 참이었다. 쥐 사체를 물고 앞서가던 고양이 한 마리가 파란 하늘이 비치던 물웅덩이를 지나다가 인기척을 느꼈는지 뒤를 돌아보고는 다시 종종걸음으로 작은 솜뭉치 발을 움직였다. 그 뒤태를 멀거니 바라보다가 그보다 배는 천천히 그 뒤를 따라갔다. 어느 순간부터 그 꽁무니도 보이지 않고 또다시 먹구름이 드문드문 드리워 조금씩 걸음을 빨리 할 때에 저 멀리서 살랑대는 검은 꼬리가 풀숲 사이로 언뜻 보였다. 그러고도 얼마 후에야 다시 만난 고양이는 길 위로 난 좁은 통길 초입에서 나를 기다리듯 가만히 앉아 있었다.

"너구나."

그 앞에 쪼그려 호박색의 눈과 눈을 맞추자 고양이는 팽하니 고개를 돌리고 통길로 걸어 들어가다가 스무 발자국 즈음에서 다시 뒤를 돌아 움직이지 않는 나를 보고 앉았다. 저만치서 다리를 모으고 앉아 나를 관통하듯 바라보는 눈이 가늘게 변하다가 이번에는 제 앞발을 핥았다.

"그때도 네가 여기 앉아 있었어."

구석에 놓인 쥐 형체를 멀찌감치 피해 통길로 들어서자 이번에는 천천히, 느긋한 발걸음으로 유연한 몸이 움직였다. 지독히도 따스한 바람이 저 앞에서 살랑살랑 불어왔다. 알고 있는 길이었다. 눈물이 터질 것 같았다. 나무가 울창한 숲이 보이고 저 너머 홀로 우뚝 서 있는 거대한 상록수가 보였다. 까르륵 대는 울음소리가 하나 둘 들리기 시작하더니 이제는 네발짐승을 앞서 뛰어가고 있었다. 사실 내게 손가락질을 하는 그 손가락들을 하루라도 잊을 수가 없었다. 그 표정이 나를 짓누르는 날이면 나는 어떻게든 내가 미치지 않았다는 것을 증

명해야 했다.

　이것이 애장산을 갔는지 두 눈이 파여 피눈물 흘리는 갓난아이가 업혀 있으니 당장 굿을 해 띠어 내야 한다. 제 명에 못 살아 한이 쌓여 어미를 죽이려 한 것이니 하루빨리 띠어 내야 해.

　어린아이가 천사 같은 웃음을 방실방실 지으며 나뭇잎 몇 개를 꼭 쥐고 있었다. 선선한 그늘아래 포대기에 싸인 아기가 제 손가락을 입에 넣다가 꼬물꼬물 움직이고 그 옆을 기어가던 아이는 손으로 아이의 볼을 꾹 누르다가 까닭 없이 머리를 아이에게 기대었다. 볕 아래 몸을 뒤집으려 한참을 안간힘을 쓰다가 다른 아이의 방해로 연신 실패하는 아기가 있었고, 땅을 짚고 두 다리로 서려다가 다시 주저앉아버린 아이가 있었다.

　뒤따라 쪼르르 달려온 고양이는 하늘을 찌를 듯 굳건히 솟아 있는 소나무를 타고 올라가 두꺼운 줄기에 걸터 누워 허리를 한번 쭉 빼고는 고개를 이리저리 움직이며 편한 자세로 누웠다. 아이 하나가 그 움직임을 따라 점점 고개를 뒤로 젖히다가 풀썩 누웠다.

주저앉아버린 아이가 땅을 콩콩 지더니 다시 풀을 잡고 일어섰다. 한참을 그 자세로 어정쩡하게 서 있다가 조심조심 손을 뗐다. 아장아장 두세 발자국을 걷다가 또다시 콩하고 엉덩방아를 찧었다. 혹여나 울먹이고 있을까 봐 조심조심 다가가 너머로 바라보자 뭐가 그리 신나는지 방실방실 웃고 있었다. 이곳은 이런 곳이다. 너무도 따뜻해서 누구라도 울려버릴 수 있는 곳이다. 꼬물꼬물 다시 일어나 움직이는 아기를 따라 가려 하자 이번에는 뒤에서 무언가가 내 옷을 잡아끌었다. 튀어나온 볼을 햄스터마냥 오물거리는 아이의 손에 이끌려 느릿느릿 움직이자 아이가 잠시 후에 멈춰 앉았다. 통통한 손가락이 늘어진 덩굴을 가리켰다.

"못 자라고 있네, 섶이라도 꽂아줄까?"

부으으, 하고 땅을 콩콩 치다가 도로 일어나려고 엉덩이를 쭉 빼고는 뒤도 안 돌아보고 엉금엉금 기어갔다.

"나중에 저 안쪽 푸서리에 터앝을 가꾸자, 내일은 볕을 따라 산책을 할까?"

그 뒤를 조심조심 따라가 말을 걸자 듣는지 마는지 다른 아이들 틈에 끼어 옹알이를 주고받았다.

고양이 울음소리가 들렸다. 소나무를 올려다보자 발 하나가 달랑거리며 나를 부르고 있었다. 조금 떨어진 고주박에 앉아 나뭇잎 사이에 가려진 고양이와 눈을 마주쳤다. 벌목꾼 여럿이 달려들어도 끄떡없을 소나무의 나뭇잎이 바람에 흔들리고 있었다.

"안녕."

속삭이는 소리에 호박색 눈이 나를 보다가 천천히 눈을 감고 다시 뜨기를 반복했다. 때라고는 묻지 않았을 웃음소리가 바람 소리처럼 여기저기 울려 퍼졌다. 나를 보던 눈이 아이들 하나하나를 천천히 둘러보다가 다시 나를 향했다. 그러고는 돌연 누군가가 울음을 터뜨렸다. 으아앙 하고 섧게 우는 소리에 고양이도 몸을 일으켜 털을 세웠다. 포대기에 싸인 아이가 세상이 무너지듯 서럽게 울고 있었다.

"아가 왜 우니. 누가 너를 괴롭혀? 포가 답답해서 그래?"

아가 울지 마라, 울지 마라. 포대기째 들어 올려 품 안에 안자 작디작은 손이 꾸물거렸다. 고주박에 앉아 아이를 어르고 달랬지만 그럴수록 더 서럽게 우는 모습에 어찌할 바를 몰라 덩달아 우는 목소리로 아이를 달래었다. 주룩주룩 내리는 것이 비인지 눈물인지 내 어깨를 부술 듯이 움켜잡는 힘에 놀라 고개를 들었다.

땅을 뚫을 듯 깊고 무거운 한숨 소리가 응어리져 울렸다.

"길가의 고주박에 앉아 낡은 포대기를 쓰다듬고 있었네."

"비가 오는데 꿈쩍도 하지 않고 한참을 그러고 있었다는데."

"허이고, 예전에도 그러더니, 무당이라도 불러야 하는 거 아닌가?"

"정신이 아픈 게지……. 어미가 고생 좀 하겠네."

어머니는 나를 붙들고 패악질 하며 악을 쓰다가 울기 시작했다. 내가 또다시 꿈을 꾸는 기분이었다. 어머니는 잠깐 울다가 소리를 지르고 악을 쓰며 내 어깨를 부여잡고 한참을 무어라 소리치다가 곤두박질치듯이 털썩 주저앉았다. 아가, 아가, 우리 아가. 내 아가.

반쯤 열린 문 사이로 고양이 한 마리가 마당의 아람 벌어진 감나무 우듬지에서 나를 바라보는 것이 보였다.

옆에 있던 아버지가 내게 무어라 물었다.

"건넛집 논 지나서…… 너덜겅 지나 있는 등굽잇길의 통길이 이어지는 산에……."

눈이 마주친 고양이는 휙 하니 사라졌다. 언뜻 들리는 울음소리가 아이의 것인지 짐승의 것인지 구분이 되질 않았다. 귀가 아파 소리가 잘 들리지 않았다. 언뜻 슬픈 소리가 들렸다가 목이 졸려 죽어가는 소리가 났다.

"태웁시다."

"이보게, 어린애 말 하나 믿고 당산을 태워? 자네가 제정신인가!"

"씌여도 단단히 씌인 게지. 갸가 급하니 아무 말이나 한 것이지. 어디 말림갓을 태우려 드는가!"

"요새 이상치 않았어? 멀쩡하던 길에 허방이 생기고……."

"말 안 듣는 놈들이 장난치는 것이 하루 이틀이야!"

"그려, 문제가 있어도 갸가 문제지 가만있던 강산이 무슨 죄라고."

"큰일이라도 나면 어쩌려고 저걸 그냥 둔단 말이요."

"큰일은 무슨, 당산을 태우는 것이 더 큰일이제!"

누군가의 입에서 깊은 한숨 소리가 나오자 모인 사람들이 너 나 할 것 없이 한숨을 쉬었다.

"그래도 그것이 말한 등굽잇길이 옛적에 쓰던 길이 아니오, 지금이야 좋은 길 나졌으니 조금 돌아 편히 간다마는 그때만 해도, 그러니까…… 에, 어린 것들 보냈던 옛날에는 그 길밖에는 없었지. 요즘 아그들이 거길 지나는 간당가?"

무인을 불러야 하지 않는가? 조심스레 나온 말에 하나둘 서로의 눈치를 보았다. 아범헌티 무슨 소리를 들으려고. 아 거, 예전에도 했는데 지금이라고 못해? 그땐 잡귀라도 붙은 줄 알고 그랬지. 흔들리는 등이 꺼질세라 속삭이는 목소리 사이로 그림자가 지고 있었다.

"그. 어매. 묻는 것이 미련한 것임은 아네만은…… 예전에, 갓난쟁이 풍장했 을 때…… 그때 본 산이 당산인가?"

저것이 미쳤나, 하고 외마디 비명 같은 목소리가 들렸다. 노파는 갓난이를 떠 보냈던 그때의 자신보다 서너 배는 나이를 먹은 아들과 눈을 마주치다가 고개 를 저었다. 내 미련했네, 미안하네…….

"저놈이 주둥아리 터질라고!"

"아, 아니 그거시 아니고……."

"거, 그만하고……. 밤새 가랑비나 내릴 것 같으니 가서 비설거지나 하세. 나 중에 다시 하고……."

땅이 꺼져라 밀어내는 한숨에 기다렸다는 듯 하나둘 불편한 자리를 피하려고 채비를 하기 시작했다. 옆에 앉아 있던 산모가 벽을 짚으며 조심조심 일어났 다. 에구구, 하면서 허리를 툭툭 치는 아내를 지탱하던 사내는 잔뜩 굳은 표정 으로 장지문을 열었다.

한참 후에 홀로 남겨진 노파는 모아진 손을 가만히 내려다보다가 눈을 감았 다. 마당을 지나가는 고양이 울음소리가 아이 울음소리처럼 들렸다. 거칠고 한 스러울 울음소리를 기다리며 숨을 참다가 겨우 들은 울음소리는 눅눅하고 먹 먹한, 습기 찬 물가와 같았다.

노을 지던 방문이 슬며시 열렸다.

소리 없이 발을 신에 구겨 넣고 삐걱대는 대문을 넘어 마을 초입의 장승을 지나쳤다. 점점 져가는 해에 등 떠밀리듯이, 도망치듯이 너덜겅을 지나가 등굽잇길 너머로 뛰어갔다. 통길을 찾아 한참을 헤매도 찾지 못해 어림짐작하여 우거진 풀숲을 헤치고 길 아닌 길을 뛰어다니고 나서야 그 자리에 잔나무 가지가 부러지듯 물러앉았다.

감탕밭 위 고인 물에 너겁이 뒤덮여 썩어가고 나무줄기는 하나같이 보굿이 갈라져 보굿켜가 보이고 있었다. 애채 없이 버티던 나무는 바스러져 속 깊은 곳까지 썩어 문드러져 있었고 너설이 외부인의 출입을 매섭게 막고 있었다. 경사진 나무 너겁 사이로 보이는 썩은 뿌리에, 자라나다 죽어버린 푸새가 남아 있었다.

마을의 당산나무처럼 굳건히 산 안쪽에 자리하던 나무가 있던 자리는 알땅이 되었고 바람칼을 보이던 까마귀가 어느새 그곳에 내려와 고개를 돌리며 낯선 이를 기다리고 있었다.

퍽, 하고 어딘가에서 짚더미가 땅에 떨어졌다. 냉큼 그 위를 보니 가지 사이에 엉킨 지푸라기가 썩어 있었다. 팔의 털이 곤두서고 발목이 잘린 듯 움직이지 않았다. 두피 어딘가가 얼어붙은 듯 서늘해지고 등 뒤로 식은땀이 흘렀다. 보지 않으려고, 그 짚더미 사이를 보지 않으려고 안간힘을 썼지만, 목에 무언가가 관통해 땅에 박힌 듯 움직이지 않았다.

풍장이다. 머릿속이 새하얘져 기어가듯 뒤로 움직였다. 시선이 짚더미에 박혀 움직일 생각을 하지 않았다. 그 짚 틈사이로 구더기가 쌓여 썩어가는 손가락 하나라도 마주할까 봐 안간힘을 써 고개를 꺾었다. 풀이 붙은 무릎이 사시나무 떨듯 떠는 것을 주먹으로 내리쳐 끌어올렸다.

꿈인 양 생시인 양 귀신에 쫓기듯 미친 듯이 달렸다. 뒤돌아본 나무의 위초리에 걸린 빛 바랜 천 하나가 위태롭게 휘날리고 있었다. 아이의 포대기가 꼭 저렇게 생겼었다. 내게 손을 내밀고 알 수 없는 소리를 내며 웅얼거리던 아이의 포대기가 꼭 저렇게 생겼었다.

"어딜 댕겨오누."

마을 초입 장승 아래 돌덩이에 앉아 있던 노파가 불쑥 말을 걸었다. 목구멍에

서 불쑥 튀어나오려는 비명을 토끼 눈을 한 채 억누르고 가쁜 숨을 내뱉었다. 목소리가 가늘게 떨고 있었다.

"듬벙에 다녀옵니다."

"물이 넘쳤더냐?"

예상치 못한 질문에 잠시 꿀 먹은 벙어리가 되어 얼떨떨하게 고개를 저었다. 노파는 잠시 생각하더니 오래된 나무 지팡이를 짚고 천천히 일어났다. 흔들리는 지팡이를 바라보다 옆으로 다가가 손을 내밀었다. 저 앞까지만 가자, 얼어붙은 손이 찬 주름이 잔뜩 진 손이 지나치게 따뜻했다.

"저 장승이 언제 세워진 줄 아냐?"

"잘 모르겠어요."

"네가 태어나기 전에 마을에 역병이 돌아서, 저다가 대고 지사도 지냈다."

"······."

갓난것들이 죄다 가버려서 네 또래도 없지. 애 우는 소리 대신 다 큰 어른 우는 소리밖에 없었다. 네 어미도 가엾은 새끼 잃고 며칠을 앓아누워서 애비가 저다가 대고 아그들 좀 살려주소 하고 몇 날 며칠을 빌고······.

"장승에 빌고, 하늘에 빌고, 땅에 빌고, 산에 빌고, 삼신에 빌고······"

대화가 줄고, 발아래 딛는 모래 흙만 바라보여 말없이 걷다가, 평길을 지나던 중에 밭은 기침소리와 함께 노파의 몸이 연신 요동쳤다.

"괜찮다. 괜찮다."

잘게 떠는 지팡이가 흙길을 쓸었다. 느리게, 느리게. 저 멀리 손톱만큼 열린 대문 아래로 개 한 마리가 주인 냄새를 맡고 코를 내미는 것이 보였다. 사람보다 낫지, 사람보다 짐승이 나아. 다가갈수록 울음소리를 내며 좁은 틈으로 얼굴을 내밀려 애쓰는 꼴을 보고 노파의 손에 다시 힘이 들어갔다. 문이 열리고, 틈새를 비집고 나와 발치에서 온갖 애교를 떠는 하얀 머리를 밀어 넣으며 대문을 넘은 노파가 나와 눈을 맞추었다. 세월을 담은 늙은 눈이 힘겹게 나를 돌아보았다. 눈가의 주름에 반쯤은 가려졌을 눈을 도로 감은 노파는 대문을 넘을 때보다 배는 힘겹게 집안으로 기어 들어갔다. 낑낑대며 제 주인을 쫓는 짐승소리가 들렸다. 마을 초입에서도 누가 지나가던 길바닥에 엎어져 앉아 있다가 제 주인을 마중 나가던 녀석이었다. 그리고 주인의 뒤꽁무니를 따라 온 마을을 누비던 녀석이 유일하게는, 등걸음쳐 나가는 주인의 뒤를 쫓지도 배웅하지도 않았다.

지니치게 조용하던 밤이었다. 그날은 밤이면 간혹 들리던 짐승소리가 들리지 않았다.

"아―는 집에 있어라. 괜히 나가 긁어 부스럼 만들지 말고."

헛기침 소리가 문밖을 나서자 눈치를 보던 어머니가 그제야 다가와 조곤조곤 말을 이었다.

"마을 큰 어른이 돌아가셨으니 행여 누군가 너를 탓할까 봐 걱정되어 그러신다. 할머님도 옛날 어린 자식을 여럿 보내야 했으니 어찌 그런 말이 안 돌겠니. 편히 가시라고 기도나 좀 올려주고."

어린 것들이, 눈 한 번 못 뜨고 죽은 한 많은 아이가 묻혀 있는 곳이다. 제 어미를 원망해서 잡아먹고 갓난것들을 죽이려고 산에서 내려온다는 것들이다. 절박한 손이 내 손을 맞잡았다. 다신 가지 마라, 다신 발 딛지 마라. 아무것도 보지 말고 아무것도 듣지 마라.

무언가를 물어보려던 입술이 옴짝달싹 못하고 굳었다. 어머니는 수십 번의 다짐을 받고서야 아버지를 따라 마당으로 나섰다.

밤새 초상집에서 악기 소리가 요란하게 울려댔다. 꽹과리가 쉴 틈 없이 북장단에 맞춰 울리고 노랫소리가 희미하게 들리면 웃음소리가 뒤따라 울렸다. 사당과 중이 거사의 지팡이를 피해 요리조리 움직인다. 사당의 아이는 사실 거사의 아이가 아니다. 사당이 아이를 낳는다. 또 웃음소리가 들린다. 울면서 웃고 있을 상복차림의 사람들이 밤새 취하고 스스로를 달랜다. 이곳에서의 죽음은 그런 의미를 가진다.

오늘밤에는 우는 소리가 들렸다. 서럽다기보다는 자책하며 서러워하는 울음 소리에 문득 잠에서 깼다가 고양이 소리인지 구분이 가지 않아 다시 잠들어 버렸지만 아이 우는 소리가 들렸다.

간밤에 산통이 온 산모의 아기는 탯줄이 목이 감긴 채 세상밖에 나와 어미 품에 안기지도 못한 채 죽었다.

삼신할매요, 우리 새끼 지켜주소. 어미 잘못 만나 옹알이 한번 못하고 간 우리 새끼 지켜주소. 좋은 애미애비 만나 맛난 음식 먹고 좋은 옷 입혀주소. 내 남은 복 건네주고, 삼신할매 내 새끼 미안하다 전해 주소. 애미가 머리 깎고 산 속이라도 들어갈 테니 우리 새끼 지켜주소. 좋은 자리나며 우리 새끼 보내주고, 내세에는 가난한 부모 안 만나게 해주소. 손도 못쓰고 보내는 못난 부모 안 만나게 도와주소. 좋은 집 좋은 부모 아래 태어나서 행복하게 해주소. 때 되어 걸음마 할 때에는 좋은 옷 입고 방실방실 웃고 다니다가, 더 크면 온종일 밭일 시켜 애 몸 상하게 하지 않는 부모 만나게 해주소. 하루 종일 온 마을 뛰댕기며 자라서 때 되면 좋은 혼처 만나 저 닮은 새끼 낳게 해주소. 못 배우고 가난한 못난 부모아래 태어나서 울음 한번 못 내고 때 한번 못 부린 내 새끼 불쌍타 해 주소. 내 이 자리 앉아서 평생 몇 번이라도 빌 테니 내 새끼 데려다가 행복하게 해주소. 좋은 애미 아래 태어나서 품 안에서 때장 부리다가 살아가게 해주소. 어미가 지은 죄가 많아 자식새끼 하나 못 키웠으니 벌하려 거든 나를 나락이라도 데려가시어 내 새끼 지켜주소. 들끓는 불 속에 내던져도 좋으니 내 새끼 지켜주소. 내가 잘못했으니 내 새끼 지켜주소. 나를 데려가소, 나를 데려가소. 내 아이 돌려주고. 나를 데려가소.

꽃비가 손을 비비며 중얼거리던 여인의 옷을 적시었다. 그 앞의 돌무더기 위로 빗방울이 떨어졌다. 갓난이 하나를 품에 앉고 저 멀리서 그 모습을 보던 차에 품에 있던 아이가 발버둥 치며 울음을 터뜨렸다.

"안 된다. 아가야. 가면 안 된다."

알아듣는지, 듣고 싶지 않은지 제 어미를 향해 우는 것을 껴안았다. 들리지 않는단다. 아가야, 들리지 않아. 미안하다며 울어도 들리지가 앉아. 아가야 좋은 곳에 가자. 울지 않아도 되는 곳에 가자. 그곳에서는 네 어미가 말한 대로 살자.

산이 울고 있었다. 한이 많다기에는 너무도 따뜻했고, 온기에 숨이 막혀 울고 싶었고, 원망이라기에는 그리움과 미안함이 넘쳐나던 곳이었다.

풍악을 울려라 우는 여인의 소리를 감춰주어야지 들어서야 되겠느냐. 더욱 세게 울려라 귀가 멀어 슬픔을 느끼지조차 못하게 울어라. 후년에는 저 여인에

게 귀한 딸을 주고 내후년에는 이 갓난이를 다시 보내주자. 때가 되면 저 집에
아이 울음소리가 가득하고 끝내는 저 여인이 말한 대로 될 테다.

아이를 가슴에 묻는 방식

'애장'은 아이들이 죽었을 때 치르는 장례를 줄인 말로, 한자로 쓰면 '아장兒葬'이다. 그러나 통상 애장이라는 말을 많이 써왔다. 아이들의 무덤을 보고도 애장이라 했는데, 이는 '애장터'의 준말로 쓴 것이다. 요즘은 과학과 의술의 발달로 병이 나도 치료가 잘 되기 때문에, 어른이든 아이든 사망률이 높지 않지만, 병원 시설이 열악했던 과거에는 병에 걸리면 특히 아이들이 많이 죽어 나갔다.

'독다물'은 전라남도 진도지역에서 행해졌던 특유의 애장(兒葬) 형태를 말한다.

우리나라에서 애장을 하는 방식에는 두 가지가 있다. 하나는 '수상장(樹上葬)'이라 하여 죽은 아이의 시신을 짚으로 싸서 나무에 매달아놓는 형태이고, 다른 하나는 바로 독에 넣어 돌을 쌓아 올리는 '독다물'인데 진도지역에서는 '독다물'이 주로 행해졌다.

아이가 죽으면 부모는 아이가 들어갈 수 있는 옹기를 구한다. 옹기의 바닥을 조금 깨서 물이 고이지 않게 한 다음 죽은 아이를 넣는다. 옹기를 산에 들고 가서 사람들이 잘 다니지 않는 지점에 놓고 그 위에 옹기가 보이지 않을 정도로 돌을 쌓는다. 진도지역의 거의 모든 마을에는 '애장'을 하는 산이 있었으며, 평소에 사람들은 그곳에 가기를 꺼려했다.

출처 : jindo.grandculture.net, 한국일생의례사전
사진출처 : 한국일생의례사전

수장장과 독다물, 너무 일찍 떠난 사람을 슬퍼함

돌아가는 혼과 남은 사람들의 슬픔을 함께 위로하는 방식 1

10세 미만의 아기가 죽으면 관(棺)을 사용하지 않았다. 11세 이상의 아이인 경우, 부잣집에서는 관을 사용하기도 하나 보통은 그냥 홑이불이나 삼베(남해, 하동, 사천)로 싸서 묻었다고 한다. 남해에서는 한지로 싸서 묻기도 하고, 가난한 집에서는 가마니를 이용하여 시신을 말아들고 나가기도 했다.

전라도와 강원도 지역에서는 관 대신 옹기(옹관, 甕棺) 혹은 단지를 이용하기도 했는데 진도에서 이 풍습을 '독다물'이라 부른 것이다. 관 대신 사용한 측면도 있지만, 옹기를 이용한 것은 짐승에 의해 무덤이 파괴되어 시신이 훼손되는 것과 시신이 영혼이 나와 악귀가 되는 것을 방지하려는 의도 때문이었다.

암전(暗電)

박지유

인간 관계의 미묘한 위태로움을 다시래기의 굿판 위에 올려,
죽은 자와 산 자의 원과 한을 그린 이야기

여름의 밤은 언제나 무겁기 짝이 없다. 습기를 머금은 공기가 가벼운 이불 위로 묵직하게 떨어졌다. 결국 그 더위를 이겨내지 못한 나는 몸을 일으켰다. 눈이 어둠에 익숙해질 때까지 잠시 시선을 허공에 머물다가 자리에서 일어섰다. 방문의 오른쪽에 있는 버튼을 가볍게 누르자 불빛이 두어 번 깜빡이며 일렁이더니 방 안을 밝게 채웠다. 주위가 밝아지자 다른 것들이 들어오기 시작했다. 시간은 새벽 두 시 사십팔 분, 누군가 문을 툭툭 두드리는 것만 같은 소리에 바라본 창 너머로는 새벽비가 내리고 있었다.

공기가 유독 텁텁하더라니. 투덜거리는 볼멘소리를 내며 어질러진 이불 위에 앉았다. 이렇게 새벽에 깨는 날이면 단 한 번도 제대로 잠에 든 적이 없었다. 더군다나 오늘은 어딘가 가슴 한 켠이 답답한 것에 잠들지 못할 것을 알면서도 자리에 눕는 일조차도 하지 않았다. 언제였더라, 도혁이에게 빌려 놓고서는 돌려주지도 않고 수십 번은 읽어 내린 책을 집어 들었다.

첫째 장은 이제 외울 지경인 책을 스무 페이지쯤 내려 읽고 있자니 누군가 대문을 줄기차게 두드려댔다. 시계의 시침은 3 근처에서 머물고 있었다. 무시할까 싶다가도 몸을 일으켰다. 발에 걸리는 이불을 대충 치워버리고서는 급하게

나서 대문을 열자 도혁이네 앞집에 사시는 이씨 할아범이 그 앞에 서 계셨다.

"웬일이십니까, 날도 아직 어두운데."

"……."

"…… 우선 안으로 들어오시는 게 어떠세요, 비도 내리고 어깨도 젖으셨는데."

"도혁이가 죽었댄다. 난리도 아니야."

"…… 네?"

비가 그친 것도, 점점 멎어가는 것도 아니었건만 빗소리가 멀어졌다. 문을 두드린다고 여길 정도로 거셌던 소리가 이제 웽웽대는 묘한 벌레소리 정도로 밖에 들리지 않았다. 어르신은 날 기다려주기라도 하듯이 고개를 살짝 까딱였다. 침을 한 번 삼킴과 동시에 빗소리가 다시 돌아왔다. 그런 내 상태를 고스란히 알고 있다는 듯이 이씨 어르신은 곧 말을 이어나갔다.

"그 순하기만 하고 착한 애가 뭔 잘못이 있다고…… 지병을 그렇게 앓아대더니 오늘 새벽에 갔다더라. 자다가 못 깼다는데, 앓다가 간 건 아니라 다행이지."

"…… 진짜로 죽었습니까? 도혁이가? 어제까지만 해도 멀쩡해 보였잖습니까."

"내가 거짓말이야 하겠냐, 지금 사람들 모여서 전부 펑펑 울고 있다. 워낙에 인복 있던 애였고 맘씨도 그랬으니 이상한 것도 아니지……."

"강희는 어떻습니까?"

"정신도 못 차리더라. 지 남편 관 옆에서 떨어질 생각도 하질 않아."

그 말을 끝으로 두 사람은 또 짧은 침묵을 지켰다. 장례식장으로 가면 됩니까? 질문에 이씨 어르신은 고개를 저었다.

"지금 도혁이네 집에 다 모여 있다. 왜 그런지는 모르겠는데, 강희도 입을 안 열고, 네가 가서 잘 달래봐라. 난 이제 저쪽에 말하러 가봐야겠다."

"안녕히 가십쇼."

꾸벅 고개를 숙이자 손사래를 치듯이 인사를 남기고 이씨 어르신이 자리를 떴다. 문을 닫고 나자 방금 전 이야기를 할 때보다도 더욱 도혁이의 죽음이 실감났다. 마른 침을 다시 한 번 삼켰다. 도혁이가 죽었다. 이도혁. 나의 오랜 친구가. 문이 닫힌 현관에서 발걸음을 떼기 어려웠다. 신었던 슬리퍼를 간신히 벗고 방 안으로 들어가자 도혁이에게 빌렸던 책이 눈에 들어왔다. 내려놓았던 페이지 그대로였다. 이제는 유품이 되어버린 물건이었다.

떨리는 손으로 책을 덮었다. 책을 빌려주던 모습이 아직도 눈에 선했다. 일찍 돌려주어야 했는데, 따위의 생각을 해봤자 이미 부질없는 일이었다. 책을 들었지만 맥없이 이불 위로 떨어졌다. 다시 한 번 책을 꽉 쥐어 들었다. 책의 빈지리로 쓸려 넘어진 책들을 세워 그 옆에 가지런히 놓고서는 땀에 절어 있는 윗옷을 벗었다. 아무렇게나 던진 윗옷이 이불 위에 떨어졌다.

옷장에서 어두운 계열의 셔츠 하나를 집어 들어 단정히 챙겨 입었다. 바지까지 챙겨 입고서는 거울을 한 번 들여다보았다. 머리를 한 번 손으로 빗어 단정히 하고서는 검은 외투까지 챙겨 입었다. 텁텁한 여름 날씨에 맞지 않는 답답한 옷이었지만 지금은 날씨 따위가 중요한 상황은 아니었다. 현관으로 발걸음을 옮기고 대략 일 년 전 이웃에 살던 할머니께서 돌아가셨을 때 이후로 신지 않은 구두를 꺼내 신었다. 마지막으로 검은 우산을 챙겨들고 밖으로 나섰다.

비는 아직도 내리고 있었다. 우산의 버튼을 누르자 팡, 하는 꽤나 요란한 소리를 내며 펼쳐졌다. 우산 위로 닿는 빗소리가 영 내키지 않았다.

이도혁은 죽었다. 나의 친구였던, 아니 친구였나? 우리 둘의 관계는 그것으로 표현하기에는 조금 애매모호했다. 이미 죽어버린 사람과의 그닥 좋지 않은 이야기들을 꺼내는 것은 별로 좋아하는 일은 아니었지만 도혁이와 나의 관계가 스쳐지나가는 것을 막을 수 없었다. 내가 도혁이를 처음 만난 것은 벌써 7년이 된 일이다. 한창 때 늦은 짝사랑을 하던 때에 나는 그를 만났다. 아직도 호탕하게 웃으며 능청스럽게 걸어오던 첫인사를 잊을 수가 없다. 아주 당연한 일이었다. 머릿 속에서는 첫 만남의 이미지가 그대로 스치고 있었다.

"정호씨 되십니까?"

서른다섯의 남자 목소리 치고는 가는 편이었다. 낯선 목소리에 고개를 돌렸을 때 내가 마주한 것은 그동안 봐 왔던 사람들과는 조금 다른 모습의 남자였다. 시골 일에 까무잡잡해진 피부 대신에 햇빛 한 번 보지 않았다는 듯이 피부는 허옇고 밝겠다. 깔끔하게 잘린 머리카락은 약간은 기름지게 넘어가 있고 반갑다며 손을 건네는 오른 손에는 은빛 시계가 채워져 있었다.

"마을 사람들에게 얘기 많이 들었습니다."

"마을 사람들에게요?"

"방금까지 회관에 인사하고 오는 길이라 말입니다."

306

그제야 나는 그 낯선 남자가 오늘 아침 이사 트럭으로 마을을 소란스럽게 한 사람이라는 것을 깨달았다. 도혁은 부드러운 사람이었고, 친화력 있는 사람이었다. 만난 지 채 오 분도 되지 않은 내게 '저희가 동갑이라던데, 말 좀 편하게 해도 됩니까?' 하고 물어올 정도의 사람이었으니 말이다. 하지만 그의 행동에서 불쾌감을 찾기란 좀처럼 어려웠다.

다만, 그와 강희의 첫 만남에도 내가 있었다는 점만이 내게는 흠이었다. 강희도 불편한 곳 하나 없는 사람이었으니 내가 본 것을 그대로 눈에 들였을 것이다. 곱게 자란 티가 나는 잘생긴 얼굴이나, 적당히 선을 지킬 줄 아는 감각이나, 강희와 도혁이의 첫 악수는 내게 콱 박혔다. 틀에 박힌 인사를 하면서 웃는 두 사람의 얼굴도, 맞잡은 손도 당시 마음에 드는 것이 하나 없었다.

누가 알면 얄팍한 질투라고 할지 모르고, 자기가 용기가 없었던 주제에 혼자 마음 앓이 하면서 아니꼽게 본다며 욕할 일인지도 몰랐다. 하지만 서른다섯의 나는 서툴렀고(그렇게 변명하고 싶다.), 그저 속으로 끙끙 앓기만하다 두 사람이 첫 만남 후 일 년 만에 결혼하는 모습까지 보고 말았다. 내게 무엇이라 말할 권리도 없고, 할 수 있는 거라곤 그저 웃으며 축하해주는 것뿐이었다. 당연히도 속은 썩어 들어갔다.

나와 도혁이의 관계가 틀렸던 게 그럼 처음부터였냐고 물으면 그런 건 아니었다. 내 사랑이 끝난 걸 도혁이의 탓으로 돌리고 싶지도 않았고, 그런 일로 누군가를 미워하고 싶지는 않았다. 내가 도혁이와의 관계가 수틀렸다고 말하는 건 조금 다른 의미에서였다.

우리는 친구였지만 수평적인 관계는 아니었다. 피라미드를 5부분으로 나누어 꼭대기를 1로 쳐서 내려간다면 도혁이는 1이었고, 나는 3이었다. 누구 한 명이 그것이 드러나는 이야기를 한 것은 아니었다. 하지만 은연중에 알고 있었다. 도혁이에게 좋지 못한 일이 있다고 해서 내가 도혁이를 동정할 수는 없었다. 그는 어떻게든 출구를 만들었고, 그로 인해 주위의 존경을 받는 사람이 될 테니까. 하지만 내게 일이 생겼을 때는 달랐다. 도혁이는 날 위로하는 대신(겉으로는 위로처럼 보였겠지만, 아니었다. 나는 확실하게 말할 수 있다.) 동정했다.

또한 이것은 내 망상일진 몰라도 도혁이는 내가 강희에게 어떤 감정을 품는지 알고 있었다. 하지만 그는 그것을 질투한다던가 그런 일로 시비를 따지는 일 같은 건 하지 않았다. 마치 나는 가질 수 없다는 것을 안다는 투로 제 딴에는 배려인, 내게는 굴욕적일 수밖에 없는 행동들을 내비치고는 했다. 다른 사람들 앞에서는 눈살을 찌푸리는 사람이 나오지 않을까 싶을 정도로 깨가 쏟아진다던 부부가 내 앞에서는 손을 잡는 것 외에는 별다른 행동을 하지 않았다. 진절머리가 날 정도로 달큰한 말을 뱉는다는 소문도 내 앞에서는 무색했다. 다른 동네 사람들이 모두 맞장구치며 이야기를 이어나갈 때 나는 끼어들 수 없었다. 도혁이가 나를 동정했기 때문이었다.

간혹 보이는 그 안쓰럽다는 눈빛은 아무도 모르게 내 가슴에 묘한 감각들을 밀어 넣었다. 그런 도혁이의 행동이 크게 티가 나는 것은 아니었기에 나는 그에게 따질 수도 없었다. 다른 사람이 보기에도, 내가 느끼기에도 도혁이는 좋은 친구였다. 누군가에게 이런 말을 털어 놓는다면 분명 그 사람은 내가 자격지심에 오해하는 것일 거라고, 그렇게 말할 정도로.

생각은 이어지고 발걸음은 도혁이의 집 앞에서 멈췄다. 이상할 정도로 마당은 고요했다. 우는 소리라도 조금 들릴 법 한데. 마을에서 가장 넓은 집의 거실은 죽음을 슬퍼하는 사람들로 옹기종기 모여 있었다. 고요한 바깥과 다르게 안쪽은 우는 소리가 간간이 들려왔다. 몇몇은 울다 지치기라도 한 듯이 벽에 기대어 한없이 허공을 바라보았다.

사람들이 이렇게 슬퍼하는 것도 당연한 일이었다. 도혁이는 젊었지만 마을의 중심이었다. 위쪽에서 변호사인지, 뭔지, 법조계에서 당당히 이름을 날린 지 얼마 되지도 않아 지병 때문에 내려왔다던 도혁이는 돈이 있었다. 본래 꽤 있는 집안에서 태어남과 더불어 좋은 직업까지 가지고 있었으니 말할 것도 없었다. 하지만 도혁이는 그 돈을 자신을 위해 쓰는 일은 별로 없었다.

마을에 홍수가 났을 때, 수리비가 부족한 집은 도혁이의 도움을 받았다. 멧돼지가 내려와 밭을 엉망으로 만들었을 때도 도혁이가 도와준 사람이 수두룩했다. 심지어는 빚에 쫓기던 경구네까지도 도왔다. 그럼에도 도혁이는 한 번도 돈에 쪼들린 적 없었다. 도혁이가 가진 돈에 대해서 사람들의 의견까지 분분할 정도였다. 하지만 그 누구도 도혁이를 욕하는 사람은 없었다. 그에게 작은 도움 하나 받지 않은 사람이 없었으니까.

도혁이네 오른쪽 집에 사시던 명자 할머니는 얼마나 우신 건지 큰 숨만 팩팩 들이쉬었다가 뱉어냈다. 하나 있던 아들이 결혼도 하기 전에 죽고, 남편도 십년 전에 돌아가신 명자 할매는 도혁이를 아들과 같이 생각했다. 시선을 거두고는 거실 한쪽 놓여 있는 문 너머로 들어갔다. 도혁이 네 뒷 방으로 이어지는 문이었다.

오랜 친우에게 미안한 일임에도, 먼저 눈에 들어온 것은 커다란 도혁이의 관보다도 그런 관을 붙잡고 널브러져 있는 강희였다. 걸음을 옮겨 그 옆에 주저앉자, 새로운 인기척을 느낀 강희가 고개를 슬쩍 들었다. 내 얼굴을 보고서 강희는 옷자락을 붙들었다. 금방까지도 울고 있었던 듯 물러버린 얼굴 위로 또 눈물이 뚝뚝 떨어졌다.

"정호야, 정호야⋯⋯."

"숨 넘어가겠다. 그만 울어라."

"도혁이가 죽었잖아. 나 어떡해 이제⋯⋯ 나 진짜 어떡해⋯⋯."

딱히 위로할 말 따위는 찾지 못했다. 나는 그저 어깨를 느릿하게 토닥여주는 것 외에 할 수 있는 일은 없었다. 부산스럽던 옷자락의 소리마저 멎어갈 때쯤에 내가 먼저 입을 열었다.

"장례식은 왜 안 열고⋯⋯."

"⋯⋯ 안 그런 것 같으면서 도혁이 정말 별났지?"

"⋯⋯."

"돌아오는 것도 없는데 도와주는 건 그렇게 좋아하고, 이상할 정도로 남밖에 모르고."

"강희야."

"그런데 도혁이가 딱 하나 자기가 받고 싶은 걸 말한 적 있거든? 자기가 죽으면⋯⋯."

강희는 큰 숨을 들이쉬고서는 내뱉지 않았다. 그와 함께 내 숨도 잠시간 멈췄다가 느리게 뱉어졌다.

"다시래기라고⋯⋯."

"다시래기?"

"해 달래, 자기가 죽으면 꼭⋯⋯, 다른 식은 필요 없으니까 딱 그것만 해 달래. 그것만."

이상한 이야기라고 생각했다. 대화를 이어나가면서 도혁이의 마지막 유언(정

309

확히는 유언처럼 되어버린 과거의 말)이 왜 그런 문장이어야만 했는지 알 수 없었다. 깔끔한 도시사람인 그에게는 '장례를 치르고 깨끗이 잊어 달라.' 따위의 말이 더 어울렸을 것 같건만, 나는 입을 열지 않았다. 그저 바스라진 아랫입술의 껍질만 앞니로 물어뜯을 뿐이었다.

"한 번만 도와줘, 한 번만 설득해 줘. 응?"

침묵을 뚫은 목소리가 애절했다. 이야기가 나온 순간부터 나에게 다른 선택지는 없었다. 애매했을지라도 오랜 기간 사귀어 온 친구의 일생 마지막 부탁이었고, 강희가 자신에게 하는 몇 없는 부탁이었다. 결국은 느릿하게 고개를 끄덕이면서도 어딘가 찜찜했다.

강희는 의미도 없는 미안하다는 말과 함께 그저 고개를 떨궜다. 아니라며 일어나자 비가 오는 날 특유의 퀴퀴한 냄새가 코를 찔렀다. 영 내키지 않는 냄새였다. 사람들은 점점 냉정을 찾으면서도 울적함을 감추지 못하고 있었다. 시계의 시침은 어느새 4를 넘어가고 있었다. 날이 점점 밝아지고 있었다. 집으로 돌아갔다가 날이 완전히 밝으면 다시 올까 하는 생각도 했지만 그닥 예의는 아닌 것 같아 복잡한 사람들 사이에 비집고 앉았다. 안방을 제외한 여러 방들은 사람들로 꽉꽉 차 있었다. 아이가 생기면 줄 방이라며 예쁜 하늘색으로 도배해 놓은 방 역시도 우울한 감옥의 분위기와 다르지 않았다. 도혁이의 유품이 된 책을 가지고 올 걸. 텁텁한 생각을 했다.

"다시래기?"

"그렇답니다. 마지막 유언이래요."

"자다가 죽었다고 하지 않았나? 그런데 유언을 해?"

"죽기 한 달 전인가, 두 달 전인가 그렇게 말했대요."

"유언이라면 유언인 줄 알지, 뭔 말이 그렇게 많아!"

"아니, 궁금할 수도 있지 그걸 가지고 뭘 그렇게 따집니까?"

"좀 조용히 합시다. 궁금해서 물었건 뭐건, 중요한 게 그게 아니잖아!"

이씨 어르신의 호통으로 마을 회관은 순간 조용해졌다. 언성이 점점 높아지던 김씨와 소씨도 입을 비죽이면서도 잠잠해졌다.

"그래서 할 거예요?"

"…… 할 사람은?"

"할 수 있는 사람은 있답니다. 마을 사람들 중에서도 배운 사람이 있는 모양이고, 이곳저곳 연락해 놀이패들도 찾아 놨습니다."

"됐다……. 그럼 했으면 하는 사람은?"

"…… 저는 했으면 좋겠습니다. 제가 하는 것도 아니면서 이런 말을 하긴 그렇지만 오랜 친구기도 하고, 부탁드립니다."

내 말을 시작으로 사람들의 동조가 이어졌다. 다들 도혁이에게 한 번쯤은 도움을 받은 사람이다보니 유언이라는 말에 흔들리지 않고는 못 배기는 듯했다. 고개를 끄덕이는 사람들을 보면서 나는 다시 입을 다물었다. 마음만 먹는다면 완벽히 배운 놀이패만큼이나 해낼 자신이 있었다. 절실한 친우의 마지막 장례 행사에 아예 발 벗고 나설 수도 있는 일이었다. 꼬마 적부터 아버지가 다시래기를 하는 모습을 몇 번이고 봐왔다, 직접 배우기도 했다. 다른 건 몰라도 이것만큼은 잊혀지지 않았다. 그럼에도 입을 다물었다. 도혁이의 일에 나서는 거라면 이 정도로 충분하다고 생각했다.

사람들을 동조시키고, 마지막 소원을 이루어주는 거라면 친구로서의 자신의 역할은 충분히 해냈다고 생각했다. 자신이 아니어도 해낼 수 있는 사람들은 충분했다. 앉아 있는 상태로 뒤로 살짝 물러섰다. 사람들은 열띤 토론을 벌이고 있었다. 이미 다시래기의 진행은 기정사실화 되어서, 내일 당장이라도 시작을 해야 한다느니 그건 무리라느니 하는 말들이 이리저리 오갔다.

"그럼 모레, 모레 어떻습니까?"

"내일 당장 하는 게……."

"그건 아무래도 무리 아닙니까. 오후 세 시가 다 되어가는데, 몇 시간 만에 전부 준비하라고요? 놀이패들은 연락만 해놨지 아직 부르지도 않았어요. 아까 말했잖아요. 인원은 충분해도 완벽하지 않아요."

"그래도……!"

"아까부터 소씨는 참여도 안 하시면서, 그럼 직접 하시든지요."

아직 서툴기에 짝이 없는 소씨는 마을 사람들 중에서도 다시래기를 배운 전문 예능인에 속했지만 빠지기로 되어 있는 터였는데, 다시 김씨와 시비가 붙더니만 일침에 결국은 입을 다물었다. 이런 상황에서도 괜한 망신은 당하고 싶지 않았던 모양이었다.

그저 입맛만 머쓱하게 다시며 그럼 모레 하든가……. 하면서 비굴해 보이는 중얼거림만 남길 뿐이었다. 모레 점심 근부터. 그렇게 결정이 난 일정에 사람들은 뿔뿔이 흩어졌다. 몇몇은 도혁이의 집으로, 몇몇은 다시 자신의 집으로 돌아갔다. 나는 도혁이네 집 문 앞에서 한참을 서성거리다가 집으로 발걸음을 돌렸다.

강희가 고맙다고 말하는 모습이 보기 싫을 것 같았다.

"또 마을 사람들 힘들어 하는 거 보기 싫을까 봐……."
"어떻게 그리 남 생각을 하는지."
옆에서 아주머니들이 자기들끼리 속닥이는 목소리가 그대로 들려왔다. 다시래기가 준비되는 장터에 사람들이 옹기종기 모여들었다. 다시래기는 본래 죽은 사람은 슬퍼하지만 말고 즐겁게 보내자는 의미니 어쩌니, 마지막 자기를 위한 말이었다면서도 어떻게 다른 사람을 이렇게나 생각할 수 있냐니, 시시콜콜한 이야기들이 귀에 콕콕 박혔다. 왠지 썩 내키는 이야기는 아니었다. 한쪽에 설치된 천막은 마을 행사 때가 아니면 영 보기 힘든 물건이었다. 그 아래에서는 간단한 음식들을 차려놓고 오가는 사람들이 하나둘 집어먹었다.

다시래기가 그다지 짧은 일은 아니었기 때문에 마을 사람들끼리 협의 하에 꺼내 온 것이었다. 이렇게 보고 있자니 도혁이의 입지가 또 실감이 났다. 저 멀리에서 다가온 소씨가 건네는 술을 한 잔 받아 반쯤 마시고 내려놓자니 다시래기가 시작되려는 기미가 보였다. 사물 패의 요란하면서도 흥겨운 소리가 들려오기 시작했다. 소리가 들려오는 곳으로 몸을 틀고, 아이들은 이게 무슨 놀이인지도 모른 채로 신이 나서는 놀이패 앞으로 달려갔다.

"이 집이 뉘집 경사인고—"
"암만해도……."

"좋은 일이 있는 것 같구먼."

"한번 놀다나 가세."

다시래기의 시작을 알리는 거상제[1] 놀이가 시작되자, 마을은 조금씩 활기를 띠는 듯 싶었다.

"칼로 푹 쒸셨다──."

흥겨운 가락이나 노랫소리는 계속해서 이어졌다. 문제없이 흘러가던 놀이가

---

1) 진도 다시래기의 첫 번째 순서이다. 거상제란 신청에서 온 제비꾼 중에 한 사람으로 다시래기가 되는 동안 통수 격인 위치에서 갖은 재담과 놀이와 노래로, 시종 끝은 맺는 역할을 한다.

어느 순간 묘하게 틀어진 것은 거사사당놀이[2]가 시작되면서부터였다. 아무렇지 않게 노래를 부르던 고씨 할아버지가 갑자기 노래를 멈췄다. 목소리가 없어진 사물패만이 허망한 소리를 뿜어냈다. 공중에 들려져 있던 고씨 할배의 손이 부르르 떨리기 시작하자 심상치 않은 일임을 알아챈 이들이 동요하기 시작했다. 친할아버지의 손에 키워진 기호가 놀라 놀이판으로 뛰어 들어갔다.

"할아버지, 할아버지! 할아버지!"

당황한 사람들이 비켜주지 않는 통에 사람을 비집고 비집고 나가는 모습이 위태로웠다. 그만큼 고씨 할배의 모습도 위태로웠다. 어찌할 바를 모르는 사람들이 정신을 차리고 119를 찾아댔다. 멍하기는 나 역시도 마찬가지였다. 그 자리에 박힌 듯이 서서 할배가 정신을 차리지도 못하며 손의 떨림이 팔로, 팔의 떨림이 몸과 머리로 옮겨갈 때까지 그 모습을 가만히 바라보기만 했다.

게거품을 물면서 자리에서 바르르 떨었지만 쓰러지지는 않았다. 그 몸에 중학생인 어린 기호가 손을 대자마자 거품을 물던 입도, 떨림도 멀어지더니 그 자리에 픽 쓰러졌다. 순식간에 일어난 일이었다. 고씨 할배는 비명도 지르지 않고, 어떠한 외상도 없었다.

"할아버지, 할아버지⋯⋯. 왜 그래요? 응? 할아버지."

기호의 목소리는 아직 앳되었고, 그 목 막힌 목소리에 사람들은 얼이 빠졌다. 기호가 눈물을 흘리며 그 몸을 흔들어댔다. 유일하게 다행인 점이라고 한다면 숨을 쉬고 있다는 점이었고, 다행이라고 할 수 없는 점은 숨만 붙어 있는 채로 눈은 뜨지 못했다는 점이다. 구급대가 오는 건 늦었다. 하도 울어대는 기호마저도 쓰러지는 건 아닌가 싶을 때에 와서는 고씨 할배를 데리고 갔다. 차에 피부가 까지며 급하게 차에 올라타는 기호를 보며 마트 옆쪽에 살고 있는 대구 아저씨가 보호자 없는 두 사람을 따라 올랐다.

다시래기가 이루어지던 장터는 순식간에 고요해졌다. 사람을 넣어 이 상황을 계속 이어가기에는 분위기는 이미 냉랭해졌다. 그 누구도 시키지 않았지만 사물패들은 먼저 자신의 짐을 정리하기 시작했다. 사람들도 저마다 수군거리면서 제 발걸음을 옮겼다. 남아 있는 강희와 눈이 마주쳤지만 먼저 눈을 피한 건

---

2) 진도 다시래기의 두 번째 순서이다. 거사와 사당, 중이 나와 벌이는 놀이로 세 사람의 삼각 관계를 그려낸다

내쪽이었다. 나 역시도 집으로 발걸음을 향했다.

'다들 마을 회관으로…….'

아침에 눈을 뜬 건 소씨의 호들갑스러운 목소리 때문이었다. 비어 있는 마을 회관의 마이크는 마을 회관의 비밀번호를 알고 있는 누구나 쓸 수 있도록 되어 있었는데, 그것을 통해서 아침부터 요란을 피우는 듯했다. 아주 중요한 일이니 꼭 와달라는 당부에 한숨을 내쉬면서도 옷을 챙겨 입기 시작했다. 터덜터덜 걸어 마을 회관에 도착했을 때는 나와 비슷한 처지의 사람들이 많이 모여 있는 모양이었다.

시계는 여덟시 반을 가리키고 있었고, 사람들은 피곤한 표정으로 의기양양한 소씨를 바라보고 있었다.

"또 무슨 일입니까?"

김씨가 먼저 운을 띄웠다. 소씨는 헛기침을 몇 번 하더니 입을 열었다.

"어제 강희씨가 찾아왔습니다."

"강희씨가 왜?"

"강희씨가, 남편 장례도 못 치뤘는데 그것마저 이렇게 끝나면 자기도 남편도 엄청 슬플 것 같다면서……."

천성이 수다스러운 소씨의 부인이 제 남편이 말하기도 전에 총알이라도 뱉듯이 말을 뱉었다.

"어찌나 펑펑 울던지, 안쓰러워서 얘기는 해보겠다고 했습니다."

"확실히 어제 그렇게 끝났어도 그게 도혁이 잘못은 아니잖습니까. 이것 때문에 장례도 못 치렀는데……."

"소경구씨, 그 도혁이가 소씨 빚도 다 갚아주고 개인적으로 은혜가 많은 건 알겠는데……."

또 김씨가 입을 열었다. 빚 얘기에 소씨의 눈빛이 날카로워졌지만 그런 건 개의치 않는 듯했다. 멱살이 잡혀도 제 할 말은 하는 예의 없는 사람이니, 당연한 일인지도 몰랐다.

"그럼 고씨 할배 자리는 누가 채웁니까?"

"제가 채우겠습니다."

목소리가 당당했다. 이미 그 정도는 각오했다는 듯한 투였다. 소씨의 인생에서 도혁이는 거의 신과 같은 존재였다. 남은 빚을 청산해 주더니 갚지는 않아도 된다며 형 동생을 맺고는 그리 잘 지냈으니, 어제의 비굴하게 목소리를 감추던 건 언제 일이냐는 듯-개인적인 생각으로는 강희가 무슨 말이라도 한 듯했다. 소씨를 무척이나 치켜세운 모양이었다.- 김씨는 그런 소씨의 말에 트집을 잡으려다가 입을 다물었다.

"맘대로 하시든지, 하실 수 있겠습니까? 많이 부족하던데."

"그래도 오래 배웠습니다. 그 정도도 못 하지는 않으니 걱정 마시죠."

'그 정도'라는 말이 켕기는 듯이 김씨 아저씨가 입을 꽉 다물었다가 고개를 저으며 일어났다. 그런 김씨를 소씨가 붙잡았다.

"어디 가십니까?"

"왜요. 또."

"아니, 지금 당장 준비해야 하지 않겠습니까."

"지금 당장이요?"

"어제 제대로 치우지도 않았고, 놀이패도 아직 돌아가지 않았습니다. 악기들만 제대로 준비되면 못 할 게 뭐가 있겠습니까? 어제처럼 점심 근부터 하면 되잖습니까."

소씨의 말에 사람들은 모두 할 말을 잃어버린 듯 서로의 눈을 바라보았다. 소씨의 뒤에 옹기종기 모여 있는 놀이패들도 저마다 눈치를 보기에 바빴다. 환영하는 듯한 모습은 아니었다. 당연한 일이었다. 놀이패의 일원이던 고씨 할아버지가 쓰러져서는 일어나지도 못했다. 결국 억지로 다시 투입된 것이 미숙하기 짝이 없는 소씨니.

말도 안 되는 소리들 말라고 김씨가 소리를 바락바락 질러댔지만 결국 소씨의 그 고집을 꺾지는 못했다. 사람들은 혀를 차면서도 장터로 걸음을 옮겼다. 그 모습을 가만히 지켜보다가 나 역시도 발걸음을 장터로 옮겼다. 막무가내로 진행해 봤자 남는 게 무엇이 있을까 하는 생각도 들었지만, 그런 것까지 일일이 따지기에는 이 마을 전체가 어딘가 조급해 하는 느낌을 지울 수 없었다. 강희는 마을 회관에는 얼굴도 비치지 않더니 놀이가 준비되는 장터에서는 어느 순간 스윽 발을 들이밀었다.

"이번에는 아무 일 없겠지?"

"그렇겠지."

"무슨 일이 있으면 어떡할 거야?"

강희의 물음에 내가 시선을 돌렸다. 잠을 자지 못 한 것인지 눈 밑은 까맣게 물들어 있었는데, 그런 볼은 붉게 물들어 있었다. 방금까지도 울다가 나온 것 같았다.

"없도록 빌어야지."

"…… 무슨 일이 있더라도 나는…… ."

제대로 끝맺어지지 않은 말만 툭 뱉더니 강희는 자리를 벗어났다. 흐릿한 말을 애써 지우려고 하면서 놀이가 준비되는 모습을 가만히 보고 있자니 가슴이 답답한 느낌이었다. 꼭 금방이라도 나를 물어 뜯어버릴 듯한 맹수라도 보는 것 같았다.

"이 집이 뉘집 경사인고—"

어제와 똑같은 운으로 놀이는 시작되었다. 한 번 보았던 놀이이기 때문인 건지, 어제 고씨 할아버지의 모습이 지워지지 않아서인지는 모르지만 사람들의 관심이 조금 사그라든 모습이었다. 사람들은 모여 있었지만 제각기 할 일을 했고, 유일하게 놀이에 온 관심을 쏟고 있는 것이라고는 강희뿐이었다. 간절해 보일 정도로 타들어가는 눈으로, 놀이에 온 감각이라도 쏟는 듯이. 그런 강희만큼 위태해 보이는 사람은 이곳에 없었다.

놀이가 거사사당놀이로 들어가면서 사람들이 다시 옹기종기 모이기 시작했다. 물론, 어제 그런 일이 있었다고야 하지만 다시래기 놀이 중에서도 가장 명성 있고, 재미있는 놀이로 꼽히는 것도 거사사당놀이였다. 흥겨운 가락에 사람들이 하나둘 모여들기 시작했다. 재미있는 구경거리라는 점은 말 하지 않아도 모두 알고 있었다.

"자네는 꼭 물 찬 제비같이 예뻐."

"앞도 못 보면서 어찌게 그것을 아시오."

"어야, 이 사람아. 내 말 좀 들어보게. 해는 뜨겁께 빨간 줄 알고 밤은 컴컴한께 까만 줄 알고, 그런데 자네를 몰라."

아무 일 없이 이어지는 놀이에 놀이패들도 사람들도 점점 다시 놀이에 취하기리도 한 듯이 활기가 디해지는 느낌이었다. 노래를 하면 추임새를 하는 사람들이 생겨나고, 악기 소리는 조금 더 커졌다. 분위기라는 건 사람을 순식간에 휩쓸어가서는, 전에 있었던 일도 이후에 있을 일도 잊게 한다. 잘못 취한다면 술보다도 무섭고, 한순간에 사람을 죽일 수도 있는 일이 되고야 마는 것이다.

나는, 지금도 비슷한 일이 이어질 것 같다는 예감을 지울 수 없었다. 노래는 이어졌다. 사람들의 즐거움도 나의 불안감, 강희의 눈도 벌겋게 타들어가고 있었다. 미숙한 소씨는 열심이었고 실수 한 번 없이 놀이는 계속됐다. 하지만 끝을 맺지는 못 했다. 소씨의 노래가 멈췄을 때 사람들은 소씨가 또 실수를 했구나 싶어 낄낄대기에 바빴다.

"아니 갑자기 노래를 멈추면 어떡하나—"

"가사가 기억이 안나면 옆 사람에게 물어봐라!"

격려의 의미인지 조롱의 의미인지 모를 말들을 뱉어내는 사람들에게 정적을 가져 온 것은 소씨의 비명이었다. 그 비명과 함께 소씨는 그대로 자리에 쓰러졌다. 손 끝과 얼굴이 시퍼래지는가 싶더니 소리를 계속해서 질러댔다.

소씨가 죽어가고 있었다. 멀쩡히 노래를 하던 사람이 또 하나.

내가 119를 외치자 사람 하나가 전화가 있는 회관으로 달려나갔지만 때는 이미 많이 늦은 듯 싶었다. 소씨는 하늘을 향해 손을 빳빳이 펴며 발버둥치더니, 달려 온 부인이 그 몸을 붙들자 그대로 그 손마저 고꾸라졌다.

소씨의 비명과 앓는 소리 대신에 소씨 부인의 비명소리가 이제 장터를 채웠다. 신고는 늦었지만 구급대는 빨랐다. 구급차에 실리는 소씨의 얼굴 위에는 하얀 천이 덮였다. 사흘 동안 사람이 둘 죽고 한 명이 쓰러졌다. 아무런 말 없이 이번에도 놀이패들은 짐들을 정리하기 시작했다. 그런 놀이패들을 막아 선 것은 강희였다. 금방이라도 눈물이 터질 듯이 눈가가 발갰다.

"아녜요, 아녜요. 가지 말아주세요. 네? 마지막 부탁이잖아요. 네?"

"아니, 마음은 저희도 알겠는데……. 저희 놀이패에서 하나 죽고 하나가 쓰러져서 정신도 못 차립니다. 이제 대신 할 사람도 없어요."

"사람이 쓰러지고, 어, 그런 게 이거랑 관련 있는 건 아니잖아요. 그렇잖아요."

"아니 좀 그만 하시라고요!"

결국은 놀이패의 목소리가 높아졌다. 자기 무리의 사람을 두 명이나 잃었다. 그들 나름대로 일을 위해 눌러 놓았던 감정이 드디어 터지고 말았다.

"지금 이게 관련이 없다고 생각하십니까? 이거 하면서 두 사람이나 쓰러지고, 죽고. 말이 된다고 생각합니까? 이게 우연이에요?"

"우연일 수도 있잖아요! 남편 마지막 소원인데, 아무 관련도 없을 것 같은 일들로 지금 그만 하자고요? 저, 살면서 그이한테 해준 게 하나도 없어요. 그런데 마지막 소원도 못 들어주고 또 보내라고요?"

강희의 목소리도 덩달아 높아졌지만 강희의 말에 손을 들어주는 사람은 없었다. 사람들은 쉽사리 아니라고 말하지 못했다. 이쯤 되면 문제가 어느 쪽에 있는 지는 사람들도 슬 눈치챌 때가 된 것이었다. 놀이패는 화로 인해 벌게진 얼굴으로 사람 수가 부족하다는 변명만 계속해서 되풀이 했고, 강희는 결국 눈물까지 흘리며 정리를 막았다. 사람들은 곤란하다는 눈초리였다.

"한 번만 더 해주쇼."

명자 할머니가 편을 들고 나섰다. 명자 할머니가 편을 들자니, 어떤 상황에서든 명자 할머니 편을 들던 강씨 할배까지 손을 들고 나서기 시작했다. 두 사람이 사람들을 하나 잡고 '이게 관련이 있수? 말이 되는 소리를 해야지.' 하며 따지듯 묻자 사람들은 동요했다. 미신에 지나지 않을 일을 믿을 것인가, 아니면 이 위험해 보이는 일을 한 번 더 진행할 것인가. 사람들은 결정할 수 없었고 그 누구도 편을 들지 않았다.

"보쇼, 관련 있다고 하는 사람 있어? 아니 애가 이리 간절한데, 그거 한 번 더 못해 주쇼?"

"하지만 사람이……."

놀이패 중에서 그나마 침착한 사람이 나서 일을 중재하려는 듯했다. 그 모습을 빤히 바라보던 내가 입을 열었다.

"제가 하겠습니다."

숨이 넘어갈 듯 우는 강희 앞으로 번뜩 나섰다. 끝까지 나서고 싶지 않았다.

도혁이를 위한 일에 더 이상 손을 쓰고 싶지도 않았고, 자리를 박차고 나서 사람들의 이목을 끄는 것도 내 적성에 맞는 일은 아니었다. 하지만 금방이라도 쓰러질 듯 사람들에게 매달리는 강희를 보고 있지니 가만히 있을 수도 없었다. 비굴하게 십수 년을 묵혀 놓은 감정에 한 없이 휘둘리는 제 모습이 한심하기도 했다마는 답답하게 눌리는 마음을 어쩔 도리도 없었다.

"뭘 줄 아시고……, 배워 보신 적은 있습니까?"

"있습니다. 꽤 믿을 만한 사람입니다."

사람들은 침묵했다. 일순 그 고요함을 깬 것은 뒤쪽에서 남은 옷이 있냐며 물어오는 놀이패 사람이었다. 불만스러운 눈치였지만 사람들은 입을 다물었다. 강희에게 역정을 냈던 남자도 원망의 눈초리를 보내며 제 자리를 찾았다. 꽤나 유대감 있는 모임인 듯, 몇몇 사람들이 놀이를 진행하자는 쪽으로 이야기를 돌리자 치우려던 악기가 다시 제자리에 놓였다. 숨을 헐떡이던 강희가 점점 안정을 찾아갔다.

"거사사당놀이부터 다시 합시다."

옷을 받아들면서 놀이패 사람들에게 말했다.

"시간도 없잖습니까."

장터 한쪽에 있는 공중 화장실에서 옷을 갈아입고 와서는 다시 자리를 잡았다. 놀이패의 다른 사람들보다 확실히 어린 티야 났지만 문제가 될 것은 없었다. 여름의 날이 일찍 저물고 있었다. 해가 너울너울 점점 기울어가고, 노래는 다시 시작되었다. 이번에는 그 누구도 즐거워질 기미 같은 건 없을 것이다. 대사들을 능숙하게 내뱉는 모습을 사람들은 그저 지켜보고 있었다.

"어허 둥둥 내 강아지—"

손 끝이 일순간 저려왔다. 숨이 턱 막히는 기분에 노래가 순간 멈췄다. 침을 한 번 삼키자 그 무게가 더욱 더해졌다. 노래가 멈추자 악기도 순식간에 멈췄다. 숨을 한 번 들이키는 게 힘들고 몸이 마음대로 움직이지 않았다. 가위에 눌리는 기분이었다. 손을 쥐려고 해봤지만 손이 쥐어지지 않았다.

"어허, 둥둥……, 내 강아지……."

뱉는 대사가 힘겨웠다. 많은 기억들이 한 번에 물밀 듯 들어오는 것 같은 기분이었다. 이제야 알았다. 왜 그리도 두 사람이 이 장례에, 정확히는 이 '극'에 울고 불며 매달렸는지. 극이란 나를 버리고 다른 사람을 연기하는 일이다. 내가 연기하는 다른 사람은 만들어진 허상체, 껍데기에 지나지 않는다. 대사를 뱉고, 노래를 하는 동안. 나는 어쩔 수 없이 껍데기만 남을 수밖에 없다. 그리고 도혁이는 그 빈 껍데기가 필요했다. 이유는 아주 간단했다. 살고 싶었기 때문이다.

그래, 이것으로 확실해졌다. 도혁이는 날 한 번도 친구로 생각한 적이 없다. 일종의 보험이었는지도 모른다. 그동안 쌓아왔던 인덕, 친분. 그 모두가. 밀려들어오는 감각은 내 것이 아니었고, 내 향취마저도 그대로 묻어지는 듯한 기분이었다. 도혁이는 죽고 싶지 않았다. 유언 같은 걸 남긴 적도 없었다. 죽을 생각이 없었으니, 그대로 죽지 않을 걸 알았으니, 유언을 남길 이유 따위도 없었을 것이다. 사람의 이기심이란 그렇게 지독하다.

나는 도혁이의 마지막 보험이자 도박이었다. 삼류 영화에나 나올 법 한 이야기였다. 죽은 사람이 산 사람의 몸을 빼앗아 눌러 앉으려 한다는 흔하디 흔한 설정. 도혁이는 그 유치한 이야기에 자신의 두 번째 삶을 걸었다. 도혁이가 그 빈 껍데기를 노리는 과정에서 한 명이 죽고, 한 명이 쓰러졌다.

"어서, 어서……."

그 역을 대신한 내게도 다른 선택권이 없다는 것을 깨달았을 때쯤에 마주한 것은 웃고 있는 강희의 그 얼굴이었다. 나의 죽음과 소실을 바라는 그 눈동자가 소름끼치지 않았다. 오히려 다행인지 몰랐다. 좁디 좁은 방 안에서 홀로 살아가는 것 보다는.

이도혁은 대단한 사람이었다. 타고난 집안이든, 그 자신의 재능이든. 할 줄 아는 것, 알고 있는 거라고는 제 입에 풀칠하기 바쁜 농사짓는 것 뿐인 나보다는 훨씬 내 인생을 멋지게 살아갈 것이다. 안 그래도 느린 대사가 점점 느려져 갔다. 나는 이제 사라질 것이다. 죽는다는 말보다도 그 표현이 더 정확하겠지. 내가 사라진 내 몸에서는 이도혁이 살아갈 것이다. 정호라는 이름과 얼굴을 걸고서.

"자라, 나서……."

어쩔 수 없이 뱉는 유언치고는 꽤나 멋들어지다고 생각했다. 어서 어서 자라나서, 이 애비 지팡이 마주잡고 짜박 짜박 걸어다녀라. 그래, 내가 네게 해 줄 말은 이것뿐이다. 그저 어서 어서 자라나서……

"이, 애……비 지팡,이 마주 잡고 짜박 짜박……"

숨을 한 번 크게 들이 쉬고서는 눈을 슬 내리감았다.

"걸어 다녀라……."

등 뒤로 노을이 지는 지 눈앞이 붉게 물들었다가 암전됐다.

죽음에 대한 유희적 감각

진도에 전해지는 중요한 장례 문화 중 하나인 다시래기는 출상(出喪) 전날 밤에 밤샘을 하면서 노는 익살스러운 놀이다.

죽음이 섬의 중요한 일상사였기 때문일까. 대개의 장례 의식은 고통스러운 절차이지만, 진도 다시래기의 특징은 슬픈 상황에서 파격적인 우스개 짓을 함으로써 슬픔마저도 유희로 승화시켜 놓은 모양새다.

떠나는 사람과 남은 사람이 한데 부둥켜 안고 거하게 웃으며 놀아보자는 심산이리라. 가까운 누군가의 죽음이라는 받아들이기 어려운 현실을 지독한 골계미로 풀어버리자는 선언 같기도 하다.

진도 다시래기의 전체 과정은 연희자들의 춤과 대화로 이루어져 있다. 다시래기의 연희자는 보통 상두꾼들이지만 진도 다시래기에서는 놀이패나 다시래기꾼을 초청하여 같이 놀았다. 사뭇, 전문적인 놀이꾼들의 놀이판이었던 셈이다.

진도에는 두 가지 형태의 다시래기가 전승된다. 하나는 무형문화재로 지정된 자료이며, 다른 하나는 다시래기 연희자 출신인 김양은(金良殷)[남, 1892~1985]에게서 채록한 자료이다.

출처 : 디지털진도문화대전
그림출처 : 진도군 인터넷 방송

씻김과 다시래기의 관계성
돌아가는 혼과 남은 사람들의 슬픔을 함께 위로하는 방식 2

진도에는 특유하고 이채로운 장례문화가 많다. 따뜻하고 온화한 기후라 농작물도 잘 자라는 곳이지만 바다가 있고 서슬 퍼런 바람이 사시사철을 우리는 곳이니 죽음이 멀지 않은 곳에 도사리고 있어서 일지도 모른다. 진도만가, 씻김, 다시래기…… 널리 알려진 장례 문화만 들여다 보아도 그 풍부한 컨텐츠에 놀라게 된다. 죽음과 일상이 가깝기에 그만큼 상제가 발전했을 터이다.

씻김이 죽은 자의 혼을 지극하게 위로하는 굿이라면 다시래기는 산 자들을 포복 졸도하게 만드는 광대짓이다. 지극한 슬픔은 지극한 광기의 폭소와 이어져 있지 않은가. 극한의 감정을 극한으로 풀어내는 센 장례 문화, 그것이 진도 다시래기다.

숙몽국(熟夢國)

박수린

회사노예 A군이 불의의 사고로 목숨을 잃고 숙몽국에 올라가,
저승길로 떠나지 않으려는 오백 인의 영혼을 승천하게 한다는 이야기

 숙몽국 (20160808) ～

7시 23분

맑고 화창한 날 사노A는 사회를 향해 오늘도 힘찬 발걸음을 딛는다!

5분 뒤

"미치겠네, 이런 회사 뭣 하러 다녀. 아침마다 통근하는 것도 힘들어 죽겠네."

그렇다. 그는 사회초년생이었다. 아침시간의 지옥철이 사뭇 새로운 입사 3개월차 병아리 사노A는 오늘도 여느 때와 다름없이 투덜거리며 출근을 한다. 하지만 머릿속엔 혹시나 하는 생각들도 들어 있다. '부장님이 오늘은 일찍 퇴근하실 지도 몰라 혹은 오늘은 차대리가 자기 할 일 다 하고 갈 거야, 아마'와 같은.

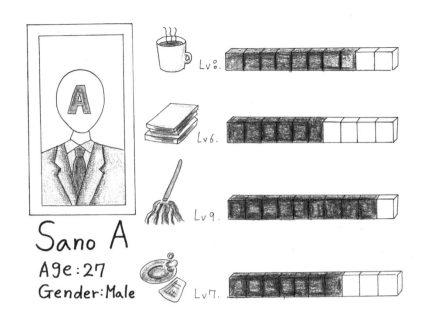

Sano A
Age : 27
Gender : Male

Lv 8.
Lv 6.
Lv 9.
Lv 7.

7시 55분

"안녕하십니까!"

"……."

사노A에겐 아무도 없는 게 차라리 다행일지도 모른다. 혹시 누군가라도 있다면 언제 커피심부름이 들어올지 눈치를 보며 앉아 있어야 하기 때문이다. 이제부터 사노A의 일과 시작이다. 출근하면 곧장 바닥청소 시작. 청소가 마무리될 때즈음 차대리가 출근한다. 차대리는 언제나 풍만한 라인의 복부를 유지하기 위해 커피설탕프림 둘둘둘을 마신다. 하지만 복부 유지를 위한 레시피라기보단 어쩔 수 없는 아재의 취향이라고 생각하는 편이 편하다. 간혹 커피를 잘못 가져다 줘도 "역시 둘둘둘이 죽인다니깐."을 외치기 때문이다.

차대리 다음으론 김사원이 들어온다. 그녀는 오늘도 퀭한 얼굴로 들어올 것이 뻔하다. 요즘 집 이사 때문에 골머리를 앓고 있기 때문이다. 가구 배치가 마음에 들지 않아 옮기고 뭔가 모자란 듯해서 장식품을 사오면 너무나도 조잡한 느낌에 항상 밤을 지새운다. 하지만 이런 고민은 하루 이틀이 아니다. 장장 5

개월째이다. 사노A가 입사하기 2개월 전부터 이랬다는 것이다. 하지만 물론 이사하기 전에 얼굴도 맑았다는 건 아니다.

8시 5분

8시 5분이 되면 언제나 함께 다니는 한대리와 정사원이 출근한다. 한대리와 정사원은 고등학교 동창 출신으로 한대리가 먼저 취직하였고, 이후 정사원이 취직하게 되었는데, 둘은 정사원이 취직하자마자 함께 동거하기 시작했다. 둘은 함께 살아서인지 잘 보면 같은 옷을 서로 돌려 입는 것 같다. 지난주에 정사원이 신고 온 구두를 며칠 후 한대리가 신고 오고, 한대리가 입었던 재킷을 며칠 후 정사원이 입기 때문이다. 이것이 바로 동거의 장점인 것인가.

8시 5분 이후

이계장, 정과장, 박차장이 들어오고 8시 20분엔 ○○과의 일진이라고 볼 수 있는 박부장이 들어온다. 박부장이 들어옴과 동시에 사노A의 손은 바빠진다. 손에 들고 있던 밀걸레를 곧 바로 화장실에 던져두고 손을 벅벅 씻은 뒤 아라비카원두를 갈아 내린 블랙커피를 박부장 책상에 대령해 간다. 손을 벅벅 씻는 이유는 입사 2일째 되는 날 커피를 타온 사노A의 손에 묻은 볼펜 자국을 본 박부장 때문이다. 그는 "자네 손…… 씻었나……?"를 물으며 우리 손에는 변기보다 몇 배 많은 바이러스와 세균이 있으며 식중독과 많은 질병을 몰고 온다며 일장연설을 하였기 때문이다. 그 일 이후로 왜인지 박부장의 눈빛이 커피를 타가는 사노A의 손을 더욱 뜨겁게 바라보고 있는 것만 같다.

박부장은 사노A의 손을 뜨거운 눈빛으로 바라본 뒤 타온 커피에 시럽을 약 7번 정도 펌핑한다. 입사 2일째 되던 날 이 모습을 본 사노A는 "앞으론 설탕 타올까요, 부장님?"이라고 물었다. 다시금 박부장의 눈빛은 뜨겁게 타올랐다.

"자네…… 내가 아라비카원두 블랙커피를 왜 먹는 것 같나? 단지 유명해서? 남들에게 보이려고? 아니야. 내가 먹는 아라비카원두는 셰이드그로운법으로 재배해서 농약을 하지 않고 자랐어. 게다가 아라비카종은 단맛, 신맛, 감칠맛이 고루 날 뿐만 아니라 카페인이 적지. 피로할 때마다 마실 수 있으면서도 많은 양의 카페인을 섭취하지 않아서 밤에 잠을 잘 잘 수 있지. 이 커피는 말이야 케냐에서……."

라며 자신이 마시는 아라비카 원두의 역사와 효능을 설명하며 설탕 타올까요 라는 말은 절대 하지 말라고 했다. 근데 사실 회사 비품은 아라비카가 아니라 그냥 마트커피이다. 좋은 뭔지도 모르는.

입사 2일차 되던 날 박부장의 일장연설을 오전타임에 2번이나 들은 사노A는 이후 박부장의 출근시간만 되면 호흡이 가빠지고 손놀림이 빨라지기 시작했다.

9시

일일 일과 브리핑회의에 들어가면 사노A는 비로소 편안해진다. 사노A는 인턴직급으로서 굳이 들어가지 않아도 되는 회의이기 때문이다. 들어가 봤자 멀뚱멀뚱 앉아 있기만 하기 때문이다. 사노A는 회의가 시작하기 전 부장의 커피를 타주고 나머지 동료들의 커피를 타서 회의실에 들어가 나누어 주고 회의가 시작되는 동안 공문을 프린팅해서 회의실에 가져다주면 된다.

9시부터 10시까지는 사노A의 자유시간이다. 마치 유치원에 아이를 보낸 엄마의 꿀 같은 휴식시간이랄까. 까탈스러운 첫째 박부장이의 간식시간을 우선으로 챙기고 '그나마' 온순한 나머지 아이들을 챙기고 난 후 간신히 갖는 시간. 하지만 그마저도 집안일을 하면서 보내야 한다. 사노A가 회사에서 하는 집안일이란 책상치우기, 프린팅하기, 비품정리하기, 문서작성과 같은 것들이다. 회사생활이 게임이었으면 좋으련만 사노A의 생활은 그저 반복의 일상이다.

게임이었다면 프린팅하기 과제를 마치면 회의하기 같은 과제도 주어지고 포인트가 쌓여서 사원이나 대리로 승진도 가능할 텐데. 현실은 입사하고 3개월 동안 여전히 같은 커피타기, 프린팅하기, 문서작성만 하고 있으니 사노A는 미치고 팔짝 뛸 지경이다. 4년 간 대학을 다닌 이유는 자신의 과와 맞는 직장을 얻어 사회에 기여를(밥벌이) 하기 위해서인데, 회사에 들어와서 하는 주업무는 커피타기와 프린팅하기뿐이다. 사노A는 이럴 줄 알았으면 차라리 바리스타를 할 걸 이라고 생각했다.

9시 40분

사노A가 어제 미뤄두고 간 설거지를 하고 오늘 쓸 자료들을 프린팅하고 정리한 후 커피 한 잔을 마시고 나니 할 일이 없다. 다른 사람들은 매일 할 일이 너무 많아서 하기 싫어하지만, 그에게 주어진 일은 커피타기, 프린팅하기, 설거지하기, 청소하기뿐, 다른 일은 주어져 있지 않다. 그래서 나머지 시간엔 멍을 때린다. 오늘도 사노A는 컴퓨터 화면 속 트와이스를 보며 "샤샤샤"를 마음속으로 외칠 뿐이었다.

"야, 미쳤냐? 돌았냐? 안 일어나냐?"

"미…… 미안해. 금방 다녀올게……! 2…… 2분만!"

사노A가 매일 반복되는 허드렛일과 박부장의 강력한 어조의 일장연설을 극도로 혐오하는 데에는 다 사정이 있다. 사노A는 한 때 전교에서 꽤 유명하고 '잘' 나가던 '셔틀'이었다. 교내의 노랑머리 무리들은 하나같이 입을 모아 말했다.

"아, 걔가 제일 빠릿빠릿하고 말도 잘 듣는다니깐."

사노A는 학창시절 그레이하운드보다 빠르고 골든리트리버보다 순종적인 학노A였다. 처음부터 빠르고 순종적인 학노였던 것은 아니었다.

"야. 야. 야!"

"응? 나? 왜?"

"그럼 너 말고 누가 더 있냐? 가서 젤리코 하나랑 치즈빵 하나 사와."

"왜? 너……."

"아, 말이 많아 그냥 좀 사와."

"아…… 난……."

"꽉, 빨리. 10초 준다."

"아…… 알겠어."

처음 주문을 받은 학노A는 얼떨떨했다. 매점으로 뛰어가는 발걸음 속에서 친해지자는 걸까 아니면 이게 정말 말로만 듣던 '셔틀'인 걸까를 한참 동안 세어 봤다.

"야, 트로피카나 하나 밀키스 하나 좀."

"응!"

5개월이 지난 학노A는 자연스러워졌다. 맞는 것보단 차라리 맘 편하게 '셔틀'로 사는 게 더 편한 것 같아서 그냥 학교생활 내내 '학노'로 살기로 마음먹었다.

고등학교 생활이 끝나면 학노생활도 끝날 줄 알았다. 하지만 치열한 입시과정에서 1 : 10의 경쟁률을 뚫고 그가 들어간 과는 '팀플' 과제의 밭이었다. 본디 착한 심성을 가진 사노A(학노A)는 대학교에 와서도 여전히 학노를 면치 못했다. 또한 군대에 가서는 군노를 하게 되었다. 군노는 병장이 되어서도 면치 못했다. 병장이라면 본디 훈련 때마다 약간의 휴식을 가지고 후임들을 부려먹어야 하는 직급이지만 그는 '운좋게도', 그리고 그의 노예생활은 회사에 와서도 계속되었다.

처음 회사에 사원증을 찍고 들어올 때 세상에서 가장 리더십 있고 일처리 잘하는 직원이 되겠다는 한껏 부푼 포부로 들어왔지만 그것도 2시간뿐이었다. 첫 출근 후 교육을 받고 오전 10시부터 사노A는 프린팅을 했다. 다음날도 했고 그 다음날도, 일주일 내내 했다. 심지어 박부장의 강력한 일장연설도 들었다. 회사에 오면 달라지겠지 했지만 노예생활은 여전했다. 학노시절인 17살부터 사노인 현재 27까지 총 10년째 노예생활만 하는 사노A는 삶에 지쳤다.

입사 6일째 되던 날 그는 수면제를 한 통 사왔다. 10년째 노예생활을 하고 있다는 사실에 큰 무기력감을 느낀 것뿐만 아니라 상상해 온 생활과의 괴리감에 너무 힘들어했다. 한 통을 입에 탈탈 털어 넣고 물과 함께 꿀꺽꿀꺽 삼켰다.

하지만 죽는 것도 마음대로 되지 않나 보다. 건장한 성인남성을 기준으로 30 알 이상 먹으면 죽는다고 해서 딱 30알짜리 한 병을 사왔는데, 죽는다는 두려움에 손을 벌벌 떨며 먹어서인지 2알을 흘렸었는데, 그 탓인지 황천길을 보고 오기는커녕 주말 2일 내내 통째로 자버렸다. 깨어보니 월요일 새벽 3시였다. 죽지 못했다는 좌절감도 잠시 사노A는 출근을 해야 한다는 생각에 다시 잠들려 했다. 하지만 2일이나 자서 그런지 다시 자려 해도 잠도 안 왔다.

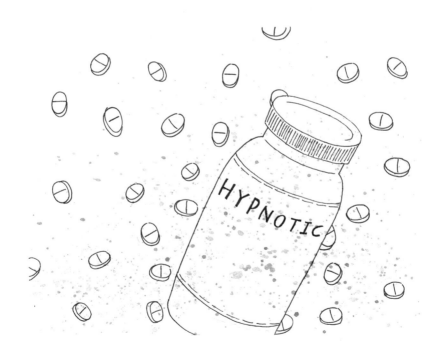

뜬 눈으로 새벽을 지새웠다. 사노A가 일어났을 때 죽지 못했다는 자책을 한 것은 5분도 채 되지 않았다. 그저 회사를 가야 한다는 생각뿐이었다. 그러곤 지금까지도 잘 살아왔으니 그냥 살지 뭐 라는 생각이었다. 사실 수면제를 먹을 때도 죽는 게 무서워 한참 고민했었다. 막상 일어나보니 죽지 않고 살아 있는지라 다시 죽기는 무서우니 그냥 살기로 했다.

"야, 미쳤냐? 돌았냐? 안 일어나냐?"

"요놈 봐라. 제대로 정신 나갔구먼. 야! 한 대 맞아야⋯⋯."

"미⋯⋯ 미안해! 잠시만!"

사노A의 눈은 휘둥그레 커졌다. 자신이 장님이 된 것인지 여기가 솜사탕 속인지 분간할 수 없었다. 단지 말소리만 들릴 뿐이었다.

"애 좀 봐라. 얘 왜 이런다니?"

"난들 알겠니."

"조용히들 못 하겠냐!"

"자 사노A, 넌 니 죄를 알렷다!"

그때 주위가 환해지기 시작했다. 사노A는 주위를 허둥지둥 둘러보았다. 아까와는 사뭇 다른 풍경이다. 여전히 발밑은 안개가 낀 듯 형형색색의 구름들이 휘돌아 다녔고, 주위에는 알 수 없는 복장의 사람들이 돌아다녔다. 그리고 그들이 길을 만들기 시작하자 그 길의 중심에는 왕처럼 보이는 사내가 있었다. 그렇다 그는 바로 숙몽국의 황제 옥상황제이다.

숙몽국의 시간은 옥상황제 부임이래로 112년이 지난 옥상112년이다. 또한 계절은 사시사철 온난하며 달라지지 않는다. 마치 무릉도원이랄까.

"예⋯⋯? 예? 제가 뭘⋯⋯."

"요놈 제 죄도 모르는데 뭘 하겠다고⋯⋯."

"저요⋯⋯? 제가 죄를 지었어요⋯⋯? 왜요⋯⋯? 뭘요⋯⋯?"

"아 말 거 참 드럽게 많네. 내가 설명해 주려고 하잖아."

"아, 저기 옥상황제님…… 체면을……."

"야, 네가 원래대로만 잤어도 68년을 사는데, 네가 워낙에 퍼 자서 잘 수 있는 시간을 다 써서 지금 죽은 거야, 네가 얼마나 잤는지 말해 줄까? 네가 태어난 때부터 지닌 숙몽시는 총 416100시간 이었어 14966000분이었다고, 149760000초였다고, 날짜로 말해 줄까? 6935일이라고 총 19년하고도 더 된다고 거의 20년이야, 넌 도대체 얼마나 잤길래 27살인데 뭐 20년을 자냐? 어? 깨어 있던 시간이 10년도 안 돼. 이젠 어쩔 거냐?"

"…… 뭘요?"

"아! 그래서 어쩔 거냐고! 죽을 거야 살 거야?!"

"아…… 시간을 조금만……."

"아, 너 때문에 지금 퇴근도 못하고 있거든? 지금 5시잖아. 5시 우리도 공무원이라고. 네가 아까 3시에 와서 지금까지 잠만 자는 바람에 이제 심판 보잖아!"

"아…… 그런데 갑자기 그러시면……."

"그러니깐 살 거야, 죽을 거야 빨리 골라."

"그러니깐. 너무 갑자기……."

"야. 살 거냐고 죽을 거냐고. 빨리 결정해 안 그러면 너 평생 여기서 지옥도 이승도 못 가고 있어야 해."

"그…… 그럼 살게요!"

"네. 그럼 고객님 성함 사.노.A 맞으시구요. 옥상황제 부임 112년 도착하셨습니다. 여기 결재서류 총 12군데 서명하시면 되시구요. 내일부터 지상으로 발령 받으실 거예요. 아무래도 고객님 연세에 비해 주무신 날짜가 워낙 많으시다 보니깐 아무리 은혜 마일리지를 많이 쓰셔도 령은 500개까지 밖에 줄여드릴 수가 없구요. 내일부터 총 령 500개 채워 오시면 되세요. 채워 오시는 대로 바로 이승행 티켓 발부해 드리겠습니다. 지금까지 옥상황제 부임 후 112년차 직속비서 맡고 있는 루프탑이었습니다. 안녕히 가십시오."

"야, 빨리 가. 우리도 퇴근하게. 야 황사자, 애 빨리 옮겨."

"예. 빨리 와요. 원래 늦게 와서 방 없는데, 그냥 오늘은 우리 숙소에 껴서 자요."

"예? 예……."

그렇다. 사노A는 주어진 숙몽시를 모두 다 써버려서 숙몽국으로 오게 된 것이다. 인간은 본디 태어날 때부터 잘 수 있는 숙몽시를 지니고 태어나는데, 이는 보통 하루 8시간씩 총 75년 정도를 가지고 태어난다. 하지만 사노A는 본디 가지고 태어난 수명이 적은데다가 노예생활을 할 때 빼고는 하루 온종일 자기만 해서 지니고 태어난 숙몽시를 다 써버린 것이다. 나이가 27인데 20년을 잠으로 보냈다면 이미 말 다한 것이 아닌가. 숙몽시를 다 써버리면 보통 죽기 마련이며 숙몽국으로 오기는 매우 어려운 일인데, 사노A가 숙몽국에 올 수 있었던 가장 큰 이유는 노예생활이었다. 태어난 이래로 17살 때부터 27살 때까지 총 10년씩이나 남을 위해 노예생활을 한 것을 통해 그는 이미 '은혜 마일리지'를 많이 쌓아놓았을 뿐더러 그에게 고마움을 지닌 사람도 많았기 때문이다.

숙몽국으로 오게 되면 1차로 자신의 의사를 물어본 뒤 2차로는 숙몽시 계산을 한다. 나이와 지금까지 잔 시간, 쾌씸죄, 은혜 마일리지 등을 계산한 뒤 계산한 숫자만큼의 하늘로 올라오지 못한 령을 하늘로 보내게 되면 그 사람은 다시 이승으로 갈 수 있게 된다. 령을 하늘로 보내는 것은 숙몽시에 큰 영향을 미친다. 대게 하늘로 올라오지 못한 령들은 제 명에 죽지 못하고 더 일찍 죽은 경우 원한을 품고 지상에 남아 있는 경우가 대부분이다. 이런 령들을 하늘로 올려보내는 과정에서 본래 령들이 쓰고 남은 숙몽시를 숙몽자가 가져가는 것이다. 사노A는 워낙에 나이에 비해 많은 잠을 자기도 했고, 이미 숙몽시를 다 썼을 때 한번 너무 어린 나이 탓에 봐주었지만 과다하게 더 많은 잠을 자는 바람에 500개나 되는 령을 처리하라는 명령이 떨어진 것이다.(보통 사람들은 30개 정도만 처리하면 올라갈 수 있다. 하지만 사노A 같은 경우엔 쾌씸죄가 성립되어 그렇다고 볼 수 있다.)

"저는 내일부터 뭘 어떻게 하면 되는 거죠……?"

"아, 그거요. 말 그대로 령 500개만 채워오면 되는 거예요. 그렇게 어렵진 않고요. 한 50개당 한 명 정도는 어려운 사람이 있긴 한데, 가족 찾아가보면 대개 금방 해결해요."

"어렵다면…… 어떻게 어려운 건데요?"

"보통 령 같은 경우엔 너네가 사람들을 놀래키니깐 사람들이 속상해 하지 않냐. 우리같이 하늘나라 가서 행복하게 살자 하고 설득하면 보통 같이 올라오거든요. 그런데 그런 령 같은 경우엔 걔네가 속상해 하는 게 무슨 상관이냐. 내가 더 속상하다 하고 되려 뭐라 하거든요. 그닥 크게 걱정하진 마세요. 그런 사람들은 일주일 정도 붙어 있으면서 말하다 보면 금방 올라가니깐요."

"아…… 그러면 그 사람들이 올라간다고 하면 제가 자루에 담아 가는 건가요?"

"아뇨. 무슨 짐짝도 아니고. 올라간다고 하면 그 주위에서 제일 큰 전탑 앞에 가서 같이 기다리고 있어요. 그러면 3시간에 한 번씩 사자가 와서 데려갈 거예요."

"사자요……?"

"아, 정글의 사자말구요. 저 같은 사람이요. 저승사자같이 옥상사자요."

"아…… 그럼 저처럼 령 500개 채우는 데에는 시간이 얼마나 걸려요?"

"그런 사람이 지금까지 한 명도 있어본 적이 없어서…… 짐작이 잘……."

"그럼 저 말고 최대로 많이 한 사람은 누구였어요?"

"옥상황제님 전 황제님 때에 200개 채운 분이 있긴 했어요. 그분은 아마 200개 채우는 데 지상날짜론 12년 걸렸다고 들었어요."

"아…… 그냥 죽을 걸 그랬나……?"

"에이, 그래도 죽는 것보단 사는 게 더 낫죠. 그래도 금…… 금방 채울 거예요~ 착하고 싹싹하시니깐…… 그래도 20년 안엔…… 하겠죠."

"그랬으면 좋겠네요."

숙몽사자 사노A 부임 1일차

"고객님, 오늘부터 부임 1일차 이시구요. 첫 실행지는 보성 ○○다원 3번째 언덕이세요. 거기서 사진 찍으시면서 녹차 잎을 드셨는데, 녹차 알레르기가 있으셔서 급성쇼크사로 돌아가셨거든요. 앞으로 맡으셔야 할 령들은 숙몽노트에 저절로 기입될 거예요. 그럼 좋은 하루 되시기 바랍니다."

"아……! 잠시만요! 갈 땐 어떻……."

"……아 춥다. 어? 와……이렇게 무자비하게 정신 나가게 한 다음에 바닥에 떨어뜨려주는 거구나. 아 그런데 무슨 새벽부터 일을 하라고 벌써 보내. 6시 반에 녹차밭을 걸어 다닐 사람이 어디 있냐고. 어?"

그때 사노A의 눈에 들어온 것은 녹차 잎을 따며 새벽공기를 마시고 있는 40대 중년여성이었다.

"저기…… 뭐하세요?"

"보면 모르세요? 녹차 잎 따잖아요."

"그만하시고 우리 같이 하늘나라로 올라가요."

"가긴 어딜 가요. 난 안 돼요. 다른 사람 찾아보세요."

"여기 계셔봤자 가족 분들은 모르세요. 우리 같이 가서……."

"알면 뭘 안다고 그래요. 모르면 그냥 가세요."

"아뇨. 저 알아요……. 그 녹차! 녹차 드시다 그러셨잖아요. 쇼크로! 급성쇼크!"

"그게 그렇게 신날 일이에요? 남 죽은 게? 그쪽은 살아서 좋을지 모르겠지만……."

"아뇨. 저도 죽었는데요. 이렇게 지나가는 사람들만 바라보면서 평생 여기 있기엔 너무 슬프지 않아요? 많이 속상하실 거 저도 잘 알아요. 가족들도 보고 싶고 죽은 것도 억울하고. 그런데 하늘나라로 먼저 올라가시면 오히려 행복하실 거예요. 거긴 여기처럼 춥지도 않고 편안히 가족들 오실 때까지 기다리시면 되잖아요."

"그게 그렇게 쉬운 줄 알아요? 나도 올라가고 싶어요. 그런데 내가 여기 없으면 우리 애들은 누가 지켜주고 살펴봐요. 아직 학교도 안 들어간 그 핏덩이들 나 아니면……. 그래서 난 못 가요."

"그럼 모두 편안할 수 있는 방법을 찾아봐요. 음……, 우리 애들 이름으로 인형 하나씩 만들어 주고 갈까요? 애들 인형 좋아하잖아요. 그죠……?"

"…… 어떻게 줄 수 있는데요? 난 애들한테 보이지도 않는데……"

"제가 할 수 있어요! 같이 만들어요. 같이 만들고 제가 갖다 놓으면 되죠. 전 사자라서…… 아, 저승사자 같은 거라서 가서 주고 올 수 있어요. 같이 만들고 꼭 애들한테 가져다 주자고요."

"편지랑 같이 가져다 뒀으니깐 곧 등원하는 길에 들고 갈 거예요."
"꼭 그랬으면 좋겠네요."
"저기 가네요! 음…… 인형이……."
"저기! 손에 쥐고 있어요!"
"저기…… 우시는 건가요, 웃으시는 건가요……?"
"잠깐만 말 시키지 말아요."

"자, 이제 가요. 나 이제 우리 애들이 저거 들고 있는 거 봤으니 갈 수 있어요."
"아. 아…… 맞다. 자! 그럼 요 주위에선…. 자 ○○편의점 지나 골목을 돌면…… 큰 전탑이 하나 나올 거예요! 분홍 손수건이 걸려 있는. 거기로 가서 기다리시면 될 거예요. 아니다. 그래도 제 첫 령이신데 바래다 드려야죠. 갑시다!"
"고마웠어요. 덕분에……."
"아…… 또 우시지 말고. 저기 오네요! 황사자님! 여기에요!"
"아, 뭘 또 그렇게 크게 여기라고 불러요. 원래부터 여기라 절대 다른 곳은 갈 일도 없는데. 자, 여기 타시면 됩니다. 절대 안 온다고 하시던 분이 무슨 일로 올라 오셔요?"
"그러게요. 이분 덕분에 올라가네요. 다른 령들도 잘 해결해 주세요. 안녕히 계세요. 전 올라갈 게요."
"네! 안녕히 가세요."
"보성발 천행, 보성발 천행 로프 올라갑니다. 탑승자 여성 1명 올라갑니다. 6719기 사노A, 사건1호"
"황사자님, 저분 어려운 분이었어요? 제가 처음으로 해결한 분인데?"
"뭐 엄청 어려운 분까진 아니고, 그냥 좀 되신 분, 뭐 까다로우면 까다롭다고 할 수도 있죠."
"와…… 내가……"
"그렇다고 다른 사람들도 쉽게 처리할 수 있을 거라 생각하진 말아요. 사람마다 사정은 다 다르니까요."

"아휴, 그렇죠. 사람마다 다 다른 거죠."

"자, 속초발 천행, 속초발 천행 로프 올라갑니다. 여아 1명, 남성 1명 올라갑니다. 6719기 사노A, 사건499호."

"야, 사노A씨도 이제 곧 집에 가겠네~ 완전히 쾌속사건이야, 쾌속사건~? 노예생활 어디 안 갔네~"

"그러게요. 이렇게 빨리 할 줄 누가 알았겠어요. 아, 하사자님 안녕하세요! 오늘 새로 온 기수인가 봐요?"

"어~ 여기 기수한테 사노A씨 비결 좀 말해 봐! 사노A씨 이후로 100단위 애들이 점점 늘어가고 있어."

"저도 처음엔 500령이라 그래서 많이 당황했죠. 그것도 잠깐이더라고요 첫 사건 해결한 후 나머지 499개가 적힌 노트를 보곤 지역별로 묶었어요. 저 같은 경우엔 최소 지역 당 2령씩은 있더라고요. 3일에 한 지역씩 맡다 보니깐 서울을 제외하고는 1년 반 정도 걸렸고, 서울만 5개월 정도에 걸쳐서 했죠. 이제 딱 령 한 명만 남았는데, 이분까지만 하면 2년 사이에 500령이나 해결한 거더라고요."

"이야~ 자 들었지, 8122기? 이분이 이런 분이야. 너네는 그나마 잠이라도 적게 자서 령 50개인 줄 알아라. 너네도 1년 안쪽이면 끝낼 거야. 자! 따라와. 다음 장소로 가자."

"하사자도 참 대단해 자기 담당 숙몽사자라고 일일이 가르쳐주고, 저렇게 가르쳐줘도 될 놈은 되고 안 될 놈은 안 돼. 그렇지 사노A씨?"

"그렇죠. 전 하나도, 단 한 글자도, 아무것도 안 가르쳐 주셨잖아요."

"뭐, 그래서 또 내 탓하려고? 더 일찍 끝냈을 거라고? 그런 말할 거면 빨리 가!"

"예~ 마지막 사건 해결하러 갑니다."

"자, 이번에는…… 음, 뭐야 완전 골짜기네. 아니 끝에서도 끝에 있네."

"6719기 사노A, 사건500호, 위치는 전남 진도군, 전남 진도군."

"아…… 뭐 500번째 떨어져도 아프네. 시골치곤 뭐가 좀 있긴 하네. 슈퍼랑……. 식당이랑…… 아, 뭐야 리였어? 난 또 읍인 줄 알았네. 고생길 폈네, 폈어."

"아, 도대체 어디야. 아, 저기 있네. 저기요. 저랑 같이 하늘나라 가실래요?"
"돌았냐? 내가 너랑 왜 가."
"이렇게 더운 날 언제까지 여기 계실 수는 없잖아요, 겨울이면 춥고, 배도 고프고. 그러니깐 우리 하늘로……"
"안 간다고, 안 가. 내가 너네 같은 애들 몇 명이나 상대한 줄 알아? 한 놈이나 어렵다고 했더니 하루에도 수십 명씩 왔다 갔다고, 요 몇 달은 뜸하다 했는데, 또 왔네. 넌 내가 몇 번째 귀신이냐? 그리고 귀신은 배 안 고프거든?"
"귀신이라는 말보다는 령이라는 말이 있으니 령이라고 부르시는 편이……. 그리고 그쪽이 500번째입니다. 누구보다 령에 대해서 잘 알고 올라가시면 편할 거라는 것도 제가 제일 잘 압니다."
"네가 령이 아닌데 어떻게 알아. 넌 이렇게 죽은 적 없잖아. 넌 어차피 다시 살아서 갈 거잖아."
"아니에요. 올라가시면 더 편할 거예요. 말은 그렇게 하셔도 직접 가보시면 느낌이 다를 거예요."
"꺼져. 난 안 올라가."
"한번 더 생각해 보시면……."
"너 이게 왜 생긴 건 줄 아냐?"
"……! 정 그러시다면… 나중에 차근차근 생각해 보시고…… 아…… 아무튼…… 나중에 뵙겠습니다!"
"……."
"가…… 가겠습니다!"
"군밤 먹다 데인 건 데 왜 저래…… 아프니깐 건들지 말라는 거였는데……."

"하 죽을 뻔 봤네. 이번 령은 뭐 저렇게 드세고 억세? 역시 마지막은 달라도 한참 다르네. 빨리 갈 수 있었는데…… 며칠 걸리겠네!"

"저기요! 누구 말하는 거예요?"

"네? 저요? 아…… 그 쪽은 들어도…… 왜 다리가……?"

"아, 저 죽었는데요. 교통사고로. 드센 놈이면 저기 정류장에 있는 놈 말하는 거죠?"

"아, 유명한 사람이에요?"

"보통 오면 1달 내로 다시 올라가기 마련인데 쟨 지금 3년도 더 넘었어요."

"그런데 그쪽은 어떻게 그걸 다 아세요?"

"아, 저 귀신 아니고요, 지박령이에요."

"아……"

"아는 무슨 아에요. 왜 도망가요. 내가 쟤가 좋아하는 거 말해 줄까요?"

"그냥요……?"

"아니죠. 당연히 대가가 있어야죠."

"그래서…… 원하시는 게 뭔데요?"

"사탕 좀 사서 던져줘요. 내가 사먹을 순 없잖아. 지박령인데."

"그래요. 약속할게요. 얼른 말해줘요."

"보니깐 오토바이가 지나갈 때 마다 눈을 못 떼더라고. 그리고 여자가 지나가면 사족을 못 써. 가끔은 노래도 부르긴 하던데. 무슨 노래인지는 나도 모르겠더라. 내가 죽은 지 워낙 오래 되어서."

"아…… 오토바이, 여자, 노래… 완전 이거 클럽 죽돌이 아니야?"

"그건 나도 모르겠고 내일 올 때 사탕 사와."

"그건 그렇고 왜 초면에 반말이세요? 어? 벌써 없어졌네."

사노A는 들뜬 마음으로 발걸음을 딛는다. 청춘B가 좋아할 만한 비싼 오토바이를 빌려 만나러 가는 길이다. 차나 오토바이에 대해선 잘 모르지만 할리데이비슨이라는 브랜드가 비싼 브랜드라는 건 안다. 그리고 청춘B가 좋아할 만한 최신 곡들도 모두 핸드폰에 담아왔다. 다만 한 가지 준비 못한 것이 있다면 바로 여자다. 도대체 499개의 령을 처리하면서 단 한 번도 령들을 제외한 여자와는 만나 본 적이 없는 사노A는 청춘B가 괘씸해서인지 진짜로 구하지 못해서 인지는 몰라도 여자를 제외한 오토바이와 음악만을 준비해 청춘B를 만나러 갔다.

청춘B는 평소와 다름없이 허공을 바라보며 흥얼흥얼거리고 있었다. 그 모습을 본 사노A는 100M전부터 경적을 울리며 청춘B를 향해서 힘차게 나아갔다. 하지만 청춘B의 반응은 냉랭했다.

자칭 지박령이라는 귀신의 말과는 다르게 시끄러워서인지 사노A를 한번 힐끗 쳐다본 이후에는 단 한 번의 눈길도 주지 않았다. 사노A는 적잖이 당황하여 땀을 삐질삐질 흘리고 있었다.

"저기요. 이 바이크 되게 멋있지 않아요……? 한번 타보실래요?"

"네 것도 아니잖아. 네 것도 아니면서 뭘 타라마라야."

"바이크 좋아하시지 않아요……?"

"누가 그래. 나 그런 거 안 좋아하거든."

"생긴 건 좋아하게 생겼는데…….'"

"생긴 게 뭐. 이렇게 생기면 다 놀게 생겼냐?"

"아니…… 꼭 그런 건 아닌데. 바이크 좋아할 것 같이 보여서."

"그래. 좋아했다 왜. 돌아버리게 좋아해서 날마다 타고 다니다가 그것 때문에 디졌다. 왜. 근데 그게 너랑 무슨 상관인데. 난 어차피 다시 살지도 못하는데. 넌 나만 해결하면 살아나갈 수 있는 거 잖아. 내가 배우고 싶었던 거 보고 싶었던 거 넌 다 못해 주잖아. 해줘 봤자 꼴랑 한 개 해줘 놓고는 생색이나 내고 있잖아. 내가 그래서 너네 사자들 말은 다 안 믿는 거야. 겉으로는 우리 위해주는 척하면서 너네 위해서잖아. 너넨 우리가 뭘 원하는진 제대로 알지도 못하잖아."

"…… 그래요. 그건 맞아요. 그쪽 올려 보내면 나도 살아서 갈 수 있어요. 그런데 그쪽이 올라가려면 소원을 이뤄주고 여기서 가장 가까운 철탑에 가서 기다려야만 올라갈 수 있어요. 그렇게 따지고 보면 소원이 몇 개가 있던지 다 이루고 나서 철탑에 가면 되는 거잖아요. 그럼 시작이라도 해봐요. 내가 이뤄줄게요. 백 개도…… 백 개는 좀 많고 이룰 수 있는 모든 건 내가 다 이뤄줄게요. 약속해요."

"난 별로. 넌 못할 것 같아."

"안 그래요. 나 여태껏 령 499개나 처리한 사람이에요."

청춘B는 들은 체도 하지 않았다. 그저 일어나 걸을 뿐이었다. 귀신이라 걷는다고 하기도 뭐하지만 열심히 걷고 또 걸었다. 멈춘 곳은 광장 앞이었다. 광장에선 아이들이 작은 북을 하나씩 쥐고 뛰어다니고 있었다. 사노A는 속으로 아이가 되고 싶다는 건가라는 생각도 했지만 곧이어 생각으로 접었다. 청춘B가 뚫어져라 쳐다보고 있던 것은 아이들의 북 연주가 아닌 지도 선생님의 연주였다.

마치 중학생시절 너무나도 풋풋하게 좋아했던 그녀를 보는 듯 청춘B의 눈빛은 빛나고 있었고 보이지 않는 심장은 북소리보다 크고 우렁차게 뛰고 있었다. 비록 죽은 몸이지만.

작은 체구의 지도 선생님은 손바닥만한 꽹과리를 든 채 박자를 맞추고 있었다. 아리랑이나 강강수월래와는 사뭇 다른 슬프지만 빠른 템포로 물결치는 곡조였다. 아이들이 소고를 들고 뛰던 탓에 어린이 동요마당 무대연습으로 착각하였지만 그와는 비교도 되지 않는 '굿'판을 연습하고 있던 것이었다.

"저게 굿이라고요……? 굿…… 하고 싶어요? 정말?"
"왜, 못해 줘? 해준다며. 네가 다 해줄 수 있다며."
"아. 그야 당연히…… 해줄 수는 있죠. 그런데 저게 하고 싶어요?"
"말이 많아. 왜. 못해 줘? 내가 하고 싶은 데 이유가 있냐?"
"에이. 그럼 됐다, 됐어. 하자! 내일부터 당장 가요!"

"그럼 누가 가르쳐주는 거야?"
"아. 선생님은…… 내가 잘 찾아볼 테니깐……."
"그럼 당장 내일 하는 굿판부터 알아봐. 내일 8시에 철탑 앞에서 만나."
"저 내일 그때…… 제 맘대로 벌써 갔네."

당장 '굿' 선생님을 구해오라는 청춘B의 말에 사노A는 근심에 잠겼다. 찾아보니 굿도 종류가 한두 가지가 아니고 이게 어떤 이유로 어떻게 하는 건지도 모르는 상황에 누굴 구해주겠나. 근심에 잠겨 한숨만 푹푹 내쉬고 있는 사노A에게 며칠 전 본 령이 다가와 말을 걸었다.

"요놈, 또 이러고 있네. 어떻게 데려 가긴 했는데, 원하는 게 많지?"

"잘 아시네요……. 당장 굿 배우고 싶다고 굿 선생님을 구해 오래요."

"굿도 종류가 한두 가지여야지. 어떤 굿이 하고 싶다든?"

"어린애들이 배우는 거 보고 하고 싶다고 하던데. 작은 북 들고 뛰어다니는 건데. 덩덩기덕 소리도 내고 선생님이 엄청 빠르게 꽹과리도 치고……."

"아, 저기 광장에서 하는 거? 고거는 여기서만 하는 씻김굿이지. 그냥 굿 아니야."

"뭐가 다른데요. 씻김이면 씻어 보낸다는 뭐 그런 건가?"

"비슷하지. 령들의 억울함을 씻어서 올려 보내는 거지."

"와, 그럼 여기서만 하는 거면 자주 하겠네. 내일 당장 하는 집은 없대요?"

"넌 사람이 맨날 죽냐? 그리고 씻김 하는데 돈이 얼만데 매일매일 하는 사람이 있겠냐."

"하…… 그럼 또 엄청 갈구겠네. 선생님도 없는데 구경할 굿판도 없고."

"일단은 노인정마다 다 돌아다녀봐. 혹시 알아? 누가 씻김굿노래 부르고 있을지."

구경 판을 구해오라는 청춘 B의 말에 사노A는 근심에 빠져 있었지만 령의 도움으로 한시름 놓게 되었다. 그때의 시각은 저녁 6시였다. 한참 노인정에서 어르신들이 삼삼오오 모여 저녁식사시간을 전후로 놓고 있을 때였고 흥겨운 노래를 부를 시간이었다.

사노A가 처음으로 들어간 노인정은 쌍정리 노인회관이었다. 들려오는 소리는 째깍거리는 시계 소리와 손에 착착 감기는 화투 소리뿐이었다. 이어서 들린 곳은 동외리 노인회관이었다. 이곳도 별반 다를 것은 없었다. 나름 흥겨운 것 같긴 했지만 드럼 소리가 섞인 것을 보니 영락없는 뽕짝이었다. 그렇게 읍내를 돌아다닌 지 2시간여가 지나고 사노A는 지산면으로 발걸음을 옮기기로 했다. 그곳이 바로 사노A가 처음으로 떨어진 지역이었기 때문이다.

○○면에서도 4곳의 노인회관을 지나고 밤 9시가 되어 이제 집으로 돌아가려는 발걸음을 옮기는 도중 둥둥거리는 북소리를 들었다. 곧이어 꺼덕대는 한

이 사무친 어조의 노랫소리가 들려왔다. 그렇다 그것이 바로 씻김굿 곡조였다. 사노A는 자신도 모르게 소리를 질렀고 입을 틀어막았다. 어차피 죽어서 들을 수 있는 사람도 없는데 말이다. 한이 서린 어조의 한풀이가 이어진 뒤 흥겨운 말소리들이 이어졌고 곧이어 곡조가 이어졌다. 손만 휘적대는 어르신의 옆엔 가지런하게 놓인 하얀 종이뭉치들이 있었다. 마치 동전을 이어놓은 듯한 모양이었다.

사노A는 처음 보는 광경에 소리를 지른 후 넋이 나간 듯이 한참 듣기만 했다.

"이번 것은 좀 괜찮네."

"그러지라? 어째 다음주에 할 만 하겠어?"

"그려. 다음 주까정 준비하면 되겠어. 이번 것은 곽머리인께 저번처럼 하면 안뎌."

"새삼시래 뭘 또 얘기한단가. 내일 봄세. 내일은 손대 멀쩡한 놈으로다가 챙겨오고."

곽머리가 무엇일까 한참 고민하던 사노A는 일단은 전부 수첩에 적기로 했다.

"곽머리…… 지전…… 손대……."

다음날 청춘B를 만난 사노A는 의기양양한 모습으로 크게 읊기 시작했다.

"10월 12일 수요일 오후 8시 ○○면 ○○리 정자 앞 파란 대문 집에서 곽머리굿, 혼맞이는 안 할 듯함. 8시부터 10시까지는 무구 재정비 및 제사상 준비. 오후 10시부터 오전 4시까지 예정."

"진짜 그날 가면 볼 수 있는 거야? 그냥 연습하는 거 아니고 진짜 굿?"

"당연하죠. 연습하는 건 오늘 당장 가면 볼 수 있어요. 12일까지 아직 6일이나 남았으니까 그때까진 계속 연습하시겠죠."

"무슨 일로 이런 정보를 얻어왔냐. 언제는 못할 것처럼 굴더니."

"내가 장담했죠. 꼭 해준다고."

"그래. 그래서 오늘은 몇 시에 가면 되는데?"

"이따 5시쯤 가면 하시고 계실 것 같아요. 그런데 진짜 굿 할 거예요? 누굴 대상으로……."

"가자."

"맨날 자기 할 말만 하고……"

오후 5시 노인정에 가니 굿판 연습은 이미 진행 중이었다. 할머님들과 할아버님들은 곽머리굿을 연습하는 중이었다. 그토록 보고 싶어 하던 굿을 보아서인지 무표정한 얼굴에 기쁨이 묻어났다. 곽머리굿은 관 옆에서 한다고 해서 곽머리라고 하는 것이다. 곽머리굿은 망자의 천도를 비는 굿이며 천도를 비는 과정을 방 안에서 하게 된다. 기본적으로 굿을 하는 데에는 많은 무구들이 필요하다. 그래서인지 무당 분들은 도구를 챙기느라 여념이 없었다. 그를 본 사노A는 언제 그 무구들을 다 준비하나 하는 고민에 빠져 앓고 있었다. 하지만 기뻐하는 청춘B의 표정을 보니 차마 준비를 안 하려 할 수가 없었다. 에이, 이까짓 게 뭐라고 라는 생각으로 제일 좋은 걸로 다 준비해 줘야지 라고 마음을 먹은 사노A였다.

"그런데 저런 건 준비하는데 힘드나?"
"아. 무구들요? 손대는…… 종이랑 나무만 있으면 될 거고 신칼, 넋당석, 넋주발, 지전도 종이로 하는 거니깐 괜찮고. 정주랑 영돈, 누룩, 향물, 쑥물, 맑은물, 솥뚜껑만 구하면 되요. 정주는 제석굿 할 때 쓰는 종 같은 거고 영돈은 망자 옷가지이고 누룩은 시장 가서 사고 향물이랑 쑥물, 맑은 물은 직접 만들면 되는 거고 솥뚜껑은 빌리죠. 뭐. 아 망자가 미혼이면 바가지로 하래요. 근데 제일 문제인 건 신칼이랑 넋당석이랑 넋주발, 지전 만드는 방법을 모른다는 거예요."
"그건 그냥 둬."
"그거 없이 어떻게 해요. 제일 중요한 건데."
"내가 알아서 한다고. 그냥 둬."
"알겠어요. 그런데 굿은 누구 해주려고 그러는 거예요? 설마 자기 꺼 하려는 거예요? 그럼 진짜 웃기겠다. 죽은 사람이 자기 꺼를…… 아, 미안해요. 그만할게요."
"알았으면 됐다."

살기까지는 아니었지만 왜인지 모르게 빛나던 청춘B의 눈빛에 압도당한 사노A는 깨갱하여 조용히 연습 장면을 보고만 있을 뿐이었다. 익숙한 듯 곡조의 가사에 따라 입을 움직이는 청춘B를 보며 사노A는 벌써 많이 외웠네라고 생각할 뿐이었다.

 첫 굿판을 보는 10월 12일. 생애 첫 굿판을 보는 사노A로선 너무나도 떨리는 날이다. 평소에는 각자 알아서 약속 장소로 모였지만 오늘만큼은 따로 가지 않고 청춘B와 함께 가기로 했다. 마치 소풍 가는 것처럼 들뜬 사노A는 모자와 카메라도 챙겼다.

"여기예요!"

"넌 무슨 소풍 가냐? 모자랑 카메라까지 챙기게?"

사노A는 청춘B의 말에 뜨끔하였지만 곧장 아니라고 답했다.

"모…… 모자는 햇빛 때문에 챙긴 거고 카메라는 혹시 몰라서 챙긴 거거든요!"

"야. 지금 오후 6시거든? 어디서 햇빛이 비추든?"

"맨날 나한테만 뭐라 그래. 아 굿판 보고 싶다면서요. 빨리 가요."

한껏 들뜬 사노A의 맘을 무참히도 짓밟아버린 청춘B는 약간 상기된 표정이었다. 청춘B와 함께 걷던 사노A는 청춘B의 말을 듣다 보니 과연 이 사람은 나이도 어린데 도대체 무슨 이유로 굿을 그렇게까지 하고 싶어하는지 의문이 들었다.

"그런데 왜 그렇게 굿을 하고 싶어 해요?"

"왜. 이제 와서 도와주기 싫으냐?"

"아뇨. 그냥 궁금하잖아요. 젊은 사람이 굿판 보고 싶어서 환장하는 일은 또 처음이라서."

"그게 그렇게 궁금해? 왜 이렇게 자주 물어봐."

"에이…… 말 돌리지 말고요. 우리가 얼마나 오랫동안 봐왔는데. 이제 말해줄 때도 됐잖아요."

"……그냥 보고 있으면 뭐 살아 있을 때 생각도 나고."

"아, 전에 무당이었어요?"

"내가 아니라고 했잖아. 그냥 그런 사람이 가족이었지."

"그럼 뭐 그쪽도 반 무당이네."

"무당 아니라고. 무당은 아니었어……. 그냥 관심이 있었지. 그래서 궁금했고 많이 보고 싶었어. 그리고 보러 가다가 죽은 거고. 그게 첫 굿이었는데."

"…… 누가 하던 굿판이었는데요……?"

"…… 그건 왜."

"말을 해주다 말아버리니깐. 궁금해서요…….."

"그래. 그냥, 뭐. 내 동생."

"동생이 무당이었던 거예요?"

"하. 동생도 나도 둘 다 무당 아니었고. 내 동생이 귀신에 씌었다더라. 그래서 굿판을 해야 한대. 그래서 여기저기 찾아보러 다녔었고. 네 말 대로 그 보기 힘든 굿판. 그 내 생에 첫 굿판 보러 가던 길에 내가 죽었어. 이제 됐지?"

"아니…… 그런 거면 진작 말을 해주지는…….."

"왜. 신기하냐? 사람이 귀신에 씌었다니깐 신기하지."

"무슨 말을 또 그렇게 해요. 근데 그럼 왜 그 귀신 쫓는 굿이 아니라 씻김굿을 보려고 하는 거예요?"

"나도 귀신 씌었다는 게 신기했거든? 근데 다른 사람이랑 별반 다른 걸 모르겠어서. 굳이 굿을 해야 하나 싶었어. 근데 그게 진짜 귀신에 씌어서인지 아님 병에 걸려서인지는 몰라도 애가 그렇게 시름시름 앓더라. 그러곤 나보다 더 일찍 가버렸어. 걘 지금 이 땅에서 나처럼 돌아다니고 있을 수도 있고 아니면 하늘에서 니가 말한 그 옥상황제랑 놀고 있을 수도 있고, 뭐, 그건 나도 모르지."

"그럼 동생 굿해주려고…… 그런…….."

"야. 왜 네가 우냐? 야. 왜 네가 울어?"

"그런 거냐 묻잖아요!"

"아니 뭘…… 또…… 그렇게까지."

"묻잖아요!"

"으…… 응…….."

"그랬으면 진작에 말을 하지. 그랬으면 내가 진작에 팔 걷고 도와줬을 텐데. 그랬으면…….."

"뭘 그렇게 울면서……."

"말을 그렇게 무섭게 하니깐 그런 사정이 있는 것도 모르고…… 미안해요. 우리 잘 해봐요."

"징그럽게 왜 이래."

청춘B의 사정을 알고는 새삼스레 다정하게 챙겨주는 사노A를 본 청춘B는 그 것이 싫은 척은 하지만 내심 기분이 좋았다. 그렇게 웃고 떠들다 보니 어느새 굿판에 도착해 있었다. 저번에 할머니 할아버지들이 연습하시던 곽머리굿이 이번 굿이었다.

씻김굿 중에서도 곽머리씻김굿은 초상이 났을 때 시체 옆에서 하는 것이다. 고로 오늘 있는 굿은 시체 옆에서 하는 것이다. 곽머리굿은 죽은 자의 혼을 달 래는 것이기에 조왕굿이나 칠성굿 등은 하지 않는다. 이런 점에서 현세의 복을 비는 내용들이 확대된 날받이씻김굿과는 차이가 난다. 곽머리씻김굿은 망자의 천도를 비는 과정이 방 안에서 이뤄지게 된다.

우선 관에 고를 묶고 고풀이를 시작한다. 관이 있기에 영돈은 말지 않고 시신 이 누운 방향대로 관 위에 직접 펼쳐 놓고 그 옷을 직접 씻긴다. 길닦음은 마당 쪽을 향해 질베를 펼쳐 놓고 한다. 질베 한끝에 고를 묶고 다른 한 끝을 밖으로 내서 그 질베에 매듭을 묶어 고풀이를 한다. 씻김과 길닦음은 일반적인 굿과 동일하게 이루어진다.

보통 굿이라 한다면 무거운 분위기에서 이루어지기 마련이지만 씻김굿은 초 상의 분위기에 따라가며 보통 잔치 분위기로 이루어진다. 주민들과 함께 술과 떡을 나누어 먹으며 죽은 자를 춤과 노래로 떠나보내는 축제식 장례이다.

그래서인지 사노A와 청춘B가 도착한 씻김굿판은 굿판이라기보단 공무원에 합격한 집의 잔치 분위기였다. 그래서 번지수를 잘못 찾은 것은 아닌지 몇 번 이고 다시 확인했다.

"아짐! 어째 표정이 안 좋단가? 축제자네. 기왕 이렇게 된 것 싹 다 잊어블제. 어쩌것소."

"그렇기는 하제. 글제만 아무리 그렇다고 해도 어지케 다 잊어블것소."

"아짐 어저께 밥 먹었지라? 뒷집 영매네 모내기 했고라? 그것처럼 사람 사는 것이 다 같제. 뭣이 틀리것소. 사람이 태어나면 디지는 것도 있는 것이고. 산 사람이라도 살아야제."

"그라제. 알겠소. 그란디 어째 걸신들렸소? 뭐시 그렇게 맛나다고 허천나게 퍼먹는데? 아무리 굿판이라고 혀도 무쟈게 처먹는구만."

여기저기 모인 사람들은 슬픈 얼굴보다는 웃는 얼굴들이 더 많았다. 정말로 기뻐서 웃는 것은 아니다. 일종의 예의인 것이다. 안 그래도 올라가기 싫고 슬픈 영혼을 달래서 하늘나라로 보내기도 힘든데. 옆에서 울고 불며 가지 말라고 떼를 쓰면 더 가기 싫지 않겠는가? 옆에서 어화둥둥 좋은 분위기에서 올라가서 잘 살라며 보내주는 것이 서로에게 좋은 것이기에 모두 웃으며 모인 것이다.

"이제 시작하나 봐요."

처음 시작은 안당으로 시작한다. 안땅이라고도 부른다. 구슬픈 노랫가락에 맞추어 성주상 앞에서 신들에게 굿을 한다고 알리는 것이다. 이후 망자를 부르는 초가망석이 이어지고 쳐올리기로 초가망석에서 부른 영혼들을 즐겁게 한 후 천연두 신을 모시는 손님굿과 제석굿을 한다. 제석굿은 큰 굿판의 하위굿거리로 제석풀이를 부르고 난 뒤 여러 가지 축원을 한다. 제석풀이는 여주인공인 당금아기가 아들 삼형제를 낳아 기른다는 내용이다. 그 후 씻김굿 중 가장 큰 춤판이 벌어지는 고풀이는 무명에 일곱 매듭을 지어 무녀가 춤으로 풀어주는 것이다. 고풀이로 망자의 가슴에 맺힌 한을 풀어주는 것이다. 이후 시신을 뜻하는 영돈을 말아 일곱 매듭을 묶어세우는 영돈말이를 한다. 그 뒤로는 망자의 넋을 씻기는 씻김이 이어진다. 씻김은 이슬털기라고도 하며 씻김의 중심대목이다. 앞에 세워 놓은 영돈을 쑥물, 향물, 청계수의 순서로 빗자루에 묻혀 머리부터 아래로 씻는다. 이후엔 길닦음, 종천의 순서로 이루어진다. 하룻밤이 꼬박 걸리는 씻김굿은 길닦음에서 절정을 이룬다. 길닦음은 망자의 저승천도를 빌어준 후 종천멕이로 잡귀를 풀어먹이는 것이다.

처음 보는 광경에 사노A는 하나도 빠짐없이 모두 적었다. 과정마다 사람들이 입은 옷과 들고 있는 무구들의 차이, 곡조의 분위기와 빠르기를 모두 기록했다. 하룻밤이 꼬박 걸려 굿판이 끝난 후 청춘B는 자신이 생각한 것보다 너무나도 웅장한 광경에 놀라 한동안 말을 잇지 못했다. 이렇게나 성대하고 웅장한 판거리를 자신이 해낼 수 있을지에 대한 의문감과 준비에 대한 압박감에 고민에 빠져 있었다.

"완전 멋있죠?"
"응? 그치. 완전 멋있지. 그만큼 준비하는 데 오래 걸리겠지."
"오래 걸리면 뭐 어때요. 어차피 죽은 몸. 난 청춘B 씨가 마지막이니깐. 최선을 다해서 도와줄 거라고 했잖아요. 그까이 꺼 하면 되지."
"말이라도 고맙다. 가자."

사노A와 청춘B는 장장 5개월 간 노인정에 매일같이 출근도장을 찍으며 무구 만드는 법과 곡조를 어깨너머로 익혔다. 그간 사노A는 지전 만들기에 힘을 쓰느라 하루 종일 가위를 쥐고 있느라 손에 굳은살이 박였다. 청춘B는 한이 서린 곡조를 연습하겠다며 매일 같이 노래를 불렀더니 일주일의 절반이상은 항상 목이 나가있었다. 그렇게 5달 간의 연습을 하며 둘은 대부분의 씻김굿의 과정을 준비했다. 하지만 둘만의 목소리만으로는 부족해서 주변에 돌아다니는 령들을 데려다가 하기로 했다. 물론 비교적 쉽게 배울 수 있는 부분에서 말이다.
청춘B의 동생을 위한 굿이다 보니 이미 죽은 지 기간이 좀 되었다는 것과 묘지 옆에서 하는 것을 전제로 하여 곽머리씻김굿으로 하기로 하였다.

 드디어 청춘B가 기대하고 고대하던 굿날이다. 처음엔 그저 할 것만 생각하고 있었지만 처음 굿판을 보고 나니 굿을 더 체계적으로 준비해야겠다는 생각이 든 청춘B와 사노A는 장장 5개월 간 준비를 하여 꽃피는 봄 춘삼월에 하게 되었다.

"쑥물은? 챙겼어?"
"당연하죠. 방금 만들어왔어요. 향도 챙겼고. 이제 해만 지면 되겠다."

드디어 고대하던 굿이 시작되었다. 해질녘 시
작된 굿은 순조로웠다. 붉은 노을이 거의
져갈 때 즈음이라 령들의 움직이는 그림
자들은 마치 자신이 주인인 양 낮보다 더
욱 활기차게 움직였다. 비록 처음 하는 굿판
이라 그런지 청춘B의 이마에는 땀이 송글송
글 맺히기 시작했다. 사노A는 그런 청춘B를
보며 혹시라도 사고는 치지 않을지 노심초
사했다. 제석굿 후 고풀이를 하던 중 힘이 빠
진 사노A는 다리를 삐끗했다. 하마터면 박자를 놓
쳐 큰일이 날 뻔하였지만 다행히도 정신을 꽉 잡은 덕
인지 발목은 욱신거렸지만 참고 해내었다. 영돈말
이를 하며 동생의 옷을 말던 청춘B의 눈에서는
눈물이 뚝뚝 떨어졌다. 너무 힘이 들어서 그
런지 아니면 오랫동안 보지 못한 동생이 보
고 싶어서인 진 몰라도 눈물은 계속해서 뺨을
타고 흘렀다. 말아놓은 영돈을 씻긴 후 길닦음을 하는 청춘B를 본 사노A는 흠칫
놀랐다. 얼마나 울어서인진 몰라도 뺨을 타고 내리던 눈물은 그새 온 몸의 옷을
적셔 흰 옷이 투명해져 살색이 비칠 정도였다. 아마도 청춘B는 동생의 영돈을 그
저 쑥물로만 씻은 것이 아니라 미안함 마음으로, 자신의 눈물로 닦았을지도 모른
다. 마지막 무장단에 징이 울리는 종천으로 굿이 한판 끝나고 모두 탈진해 쓰러
졌다. 처음이자 마지막인 굿판에 온 정성을 쏟다보니 모두 굿이 끝나자마자 바닥
에 누워 한참 동안이나 숨을 고르고 있었다. 한참이 지나고 청춘B는 벌떡 일어나
뛰어가버렸다. 일어날 기운도 없는 사노A였지만 갑작스러운 청춘B의 행동에 놀
라 헐레벌떡 뛰어 따라갔다.

사실 청춘B는 별다른 행동을 하고 있진 않았다. 그저 바닥에 앉아 땅만 바라
보고 있을 뿐이었다. 이제 더 이상 땅에 남아 있을 이유가 없다는 것 때문인지
아니면 이젠 정말 동생을 볼 수 없다는 허무감 때문인지 청춘B의 눈 속에는 상
실감만 맴돌 뿐이었다.

"가자. 어디 철탑이라고 했지?"

"예? 벌써 가려고요?"

"내가 그랬잖아. 굿 한판만 하게 해주면 올라가겠다. 옥상황제 이제 곧 출근할 테니깐 올라가면 넌 바로 환생할 수 있잖아. 빨리 가자."

"그러면 저야 좋지만, 아니, 그래도 인사는 하고 가야 할 거 아니에요. 가족들이나 친구들이나⋯⋯."

"⋯⋯ 그러면 못갈 것 같아서. 뒤돌아보면 자꾸 더 남아 있고 싶고 미련이 남을 것 같아서 빨리 가버리려고. 여태 그래서 못 올라간 거기도 하고"

"그럼 잠시만 기다려요."

갑작스러운 청춘B의 제안에 놀란 사노A였지만 어찌 보면 자신보다 오래 살았을 수도 있는 청춘B의 말이 맞는 것도 같아 서둘러 준비를 하고 철탑으로 발걸음을 옮겼다.

"10시에 온다고 했지? 얼마 안 남았네. 좋냐?"

"뭐가요? 다시 살아나는 거요?"

"응. 너도 이제 몇 시간만 있으면 다시 세상을 돌아갈 수 있는 거잖아. 난 뭐 다른 세상으로 가는 거고."

"좋기야 좋죠. 좀 적응이 안 되기는 하는데. 아, 거기 가면 기억 못하려나."

"이제 마지막이네. 고마웠다."

"아, 저도 고마워요. 좀 힘들긴 했는데, 그래도 좋았어요. 워낙에 고생도 많이 했……."

"응. 그래 그쯤에서 그만해라. 좋은 날에 말 길게 하고 싶지 않다."

"네. 혹시라도 저 생각나면 간혹 편지도 보내고 하세요."

"보내지려나 모르겠다. 되면 한번 해볼게. 그리고 나 너 싫어서 그렇게 굴었던 거 아니다. 그땐……."

"진도발 천행, 진도발 천행 로프 도착했습니다."

"아, 로프 도착했네요. 나도 드디어 로프를 타네요."

"진짜 마지막이네."

"진짜 마지막인데, 거하게 뭐 한번 하고 가요."

"그럴까."

역시나 처음 보았을 때처럼 독특한 성격을 지닌 탓인지 거하게 일 한번 하고 간다던 청춘B는 정말 거하게 기억에 또렷이 박힐 만한 일을 했다. 태어났을 때처럼 다시 돌아가겠다며 온 옷을 전부 벗어 던지고는 크게 외쳤다.

"나, 다시 돌아간다!"

"진도발 천행, 진도발 천행 로프 올라갑니다. 탑승자 남성 1명, 사자 1명, 총 2명 올라갑니다. 6719기 사노A, 사건500호."

천행 로프의 방송이 하늘에서 크게 울려 퍼졌다. 여기저기서 박수소리가 들려왔다. 모든 옷을 벗어재낀 청춘B는 새삼 창피스러워 몸을 배배 꼬아 가렸다.

"왔냐."

"오랜만입니다! 옥상황제님."

"몇 년 만이냐. 난 네가 평생 여기서 썩어 죽을 줄 알았는데, 용케 해냈구나."

"자, 이제 집에 보내주세요."

"야, 그래도 같이 한 세월이 있지 얘기 좀만 더 하고 보내 줄게."

"네…….'

"마지막 고놈은 좀 어땠나? 안 힘들던? 고놈이 워낙에 꼴통이라서 아무도 처리 못했는데, 네가 해냈다길래 좀 놀랐다. 그리고 난 안 되면 네가 금방 포기하고 다른 놈으로 갈아탈 줄 알았거든."

"남아일언중천금입니다. 제가 그 령 처음 맡자마자 난 너 책임지겠다. 딱 한마디 했습니다. 그러니 순순히 절 믿고 따라와 주더라고요."

"너 뭐라 그랬냐? 말이 다르다?"

"아……, 저기 청춘B…… 왜 여기에……?"

"나 아직 안 갔거든? 나도 심판 받고 가야 한다고."

"하. 그랬구나. 뭐. 저야……"

"고래. 그럼 사노A야. 청춘B가 어쨌다고?"

사노A는 청춘B와 옥상황제 사이에서 한바탕 수난을 겪은 후 지상으로 돌아갈 수 있게 되었다.

"저, 갑니다! 옥상황제님!"

"그래. 앞으론 잠 좀 작작 자고. 여긴 다시 오지 말아라. 빨리 내 눈앞에서 사라져."

"네. 청춘B! 나 간다!"

"마지막이니깐 봐준다. 잘 가라. 종종 내 생각해라."

"네! 모두 잘 있어요!"

"네. 그럼 고객님 성함 사.노.A 맞으시구요. 옥상황제 부임 112년 도착, 부임 114년 계약해지 하셨구요. 전에 결제하신 결재서류 총 12개 개인정보는 계약해지 후 3년간 보관 후 폐기처분될 예정입니다. 이점 알아 두시구요. 오늘부로 계약만료 되셨습니다. 령 500개 모두 채워 오셔서 지상행 티켓 발부해 드리겠습니다. 만약 다음 번에 숙몽시를 다 사용하시게 되시면 얄짤 없이 바로 지옥행 티켓발부 되는데요, 예매 후 환불 절대불가이십니다. 즐거운 지상행 되시구요. 지금까지 옥상황제 부임 후 112년차 직속비서 맡고 있는 루프탑이었습니다. 안녕히 가십시오."

"야, 미쳤냐? 돌았냐? 안 일어나냐?"

"미…… 미안해. 금방 다녀올게……! 2…… 2분만!"

"야. 넌 진짜 오늘 야근하겠다. 백 퍼센트 당첨이다."

그렇다. 사노A는 지상으로 돌아온 것이다. 분명 방금까진 2018년 꽃피는 춘삼월이었지만 지금은 2016년 낙엽지는 10월이다. 낙엽만 지는 것이 아니다. 사노A의 희망 또한 지고 있다. 또 야근이란다. 너무나도 생생한 꿈을 꾼 사노A는 차대리에게 황사자냐고 물었지만 또 수면제를 한 통 들이부었냐는 대답만 돌아올 뿐이었다. 그리고 돌아온 건 박부장의 뜨거운 눈빛이었다.

"사노A씨. 내가 저번 주에 뭐라고 했죠? 내가 가진 모토는 열정이라고 했죠. 사람은 열정이 없으면 이 험난한 세상을 살아갈 수가 없어요. 이런 세상에서 남들이 시키는 대로 그저 살아가는 대로만 살면 그저 허수아비처럼……."

박부장의 일장연설을 들은 사노A는 기운이 빠지긴 했지만 이보다 더 힘든 건 없으리라는 생각 또한 스쳐 지나갔다. 어쩌면 삶은 뫼비우스의 띠와도 같아서 모든 일엔 대가가 따른 다는 생각이 든 사노A는 이 또한 지나가리라 라고 생각을 하였다. 매일같이 욕은 먹어도 하루하루 살아가면서 살맛나는 일도 한 가지씩 생긴다는 자신만의 이 모순적인 생각이 사노A의 삶의 원동력이 된다. 그래서 사노A는 더욱 완벽한 최신식 현대 사노가 되기 위해 한걸음 더 내딛는다.

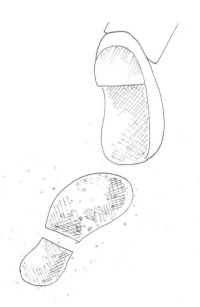

죽음과 함께 살아가는 이야기

죽은 이의 혼령을 위한 무당굿은 전국적으로 다양하게 전승되고 있는데, 호남지역에서 죽은 사람을 위하여 무당이 주관하여 치루는 종교적 제의를 특히 씻김굿이라고 한다.

씻김굿은 불교적인 성격이 강한 것으로 미루어 고려시대에서 유래한 것으로 보이며, 시간과 장소에 따라 굿의 내용이 다르게 나타난다.

씻김이란 다른 말로 하면 세례(洗禮)일 것이다. 오늘날 기독교나 천주교의 의식 속에서도 세례의식을 찾아볼 수 있는데, 우리 무속의 씻김굿이나 기독교의 세례의식이 모두 종교적 원리로서는 동일하다.

씻김굿은 특히 전체 죽은 사람을 위한 굿을 지칭하는 대표명사로 쓰이기도 하지만, 씻김굿 12마당 중의 1마당을 부르는 명칭이기도 하다.

죽은 사람의 몸을 대신하는 일정한 상징물을 만들어두고 무당은 쑥물, 향물, 그리고 정화수로 차례로 씻겨내는 과정을 거치는데, 이것은 바로 이승에서 저승으로 천도를 할 수 있도록 하는 종교적인 의식이다.

본래 씻김[洗禮]는 세계 보편적인 종교적 의식인 한편 우리나라의 통과의례에서도 분명히 보이는 내용이다. 즉 아기가 태어나면 목욕부터 시키며, 죽은 사람도 염습을 한다.

출처 : 디지털진도문화대전
사진출처 : 국립국악원

죽은 자의 영혼이 하늘길로 올라가게 하려는 기원

돌아가는 혼과 남은 사람들의 슬픔을 함께 위로하는 방식 3

태어나는 것은 저승에서 이승으로 왔다는 것이고, 죽는다는 것은 이승에서 저승으로 가는 것이라고 믿어 왔던 전통적인 우리 민족의 종교적 세계관에 근거를 두고 있다. 질적으로 다른 공간, 즉 이승과 저승을 넘나들기 위해서는 씻김이 필요하다고 믿었던 것이다. 바로 이러한 통과의례에서 볼 수 있는 세례가 바로 무속의례에서 씻김굿의 형태로 자리를 잡은 것으로 보인다.

죽은 자의 혼이 구천을 떠돌지 않도록, 무사히 내세의 길로 나갈 수 있도록 도우려는 마음들이 모여 하니의 의례로 전승하게 된 깃이 바로 씻김굿이다.

작가 후기

박수린

드디어 2년여 간의 대장정이 끝났다. 1, 2학년 동안 글을 쓰며 새삼 문체며 글 실력이며 많이 발전했다는 것을 느꼈다. 작년 글을 보면 좀 창피하달까. 작년에 비해 올해 주제였던 밈과 진에 대해 찾아보고 진도씻김굿에 대해 찾아 고증을 하는 것이 훨씬 시간도 더 많이 들어갔고 골치도 아팠지만 더욱 기억에 남고 흥미로웠다. 다신 오지 않을 이 기회. 함께했다는 것만으로도 마음이 따듯하다.

채정선

인스턴트커피에 의존한 채 밤을 새야 했던 금요일 밤이 아스라이 떠오른다. 올해도 역시나 험난한 여정이었던 문화의 지도. 키보드에 손을 올리기도 전에 '과연 내가 쓸 수 있을까?'라는 두려움에 미루기도 몇 번, '이러다 큰일 나겠다.'싶어 한 글자 두 글자 써내려 가던 것이 어느새 하나의 소설이 되었다. 이 과정에 이르기까지 많은 조언해 주신 강은수 선생님을 비롯한 명랑한 진도 친구들에게 감사함을 표한다.

배준영

세 번째 시리즈의 진도비전. 나에겐 두 번째인 진도비전은 정말 '미쳤다'라는 말이 잘 어울린다. 한낱 고등학생이 날을 새워가며 썼던 글이 책이 된다는 건 가히 상상이라고 할 수 있지만 이미 현실이 되었다는 점에서 말이다.

김채영

진도 문화라는 주제를 대면했을 때 진도의 문화나 역사에 대해 어느 정도는 알고 있다고 자신했지만 막상 소설로 표현하려 하니 어디서부터 손을 대야 할지 막막했다. 다행히 진도에서 나고 자라신 할머니 이야기를 간혹 들었던 기억을 떠올리며 진도문화와 역사라고 하는 것이 바로 민초들의 삶의 역사라는 인식에 바탕을 두고 소설을 쓰게 되었다.

양수정

우리는 언젠가는 등걸음쳐 나가야 하는 존재이다. 하루하루가 소중한 이유도, 평범함이 소중한 이유도, 그러한 일상들이 영원하지 못하기 때문이다. 죽음의 슬픔은 다시는 만나지 못한다는 이별의 슬픔이다. 내 삶에서 하나의 존재가 사라진다는 데에서 오는 슬픔이다. 그래서 그 앞에서 잘 살아보겠다며 웃는 것에는 많은 용기가 필요하다.

이상훈

책을 쓰는 도중 많은 어려움이 있었다. 전체적인 일정이 늦어져 책을 집필하는 기간이 시험과 겹치는 바람에 저번 작품보다 창작의 고통을 두 배로 받았다. 하지만 팀원들의 개개인의 역량과 우리의 부족한 능력을 조율해 주시는 선생님이 있었기에 이번에도 무사히 책이 완성된 것 같다.

강초연

진돗개의 가출 이야기를 다루려 했으나, 진돗개에 대한 주인의 잘못된 사랑 방식에 관한 이야기가 되었다. 힘든 주제였지만 선생님과 친구들의 격려로 글을 완성할 수 있었다. 책쓰기 또한 여러 사람들의 노고가 필요함을 느꼈다. 작가로서의 첫걸음을 떼도록 도와주신 강은수 선생님, 정말 감사합니다.

박중헌

글을 잘 못 쓰는 나에게도 책을 쓸 수 있는 기회가 찾아와 놓치고 싶지 않아 냉큼 손을 들었다. 하지만 창작은 노력을 배신하는 듯했다. 나만의 내용이 담긴 책을 상상하며 설레던 건 잠시, 글을 쓰는 도중에도 항상 스트레스가 내 머리를 누르는 느낌이었다. 막연한 생각들뿐이었다. 그럼에도 불구하고, 동아리 부원들, 선생님은 날 북돋아 주었다. 그 미묘한 감정은 말로 표현할 수 없다.

조민경

고등학교에 입학하고 책 쓰기를 시작한 게 엊그제 같은데 벌써 책을 마감한다. 시간이 빠르다는 게 새삼 느껴진다. 책을 쓰며 평소보다 혼자만의 생각도 많이 하게 되었고, 나의 게으른 성격에 대한 반성도 하게 되었다. 책쓰기라는 새로운 경험을 통해 앞으로 더 성숙한 내가 될 수 있을 것 같다.

최지현

내가 작가라니, 이 사실이 가장 충격적인 현실이다. 기쁘다. 1학년 입학과 함께 멋모르고 손을 들어버린 책쓰기. 힘든 점도 많았지만, 다 같이 서울 가서 새벽 1시에 엉엉 울며 맘속 이야기를 고백한 일부터, 원고를 완성시키느라 밤새워 고생한 일까지 기억이 새록새록하다. 최고의 추억이다.

박지유

처음 책을 쓰기 시작했을 때, 막막하기도 하고 어떻게 써야 할지 감도 잡히지 않고 많이 헤맸지만 선생님께 여러 가지 도움도 많이 받고 책을 쓰고 만드는 과정이 무척이나 뿌듯하고 즐거웠다. 아주 의미 있는 경험이고, 글을 쓴다는 것 외에도 저에게 많은 깨달음을 준 프로젝트였다.

박채린

막연히 설렘으로만 시작했던 책쓰기가 구체적인 틀을 잡아가면서 좀더 깊은 고민을 하게 했다. 단순히 이야기를 풀어놓는 활동이 아니라 내 자신에게 그동안 피해왔던 질문들을 할 수 있었던 뜻 깊은 시간이었다.

박태석

책 쓰는 동아리에서 가장 말을 안 듣는 말썽꾸러기이다. 숙제를 안 해오는 일이 많았고, 심하게는 수업을 땡땡이치기도 했다. 그동안 사람들에게 많은 민폐를 끼쳤지만, 싫은 내색을 하지 않고 도와준 동아리 사람들에게 감사를 표한다. 선배님과 친구들 그리고 선생님 정말 감사했습니다.

편집자 노트

　진도비전이 빠르게 반환점을 돌면서 이제 아이들과 나의 만남도 반환점을 돌고 있는 것은 아닐까 생각해 본다.

　올해는 정말 아슬아슬했다. 책은 진작 되어 있는데 정작 편집이라는 고단한 후반 작업을 해야 할 시간이 내게 없었다. 초치기의 삶을 살고 있는 주제에 제법 욕심이 컸던 결과라 생각한다. 교사에게는 확실히 짐이 될 수 있는 작업이 학생들과의 책쓰기 프로젝트다.

　하지만, 올해처럼 극적인 성장 스토리도 없었던 것 같다. 작년 1학년들의 해맑은 비인문주의(!)에 대해 심각한 걱정을 안고 있던 차. 인문학에 대한 배신의 아이콘 같던 아이들이 어느 새 성장해 까탈스럽게 제 글을 쓰게 된 것을 본다.

　교육, 그것은 Meme과 Gene을 이어주는 최상의 엔진이라는 확신이 깊어진다. 교육은 배신하지 않는다. 학생은 배신하지 않는다. 교실도 배신하지 않는다. 내 경우 배신하는 것은 언제나 시간이었다.

　식사를 거르며, 잠을 줄이며, 해도 해도 끝없는 작업을 해치워 나가긴 하는데, 해치운 양보다 항상 해나가야 할 일 량이 더 많은 것은 왜인가. 원인은 새로운 아이디어를 끝없이 팩트로 만들려는 전혀 쓸모없는 오기와 욕심이다.(라는 것을 인식은 하고 있다.) 내게는 이것이 팩트 폭력이다.

　결국 책은 나왔고, 아이들과는 약속을 지켰고, 아이들의 성장기를 함께 달리는 페이스메이커 같은 내 역할도 결승 라인을 통과했다. 이것들은 사실 큰 의미를 둘 만한 일이 아닐 지도 모른다.

　하지만 올해 내 속을 징글징글하게도 썩혔던 녀석들이 내년이 되면 무섭게 성장해 사람과 세상에 대한 성숙한 시야를 가진 한 사람으로 세상에 존재하는 것. 이것만은 진심으로 의미 있다. 백 번 의미 있다.

그러므로 조금은 행복하다. 행복을 나누어준 진도고등학교의 박종언 교장선생님, 신민식 교감선생님, 항상 믿어 주시는 전라남도교육청의 서영옥장학사님, 책쓰기 프로젝트의 심장 대구교육청의 한준희장학사님, 책쓰기를 끌어안고 고생하시는 모든 선생님들께 감사드린다. 행복을 나누어 주셔서 감사드립니다.

간신히 편집자 노트를 마감한

강은수 드림

피의 것인가, 모방의 것인가.
바람 앞에, 고난 앞에, 소멸 앞에 담대한
진도의 것, 진도의 문화, 진도 현상의 뿌리를 묻는 한 권의 책